関心領域

THE ZONE OF INTEREST

MARTIN AMIS

マーティン・エイミス　北田絵里子訳　早川書房

関心領域

THE ZONE OF INTEREST
by
Martin Amis

Translated by
Eriko Kitada
First published 2024 in Japan by
Hayakawa Publishing, Inc.
This book is published in Japan by
direct arrangement with
Martin Amis Estate
c/o The Wylie Agency (UK) Ltd.

監修／田野大輔
装幀／早川書房デザイン室

釜《かま》のまわりをぐるぐる回り、
毒の腸《はらわた》、放り込め、
まずはこれなるヒキガエル、
冷たい石の下に寝て
ひと月かいた毒の汗、
魔法の釜で煮込みましょ。……

蛇の切り身を　釜に入れ、
煮たり焼いたり　ぐつぶつぐつ
蛙の指先　イモリの目
蝙蝠《こうもり》の羽　犬のベロ
蝮《まむし》の舌に　蛇の牙
梟《ふくろう》の羽　蜥蜴《とかげ》の手……

竜の鱗《うろこ》に　狼の牙
魔女のミイラに　鮫《さめ》の胃袋
闇夜に掘った毒人参
罰当たりのユダヤの肝
山羊《やぎ》の肝臓、月食の
夜に手折《たお》った櫟《いちい》の小枝
トルコ人の鷲《わし》っ鼻、
韃靼《だったん》人の厚い唇
売女《ばいた》がどぶに産み落とし
すぐに殺した赤子の指、
どろどろどろと　煮詰めよう……

狒々《ひひ》の血かけて　冷やしたら
これでまじない　できあがり。

シェイクスピア『新訳　マクベス』第四幕　第一場（河合祥一郎訳／角川文庫）より

ここまで血の川に浸りきったら、もはや先に進みたくなくとも、
今更引き返せぬ、渡り切るのみだ。

同前、第三幕　第四場より

目次

第1章　重要区域――9
第2章　始動――63
第3章　灰色の雪――133
第4章　茶色の雪――217
第5章　生と死――311
第6章　ヴァルプルギスの夜――367
その後――409
謝辞及び著者あとがき――〝起こったこと〟――453
解説／武田将明――469

登場人物

アンゲルス・ゴーロ・トムゼン……ブナ－ヴェルケ勤務の連絡将校、中尉
ボリス・エルツ……………………トムゼンの親友、武装親衛隊上級大佐（大尉に降格中）
フリテューリク・ブルクル………ブナ－ヴェルケ勤務のＩＧファルベン社員、会計責任者
ズーイトベルト・ゼーディヒ……同右、工業化学者
ルプレヒト・シュトルンク………ブナ－ヴェルケ所属の親衛隊大佐
エスター・クビシュ………………強制収容所の被収容者
イルゼ・グレーゼ…………………強制収容所の看守、上級監督官
ヘートヴィヒ………………………グレーゼの部下、看守
コンラート・ペータース…………トムゼンの知人、保安部員
ローランド・ブラード……………イギリス人捕虜、大尉
マルティン・ボルマン……………ナチ党全国指導者／総統秘書、トムゼンの叔父
ゲルダ………………………………ボルマンの妻

パウル・ドル……………………強制収容所司令官（所長）、親衛隊少佐
ハンナ…………………………ドルの妻
シビル…………………………ドル夫妻の娘（双子のひとり）
パウレッテ……………………同右
フミリア………………………ドル邸の家政婦
ボフダン・ショゼック………ドル邸の庭師、被収容者
ドフ・コーン…………………ボフダンの助手、被収容者
ヴォルフラム・プリューファー……ドルの副官、収容所指導者／親衛隊大尉
オルプリヒト・エルケル……プリューファーの部下、親衛隊伍長
スージ…………………………エルケルの妻
ドロゴ・ウール………………親衛隊大尉
ノルベルテ……………………ウールの妻
アリシュ・ザイサー…………死亡した親衛隊下士官の妻
バルデマー・ツルツ…………医師、親衛隊名誉大佐
フリッツ・メビウス…………強制収容所の政治部長、少尉
ユルゲン・ホーダー…………同部員、メビウスの副官
ミヒャエル・オフ……………同部員
ホルスト・ブローベル………ドルの上官、親衛隊中将

ディーター・クリューガー……………ドイツ人共産主義者
シュムル・ザハリアシュ………………特別労務班長、ポーランド系ユダヤ人
シュラミート…………………………シュムルの妻
ハイム・ルムコフスキ…………………ポーランド、ウッチ・ゲットーのユダヤ人評議会議長

第1章　重要区域《ザ・ゾーン・オブ・インタレスト》*

* ポーランド、オシフィエンチム市の一地区と付近の村の住民を追放したのちに設けられた、四十平方キロメートル以上に及ぶ親衛隊管理区域のこと。これを示すドイツ語 Interessengebiet 及びその英訳語 The Zone of Interest は、〝関心領域〟の意味でも用いられる。

1　トムゼン――ひと目惚れ

おれは稲光には慣れていた。落雷にも慣れていた。そういうものにやたら遭遇していたから、突然の豪雨にも慣れていた――突然の豪雨にも、そのあと現れる陽光や虹にも。

彼女は娘ふたりと旧市街から戻ってきたところで、すでに〝重要区域〟のほぼ圏内にいた。その先には、広い道路――並木道と言ってもいい――が延びていて、並び立つ楓の枝と切れこみのある葉が頭上で重なり合って、彼女たちを待ち受けている。ユスリカが頻《しき》りに群れ飛ぶ、夏の盛りの午後遅く……おれのノートが切り株の上で開いたままになっていて、そよ風が怪訝《けげん》そうにページをめくっていた。

長身で、肩幅が広く、豊満でありながら足どりは軽やかな体を、凹凸状の裾飾りが施された足首丈の白いワンピースに包んだ彼女は、黒いリボンの付いたクリーム色の麦わら帽をかぶって、麦わらの鞄をぶらぶらさせながら（娘たちもやはり白い服に、麦わらの帽子と鞄だ）、境目の曖昧な、子鹿色をした猛々しい熱気のポケットを出たり入ったりしていた。彼女が笑う――頭をのけぞらせ、喉もとをまっすぐにして。おれは注文仕立てのツイードのジャケットに綾織りのズボンという恰好で、クリップ付きの筆記板と愛用の万年筆を手に、ペースを保って、彼女らと平行に歩いた。

いま、母娘《おやこ》三人は馬術アカデミーの私道を渡っていた。娘たちにくるくるとじゃれつかれながら、彼女は装飾的な風車の、五月祭の柱《メイポール》の、三滑車の巻きあげやぐらの横を過ぎ、鉄の揚水ポンプにゆるくつながれた馬車馬の横を過ぎ、その先へ向かっていった。KZ《カーツェット》（強制収容所を表すドイツ語 Konzentrationslager の略称）へ――KZ1へ。

ひと目見たそのときに、何かが起こった。稲光、落雷、突然の豪雨、陽光、虹――ひと目惚れの気象学だ。

彼女の名はハンナといった――ハンナ・ドル夫人。

将校クラブで、真鍮の馬具飾りや馬の版画、代用コーヒー（馬用のコーヒーだ）のカップに囲まれ、馬巣《ばす》織りのソファにすわって、おれは長年の友人ボリス・エルツに言った、

「少しのあいだ、おれは若返ったんだ。あれは恋みたいなものだな」

「恋だって？」

「恋みたいなものと言っただろう。そんな引きつった顔をするなよ。恋みたいなものだ。逃れられな

い感覚というのか。ほら、あれだ。長く続くすばらしいロマンスのはじまりみたいな。夢見るような恋さ」

「デジャ・ヴュとか、その手のよくあるやつか？　続けてくれ。記憶を呼び起こすから」

「いいとも。苦しいほどの憧れ。苦しいほどのな。それに卑小で価値のない人間になった気分。おまえとエスターがそうだろう」

「それは全然ちがう」立てた指を左右に振りながら、ボリスは言った。「父親みたいな思いがあるだけだ。おまえも彼女に会えばわかる」

「まあともかく。で、それが過ぎたらだな……。彼女が服を脱いだらどんなふうかと考えるようになった」

「おいおい、ほらな？　おれはエスターが服を脱いだらどんなふうかなんて考えもしない。もしそんなことになったらぎょっとするだろう。おそらく目を覆うよ」

「じゃあボリス、ハンナ・ドルが相手でも目を覆うのか？」

「うーむ。あの大酒飲みのおやじがあんないい女を物にするなんてだれが思っただろうな」

「たしかに。信じがたい」

「あの大酒飲みのおやじ。だが、考えてみろ。昔から大酒飲みだったのはたしかだ。けど昔からおやじだったわけじゃない」

　おれは言った。「あそこの娘たちはいくつだ？　十二とか、十三？　とするとハンナはおれたちと同年代だ。あるいはもう少し若いか」

「なら、あの大酒飲みのおやじが孕《はら》ませたのは彼女が――十八のときか？」

「あいつがおれたちぐらいのときだ」

「なるほど。なら、あいつと結婚しようとまあ許せるか」ボリスは言った。肩をすくめる。「十八でな。しかし彼女はまだあいつと連れ添ってるよな。そこは笑い飛ばせないんじゃないか？」

「まあな。その点はちょっと……」

「うむ。彼女はおれには背が高すぎる。考えてみれば、あの大酒飲みのおやじにとってもそうだ」

そしておれたちは改めて互いに問うた――いったいだれが妻子をここへ連れてこようとする？　ここだぞ？

おれは言った。「ここはどちらかと言うと男向きの環境だ」

「いや、そうかな。気にしない女もいるぞ。男みたいな気性の女もいるんだ。おまえのゲルダ叔母さんを連れてこいよ。あの人はここを気に入りそうだ」

「叔母のゲルダは建前上、褒めるかもしれない」おれは言った。「だがここを気に入るってことはないだろう」

「ハンナはここを気に入ると思うか？」

「気に入りそうな感じには見えない」

「ああ、そうだな。ただ、彼女はあのパウル・ドルと別れていない妻だってことを忘れるな」

「うむ。だったらうまく馴染むかもな」おれは言った。「そう願うよ。ここを気に入っている女のほうが、こういう外見のおれになびくから」

「……おれたちはここを気に入ってないけどな」

「ああ。だがおれたちにはお互いがいる、ありがたいことにな。それで助かってる」

「だよな、相棒。おまえにはおれがいるし、おれにはおまえがいる」

おれの変わらぬ親友、ボリス——気力に満ち、大胆不敵で凜々しい、小柄なカエサルのようだ。幼稚園時代、児童期、青少年期、のちには、ミュンヘンからイタリアのレッジョ、さらにシチリア島へ向かう三ヵ月の旅をともにした。大人になってから初めて、ふたりの友情は困難に出くわした。政治が——歴史が——おれたちの人生に迫ってきたときだ。ボリスは言った、

「おまえ、クリスマスにはここを離れるんだよな。おれは六月までいる。東部へやってくれてもいいのに」コーヒーをひと口飲み、顔をしかめて煙草に火をつける。「それはそうと、おまえ、チャンスなんか存在しないぞ。言い寄るにしても、いったいどこで？ 彼女は目立ちすぎる。だから気をつけろ。あの大酒飲みのおやじはそのとおりの男かもしれないが、収容所の司令官（親衛隊では収容所も戦場と見なし、所長を「司令官」と呼《よ》ぶ）でもあるからな」

「うむ。いまだにな。おかしなことが起こったものだ」

「はるかにおかしなことが起こってる」

そう。あらゆる禁止事項にだれもが欺瞞《ぎまん》を、皮肉なまでの堕落を、あきれるほどの偽善を感じているときだからだ。おれは言った、

「ちょっとした計画がある」

ボリスはため息をつき、虚ろな顔をした。

「まずは叔父のマルティンから連絡をもらわないと。そうしたらおれはゲームをはじめる。クイーンの前のポーンを動かすんだ」

ややあって、ボリスは言った、「ポーンはそのために存在するんだろうよ」

「おそらく。ただ、とくとお姿拝見するぐらいは、なんの害にもなるまい」

ボリス・エルツは休みを取った。荷おろし場《ランペ》での任務を控えているからだ。ひと月に及ぶその任務は、またもや殴り合いの喧嘩をしたことに対する処罰のひとつだった。具体的には——列車から荷をおろし、選別をおこない、車で樺《かば》の木立を抜けて、ＫＺ２にある〝茶色の小屋〟へ向かう。

「いちばんぞっとするところは選別だな」ボリスは言った。「おまえもいつか来てみたほうがいいぞ。経験のために」

おれはひとりで将校食堂の昼食をとり（チキン半切れ、桃のカスタードクリーム添え。ワインはなし）、それからブナ－ヴェルケという合成ゴム工場にある自分の職場へ出向いた。ブルクルとゼーディヒとの二時間の会議に臨み、主に炭化物《カーバイド》製造部門の生産性があがらない件について話し合ったが、労働力再配置をめぐる論戦ではこちらに分《ぶ》がないことも明らかになった。

日が暮れるころ、ＫＺ１に戻って、イルゼ・グレーゼの部屋へ向かった。

イルゼはここを気に入っていた。

——

ブリキ板のスイング・ドアを軽くノックしてなかへ入った。

いまだにティーンエイジャーのように（翌月二十歳になる）、イルゼは簡易ベッドの中ほどで胡座《あぐら》をかき、背をまるめて写真ばかりの雑誌を読んでいた。ページから目をあげようともしない。彼女の制服は、おれがいま頭を引っこめてくぐった金属の梁《はり》の釘に掛けてあり、いまはダークブルーのごわごわした部屋着を着てグレーの分厚い靴下を履いている。振り返りもせずに、イルゼは言った、

「ああ。アイスランド人のにおいがする。ろくでなしのにおいがする」

イルゼがいつもおれに、そしてたぶん男友達みなに接する態度は、冷笑的で気怠いたぐいのものだった。そしておれが彼女に、そしてあらゆる女に接する態度は、少なくとも最初は、饒舌な学者風の態度だ（このスタイルは、しょっぱなは近寄りがたく見られがちな外見を埋め合わせるものとして編み出した）。床の上で、イルゼのガンベルトと牛革の鞭が、眠っている細身の蛇のようにとぐろを巻いていた。

おれは靴を脱いだ。腰をおろすと、イルゼのまるめた背中にゆったりと寄りかかり、金めっきのチェーンにぶらさげた異国の香りのお守り《アミュレット》よろしく、背後から彼女に腕をまわした。

「アイスランド人のろくでなしね。何が望み？」

「なあ、イルゼ、きみの部屋のありさまはなんだ？　仕事にかかるときはいつも一分の隙もないように見えるのに——それは認めよう。ところが私生活ときたら……。しかも他人にはかなりうるさく整理整頓と清潔を求める」

「ろくでなしの望みはなんなのさ」

おれは言った、「望みは何かって？」一文ごとに思慮深い間を置きながら、おれは続けた。「こう誘いにきたんだ、イルゼ、十時ごろおれの部屋へ来ないか、とね。きみにブランデーとチョコレートと値の張る贈り物をふるまうつもりだ。ここ最近あったいいことや悪いことをきみが話したいなら喜んで聞こう。おれの惜しみないいたわりで、きみのバランス感覚はたちまち復活するはずだ。バランス感覚というのは、イルゼ、きみも承知のとおり、ごく稀に不足することがあるから。まあ、ボリスからはそう聞いてる」

「……ボリスはもうあたしに飽きてる」

「あいつ、ついこの前もきみのことを褒めそやしていたけどな。なんならおれからあいつにひとこと言ってやってもいい。ともかく、十時に来てくれるね。おしゃべりともてなしのあとで、感傷的な幕間といこう。それが望みだ」

イルゼは雑誌を読みつづけた——女性は決して脚や腋の下を剃ったり脱毛したりするべきではないと、強硬に、実に腹立たしげに主張している記事を。

おれは立ちあがった。イルゼが顔をあげた。波打つような大きな口はやけにしわだらけで、眼窩《がんか》は三倍の年齢の女を思わせるが、くすんだ金髪には量感と張りがある。

「やっぱりろくでなしだね」

「十時にな。来るだろう？」

「行くかもしれないし」ページをめくりながら、イルゼは言った。「行かないかもしれない」

旧市街では住宅戸数がひどく乏しかったため、ブナの人々はやむなく、東の農村地域に郊外住宅地のようなものを建設していた（そこには中等教育の下級・上級学校、診療所、いくつかの商店、セルフサービスの食堂、酒場があり、不機嫌な主婦たちも少なからずいる）。それでも、おれはほどなく、中央広場から急勾配の小道をのぼったところに、安っぽい家具を備えたそこそこ使える数室のアパートメントを見つけた。ジルカ通り九番地。

ゆゆしき欠点がひとつあった――ネズミがいるのだ。元の持ち主の強制退去のあと一年近く、その空き家に建設労働者たちが勝手に寝泊まりし、慢性的にネズミが侵入するようになっていた。どうにか姿は見せずにいてくれたものの、ほぼ絶え間なく、隙間や溝をせかせか走り、チューチュー鳴き、餌を貪《むさぼ》り、子作りしている音が聞こえた……。

アグネスという若い掃除婦が、二度目の訪問のとき、ところどころ白の交じった黒毛の大きな雄猫を置いていった。名前はマックス、正式にはマクシクだ。マックスは伝説のネズミ捕りだった。アグネスいわく、マックスは二週間に一度ここに来ればじゅうぶん役目を果たすし、受け皿でミルクを少し与えると喜ぶが、固形物は何も与えなくていいとのことだった。

いくらもたたないうちに、腕利きだが出しゃばらないこの捕食者に敬意を覚えた。タキシードを着ているようなその風体――チャコール色のスーツ、見事な三角形をした白い胸当て、白いスパッツ

（足の甲を覆う短いゲートル）。身を低くして前足を伸ばすときには、デイジーの花のように愛らしく指を広げた。そしてアグネスが抱きあげて連れ帰るとき、おれと週末を過ごしたマックスは、たしかな静けさを残していった。

そんな静けさのなか、おれは熱い湯を汲み、というより集め（やかん、鍋、バケツ）、イルゼ・グレーゼのためにとりわけ凜々しく身だしなみを整えた。彼女のコニャックとチョコレート、加えて新品の丈夫なパンティストッキング（彼女は従来のストッキングには見向きもしない）四組を並べて、おれは待った。夕空を背にしたマックスと同じくらい黒い、公爵の古い城を窓から眺めながら。

イルゼは時間を守った。彼女が言ったのは――背後でドアが閉まるなり、かすかに冷笑的に、ひどく気怠く彼女が発したのは、このひとことだけだった――「早く」

おれに判断できるのは、司令官の妻、ハンナ・ドルは娘たちを学校へ送っていき、また連れて帰ってくるが、それ以外にはほとんど外出しないということだった。

ハンナは二度試行された〝テ・ダンサン（午後のお茶の時間に催されるダンスパーティ）〟のいずれにも出席しなかった。フリッツ・メビウスが開いた政治部のカクテルパーティにも出席しなかった。ラブコメディ映画《幸せなふたり《ツヴァイ・グリユックリヘ・メンシェン》》の祝賀上映会にも出席しなかった。

そうした催しがあるたび、パウル・ドルは仕方なく姿を見せていた。その顔にいつも同じ表情を浮かべて——傷ついたプライドを立派に抑えている男の表情を……。この男には、口笛を吹こうとしているかのように、唇をすぼめる癖があった——やがてブルジョア的な罪悪感に襲われてか（そう見えるだけかもしれない）、その口はくちばしの形に変わるのだが。

メビウスが言った、「ハンナは来ていないんですか、パウル？」

おれはふたりのほど近くへ寄った。

「気分が優れないようだ」ドルが言った。「きみも知っているだろう。毎月来るあの不調な時期を？」

「おやおや、そうですか」

一方、おれはハンナの姿をたっぷり拝んでいた。数分間、運動場の向こう端の貧弱な生け垣越しにだが（通り過ぎるときに歩みを止め、ノートの記述を見るふうを装った）。ハンナは芝生の上で、ピクニックをはじめる娘ふたりとその友達ひとりを見守っていた——あれはたしかゼーディヒ家の娘だ。柳細工のバスケットの中身はまだあけられていなかった。ハンナは子供たちと一緒に赤い敷物の上にすわりはせず、ときおりしゃがみこんでは、また勢いよく尻を振りあげて身を起こしていた。

もし服を着ておらず、完全に輪郭だけ（顔も見えない状態）ならば、ハンナ・ドルはドイツで理想とされる若い女性の特質にぴたりと一致していた。どっしりしていて、骨太で、出産ときつい仕事に向いた体形だ。おれはこの外見のおかげで、そういうタイプの肉体に関する幅広い知識を享受していた。三重のダーンドルスカート（アルプス地方の民族衣装に倣ったギャザースカート）をいくつまくりあげ、広げてきたことか。毛皮のブルーマーをいくつやんわりと脱がせてきたことか。底に鋲釘を打った木靴《クロッグ》をいくつ自分の背後へ放り投げてきたことか。

そういうおれは？　背丈は百九十センチ。髪は霜《しも》を思わせる銀色。フランドル地方の滝のような鼻、折れ目のある尊大な口、形のよい好戦的な顎先。耳の極小の渦巻きの下に直角の蝶番を鋲で留めたような下顎。肩はまっすぐで広く、胸は厚板のようで、腰は細く、ペニスは伸張性に富み、平常時（しっかりと皮に包まれている）は標準的な小型サイズだ。太腿は粗削りの帆柱並みに堅固で、膝頭は頑丈、ふくらはぎはミケランジェロの作品に比し、足のしなやかさと形のよさは、すばらしく触覚の鋭い手のそれにほとんど劣らない。これだけ揃った、時と場所に適した魅力を完成させるのが、極北生まれのおれのコバルトブルーの瞳だ。

おれに必要なのは、叔父のマルティンからの連絡のみだった。首都にいる叔父のマルティンからの明確な指令——それが来れば行動に移ろう。

「こんばんは」

「はい？」

オレンジ色の邸宅の表階段で、おれは気がつけば、心をざわつかせる小柄な人物と対面していた。厚いウールのニット（袖なしの短い上着とスカート）に、輝く銀のバックル付きの靴という装いの女性だ。

「ご主人はご在宅ですか」おれは尋ねた。ドルが不在なのは百も承知だった。医師たち、ボリスとその他大勢とともに荷おろし場《ランペ》に出て、特別列車一〇五号を迎え入れているはずだ（そして特別列車一〇五号は問題が多いと予想されていた）。「ええと、わたしは優先度の高い――」

「フミリア？」と別の声がした。「どうしたの、フミリア？」

戸口の奥のほうで空気が移ろい、そこに現れたハンナ・ドルが、この日も白をまとって、暗がりのなかでかすかに光を放っていた。フミリアは慎み深く咳払いをしてさがっていった。

「奥さま、お邪魔して誠にすみません」おれは言った。「ゴーロ・トムゼンと申します。お目にかかれて光栄です」

シャモア革の手袋から指を一本ずつ急いで引き抜き、おれは手を差し出した。その手を取って、ハンナは言った、

「〝ゴーロ〟？」

「はい。いえ、アンゲルスと言うつもりでした。おわかりのように、うっかり口をついて出たのです。しかし、癖というのは怖いな。ばかなまちがいは人生にずっとついてまわる、そう思いませんか？」

「……どんなご用でしょう、トムゼンさん？」

「ドル夫人、司令官にやや急ぎでお知らせしたい件がありまして」

「そうなの？」

「芝居がかった言い方はしたくないのですが、司令官にとって最優先の懸案事項であろう問題について、党官房で決定がくだされたのです」

ハンナは露骨に値踏みする目でおれを眺めつづけていた。

「一度あなたをお見かけしたわ」ハンナは言った。「制服を着ていなかったから覚えているの。制服を着ることはあるのかしら？　具体的にどんなお役目に就いてらっしゃるの？」

「連絡将校をしています」おれは言い、軽く会釈した。

「重要なご用件なら、待っていただいたほうがいいわね。あの人がどこにいるのか見当もつかないから」ハンナは肩をすくめた。「レモネードでもいかが？」

「いえ——お手間をおかけするわけには」

「わたしにはなんの手間もかからないわ。フミリア？」

いま、主室のバラ色の光のなかで、ハンナはマントルピースに背を向けてたたずみ、おれは中央の窓の前で、境界線の向こうの監視塔と、さほど遠くない旧市街の雑多なあれこれを眺めやっていた。

「見事だ。これは見事だ。教えてください」おれは卑屈な笑みを浮かべて言った。「秘密を守れますか？」

ハンナの視線は揺らがなかった。近くで見ると、肌や髪はより南方の、ラテン系寄りの色をしていて、瞳は、ねばねばとつやめく濡れたキャラメルを思わせる、非愛国的な濃い茶色だった。彼女は言った、

「もちろん秘密は守れるわ。そうしたいときには」

「ああよかった。実はですね」きわめて打ち明けづらいそぶりで、おれは言った。「実は、インテリ

アに非常に興味があるのです、家具調度やデザインに。なぜこれが広まると困るのかおわかりでしょう。男らしいとは言いがたい」

「あら、そうは思わないわ」

「それで、あなたの考案なのですか——大理石の仕上げは？」

おれの狙いは彼女の気をそらすこと、そしてまた彼女に動いてもらうことだった。いまハンナ・ドルは手ぶりを交えて話しながら、窓から窓へと動いていて、おれはよく観察する機会を得た。そう、ハンナはやはり、並はずれて均整のとれた体つきをしていた——偉大なる美的調和の集合体だ。そして、幅のある口、力強い歯と顎、柔軟な頰——骨が上向きと外向きのカーブを描く、角張っているが形のよい頭部。おれは言った、

「では、あの屋根付きのベランダは？」

「あの形にするか、それとも——」

フミリアが、開いたドアからトレーを持って入ってきた。磁器のピッチャーと、ペーストリーとビスケットを盛った皿二枚が載っている。

「ありがとう、フミリア」

ふたたびハンナとふたりになると、おれは穏やかに言った。「おたくのメイドですが、ドル夫人、彼女はひょっとして〝エホバの証人〟の信者ですか？」

ハンナは躊躇したのち、おれには検知できない内心の迷いから解き放たれ、ささやきに近い声で言った、「ええ、そう。わたしはそこが理解できないの。あの人、信心深そうな顔をしていると思わな

い？」

「たしかにそうですね」フミリアの顔には、性別にしろ、年齢にしろ、どうにも判然としないところがあった（女性と男性、若者と老人が妙な具合に混ざり合っている）。それでいて、オールバックの前髪をクレソンのようにひと筋垂らした額の下で、恐ろしく満ち足りたふうな微笑みを見せるのだ。

「縁なしの眼鏡のせいかな」

「彼女、いくつだと思います？」

「そうだな――三十五？」

「五十歳よ。自分は決して死なないと思っているからああ見えるんだと思うわ」

「うむ。それは、ずいぶん気が楽になるでしょうね」

「それにすごく簡単だわ」ハンナは身をかがめてレモネードを注ぎ、ふたりとも腰をおろした。ハンナはキルト状に詰め物をしたソファに、おれは素朴な木の椅子に。「書類にサインするだけで、もう終わりなんだもの。それで自由の身」

「うむ。政府に対して〝服従を誓う〟だけですからね」

「ええ、でもね……フミリアはこれ以上ないくらいうちの娘たちに愛情を注いでくれるの。彼女にも子供がいるのよ。十二歳の男の子。いまは政府の保護下にあって、彼女はただ用紙にサインすれば息子さんを迎えに行ける。なのに行かないの。行こうとしないのよ」

「それは変ですね。彼らは苦しむことを好むはずだとは聞いていますが」

おれは、ボリスから聞いた鞭打ち柱での信者の様子を思い出していたのだが、その話をハンナに披露しようとは思わなかった——その信者がさらなる鞭打ちを求めた話を。「それで信仰が満たされるとか」

「そんなばかな」

「彼らは信仰心が強いんです」

もう七時近くになっていて、室内のバラ色の光が急に暗く沈んだ……。おれはその日のこの段階で多くの目覚ましい成功を、多くの驚くべき成功を手にしていたが、まだランプやランタンに邪魔されないこの黄昏が、手ではふれられない許可証を——噂に聞く夢のように不思議な可能性を与えてくれているようだ。ひどくいやがられるだろうか、もしここで、音もなくハンナのいるソファへ移り、褒め言葉をいくらかささやきかけたのち、彼女の手を取り、（成り行きしだいで）彼女のうなじに唇をそっと這わせたりしたら？　どうだろう？

「うちの夫は」ハンナは言った——そして耳をそばだてるかのように間を置いた。

言葉が宙をさまよい、一瞬、おれはあることを思い出して動揺した——ハンナの夫はあそこの司令官なのだという困惑すべき事実を。それでも真剣で敬意を欠かない表情を保とうと努めた。彼女は続けた、

「うちの夫は、彼らから学ぶべきことがたくさんあると考えているの」

「エホバの証人の信者から？　何をです？」

「あら、わかるでしょう」ハンナは曖昧に、ほとんど眠そうに言った。「信念の強さ。揺るぎなき信念」

「熱意のすばらしさ」

「それはわたしたちみんなが持たなくてはいけないものじゃない?」

おれは椅子にもたれて言った、「あなたのご主人が彼らの狂信ぶりに感心するのにはうなずけます。だが彼らの平和主義についてはどうです?」

「感心していないわ。どう見ても」無気力な声で、ハンナは続けた、「フミリアは夫の制服を洗おうとしないの。ブーツを磨こうとも。夫はそれが気に食わないようね」

「ええ。そうでしょうとも」

この時点でおれは、実に期待が持て、どこか陶然《とうぜん》とするこの出会いのトーンが、司令官の話が出たことですっかり沈んでしまったのを体感していた。だから、軽く手を叩いてこう言った、

「ドル夫人、おたくの庭を案内してもらえますか? ちょっと恥ずかしい告白をもうひとつさせてください。わたしは花に目がないんです」

―――

そこはふたつに区切られた空間だった。右側には、柳の木が一本あり、数棟の低い納屋の一部を覆い隠していて、ちょっとした網状に交差した大小の道は、ハンナの娘たちが喜んで遊んだり隠れたりしているにちがいなかった。左側には、色鮮やかな花壇、縞状の芝生、白い柵――そして、その向こうには、隆起した砂地に立つ独占企業の建物があり、そのさらに向こうで、夕焼けが最初の淡紅色を

空ににじませていた。

「楽園だな。あのチューリップの華やかさといったら」

「あれはポピーよ」ハンナが言った。

「ああ、ポピーでしたね。向こうのあれはなんです？」

こうしてさらに数分が過ぎたあと、おれにまだ笑顔を見せてくれていないドル夫人が、耳に快い高らかな笑い声をあげて言った、

「あなた、花のことなんてひとつも知らないでしょう？　だってろくに名前も……。花については何も知らないのね」

「花について知っていることもありますよ」おそらく危険なほど大胆になって、おれは言った。「多くの男が知らないことです。なぜ女性はそんなに花が好きなのか」

「では教えて」

「いいですよ。花は女性を素敵な気分にさせるんです。豪華な花束を女性に贈ると、その人が素敵な気分になるのをわたしは知っている」

「……だれから教わったの？」

「母です。もう他界しましたが」

「お母さまのおっしゃったとおりだわ。映画スターみたいな気分でいられるの。何日ものあいだ」

めまいを覚えながら、おれは言った、「しかもそれは両者にとって名誉なことなんです。花にとっても、女性にとっても」

そこでハンナはおれに尋ねた、「あなたは秘密を守れる?」

「ほぼ確実に」

「来て」

おれたちの知る世界と並んで走る、隠れた世界があるとおれは信じていた。それはありうるものと《イン・ポテンテ》して《ィア》存在するが、そこへ入るためには、慣習というヴェールかフィルムを通過し、行動しなくてはならない。急ぎ足のハンナ・ドルに導かれ、灰の敷かれた小道をたどって温室へやってきた。夕暮れの光がまだ残るなか、彼女をなかへ急き立て、身を寄せて、おろしたこの両手で彼女のスカートの白い鬟《ひだ》をかき寄せるのは、奇行になるだろうか。どうだろう? ここでなら、どんなことも許されるのでは?

ハンナは上半分にガラスのはまったドアをあけると、そのまま戸口で身を乗り出し、低い棚に載った植木鉢のなかをごそごそしはじめた……。実を言うと、色恋のやりとりにおいて、下品な考えばかりが頭を占めるようになってもう七、八年経つ(それ以前は、ロマンチストと言えなくもなかったが、そんな自分は捨ててしまった)。だからハンナが前へ身をかがめ、バランスをとるために張りのある尻としっかりした脚を片方、後ろへ突きあげるさまを眺めながら、おれはひそかに考えた——これはすごいセックスになるぞ。すごいセックス——それしか頭になかった。

いま、身を起こしたハンナが、おれと向き合い、手のひらを開いてみせた。そこにあったのは? しわくちゃになったダビドフ(スイス製の紙巻き煙草)のパック——五本入りのパックだ。中身は三本残っていた。

「一本いかが？」

「煙草は吸わないので」おれは言い、高価なライターとスイス製の両切り葉巻の缶をポケットから取り出した。ハンナのそばへ近づき、発火石をすって火を差し出す。風よけに手をかざしながら……。

このよくある行為は、個人間の性的関係において重要なものだった――というのも、彼女もおれも、それが不道徳な共謀行為となる国の住人だからだ。バーやレストラン、ホテル、鉄道の駅などに〝婦人は喫煙をお控えください〟と記された看板が出ているし、街路では、そのルールを無視した女性を咎め、その指や、ときには唇からも煙草を取りあげるのが、ある種の男性――その大半は喫煙者だ――の義務とされている。ハンナは言った、

「いけないのは承知のうえよ」

「耳を貸す必要はありませんよ、ドル夫人。われらが詩人はこう言っていますが。〝悪習を絶ち、慎みを持て。それはわれわれの永遠の歌だ〟（ゲーテ『ファウスト』第一部より）」

「少し気分がよくなる気がするの」ハンナは言った。「この香りで」

その最後のひとことがまだ余韻を残しているうちに、何かが聞こえた、風に運ばれてきた何かが……。それは人間の恐怖と絶望が遁走曲《フーガ》のごとく響き合う、やるせない、震える和音だった。おれたちは飛び出さんばかりに目を見開いて、じっと立っていた。まださらに驚かされるかと、おれは身がすくむのを感じた。だがそのあと、耳のなかで蚊がブーンと飛んでいるような、不快な静寂が訪れ、三十秒後には、ためらいがちで調子はずれなヴァイオリンの音色が続いた。

会話に戻るような雰囲気ではなくなった。おれたちは黙りこくって喫煙を続けた。

ハンナは種の空き袋にふたりぶんの吸い殻を入れ、それから蓋のないゴミ箱のなかにそれを埋めこんだ。

「好きなプディングは何？」

「うーん、セモリナ粉のやつかな」おれは言った。

「セモリナ粉の？　あんなまずいの？　トライフル（スポンジケーキやフルーツなどを器のなかで重ねたデザート）はどう？」

「トライフルはなかなかいい」

「目が見えなくなるのと耳が聞こえなくなるのとだったら、どっちがいい？」

「目のほうかな、パウレッテ」

「目？　目が見えないほうが断然困るよ。耳でしょ！」

「目だよ、シビル」おれは言った。「目が見えないとみんなに気の毒がってもらえる。けど耳が聞こえないとみんなに疎《うと》まれる」

ふたつの点で、おれはハンナの娘たちに気に入られたと思う——まずは、フランスのお菓子を詰めた小袋をいくつか出してみせたことで。もっと肝心な点としては、彼女たちが双子だと聞かされて驚いたふりをしたことで。二卵性双生児なので、シビルとパウレッテは同時に生まれた姉妹にすぎなかったが、ふたりは遠い血縁があるようにさえ見えなかった。シビルが母親似なのに対し、パウレッテは十センチ以上背が低く、その名が厳然と裏づける特徴を満たしていた（パウレッテには「小さい」という意味がある）。

「お母さん」パウレッテが言った、「さっきの恐ろしい音はなんだったの？」

「ああ、どこかの人たちがふざけていたんでしょう。ヴァルプルギスの夜（五月祭の前夜に魔女が集まり祝いの酒宴をするというドイツの伝承）の真似をして、お互いを怖がらせようとしていたの」

「お母さん」シビルが言った、「なんでお父さんはいつも、わたしがもう歯を磨いたかどうかわかるの？」

「ええ？」

「必ず当てるんだよ。どうやって見破ったのか訊いたら、〝お父さんはなんでも知っているんだ〟って言うの。でもどうやったらわかるの？」

「ただあなたをからかっているだけよ。フミリア、きょうは金曜だけど、この子たちをお風呂に入れましょうね」

「えー、お母さん、あと十分、ボフダンとトークヴィルとドフといていい？」

「五分よ。トムゼンさんにおやすみを言って」

ボフダンはポーランド人の庭師（高齢で長身、もちろん痩せている）で、トークヴィルはペットの亀、そしてティーンエイジャーのドフはボフダンの助手と思われた。幅の広い柳の木陰に、しゃがんだ双子、ボフダン、もうひとりの助手（ブロニスワヴァという地元の少女）、ドフ、そして小柄なエホバの証人信者のフミリア……。

ふたりで彼らを見ていると、ハンナが言った、「あの人は動物学の教授をしていたの、ボフダンは。クラクフで。考えてもみて。昔はあの街にいたのよ。それがいまではこんなところに」

「うむ。ドル夫人、旧市街へ行くことはどのくらいありますか？」

「ああ。平日はほぼ毎日よ。フミリアに頼むこともあるけど、たいていはわたしが娘たちの送り迎えをしているから」

「わたしの部屋もあそこにあって、見栄えよくしようとしているんですが、知恵が尽きてしまいまして。おそらくカーテンが問題なんです。一度あなたに見てもらって意見を聞かせてもらえたらと思うんですが」

ふたりは並んで同じ方向を見ていたが、いまは面と向かっていた。

ハンナは腕組みをして言った、「そんな都合をつけられるなんてよく思うわね？」

「都合をつけるほどのことですか？　ご主人にはわかりっこないでしょう」おれがここまで踏みこんだのは、ハンナと一時間過ごして、こういう女性があの司令官のような夫に愛情を抱くはずがないと、すっかり確信できたからだった。

ハンナは、こちらの笑みが凍りつくほど長々とおれを見つめた。「考えてみてもらえますか？」

「いいえ。トムゼンさん、それはとても無茶な提案だわ……。それにあなたはわかっていない。ご自分ではわかっているつもりでもね」ハンナは身を引いた。「まだお待ちになるなら、あそこのドアからなかへどうぞ。ご遠慮なく。水曜発行の《オブザーバー》紙が置いてあるわ」

「ありがとう。おもてなしに感謝します、ハンナ」

「どういたしまして、トムゼンさん」

「またお会いできますね、ドル夫人、今度の日曜日に？　司令官がご親切にも出席しないかと言ってくださったので」

ハンナは腕組みをして言った、「ならお会いできそうね。ではまた」

「ではまた」


——————


震える指でじれったそうに、パウル・ドルがブランデーグラスの上でデカンタを傾けた。渇きを癒すかのようにそれを飲み干し、二杯目を注ぐ。背を向けたまま、司令官は言った、

「きみも少し飲むかね?」

「もしよろしければ、いただきます」おれは言った。「いや、これはありがたい」

「で、決定がくだされたと。可決か否決か。当ててみようか。可決だな」

「なぜそこまで確信が?」

ドルは歩いてきて革張りの椅子にどさりと腰をおろし、荒っぽく制服の上着のボタンをはずした。

「可決ならわたしにさらなる難題を吹っかけることになるからだ。それが指針のように思える。パウル・ドルにさらなる難題を吹っかけよう、というのが」

「ご明察です、いつもながら。わたしも反対派でしたが、建設されることになります。KZ3が」おれは切り出した。


——————

ドルの書斎のマントルピースには、五十センチ四方はある、プロが光沢仕上げをした額入り写真が飾られていた（撮ったのは司令官ではない――これは結婚前だ）。背景はくっきりと二分され、片側はかすむように光っていて、もう一方はフェルトのようにべったりと暗い。若かりしハンナが、サッシュ付きのイヴニングドレスをまとって、その光の側に、ステージの中央（そこはステージにちがいない――舞踏会？　仮装パーティ？　アマチュア演劇？）に立ち、肘まである手袋をはめた腕に花束を抱えている。はにかんだ笑みで精いっぱい喜びを表している。薄地のそのドレスはウエスト部分がきゅっと絞られていて、それがすべてを伝えている……

撮られたのは十三年か十四年前だろう――そしてハンナはいまのほうがずっといい。

これは自然界における最も恐るべき徴候のひとつだそうだ――さかりのついた雄の象。ひどいにおいのする分泌液がふた筋、左右の側頭の腺から口の端へと流れこむ。こういうとき、その大きな獣はキリンやカバを角で突き、縮こまったサイの背骨を折る。これが雄の象の発情である。

さかり《must》とは、〝酩酊《めいてい》した〟を表すペルシア語のmastまたはmaestからウルドゥー語を介して派生した語だ。だがおれは法助動詞のmustでよしとした。おれはやらねばならない、やらねばならない。なんとしても。

翌朝（土曜日だった）おれは重い旅行鞄を持ってブナ－ヴェルケを抜け出すと、ジルカ通りへ戻って、建設週報をくまなく調べはじめた。これはもちろん、モノヴィッツの新しい施設に関する大量の見積もりを含むものだ。

二時に来客があり、四十五分間、ローレマリー・バラッハという若い女性を楽しませた。これは別れの逢瀬でもあった。彼女はおれの同僚ペーター・バラッハ（気さくで有能な冶金《やきん》学者）の妻だ。ローレマリーはここが好きではなかったし、彼女の夫も同様だった。独占企業がようやく、ペーターを本部へ戻す許可を出したのだった。

「手紙は書かないで」服を着ながら、ローレマリーは言った。「すべてが終わるまでは」

おれは仕事を続けた。セメントはこのくらい、材木はこのくらい、有刺鉄線はこのくらい。その合間に、ローレマリーがもういない（代わりを探さなくては）ことを残念に思うとともに、安堵を覚えた。人妻をたらしこむ男たちにはモットーがある――〝妻を誘惑し、夫を愚弄《ぐろう》せよ〟。だからローレマリーとベッドにいるとき、おれはいつも、記憶にあるペーターの些細な欠点――ぽっちゃりした唇、唾を飛ばす笑い方、ボタンをかけちがったベスト――を意識していた。

それはハンナ・ドルの場合には当てはまらないだろう。ハンナが司令官と結婚しているという事実――これは彼女と恋に落ちるじゅうぶんな理由にはならないが、彼女とベッドをともにするじゅうぶんな理由にはなる。おれは仕事を続け、足して、引いて、掛けて、割りながら、ボリスのオートバイ（気をそそるサイドカー付き）の音が聞こえてくるよう切に願った。

八時半ごろ、サンセール・ワインを一本、ドアをロープで縛った冷蔵庫から取ってこようと、デスクの前から立ちあがった。

マックス――マクシク――が、むき出しの白い薄板の上で背筋を伸ばしてじっとすわっていた。その足で無造作に押さえられ、逃げられなくなっていたのは、小さくて埃まみれの灰色のネズミだった。まだ生きていて震えながら、マックスを見あげ、笑っているように見えた――すまなそうに笑っているように。そしてマックスが視線をはずしているあいだに、その命は痙攣とともに消えた。あの顔つきは、鉤爪の圧迫のせいだったのか？　死の恐怖のせいだったのか？　いずれにせよ、マックスはすぐさま食事に没頭した。

――――

おれは外へ出て、旧市街《スタレ・ミアスト》への坂道をくだっていった。夜間外出禁止令でも出ているかのように、人っ子ひとりいない。

あのネズミは何を言っていた？　こう言っていた――酌量の、譲歩の材料としてわたしに差し出せるのは、この身の完全なる、純然たる、無力さのみです。

あの猫は何を言っていた？　何も言っていなかった、当然だ。別の秩序を持つ、別の世界に、冷たく君臨する皇帝なのだから。

部屋に戻ると、マックスが書斎の絨毯の上で体を伸ばしていた。ネズミは尻尾まで食いつくされ、跡形もなく消えていた。

その夜、果てしなく広がるユーラシアの黒い平原の上で、空は夜更けまで藍色と青紫色を保っていた――爪で押さえつけられた痣《あざ》の色を。

一九四二年八月のことだった。

2 ドル——選別《ゼレクツィオン》

「ベルリンが考えを変えたときには」来訪者は言った、「お知らせしますので。ゆっくりお休みください」そして帰っていった。

ご推察のとおり、荷おろし場《ランペ》でのぞっとする出来事のせいで、わたしは頭が割れそうな痛みに襲われている。いま、アスピリン二錠（六五〇ミリグラム、二〇：四三）を飲みくだしたが、就寝時にはまちがいなく睡眠剤のファノドルムに頼ることになるだろう。むろん、ハンナからは気遣いのひとこともない。わたしがすっかり動揺しているのははっきり見てとれただろうに、顎を軽く持ちあげただけで背を向けた——まるで、自分の苦労と比べたらわたしのそれなどたいしたことはないと言わんばかりに……。

おお、どうしたんだい、愛しいおまえ。いたずら娘たちに手を焼いている？　ブロニスワヴァがまたいい加減な仕事をした？　おまえの大事なポピーが花開こうとしない？　それは大変だ——いや、耐えがたい悲劇じゃないか。ひとつ提案しよう。国のために何かしてみてはどうかな、奥さま！　エルケルやプリューファーのような意地の悪いぶち壊し屋を相手にしてみるとか！　保護拘置の人数を三万、四万、五万にまで増やしてみるとか！

優雅なご婦人よ、一度やってみたらどうだ、特別列車《ゾンダーツーク》一〇五号の受け入れを……。

まあ、警告を受けていなかったとは言えない。いや、言えるのか？　たしかに、注意は受けていたが、まったく別の成り行きに対してだ。激しい緊張のあと、このうえない安堵が訪れ、それからもう一度、激烈な緊迫状態に置かれると。いまごろは休息のひとときを楽しんでいるはずだった。ところが、帰宅したわたしを待ち受けていたのは？　さらなる難題だ。

まさかの、第三強制収容所。どうりで頭が割れそうなわけだ！

電報が二本届いていた。ベルリンからの公式伝達で、文面は次のとおり――

六月二十五日
ブルジェ‐ドランシー　〇一：〇〇発　コンピエーニュ　〇三：四〇着　〇四：四〇発　ランス　〇六：四五着　〇七：〇五発　ランス　〇八：〇七着　〇八：三八発　国境　一四：一一着
一五：〇五発
六月二十六日
ＫＺＡ（Ｉ）一九：〇三着

これを読むかぎりは、避難民が車中で二日間だけ過ごす、〝穏便な〟移送になるであろうことが当然予想された。そう、しかしこの第一信に続いて第二信が、パリから届いていた——

親愛なるドル党員。旧友として特別列車一〇五号には重々注意するよう警告する。きみの能力は限界まで試されよう。勇気を持て。サクレクールのヴァルター・パプストよりきみに敬礼を

わたしには長年かけて練りあげた格言がある——〝備えにしくじる？　しくじりに備えろ！〟。よってわたしは相応の準備を整えた。

時刻は一八：五七となり、われわれは準備万端だった。

この荷おろし場で、わたしが堂々たる印象を与えていないとはだれも言えまい——胸を張り、がっしりした両の拳を乗馬ズボンの腰に当て、シュティーフェル（膝上までの革長靴）の靴底までの長さは一メートルをくだらない。そしてわたしが統制する面々——従えてきたのは、わたしの右腕のヴォルフラム・プリューファー、三名の労働隊長、六名の医師と同数の消毒係（ナチの強制収容所における「消毒」は集団抹殺の婉曲語）、わたしの信頼するゾンダーコマンド（死体の処理などを担うユダヤ人の特別労務班）の班長シュムルと十二名からなるそのチーム（三名はフランス語を話す）、八名のカポ（収容所の看守を補佐して労働を監視する囚人班長）とホースでの洗浄班、そしてボリス・エルツ大尉率いる総勢九十六名の治安部隊、加えてこれを増強する、ベルト給弾式、三脚設置型の重機関銃と二台の火炎放射器を装備した八名の強力な一団。わたしはまた、a）上級監督官グレーゼとその小隊（グレーゼは抵抗する女性に感心するほど厳しい態度をとる）、そしてb）今風の〝オーケスト

ラ〞――バンジョーとアコーディオンとディジェリドゥ（オーストラリア先住民の木管楽器）といったいつもの雑多な寄せ集めではなく、インスブルック出身の一流のヴァイオリン奏者からなる〝七重奏団〞――を招集していた。

（わたしは数を好む。数は論理を、正確さを、倹約を語る。〝one〞については、いささか混乱することがある――それが量を示しているのか……〝代名詞〞として使われているのか。だが一貫性こそ重要だ。だからわたしは数を好む。数、数詞、整数。数字！）

一九：〇一がゆっくりと一九：〇二に変わった。われわれはレールのうなりと震動を感じ、わたしは気力と体力がみなぎるのも感じた。われわれはそこで、しばしのあいだじっと立っていた。樹木のない大草原並みに広大な、のぼり勾配の平原のはずれにある、鉄道の引きこみ線で待ち受ける人影となって。地平線への中途まで延びたその線路上に、ようやく、特別列車一〇五号が静かに姿を現した。

列車が近づいてきた。わたしは冷静に、倍率の高い双眼鏡を持ちあげた――機関車の怒り肩の胴体、ひとつだけの目、ずんぐりした煙出し。いま、坂をのぼる列車の横腹が見えていた。

「客車だ」わたしは言った。これは西からの移送においてはそう珍しいことではなかった。「待て」わたしは言った。「三等級に分かれている」……客車が、黄色とテラコッタ色の客車が流れるように走っていた。一等《プルミエール》、二等《ドゥーズィエム》、三等《トロワズィエム》――JEP（フランスの列車製造会社）、北《ノール》、黄金の矢《ラ・フレシュ・ドール》。医師長のツルツ教授が皮肉っぽくこう言った、

「三等級？　まあ、フランス人だから。なんにでも洒落っ気を出すんだ」

「いかにも」わたしは答えた。「白旗の掲げ方にさえ、一定の――一定の〝いわく言いがたい何か《ジュ・ヌ・セ・クワ》〞

がある。ちがうか？」

その優秀な医師は心底おかしそうに言った。「いやいや、パウル。うまいことを《トゥーシェ》！　さすがは司令官だ」

そう、われわれは同僚どうしのように談笑していたが、いっさい抜かりはない――態勢は整っていた。わたしが右手でエルッ大尉に合図すると、彼の部隊――命令に従って後方にいた――が、長く延びた引きこみ線に沿って配置に就いた。〝黄金の矢〟号が入ってきて、速度を落とし、荒々しく空気を吐き出して止まった。

一列車あたりの積み荷が千というのが〝だいたいの目安〟として最も妥当だ（そして彼らの最大九〇パーセントまでが〝左〟と選別される）というのは、まったくもって正しい。しかしながら、その通例のガイドラインはこの場のわたしにはほとんど役に立つまいと、すでに察しがついていた。

最初に下車したのは、いつもの足早に進む制服姿の軍人や憲兵たちではなく、困惑顔をした中年の〝給仕〟（民間人の服装、袖に白い腕章を着けている）のまばらな一団だった。そこでまた機関車が疲れ果てたようにあえぎ、その場は静まりかえった。

別の客車のドアが開いた。おりてきたのは？　ズボンが奇抜なベルボトム型の水兵服を着た八歳か九歳の少年たち、そして子羊の毛皮《アストラカン》の外套を着た年配の紳士たち、そして握りに螺鈿《らでん》を施した黒檀の杖に寄りかかった老婦人らしき人物――ひどく腰が曲がっているため、その杖は高さがありすぎ、やむなく上方へ手を伸ばしてつややかな握りにつかまっている。そこでまた別の客車のドアが開き、別の乗員がおりてきた。

まあ、この時点でわたしはにやにや笑ってかぶりを振りながら、酔狂な友ヴァルター・パプストを無言で呪っていた——〝警告〟の電報は明らかに、悪ふざけにすぎなかったのだ！

積み荷が千？　いや、せいぜい百ではないか。選別《ゼレクツィオン》に関しては——少数を除いて十歳に満たないか六十歳を過ぎているし、あのなかにいる若年成人たちは、言ってみれば、すでに選ばれている。見てみよう。あの三十歳の男はたしかに胸板が厚いが、内反足でもある。あの筋肉質の娘はまちがいなく健康そうだが、子供を連れている。ほかにも——体幹装具を着けた者、白い杖を持つ者がいる。

「さて、教授、仕事にかかってもらおう」わたしは当てこすりを言った。「あなたの判定能力が厳しく求められる場面だ」

ツルツはむろん、目を輝かせてわたしを見ていた。

「心配ご無用！」ツルツは言った。「医神アスクレピオスとパナケイアがわたしを助けに飛んでくる。〝わたしはこの人生と職業の両方を純粋かつ神聖に保つつもりです（「ヒポクラテスの誓い」より）〟。医化学の祖パラケルススがわたしを導いてくれよう」

「こうしてはどうだろう。カーベー（収容所内の診療所〔Krankenbau〕の略称）へ戻ってだな」わたしは提案した。「そこで選別をおこなうのだ。あるいは早めの夕食をとるか。きょうはアヒルの卵のポーチドエッグだ」

「うむ、そうだな」ツルツは言い、スキットルを取り出した。「いまやってしまうよ。少々飲んでもかまわないいね？　気持ちのいい夜だ。よければ、あとでご一緒しよう」

ツルツは若手の医師たちを帰らせた。わたしもエルツ大尉に命じて兵力を減らし、十二名の精鋭からなる一個小隊、ゾンダー六名、カポ三名、消毒係二名（賢明な措置だったとのちに判明！）、ヴァイオリン奏者七名、そしてグレーゼ上級監督官のみを残した。

ちょうどそのとき、あの腰の曲がった小柄な老婦人が、遠慮がちにうろついている到着者たちから離れ、せかせか走るカニのように、足を引きずりながらも面食らうほどの速度でわれわれのほうへやってきた。持て余した怒りで全身を震わせながら、老婦人は言った（そこそこまともなドイツ語で）。

「あなたがここの責任者？」

「そうです、マダム」

「ご存じなのかしら」顎をがくがくさせて、老婦人は言った。「ご存じなのかしら、この列車に食堂車がなかったのを？」

わたしはツルッと目を合わせないようにした。「食堂車がなかった？　いまどきそんな」

「なんのサービスもないのよ。一等車でも！」

「一等車でも？　無礼なことで」

「持参した冷肉のスライスや何かしか口にしていないの。それにミネラルウォーターもほとんど飲んでしまったわ！」

「それは大変」

「……なぜ笑っているの？　笑っているわね。笑うようなこと？」

「おさがり願えませんか、マダム」わたしは早口で言った。「グレーゼ上級監督官！」

かくして、荷物が手押し車の近くに積みあげられ、乗客らが秩序ある隊列を形作るあいだ（わがゾンダーたちが「よく来たね《ビアンヴニュ》、子供たち《レザンファン》」「お疲れですか《エトゥ・ファティゲ》、ムシュー、長旅のあとですからね《アプレ・ヴォートル・ヴォヤージュ》？」と小声で言いながら、彼らのあいだを動きまわっている）、わたしは苦笑いしつつ旧友ヴァルター・パプストの追想にふけっていた。あの男とは、ロスバッハ少尉率いる義勇軍《フライコーア》にともに参加した。ミュンヘンやメクレンブルクで、ルール地方や上シュレージエン地方で、バルト海沿岸のラトヴィアやリトアニアで、どれほど汗水垂らし、鼻息を荒くして極左の変人どもを罰したことか！　そして獄中で長年過ごすあいだ（一九二三年に右翼の英雄シュラーゲター少尉を死刑に追いやった裏切り者カードーに仕返しをしたあと）、どれほどたびたび、夜更けの監房で、延々とツーカード・ブラッグ（カードゲームの一種）に興じ、その合間に、蠟燭の揺らめく明かりのそばで、信条や人生観を事細かに論じ合ったことか！

　わたしはメガホンに手を伸ばして言った、

「こんにちは、みなさん。ここであなたがたを騙すようなことはしません。ここでひと息ついていただいてから、一緒に農場へ出発します、まともな食事を得るためのまともな仕事がある場所です。水兵服を着たそこの子供さん、あるいは、上等なアストラカンの外套を着たそこの紳士、あなたがたに多くを求めるつもりはありません。適性や能力は人それぞれですから。よろしいですか？　けっこう！　まずは、部屋に落ち着いていただく前にサウナへお連れしますので、そこで温かいシャワーを浴びてください。樺の木立を抜けた先の、車ですぐのところです。旅行鞄はどうぞここへ置いていってください。ゲストハウスのほうで回収していただけますので。お茶とチーズ・サンドイッチをすぐにお出ししますし、そのあと熱々のシチューの用意もあります。前進を！」

　さらなる礼儀として、わたしはエルツ大尉にメガホンを手渡し、いまのわたしの話の骨子をフランス語で繰り返させた。それから、ごく自然に、みなが歩調を合わせるかに見えたが、あの手に負えない老婦人は、案の定、その場にとどまっていて、グレーゼ上級監督官が適切な方法で対処することになった。

　そしてわたしは考えていた、なぜいつもこんなふうにいかないのか？　そうなるはずだ、わたしの思うとおりにすれば。快適な旅に続く、友好的かつ品位ある態度での受け入れ。ほんとうに必要なのだろうか、あのすさまじい音を立てる有蓋貨車の扉や、ぎらぎらしたアーク灯や、荒々しい怒号（「出ろ！　外へ出ろ！　早く！　もっと早く！　もたもたするな！」）や、犬や、警棒や、鞭は？　濃さを増していく夕焼けのなか、KL《カーエル》（管理側の親衛隊が用いる、強制収容所［Konzentrationslager］の略称）はかくも洗練されて見え、樺の木立はかくも美しく輝いている。これは言っておかねばならないが、独特のにおいはある（新来者のなかには、はっとして顔を心持ち上へ向け、鼻をひくつかせる者もいる）が、風のある晴天の一日のあとは、そのにおいもいっさい出てこない、あそこからは……。

　おや来たぞ、あの惨めたらしく、忌まわしい大型トラックが。家具運搬車ほどの大きさだが、どこから見ても明らかに不恰好——実に醜悪——で、スプリングはきしみ、排気管はやかましくバックファイアを起こし、びっしり錆《さび》がついていて、緑色の防水布は風でばさつき、夕日に浮かびあがった運転手は口に煙草をくわえ、タトゥーをした腕を運転席の窓から垂らしている。乱暴にブレーキをかけられてトラックは横滑りし、激しく揺れながら線路を横切り、地面をとらえようと車輪が哀れっぽい悲鳴をあげた。停止する瞬間、トラックはいやな具合に左へ傾き、こちら側のサイドフラップが上方へ浮きあがって——たっぷり二秒か三秒のあいだ——積み荷がまる見えになった。

それは、わたしにとっては春の雨や秋の枯れ葉と同じくらい見慣れた光景だった——KL2へ運ばれる途中の、この日KL1で目減りした労働力にすぎない。だが当然、パリからの新来者たちは悲鳴に近い叫び声をあげた——ツルツはそれをさえぎるかのように、反射的に体の前で両手を掲げ、エルツ大尉までもが、さっとわたしに顔を向けた。この移送が完全に破綻するのは時間の問題だった……。

自分の頭で考え、少しでも冷静さを示すことができなければ、この保護拘置という仕事をうまくやれはしない。わたし以外の司令官の多くは、あえて言うが、この状況をたちまち目も当てられない惨状に変えていただろう。しかし、パウル・ドルはたまたま、いくらか異なる特質を持ち合わせている。無言の手のひと振りで、わたしは命令を出した。いや、武装した部下たちにではなく、音楽隊にだ！

この移動途中の短い幕間はたしかに衝撃が大きかった、それは認めよう、最初のヴァイオリンの調べは、あのどうにもならない震え声の叫びと重なり、それを増幅させただけだった。だがそのうちに旋律がはっきりしてきた。汚らしいトラックは防水布をばさつかせ、ぐらぐら揺れながら線路を抜け出し、三日月形の道路を快調に走っていった（じきに見えなくなった）。そしてわれわれは歩行を続けた。

まさしくわたしが無意識に感じていたとおりだった——この新来者たちは〝目にしたものの意味をまったく理解できていない〟。あとで知ったことだが、彼らはふたつの高級施設、老人ホームと孤児院（どちらも、彼らのなかでもことに許しがたいペテン師、ロスチャイルド家の支援を受けている）の居住者だった。この連中が、ゲットー（ユダヤ人強制居住地区）の、ポグロム（ユダヤ人に対する集団暴力）の、ラツィア（ユダヤ人街への手入れ）の何を知っている？　民衆の気高い怒りの何を知っている？

われわれは全員、足音をひそめるようにして歩いた——そう、忍び足で樺の木立のなかを、灰白色の幹のあいだを……。

剝《は》がれかけた樺の樹皮、柵に囲われゼラニウムとマリーゴールドの鉢植えが飾られた茶色の小屋、脱衣所、あの部屋。わたしが仰々しく踵《きびす》を返した瞬間、プリューファーが合図を送り、すべてのドアが施錠されたのがわかった。

気分がだいぶよくなっている。二度目に服《の》んだアスピリン（六五〇ミリグラム、二二：四三）が、癒しと浄化という仕事にいよいよ取りかかったらしい。〝夢の薬〟として評判なのも納得だ——特許製剤になると聞いている。IG《イーゲー》ファルベン（ドイツの世界的な化学工業トラスト）万歳だ！（覚え書き——六日の日曜のためにある程度上等なシャンパンを注文すること、ブルクル夫人とゼーディヒ夫人、それにウール夫人とツルツ夫人、言うまでもなく哀れなアリシュ・ザイサーを喜ばせるためだ。アンゲルス・トムゼンにも尋ねてみなくてはなるまい、何せあの家筋だ）。わたしはマーテルのブランデーに関しても、けちけちせず、だが分別は心得た量を飲むかぎり、健康によい影響があると思っている。それに、刺激の強い酒は、わたしの歯茎の尋常でないかゆみをいくらか静めてくれる。

わたしも人並みに、冗談を笑ってすますことはできるが、ヴァルター・パプストには二言三言、文句を言ってやらねばなるまい。経費の面から見ると、特別列車一〇五号は完全な失敗と言ってよかった。治安部隊を総動員したこと（火炎放射器まで用意して）をどう弁明すれば？　茶色の小屋に関しても、不経済な使い方をしたのをどう正当化すれば？　通常、非常に軽い荷を扱う場合には、上級監督官グレーゼが黒檀の杖の老婦人に用いた方法をとることになっている。ヴァルターはきっと、「目には目を、だ」と言うだろう――あいつはいまだに、エアフルトの兵舎でのミートパイとおまるを使った悪ふざけを根に持っているのだ。

　むろん、細かい支出にも絶えず注意を払わねばならないのは、大変に骨が折れる。列車を例にとろう。費用が問題にならないなら、わたしとしては、移送されてくる者たちは全員、質素な寝台列車《クシェット》で来てもらってかまわない。そうすればわれわれの策略も円滑に進むだろう、なんなら、奇襲戦略《リューズ・ド・ゲール》と呼んでもいい（これは戦争《ゲール》なのだから、まちがってはいない）。フランスから来る友人たちが、自分たちのまったく順応できないものを目にすると思うと、興味深いではないか。その寝台は、ＫＬの徹底した急進主義を暗示するものであり――それに対する賛辞である。だが、悲しいかな、金が〝いくらでも手に入る〟かのように〝血迷った〟浪費をすることは許されない。

（注記。ガソリンはいっさい使っていない。たいした額ではないが、これは倹約と見なすべきだろう。通常、〝右〟と選別された者たちは徒歩でＫＬ１へ向かい、〝左〟と選別された者たちは赤十字のトラックと救急車でＫＬ２へ運ばれる。しかし、あの忌々しいトラックを見たあとで、あのパリ市民《パリゼリネン》たちを車に乗る気にさせることなどできただろうか。たしかに、浮いた費用はごくわずかだが、塵も積もれば山となる、だ。ちがうか？）

「入れ！」わたしは大声で言った。

　うちの〝聖書ばか〟が入ってくる。飾り房付きのトレーに載せた、グラス一杯のブルゴーニュ・ワインとハム・サンドイッチ、よろしければどうぞ。

わたしは言った、「いや、温かいものがほしかったのだが」

「申しわけございません、いまはこれしかないのです」

「仕事で疲れているというのに……」

ばたばたと、フミリアはマントルピースの前にあるローテーブルの上を片づけはじめた。実のところ、痛ましいほど醜いこの女がどうして〝創造主〟を愛することができるのか、わたしには不思議でならない。言うまでもないが、ハム・サンドイッチと一緒に出してもらいたいのは、ジョッキに注がれた泡の立つビールだ。そこそこ大きな瓶入りのクローネンブルグかグロールシュを欲しているときでも、われわれはみな、このフランスの泥水に浸かっている。

「それを用意したのはおまえか、それともドル夫人か？」

「ドル夫人は一時間前にお休みになりました」

「もう寝たのか。マーテルのボトルをもう一本頼む。それだけでいい」

それより何より、KL3の建設案については、際限なく問題と費用が発生するのが目に見えている。資材はどこにある？　ドーブラは見合った資金を放出するのか？　難題に関心のある者はいないし、〝客観的状況〟に関心のある者もいない。来月受け入れを要請されている移送のスケジュールは、常識の範囲を超えている。しかも、わたしが〝仕事を山ほど抱えて〟などいないかのように、夜中に平気で電話をかけてくる者がいる。ベルリンのホルスト・ブローベルだ。あの男が中途半端に指示を伝えてくるので、かっとなったりひやっとしたりで気が休まらない。わたしの聞きちがいではなかろうか。ハンナをＫＬ内にとどまらせたまま、そんな命令を実行するなどとても無理だ。いや参った！

これはまごうかたなき悪夢となりそうだ。


――


「いい子だ」わたしはシビルに言った。「きょうは歯を磨いたな」

「どうしてわかるの？　息のにおい？」

こうも素直に不思議がり、どぎまぎしているその顔の愛らしいこと！

「お父さんはなんでも知っているんだ、シビル。それに、ちがう髪型を試していただろう。怒っているんじゃないぞ！　だれかさんがちょっと身なりを気にするようになってよかった。だらしない部屋着姿で一日じゅううろうろするのもやめような」

「もう行っていい、お父さん？」

「あとひとつ、けさ穿いているのはピンクのパンティだな？」

「ううん、はずれ。ブルーだよ！」

計算ずくの戦術だ――たまに何かをわざとまちがえる。

「証拠を見せてくれ」わたしは言った。「おや、ほんとうだ！　まあだれにも失敗はある」

ところで、わたしが有無を言わせずくつがえしたい、誤った一般認識がある――第三帝国の親衛隊《ＳＳ》

は主に労働者階級《プロレタリアート》や小市民階級《クラインビュルガートゥム》の出身者で構成されている、というものだ。たしかに、初期の突撃隊《ＳＡ》に関してはそのとおりだったかもしれないが、ＳＳに関しては決してそのようなことはなかった——ＳＳの隊員名簿は『ゴータ年鑑』（ヨーロッパの王族・貴族の系譜が記載されたもの）から抜き出されたようにさえ見える。そうだとも《ヤヴォール》。メクレンブルク大公、ヴァルデック侯国の王子たち、フォン・ハッセン、フォン・ホーエンツォラーン゠エムデン、バッセヴィッツ゠ベーア伯爵に、シュタッハヴィッツ伯爵、フォン・ロッデン。なんとこの重要区域にも、少しのあいだ、男爵がお住まいだったのだ！

貴族はもとより、知力の優れた《インテリゲント》教授、弁護士、事業家もいる。

だからつべこべ言わさず、ああいう誤信はがつんと正してやりたいのだ。

「起床らっぱは三時」ズーイトベルト・ゼーディヒが言った。「ブナまでは行進して九十分。はじめる前からみな疲れきっています。仕事を終えるのが六時で帰り着くのが八時。死傷者を運んでくるのでね。だからお聞かせください。どうすれば彼らから成果など得られるのです？」

「ああ、わかっている」わたしは言った。主要管理棟（ＨＶ《ハーファウ》）内にある広くて設備の整ったわたしの執務室には、フリテューリク・ブルクルとアンゲルス・トムゼンも顔を揃えていた。「ただ、だれがその費用を払うことになるのか尋ねても？」

「ファルベンです」ブルクルが言った。「役員会《フォアシュタント》が承認しました」

これにはいくらか興味を引かれた。

ゼーディヒが言った。「司令官、あなたが求められるのは被収容者と看守の配備のみです。警備全般はもちろん引きつづき司令官の手にゆだねることになります。建設費と維持費はファルベンが負担します」

「なんとね」わたしは言った。「自社の強制収容所を持つ世界的有名企業か。前代未聞《ウンエアヘアト》だ！」

ブルクルが言った。「われわれは食事の提供もします――独立して。ＫＬ１との往復はなくなります。結果として、発疹チフスもなくなるでしょう。そう願いますよ」

「おお。チフスか。それは厄介だな？　状況は落ち着いたかと思っていたのだが。八月二十九日の相当数の選別で」

「死者は出つづけています」ゼーディィヒが言った。「週に千人のペースで」

「うむ。ああそうだ。配給食を増やす計画があるとか？」

ゼーディィヒとブルクルが鋭く視線を交わした。明らかに、この問題では両者の意見が一致していないようだ。ブルクルが椅子ごとこちらへ体をひねって言った。

「はい、これは私見ですが、適度な増量をするべきかと。たとえば、二〇パーセントの」

「二〇パーセント！」

「はい、二〇パーセントです。そのくらいの量があればもっと体力がついて、もう少し長く持ちこたえるでしょう。どう考えても」

今度はトムゼンが口を開いた。「僭越《せんえつ》ながら、ブルクルさん――あなたのご専門は商学で、ゼーディィヒ博士は工業化学者です。司令官とわたしは生産性のみを追求するわけにはいきません。わたしたちはもうひとつの目標を見失ってはならないのです。わたしたちの政治上の目標を」

「まさしく同感だ」わたしは言った。「ちなみに。この件について親衛隊全国指導者とわたしは意見が一致している」手のひらを机上に叩きつける。「要らぬ待遇改善には賛成しかねる！」

「ごもっともです、司令官」トムゼンが言った。「ここは療養施設ではありませんから」

「甘やかす必要はない！　連中はここをなんだと思っている？　保養所のたぐいだとでも？」

将校クラブの洗面所でわたしが何を見つけたかといえば、《シュテュルマー》（過激な反ユダヤ主義で知られる週刊新聞、「突撃者」の意）だ。ＫＬ内でこの刊行物の閲覧が禁じられてからしばらく経つ。命じたのはこのわたしだ。ユダヤ人男性の性的略奪を悪趣味かつ滑稽に力説したことで、《シュテュルマー》紙は、真っ当な反ユダヤ主義に大いに害を及ぼしたとわたしは考えている。読者が見る必要があるのは図表やグラフ、統計や科学的根拠であって――シャイロック（シェイクスピア『ヴェニスの商人』に登場するユダヤ人の高利貸し）（らしき人物）がラプンツェルにのしかかってよだれを垂らしている、ページ一面の風刺画などではない。このように考える者はわたしのほかにも山ほどいる。わたしの処置は国家保安本部《RSHA》にも支持された。

わたしが監督官として流星のごとく昇級していったダッハウ強制収容所（一九三三年、ミュンヘン近郊のこの町に設置された）では、《シュテュルマー》紙の陳列ケースが囚人向けの売店に設置されていた。これは犯罪分子に刺激を与えるようで、しばしば暴力沙汰が起こった。収容所のユダヤ人男性たちは、典型的な方法で巧みに取り入ってきた。つまり賄賂で――みな、うなるほど金を持っていたからだ。それに、彼らの大半は、同宗信徒らに虐げられていた。とりわけ、同じ棟にいる長老エッシェンに。

そのユダヤ人たちはむろん、長期的に見た場合、その憎むべき爺さんは自分たちの邪魔をしたというよりむしろ助けてくれたのだと知っている。補足として、ひとこと述べておきたい――《シュテュルマー》紙の主筆がほかならぬユダヤ人であることはよく知られている。この男はまた、同紙が大きく扱う扇情的な記事のなかでも最低のものを書いている。わたしからは以上だ。

ハンナは煙草を吸う。ああ、そうなのだ、困ったことに。妻が下着をしまっている抽斗《ひきだし》に、ダビドフの空のパックが入っていた。使用人たちが噂話をしようものなら、わたしが妻に甘いことがたちまち知れわたってしまうだろう。しかしアンゲルス・トムゼンは変わったやつだ。まあ、それなりに良識はあるのだろうが、あの態度にはどうも、歯が浮くような小賢しさを感じる。おそらく同性愛者なのではなかろうか（巧妙に隠してはいるが）。やつは肩書きだけの地位でも与えられているのか、あるいは何もかも〝コネ〟頼みなのか？　気になる。というのも、〝茶色の猊下《げいか》〟（マルティン・ボルマンの異名。「猊下」は枢機卿の尊称）ほど各方面からあまねく嫌われている人物はいないからだ。（覚え書き――今後あのトラックには、避暑小屋の北のもっと遠まわりのルートを通らせること）ブランデーは気分を落ち着かせ、歯茎の感覚を鈍らせてくれるが、第三の特性を有してもいる――催淫《さいいん》性だ。

ああ、この十五センチメートルの相棒が硬くなろうとしないのは、まったくもってハンナのせいではない。マーテルを最後にもう一、二杯飲んだあと、寝室へ行けば、ハンナは適切に、すみやかに、妻としての務めを果たすはずだ。もしなんらかの抵抗に遭ったときは、あの魔法の名前を呼び起こすのみだ――〝ディーター・クリューガー〟！

わたしは正常な欲求を持った正常な人間なのだから。

……寝室へ向かう途中で、わたしははたと、いやな考えにとらわれた。たまたま、特別列車一〇五号の賃借対照表をまだ見ていなかった。それに今夜、残骸は春の草原《スプリング・メドウ》に埋めるようにとヴォルフラム・プリューファーに具体的に指示せずに、茶色の小屋から帰ってきてしまった。あいつは、たいした数でもないガキとよぼよぼの老人どもの始末をするのにトプフ・ウント・ゼーネ社（ナチの強制収容所向けの死体焼却炉を開発・製造したドイツの企業）の三室型焼却炉を動かすほど愚鈍だったろうか？　いやいや、そんな。まさか、そこまでは。もっと賢い連中がうまく説き伏せただろう。プリューファーはベテランの意見を聞き入れたはずだ。たとえば、シュムルの。

ああ、まったく、わたしは何をくだくだ悩んでいるのだ？　ホルスト・ブローベルが本気でああ言っていたのなら、どのみちとんでもない数の連中がやってくることになるのだ。

これは熟考してみたほうがよさそうだ。いつもどおり、寝室の隣の化粧室で眠って、ハンナに攻めかかるのは朝方にしよう。よくある朝のように、すっかり温まって眠気の抜けない妻の隣に滑りこみ、なだめつつ押し入れればいい。不愉快な真似はもう許さない。そうして夫婦とも上機嫌で、わが家でのささやかな集まりに臨むのだ！

わたしは正常な欲求を持った正常な人間なのだから。わたしはあらゆる点で正常だ。だれもこのことをわかっていないようだが。

パウル・ドルはあらゆる点で正常だ。

3　シュムル――ゾンダー

「イーア・ザイト・アハツェン・ヨー、ウント・イーア・ホット・ア・ファッハ」と、わたしたちは耳打ちします。

昔々あるところに王さまがいました。王さまはお抱えの魔法使いに特別な鏡を作らせました。この鏡は見る人の姿を映しません。見る人の魂を映すのです――その人がほんとうはどんな人間かを。魔法使いはその鏡を見ると目をそむけてしまいました。王さまも鏡を見ていられませんでした。廷臣たちにも無理でした。この平和な国の民で、目をそむけずにそれを六十秒間見ていられた者には箱いっぱいの宝が与えられることになりました。それでもだれひとり見ていられませんでした。

ＫＺはその鏡だと感じます。ＫＺはその鏡ですが、ひとつちがいがあります。目をそむけることができないのです。

わたしたちは特別労務班《ゾンダーコマンド》に属しています。わたしたちは収容所でいちばん悲しい人間です。それどころか世界の歴史のなかでいちばん悲しい人間たちのなかでだれより悲しいのが、このわたしです。それははっきり示せるくらい、測れるくらいにたしかなことです。わたしは明らかにいちばん早い番号で、いちばん若い番号で――つまりはいちばん古い番号です。

わたしたちは歴史上いちばん悲しい人間であるばかりでなく、いちばん穢《けが》れた人間でもあります。ただ、この状況は矛盾に満ちています。

何も害を及ぼしてはいないのに、どうしてここまで自分を穢らわしく感じるのか理解に苦しみます。すべてを考え合わせれば、多少はよいことをしているとも言えるかもしれません。それでも、わたしたちはこのうえなく穢れていて、このうえなく悲しいのです。

わたしたちの仕事の大半は、死んだ人たちのなかでおこなう作業です。裁ちばさみ、ペンチと小槌、ベンゼン入りのバケツ、レードル、研磨機を使います。

さらに、生きている人たちのなかを動きまわったりもします。そしてこんなことを言います、「さあ、おいで、ちっちゃな水兵さん《ヴィアン・ドンク・プティ・マラン》。脱いだ服を掛けて《アクロッシュ・トン・コスチューム》。番号を覚えておくんだよ《ラペル・トワ・ル・ヌメロ》。きみは八十三番ね《ナュ・ア・キャトルヴァントロワ》！」こんなことも言います、「紐でくくっておいてください《フェッタン・ヌ・アヴェック・レ・ラセ》、ムシュー。外套をお掛けするハンガーを探してきますから《ジュ・ヴェ・エセイエ・ド・トゥルヴェ・アン・サントル・プール・ヴォートル・マントー》。アストラカン！　子羊の毛ではありませんか《セ・トワゾン・ダニョー・ネス・パ》？」

主要な作戦《アクツィオン》のあと、わたしたちはたいがい、五分の一ガロン瓶のウォッカかシュナップス、煙草五本、ベーコンと子牛の肉と豚の腎臓の脂肪で作られたソーセージ百グラムを受けとります。酒を切らしているときはありますが、少なくとも夜に、空腹や寒さに耐えることはありません。眠るのは、使われなくなった焼却炉（独占企業のビルのすぐ近く）の上階の部屋で、そこには袋に詰めた毛髪が保存されています。

わたしの諦観した友人アダムがまだいたころ、彼はこう言っていたものです、〝おれたちには潔白ゆえの安らぎさえない〟と。わたしは同意しなかったし、いまもしていません。まだ無罪を主張するでしょう。

〝英雄〟ならば、もちろん、〝脱走〟して〝世界に知らしめる〟でしょう。でも、世界はとうに知っているのではないかとわたしは思っています。この規模を考えれば、どうして知らずにいられるでしょう？

生きつづけている理由、いや、言いわけは三つあります。ひとつ目は、証言するため、そしてふたつ目は、死をともなう報復を求めるためです。わたしは証言をしていますが、魔法の鏡は人殺しのわたしを映していません。まだいまのところは。

三つ目は、これこそが肝心なのですが、一度の移送につきひとりの割合で命を救う（というか、命をながらえさせる）ことです。ひとりも救えないことも、ふたり救えることもあるので——平均してひとりです。そして〇・〇一パーセントは〇・〇〇パーセントとは異なります。救うのは決まって若い男性です。

これは彼らが列車からおりているあいだにやりおおせなくてはなりません。選別のための列ができてからでは――もう遅すぎるのです。

「イーア・ザイト・アハツェン・ヨー、ウント・イーア・ホット・ア・ファッハ」と、わたしたちは耳打ちします。

「ズィー・ズィント・アハツェーン・ヤーレ・アルト、ウント・ズィー・ハーベン・アイネン・ハンデル」

「ヴザヴェ・ディズュイッタン、エ・ヴザヴェ・アン・コメルス」

あなたは十八歳、それなら仕事があります。

第2章　始動

1　トムゼン――保護者

　ボリス・エルッが特別列車一〇五号の話をしようとしていて、こちらも聞く気はあったが、おれはその前に尋ねた、

「おまえ、近ごろはだれをつまみ食いしていたんだっけ？　思い出させてくれ」

「ああ、ブナの町のあの料理人と、カトヴィッツの町のあのバーテンダー。あとは、アリシュ・ザイサーともいい線いけたらいいんだがな。特務曹長に先立たれた女だ。旦那が亡くなってまだ一週間だが、けっこう脈がありそうなんだ」ボリスは状況を教えてくれた。「困ったことに、彼女はあと一、二週間でハンブルクへ発ってしまう。ゴーロ、これは前にもおまえに訊いたよな。おれは女の好みが幅広いのに、なぜ下層階級の女にばかり惹かれる？」

「さあな、ボリス。それが冷血漢の特徴というわけでもなし。じゃあ頼むよ。特別列車《ゾンダーツーク》一〇五号の話を」

　ボリスは首の後ろで手を組み合わせ、ゆっくりと口を開いた。「滑稽だよな、フランス人ってのは。

そう思わないか、ゴーロ？　自分たちが世界をリードしてるって考えをなかなか捨て去れないんだ。都会的で、洗練されてるってところでは。折り紙付きの腰抜けと追従屋の国だぞ――なのに連中はいまだに、ほかのだれより自分たちが上だという気でいる。粗野なおれたちドイツ人よりも。どうかするとイギリス人よりも。それに同意する向きもある。フランス人ってやつは――徹底的に打ち負かされてもだえているいまでも、自我を抑えられないのさ」

ボリスはかぶりを振った。人間性の不思議に――人間性と、そのねじれた性質に――素直に感じ入っているかのように。

「こういう問題は根が深い」おれは言った。「続けてくれ、ボリス、よかったら」

「ああ、おれは意外にもほっとしていた、いや、嬉しくて得意になったよ、荷おろし場《ランペ》がいつになくすっきりしていたから。きれいに掃除して水をかけてあった。酔っ払ってるやつもいなかった――まだ時間が早すぎたんだ。それに夕焼けのきれいだったこと。あのにおいさえずいぶん減っていた。で、旅客列車が入ってくる、えらく華やかなのが。カンヌかビアリッツから来てたとしてもおかしくなかった。乗ってた連中がみずから進んでおりてくる。鞭も、警棒もなしだ。得体の知れないものを満載した家畜運搬貨車もなし。大酒飲みのおやじがスピーチして、おれが通訳して、それから出発だ。何から何まで節度が保たれていた。そこへ現れたのが、あのくそ忌々しいトラックだ。それで台なしになった」

「なぜだ？　何を積んでいた？」

「死体だよ。毎日たまってく死体の山だ。基幹収容所《シュタムラーガー》からスプリング・メドウへ運んでる途中だった」

　十人ほどの死体が崩れてきて尾板からだらんとぶらさがった、それを見て、船べりから身を乗り出して吐いている乗組員たちの亡霊を想像したと、ボリスは言った。

「腕がぶらぶら揺れてた。ただの日にちの経った死体じゃないぞ。痩せこけた死体だ。糞尿やぼろ切れ、血糊や傷や腫れ物に覆われて、放り投げられた、目方が四十キロしかない死体だ」

「うむ。それはまずい」

「洗練の極みとはとても言えない」ボリスは言った。

「悲鳴があがったのはそのときか？　おれたちにも聞こえたぞ」

「あれは見るに堪えなかった」

「うむ。それに、いろいろな……解釈ができる」それはただの光景ではなく説話でもあった——長い物語を伝えていたのだと、おれは言いたかった。「すぐには理解できない」

「連中は全然わかってなかったとドロゴ・ウールは考えてる。すっかり呑みこめてはいなかったと。だがおれが思うに、連中はただ衝撃を受けたんだ——死ぬほどの衝撃を。おれたちの……下劣さ《コショネリー》に。なんせ、トラックいっぱいの餓死死体だぞ。あれはいささか野卑で田舎じみてた、そう思わないか？」

「そうかもな。議論の余地はあるが」

「なんて恥知らず《アンソルターブル》な。ドイツ人はこれだからいやだ、てなもんさ」

　見くびられそうなほど小柄で、見くびられそうなほど痩身のボリスは、戦闘を担う武装親衛隊《ヴァッフェンSS》の上級大佐だった。武装親衛隊は国防軍《ヴェアマハト》ほど序列に縛られない——より自発的で、理想に燃えている——らしく、指揮系統を無視して激しく意見が衝突することがままあった。ボリスは、作戦行動（ロシアのボロネジでのことだ）をめぐる上官との意見の衝突から殴り合いになり、相手の若い少将が歯を一本失うことになった。そういうわけで、ボリスはここにいる——自分でよく言っているように、〝オーストリア人に囲まれて〟（そして大尉に降格されて）。処罰の期間はまだ九カ月ある。

「選別はどうだったんだ？」おれは尋ねた。

「選別はなかった。全員ガス室行きなのがひと目でわかったから」

「……考えてるんだが、おれたちが彼らにしていないことはなんだ？　強姦はしていないと思うが」

「いろいろある。強姦の代わりにはるかにおぞましいことをやってる。おまえは新しい同僚たちに一目置くべきだぞ、ゴーロ。はるかにおぞましいんだ。きれいな女を捕まえて、そいつらに医学実験を施してる。生殖器にだ。おれたちは女たちを老女に変える。それから飢えがその老女を老夫に変える」

おれは言った。「これ以上ひどく扱いようがないってことには同意するだろう？」

「いや、甘いな。まだ連中を食っちゃいないぞ」

そう言われて少し考えた。「ああ、ただ向こうは食われようがかまわないだろう。生きたまま食われないかぎりは」

「ああ、やるなら連中に共食いさせる。それはいやだろうよ……。ゴーロ、ユダヤ人の鼻っ柱を折ってやりたいと思っていなかったドイツ国民がいるか？　それにしたって、これはとんでもなくばかげてる、これはな。何が最悪かわかるか？　何がおれの胸をこんなにむかつかせてるのか」

「わかる気がするよ、ボリス」

「だろ。どれだけの部門をおれたちは束ねてる？　収容所は何千もある。何千もだ。労働者の時間、列車の時間、警察の時間、食事の時間。本来の役目なんか果たせやしない！　戦争はどうなった？」

「そのとおり。戦争はどうなった」

「こんなことがどうしたらあれにつながるっていうんだ？　……なあ、彼女を見てくれよ、ゴーロ。隅にいる刈りあげた黒髪の女。あれがエスターだ。いままで生きてきてあれほどの美人を見たことあるか？」


おれたちは通称〝カリフォルニア〟の一面を広く見渡せる、一階にあるボリスの小さな事務室にいた。そのエスターは整理班《アウフロイムングスコマンド》所属の、周期的に入れ替えられる二、三百人の女たちのひとりで、がらくた置き場と化したコンクリート敷きの中庭——サッカー場くらいの広さがある——での作業に励んでいた。

ボリスは立ちあがって伸びをした。「おれは彼女を救いにきたんだ。モノヴィッツで瓦礫《がれき》をかき集めてた彼女を、そのいとこがこっそりこの班へ連れてきた。当然、ばれた——髪が全然なかったからな。それで便所掃除班《シャイセコマンド》にまわされそうになった。だがおれが首を突っこんでやめさせたんだ。造作もないことさ。ここじゃ、〝ペーターから奪ってパウルに賄賂を渡す〟（ペテロから奪ってパウロに払う〔借金で借金を返す〕という成句のもじり）だけでいい」

「それで彼女はおまえを憎んでるわけか」

「おれを憎んでる、か」苦々しげに、ボリスはかぶりを振った。「じゃあ、また余計なことをして憎まれるとしよう」

ボリスは万年筆でガラスをコンコンと叩き、エスターが顔をあげるまで叩きつづけた。エスターは目だけで天を仰いでみせたあと、作業に戻った（妙に集中して、ひびの入った水差しのなかにチューブ入りの歯磨きを絞り出していた）。ボリスは立ちあがってドアをあけ、手招きをした。

「クビシュさん。ハガキを一枚頼めるかな」

歳は十五、セファルディム（スペイン・ポルトガル系のユダヤ人）だな、とおれは見当をつけた（肌や髪の色がレバント人を思わせる）。見事に引き締まった体つきで、敏捷《びんしょう》そうなのだが、不自然にとぼとぼ、もたもた歩いて部屋に入ってきた。嫌味なくらいの足どりの重さだった。ボリスが言った、

「すわってくれ。きみのチェコ語と女性らしい字で代筆してもらいたいんだ」ボリスはにっこりして言った。「エスター、なぜそんなにおれを毛嫌いする？」

エスターは自分のシャツの袖をぐいと引っ張った。

「この制服か？」ボリスはよく尖った鉛筆を彼女に手渡した。「いいかい？〝母さんへ　コロン　友人のエスターにこれを書いてもらっている……手に怪我をしたんだ〟。そうだ、ゴーロ、よかったら報告してくれよ。〝外でバラを摘んでいたときに　ピリオド〟。例のワルキューレとはどうなってる？」

「今夜会うことになってる。というか、会えることを心から望んでるし、期待してる。大酒飲みのおやじがファルベンの面々のために晩餐会を開くんだ」

「あのな、彼女は予定をすっぽかしがちだって話だ。それで彼女がいなけりゃ、どうしようもなく退屈な晩餐になるぞ。〝農業試験場での暮らしをどう伝えたものだろう　クエスチョンマーク〟。でもまあ、嬉しそうだな、いまのところは」

「ああ、そうとも。待ちきれないよ。やんわり言い寄りさえしたし、住所も渡したんだ。もっとも、それはやめておけばよかったたな、彼女がいまにもうちのドアを叩くんじゃないかとずっと考えてしまうから。向こうが飛びついてきたとは言えないが、すげなく拒まれもしなかった」

「〝仕事はきついけど　コンマ〟。彼女をおまえの部屋に入れるわけにもいくまい――下の階の女みたいな穿鑿《せんさく》屋がいたんじゃ。〝田舎の風景と空気のよさは気に入っている　ピリオド〟」

「なんにせよ、とびきりの女だ」

「ああ、たしかに、ただいろいろ恵まれすぎてる。〝環境はすこぶるまともだ　コロン〟。おれはもっとつまらん女がいい。尽くしてくれるしな。〝寝室は簡素だが快適だ　角括弧開き〟。そのへんにぽいと捨てることもできる。〝十月には……〟。なあ、おまえはどうかしてるぞ」

「なぜだ?」

「あいつ。〝十月にはふかふかの羽布団が支給されるらしい、寒い夜のためにね　角括弧閉じ　セミコロン〟。あいつだよ。あの大酒飲みのおやじ」

「どうってことない」そこでおれはイディッシュ語の言いまわしを使った――エスターの鉛筆が一瞬

止まる程度には、正確な発音で。「やつはグラーブ・タッヘス、でぶ野郎だ。頭も鈍い」「〝食事は質素だ　コンマ　ほんとうに　コンマ　だが健康によさそうで量もある　セミコロン〟。でぶおやじってのは始末に負えないんだ、ゴーロ。〝それにどこもかしこも清潔で汚れひとつない　ピリオド〟。しかもやつは悪知恵が働く。鈍物なりの悪知恵さ。〝広々した　ここに下線を頼むよ　広々した浴室は農場ならでは……独立したでっかい浴槽がいくつもある　ピリオド　きれい好きなんだ　コンマ　とにかく　ダーシ　このへんのドイツ人はね　エクスクラメーションマーク〟」ボリスはため息をつき、青くさい少年どころか、すねた子供みたいにこう言った、「クビシュさん。おれがせめて顔を見られるように、頼むからときどき目をあげてくれよ！」

細身の葉巻《シガリロ》を吹かし、円錐形のグラスでキールを飲みながら、おれたちは窓の外のカリフォルニアを眺めた。そこはさまざまな場所に似ていて、それらが一緒くたになっている。空っぽの一街区を占める百貨店、幅広い品揃えの慈善バザー、オークションルーム、税関、見本市、古代ギリシャの集会広場《アゴラ》、卸売市場、中東の青空市場《スーク》、アジアの交差点広場《チョウク》——この世の、終点にある遺失物取扱所。

リュックサック、ナップザック、手提げの旅行鞄、スーツケースやトランク（最後のこれらには魅惑的な——国境の通過点や、霧に煙る街を偲ばせる——旅のステッカーが貼ってある）が、うずたかく折り重なっている。松明を待ち受ける巨大な焚き火のように。三階建てのビルほど高い毛布の山——どれほど感覚の繊細な姫君でも、二万、三万と積まれた毛布の下の、豆ひと粒の感触はわからないだろう（アンデルセンの童話『エンドウ豆の上に寝たお姫さま』に掛けて）。そして至るところに、鍋や釜、ヘアブラシ、シャツ、コート、ワンピース、ハンカチ——さらには腕時計、眼鏡、義手や義足、かつら、入れ歯、補聴器、矯正靴、脊椎サポーターなどの、こんもりした塚ができている。最後に目に留まったのは、子供の靴の小山、そして平たく広がった、乳母車の山——木の箱に車輪がついただけのものもあれば、未来の公爵や未来の公爵夫人向けの優美な曲線を描いたものもあった。おれは言った、

「彼女はあそこで何をやってるんだ、おまえのエスターは？　あれはちょっと非ドイツ的じゃないか？　水差しいっぱいの歯磨きをどうしようっていうんだ？」

「隠してある宝石を探してるんだよ……。彼女がどうやっておれの心をつかんだか知ってるか、ゴーロ？　おれのために踊れと命令されたんだ。あの動きはまるで液体だったよ。涙が出そうになった。その日はおれの誕生日だったんで、祝いの舞を見せてくれたわけさ」

「ああそうだった。誕生日おめでとう、ボリス」

「ありがとう。遅くなってもないよりはましだ」

「三十二になるのはどんな気分だ？」

「まあ、悪くはない。いまのところは。おまえもじきにわかるだろ」ボリスは舌で唇を舐めた。「連中が切符代を自分で払ったのは知ってるか？　ここへ来るのは自腹なんだよ、ゴーロ。例のパリ市民たちはどうだったか知らないが、普通は……」身をかがめて目の前の煙を払いのける。「普通は三等車の均一料金だ。片道の。十一歳以下の子供は半額だ。これも片道」そこで身を起こした。「良心的だよな」

「そう言えなくもない」

「……ユダヤ人は馬上の高みから引きずりおろされなきゃいけなかった。それは一九三四年に達成された。だがこれは――これはとんでもなくばかげてる」

――

そう、ズーイトベルトとロームヒルデのゼーディヒ夫妻がいて、フリテューリクとアマラザントのブルクル夫妻がいて、ドロゴとノルベルテのウール夫妻がいて、バルデマーとトルーデルのツルツ夫妻がいて……おれは――おれはもちろん連れがいなかったが、若い寡婦のアリシュ・ザイサー（親衛隊特務曹長のオルバルト・ザイサーはつい先ごろ、ここKZでの騒動に巻きこまれて不面目な非業の死を遂げていた）がいることで釣り合いはとれていた。

そして、パウルとハンナのドル夫妻もいた。

玄関ドアをあけたのはドル少佐本人だった。軽くのけぞりながら言う、「ほうほう、盛装でお出ましか！　まさか将校の地位に就いておったとは」

「名ばかりですが」おれはマットで靴底を拭っていた。「それにこれより下の階級はほとんどありませんよ？」

「階級は人間の価値のたしかな基準ではないぞ、中尉。権限の範囲こそが問題になる。フリッツ・メビウスを見たまえ。彼はきみよりまだ地位が低い――それでも一流の働きをする。権限をわきまえることが肝要なのだ。さあ入りたまえ、青年よ。それと、これは気にしないでくれ。庭での事故だ。鼻柱にまともに一発食らった」

その結果、パウル・ドルは両目に痛々しい痣をこしらえていた。

「これしきはなんでもない。本物の負傷がどういうものかは知っているつもりだ。一九一八年にイラクの前線にいたときのわたしをきみに見せたかったよ。ぼろぼろの状態だった。それと、あの子たちのことも気にしなくていい」

あの子たちというのは娘ふたりのことだった。寝巻姿のパウレッテとシビルが、手をつないで階段の最上段にすわり、ぐじぐじと泣いていた。ドルは言った、

「やれやれ。ふたりとも何やかやで動揺していてな。さて、うちの奥方はどこだ？」

おれはじろじろ見るまいと決めていた。だからハンナは——日焼けしたての肌に琥珀色のシルクのイヴニングドレスをまとった、女神のごときその威容は——ほぼただちに、おれの視界の隅の塵と化した……。行く手に長く迂遠な夜が延びていることはわかっていたが、それでも適度な前進ができることを願っていた。おれの計画は、ある魅了の法則を活用するべく、特定の話題を持ち出して印象づけることだった。逆効果になる恐れもなくはないが、まずまちがいなく効力のある法則だ。

長身ですらりとしたゼーディヒと短軀で恰幅のいいブルクルはビジネススーツを着ていた。ほかの男たちは揃って礼装用の制服姿で重々しくたたずんでいた。ドルは勲章を身に着け（鉄十字、銀の杖のバッジ、親衛隊の名誉リング）、暖炉を背にして、ばかみたいに脚を開いて立ち、前後に体を揺らしながら、そう、ときおり眉の下の見苦しいみみず腫れに、震えの止まらない手をかざしていた。アリシュ・ザイサーは喪服を着ていたが、ノルベルテ・ウール、ロームヒルデ・ゼーディヒ、アマラザ

ント・ブルクルとトルーデル・ツルツの四人はベルベットやタフタのドレスで派手に装っていて、さながらトランプのダイヤのクイーンとクラブのクイーンだった。ドルが言った、

「トムゼン、そこにあるものは自由に取ってくれ。遠慮なくがっついていいぞ」

サイドボードの上に、カナッペ（スモークサーモン、サラミ、酢漬けのニシン）の大皿が何枚も、加えて各種揃った強い酒と、半分空になったシャンパンのボトルが四、五本載っていた。おれはウール夫妻とだらだら歩いていった――中年のドロゴ大尉は、港湾労働者のような体格と、伸びかけたひげで青灰色に見える割れた顎の持ち主で、ノルベルテは、細かくカールした髪に金めっきのティアラ、それに九柱戯《ナインピンズ》のピンほどもあるイヤリングを着けた、小うるさい女だ。たいして言葉は交わさなかったが、少々意外な発見がふたつあった――ノルベルテとドロゴは互いをひどく嫌っていて、ふたりともすでに酔っ払っていた。

おれはフリテューリク・ブルクルを捕まえて二十分ほど仕事の話をした。そしてフミリアが両開きのドアから入ってきて、恥ずかしそうにお辞儀をしたのち、晩餐の準備がまもなく整うと告げた。

ハンナが言った。「娘たちの様子はどう？　少しは持ちなおした？」

「まだひどくご機嫌斜めです。わたしにはなんともしようがありません。慰めてもだめなのです」

脇へ退いたフミリアの横を、ハンナは足早に通り過ぎていき、苦笑を浮かべた司令官がその姿を目で追っていた。

「さあ、あなたはこちら。あなたはそちらへ」

ボリスがもったいぶって教えてくれたのは、女性たちはかたまって《オン・ブロック》着席するか、あるいはキッチンで別に食べるかするだろう（おそらくは早めに食事をすませる子供たちと一緒に）ということだった。だがそうはならず――よくある男女共学スタイルで全員が食卓を囲んだ。円形のテーブルに着いたのは十二名。そしておれが六時の位置とすれば、ドルは十一時、ハンナは二時の位置だった（彼女とふくらはぎをからめるのは物理的に無理だ――もしそれを試みたら、おれは後頭部だけを自分の椅子に残すことになる）。おれの両隣はノルベルテ・ウールとアリシュ・ザイサーだった。頭に白いハンカチを巻きつけた、メイドのブロニスワヴァともうひとりの補助要員アルビンカが、クリスマス用の長いマッチを使って枝付き燭台に火を灯した。おれは言った、

「こんばんは、ご婦人がた。こんばんは、ウール夫人。こんばんは、ザイサー夫人」

「ありがとうございます、お気遣いを」アリシュが言った。

スープが出ているあいだは女性に話しかけ、そのあと、いったん全員での会話がはじまれば、個々人の声はしっかり聞こえなくてもいい（それらは詰め物のようになり、会話の緩衝材となる）というのが、このへんでのしきたりだ。赤い顔をしたノルベルテ・ウールは、不満げにうなだれてテーブルクロスに目を落とし、しゃがれ声でひとり笑いしていた。だから二時の位置に目をやることなく、おれは七時から五時へと目を移し、寡婦の相手に専念することにした。

「ザイサー夫人、ほんとうに心が痛みます」おれは切り出した。「ご主人に先立たれたそうで」

「そうなんです、ええ、恐れ入ります」

アリシュは二十代後半で、ほくろが多くてやけに血色が悪い（着席しながら、ドット模様の黒いヴ

ェールを持ちあげたときも、まだヴェールをおろしている感じがした）。ボリスが声高に賛美していたのは、まるみを帯びて据わりのいいその体つきだった（だが今夜は、足どりの陰鬱さとは裏腹に、そわそわと落ち着かない印象だった）。ボリスはまた、ザイサー特務曹長の最期について、軽蔑交じりに詳述していた。

「どうにも虚しくて」アリシュは言った。

「しかしいまは、大きな犠牲が意味を持つときですし……」

「そのとおりですわ。ありがとうございます」

アリシュ・ザイサーは友人や仲間としてではなく、一介の下士官の敬意を払うべき寡婦としてここにいるのだ。そして彼女は見るからに、痛ましいほどに気詰まりな様子だった。おれはアリシュの緊張をほぐしてやりたくなった。それでしばらく、埋め合わせになるものを、救いを――そう、オルバルトの死という大きな黒雲に兆すひと筋の光明を――探した。考えついたのは、特務曹長は、あの災難に見舞われたとき、たしか強力な鎮痛剤を――純粋に気晴らしのためだったにせよ、大量のモルヒネを――服用していたのですよね、と話を切り出すことだった。

「あの日、主人は具合がよくなかったんです」アリシュが言い、猫を思わせる歯（紙のように白く、紙のように薄い）を覗かせた。「ほんとうに具合が悪そうでした」

「うむ。とてもきついお役目ですからね」

「こんなふうに言ってたんです、おれは本調子じゃない、きょうは使い物にならないって」

ザイサー特務曹長は、〝カリフォルニア〟へ寄って薬代に充てる金をくすねてから、診療所《クランケンバウ》へ行って目当ての品を手にした。用事がすんだので、女性収容所の南端の持ち場へ向かった。ポテト屋台（おそらくそこで軽食にありつこうとしたのだろう）のそばまで来たところで、ふたりの囚人が列を乱し、境界線へ向かって駆けだした（自殺の一形態で、頻度はかなり低い）。ザイサーは自分の機関銃を構えて迷わず発砲した。

「悲しい偶然が重なりましたね」おれは言った。

というのもオルバルトは、武器の反発力に意表をつかれ（きっと薬の威力にも意表をつかれ）、二メートルほど後方へよろめき、なおも弾丸を放ちながら、電流の通じた鉄条網に倒れこんだのだ。

「悲劇です」アリシュは言った。

「望みを託すほかないですね、ザイサー夫人、時の経過に……」

「ええ。時間はどんな傷も癒してくれます。ともかく、そう言われてはいますね」

ようやく全員のスープ皿がさげられ、メイン料理が運ばれてきた――ワインで煮込んだ濃厚なビーフシチューだった。

ハンナがテーブルに戻ってきたとき、ドルはある逸話を披露している最中だった。七週間前（七月中旬）、親衛隊全国指導者のハインリヒ・ヒムラーを当地に迎えたときの話だ。

「その名高い客人をドゥヴォリにあるウサギの育種場へお連れしたんだ。あなたもぜひ訪れてみたらいい、ゼーディヒ夫人。すばらしいアンゴラウサギがいる、生まれつき毛並みが真っ白でふわふわなのが。百羽単位で飼育している。あの毛皮のために。任務にあたる空軍兵士もそれで寒さ知らずだ！

それに〝雪玉〟という特別なやつもいる」とドルは言い、ゆっくりと表情を崩して好色な目つきになった。「非の打ち所なく美しいやつが。それで収容所の医師、わたしは囚人どもの獣医と呼んでいるんだが、彼がいろんな〝芸〟をそいつに教えこんだ」ドルは眉をひそめた（そして顔をしかめ、苦笑を浮かべた）。「ちなみに、ひとつこういうのがある。とっておきの芸だ。雪玉は後ろ足ですわって、前足を、ほら、こんなふうにして――〝ちんちん〟するんだ、獣医たちは雪玉に〝ちんちん〟を教えたのだよ！」

「それで、名高い客人にはじゅうぶんお楽しみいただけたのかな？」ツルツ教授が尋ねた（親衛隊名誉大佐のツルツには、ある種の医者に特有の、不気味な若々しさがある）。「喜んでおられた？」

「ああ、それはもう大喜びだった。ずいぶん相好を崩して――手を叩いておられた！　側近も全員、拍手を送っていた。その雪玉にな。雪玉は少々おびえた様子だったが、ただひたすら〝ちんちん〟していたよ！」

当然ながら、ご婦人がたの前では、この紳士たちは戦争遂行に関する話をしないようにしていた（当地にかぎった要素――ブナ－ヴェルケの進展など――も話題にしないようにしていた）。この時間、ハンナとまともに目が合うことはなかったが、互いにそれとなく向けた視線が、蠟燭の光のなかで、ときおりさっと交差することはあった……。自然式農業の技術的なあれこれについて、話題は移っていった――ハーブ療法、野菜の異種交配、メンデルの遺伝学説、ソヴィエト連邦の農学者トロフィム・ルイセンコの物議を醸した学説。

「これはもっと広く知られるべきだ」ツルツ教授が言った。「ハインリヒ・ヒムラーが民俗学の分野で高い評価を得ていることは。〝アーネンエルベ（「祖先の遺産」の意。アーリア人種についての研究などをおこなうナチ党の公的機関）〟における、氏の取り組みのことだが」

「たしかに」ドルが言った。「人類学者と考古学者からなる完璧な研究チームを編成した」

「ルーン文字学者、紋章学者もいた」

「メソポタミアやアンデス、チベットへの調査旅行も」

「専門知識」ツルツは言った。「知力。これこそが、われわれがヨーロッパの支配者たるゆえんだ。適用された理論――それだけのことだ。そこに大きな謎などない。どうだろう、われわれの指導部と指揮系統ほど知的に展開されたものがいまだかつてあっただろうか」

「知能指数」ドルが言った。「精神力。そこに大きな謎などない」

「きのうの朝、デスクを片づけていたら」ツルツは続けた、「クリップではさんだ二枚の連絡票が出てきてね。それを見たかぎり、ポーランドとソヴィエト連邦《USSR》にいる行動部隊《アインザッツグルッペン》（前線の後方でユダヤ人や敵性分子を排除するのに投入された移動銃殺部隊）、体を張っている連中だと断言できるが、その二十五名のリーダーのうち十五名が博士号を持っている。で、次に見たのが、一月に催された高官会議の連絡票だ。その十五名の出席者のうちでは？　八名が博士号取得者だ」

「その高官会議というのは？」ズーイトベルト・ゼーディヒが尋ねた。

「ベルリンの」ウール大尉が言った。「ヴァンゼーで催された。目的は――」

「再定住案の最終決定だ」顎をあげ、唇をすぼめてドルが言った。「東方の解放地域への」

「ふん。〝ブク川（ポーランド東部とウクライナ西部の境界をなす川）の向こうへ〟か」ドロゴ・ウールは鼻で笑った。

「博士が八名」ツルツ教授が言った。「でまあ、その会議を召集し、議長を務めたのがハイドリヒ（国家保安本部の長官、ラインハルト・ハイドリヒ。一九四二年六月四日に暗殺された）だ、安らかに眠らんことを。だがこの議長を別にしても、第二、第三の高官がいた。いや、それにしても。博士が八名。識者の層が厚い。それでこそ最善の決定ができるというものだ」

「だれがいた？」自分の爪に目をやりながら、ドルが言った。「ハイドリヒ。だがほかには？ ランゲ。ゲシュタポ・ミュラー。アイヒマン――列車運行係として名高い男だ。その笛とクリップ付きの筆記板で（アドルフ・アイヒマンは強制収容所への移送を中心となって指揮した人物）」

「まさにそれが言いたかったのだよ、パウル。知識人の層が厚い。どのレベルでも最上の決定がなされる」

「なあバルデマー、ヴァンゼーでは何も〝決められて〟はいない。何カ月も前にくだされた決定にゴム印を押しただけだ。最高レベルでくだされた決定にな」


そろそろおれの話題を持ち出して印象づける頃合いだった。ここで通用している政治体制のもとでは、どこが秘密のはじまりで、どこが権力のはじまりかと、だれもがおのずと考えるようになっていた。いま、権力は腐敗している――これは隠喩ではない。ただ、（おれにとっては）幸いなことに、権力は人を惹きつける、これも隠喩ではない。しかもおれは権力に近い存在であることで、男としての多大なる強みを得ていた。戦時には、女性はとりわけ強く権力に惹きつけられるもので、持てるかぎりの友と賛美者を、持てるかぎりの保護者を求めるものなのだ。少々じらすように、おれは言った、

「少佐、あまり知られていない事柄をひとつ、ふたつお話ししてもかまいませんか？」

ドルは心持ち尻を浮かせて言った。「いいとも、話したまえ」

「ありがとうございます。くだんの会議は一種の試みといいますか、実地試験だったのです。議論は著しく紛糾《ふんきゅう》するものと議長は見ていました。しかし予想外に八方うまくおさまった。だから会議を終えると、ハイドリヒ、ラインハルト・ハイドリヒ保護領総督は、葉巻とブランデーを楽しんだ。昼日中《ひるひなか》から。ひとりでしか酒を飲んだことのない、ハイドリヒがです。暖炉の前でブランデーを。移送係のアイヒマンを足もとにはべらせて」

「……きみはその場にいたのか？」

おれは軽く肩をすくめた。そして身を乗り出しながら、物は試しで、アリシュ・ザイサーの膝のあいだに手を置いてみた。その膝がきゅっと閉じられたと同時にアリシュに手をつかまれ、おれはさらなる発見をした。それでなくとも憂《うれ》い事を抱えていたアリシュは、ひどくうろたえていた。そのせいで全身が震えていた。ドルが言った、

「きみはその場にいたのか？　それともきみにはレベルの低すぎる話か？」飲み食いしながら続ける。「むろん、そういった情報の仕入れ先は、きみの叔父上のマルティンだな」ふたつの黒い目がテーブルをぐるりと一巡した。「ボルマン」声が太くなる。「ナチ党全国指導者……。トムゼン、わたしは叔父上のマルティンを知っている。苦難の時代につるんだ仲間だ」

これは初耳だったが、おれは言った。「はい。あなたのことも昔馴染みだということも、叔父はよく話していますよ」

「よろしく伝えてくれたまえ。では、続きを聞こうか」

「どこまで話しましたっけ？　ハイドリヒは感触をたしかめる《テスト・ザ・ウォーター》つもりだったのです。各――」

「ヴァン湖《ゼー》の水のことを言ってるなら、凍えるほど冷たいぞ」

「ズーイトベルト、茶化すな」ドルが言った。「トムゼンくん」

「各官僚がどの程度抵抗を示すか。かなり野心的と受けとられるであろう試みへの抵抗です。ヨーロッパ全域でわれわれの最終的な民族戦略を用いるという」

「それで？」

「さっき言ったとおり、予想外にすんなりまとまりました。抵抗に遭わなかったのです。いっさい」

ツルツが言った、「それのどこが予想外なのだ？」

「範囲が範囲ですから、教授。スペイン、イングランド、ポルトガル、アイルランド。数も相当なものです。一千万。ことによると千二百万」

いま、おれの左でだらしなくすわっていたノルベルテ・ウールが、フォークを皿に落とし、吐き出すように言った。「たかがユダヤ人でしょうが」

文民たちが食事を続ける音は聞こえていた（ブルクルはスプーンから念入りに肉汁を舐めとっていて、ゼーディヒはニュイ・サン・ジョルジュ産のワインで口をゆすいでいた）。ほかの全員が口を動かすのをやめていた。そして、頭でゆっくりと8の字を描きながら大きくにやついたドロゴ・ウールに目が釘付けになったのも、おれひとりではないようだった。ドロゴは上の歯をにかっと見せて、ツルツに言った、

「いやまあ、かっかするのはやめましょうや。大目に見てやりましょう。女は何もわかっちゃおらん。たかがユダヤ人とはね？」

「〝たかが〟ユダヤ人か」ドルが嘆かわしげに同意した（達観したふうにナプキンをたたんでいる）。

「いささか腑に落ちないひとことだと思わんかね、教授、帝国による包囲がいまにも完遂されることを考えると」

「たしかに、まるで腑に落ちません」

「われわれはこれに軽々しく着手したわけではないのだよ、ウール夫人。めざすところは当然、心得ている」

ツルツが言った、「そう。いいかい、彼らは特別危険なのだよ、ウール夫人、彼らは生物学上の中核原理をずっとわかっていたのだから。民族の純化は民族の力に等しい」

「連中が近親交配していることにはだれも気づかない」ドルは言った。「そうとも。連中はわれわれよりずっと昔からそれをわかっていたのだ」

「だからこそやつらは空恐ろしい敵なんだ」ウールが言った。「それにあの残酷さ。まったく信じがたい。すまん、ご婦人がた、こんなことを聞かせるべきではないんだが、やつらは……」

「わが軍の負傷兵の皮を剝ぐ」

「わが軍の野戦病院に機銃掃射する」

「わが軍の救命ボートを魚雷で攻撃する」

「わが軍の……」

おれはハンナを見た。唇を固く結び、眉根を寄せて両手を見おろしている――その長い指は、水栓の下で洗われているかのように、ゆっくりと組み合わさり、よじれ、からみ合っていた。

「長年にわたる世界的悪行だ」ドルが言った。「そしてわれわれはその証拠をつかんでいる。証拠となる議事録を！」

「『シオン賢者の議定書』（ユダヤ人がキリスト教廃絶と世界征服を謀っていた証拠とされる、議事録の体裁をとった偽書）」ウールが不気味な声音で言った。

おれは言った。「あの、司令官。その〝議定書〟については疑念を抱く人たちもいたかと思われますが」

「ああ、いたとも」ドルは言った。「そういう手合いには『わが闘争《マイン・カンプフ》』の一節を引用してやるのだ、あれは実に鮮やかに核心をついている。一字一句は覚えていないが、主旨はこうだ。たしか……ロンドンの《タイムズ》紙が再三再四、あれは捏造文書だと報じている。このこと自体が、文書の信憑性を示す証拠だ……痛烈だろう？　まったくぐうの音も出ない」

「そう――つべこべ言うだけ無駄なのだよ！」ツルツが言った。

「彼らは貪欲に吸いつくす」鼻にしわを寄せて、ツルツの妻のトルーデルが言った。「まるでトコジラミね」

ハンナが言った、「わたしもひとことといいかしら？」

ドルが追い剥ぎのような視線を妻に向けた。

「ええ、基本的にそう」ハンナは言った。「生まれ持ったものだから仕方ないの。欺瞞の才のことよ。それと強欲さ。子供でも見抜けるわ」息を吸いこんで続ける。「できもしないことを約束して、にっこり笑いながら人を惑わす。そのあと身ぐるみ剝がすのよ」

いまのは現実か？　ＳＳの隊員を夫に持つ主婦《ハウスフラウ》としては、ごく当たり前の発言だったのだろうが、蠟燭の明かりのもとでは意味深に聞こえた。

「……まさに否定しがたいな、ハンナ」とまどいぎみに、ツルツが言った。そして真顔に戻った。

「なんにせよ、ユダヤ人には同じ手口で報復してやろう」

「いまこそ立場を逆転させるときだ」ウールが言った。

「いまこそしっぺ返しを食らわすときだ」ドルが言った。「そうなったらさぞかしがっくりくることだろう。だからウール夫人、われわれはこれに軽々しく着手したわけではないのだ。めざすところは当然、心得ている」


サラダとチーズ、フルーツとケーキとコーヒー、ポートワインとシュナップスがテーブルをめぐっているあいだ、ハンナは上階へ三度目の様子見に行ったきりだった。

「敵はいまや九柱戯《ナインピンズ》のごとくばたばた倒れている」ドルが語っていた。「奪えるものは奪うにしても、気が引けるくらいだ」むくんだ手を持ちあげ、チェックマークを打つように数えあげていく。「セバストポリ。ボロネジ。ハリコフ。ロストフ」

「そうとも」ウールが言った。「ヴォルガ川の向こうまで突き進むのを待っているがいい。スターリングラードは徹底的に爆撃した。われわれの手に落ちるのも時間の問題だ」

「きみたちは」ドルが言った（ゼーディヒとブルクルとおれに向かって）。「荷作りして故国《くに》へ帰ったほうがよさそうだな。まあ、きみらの工場のゴムはまだ必要になるだろう。だが燃料は不要になる。コーカサスの油田がわれわれのほしいままになった暁にはな。おい、あの子たちの尻を青くなるまでぶってきたのか？」

ドルの問いは妻に向けられたものだった。戸口の横木の下からさっと入ってきたハンナが、暗がりから揺らめく光のなかへ出てきた。着席してから言う、

「もう眠ったわ」

「それはありがたい！　くだらん反抗はもうたくさんだ」ドルはふたたびテーブルの面々に顔を向けて言った。「ユダヤ－ボリシェヴィズム（ユダヤ人と共産主義を同一視するナチ党のプロパガンダ）は年内に打ち砕かれるだろう。そうなれば今度はアメリカ人の番だ」

「やつらの武力はお粗末なもんだ」ウールが言った。「十六師団。ブルガリア軍とほぼ変わらない。B－17重爆撃機はいくつある？　十九機だ。お話にならない」

「機動作戦で走らせるトラックを手に入れたらしい」ツルツが言った。「横っ面にペンキで戦車と書いたやつを」

「アメリカが参入してきたところで何も変わらん」ウールが言った。「何も《ニル》。やつらの微々たる戦力なんぞ、加わったことに気づきもしまい」

ほとんど口を開かなかったフリテューリク・ブルクルが、いま静かに言った、「第一次大戦での経験という面では、われわれにははるかに及びませんね。経済が軌道に乗れば……」

おれは言った、「ああ、経済といえば。これはご存じでしたか、少佐？　一月の同じ日にベルリン

では別の会議も開かれたのです。議長はフリッツ・トート。焦点は軍備です。経済再建について。長期戦への備えについて」

「敗北主義《デフェティスムス》か！」ドルが笑った。「国防力破壊《ヴェアクラフトツェアゼッツング》を招くぞ！」

「そんなことはまったくありません」おれは笑い返した。「ドイツ軍ですよ。ドイツ軍は自然の猛威に等しい――打ち勝てるものではありません。それでも装備と供給に不足があってはならない。問題になるのは兵員数です」

「工場が空っぽになれば」ブルクルが言った。「多くの人員がまた軍服を着ることになりますね」ずんぐりした腕と脚を組む。「一九四〇年の全軍事作戦で失われた兵員は十万。いま現在、オストラント（東部占領地域のベラルーシ、リトアニア、ラトビア、エストニア）では月に三万を失っています」

おれは言った、「六万。三万というのは公式発表の数です。六万なのですよ。だれもが現実を見なくてはなりません。国民社会主義は応用論理です。おっしゃるとおり、そこに大きな謎はありません。ですから、司令官、ひとつ議論を呼びそうな提案をしてもかまいませんか？」

「かまわんよ。ぜひ聞こう」

「われわれは手つかずの二千万の労働力を有しています。この帝国内に」

「どこだ？」

「あなたの両側にすわっておられますよ。女性です。女性の労働力です」

「ありえん」ドルが悠然と言った。「女性と戦争？　それはわれわれの誉れ高い信念に真っ向から対立するものだ」

ツルツとウール、ゼーディヒが、もごもごと同意した。

おれは言った、「わかります。しかし、どの民族もしていることです。アングロサクソン人も。ロシア人も」

「だからなおさら、われわれはそうするべきではないのだ」ドルは言った。「自分の妻を、汗だくで塹壕を掘っているどこぞのオリガにするつもりはない」

「女性は塹壕を掘る以上のことをしていますよ、少佐。フーベ率いる装甲師団をスターリングラードの北で食い止め、死闘を繰りひろげた高射砲の砲兵中隊、あれは全員女性でした。女子学生や、未婚の女性……」おれはアリシュの太腿を最後にぎゅっとつかんでから、両腕を持ちあげて笑った、「いや、わたしは無茶を言っていますね。それに恐ろしく軽率だ。すみません、みなさん。叔父のマルティンは電話でおしゃべりするのが好きなので、きょうのうちにこの話は伝わりますよ。というか、わたしが伝えるんですが。で、どうですか、ご婦人がた？」

「何がどうなんだ？」ドルが言った。

「入隊について」

ドルは立ちあがった。「答えなくていいぞ。そろそろこの男を連れ去らねばな。この手の〝インテリ〟は女性に妙な考えを吹きこんで始末に負えん！　さて。わが家では男性のほうが夕食後に別室へ引っこむのだよ。客間《ザローン》ではなく、わたしの粗末な書斎《アルバイトツィマー》へ。そちらでコニャックと葉巻と真面目な戦争談義といこうではないか。よろしいかな——紳士諸君」

外に出ると、夜はあるものにすっぽり覆われていた。話には聞いていたがまだ経験していなかったもの――シュレージエン地方特有の寒さに。そしてきょうは九月三日。おれは馬車置き場のランタンに照らされた階段に立って、外套のボタンを留めていた。

ドルの散らかった書斎では、ブルクルとおれ以外の男全員が、日本軍が太平洋で起こした奇跡（マレー半島、ビルマ、英領ボルネオ、香港、シンガポール、マニラ、バターン半島、ソロモン諸島、スマトラ島、韓国、中国西部での勝利）について大興奮で語り、指揮をとった飯田祥二郎、本間雅晴、今村均、板垣征四郎らの手腕を褒めたたえていた。やや落ち着いた幕間では、強硬な帝国や西側の軟弱な民主主義国など、優位の民族が専制する枢軸国の敵ではないと、静かに意見の一致を見た。ふたたびやかましくなったのは、今後の侵攻の話が出たときだ。標的は、トルコ、ペルシャ、インド、オーストラリア、そして（事もあろうに）ブラジル……。

途中で、おれはドルの視線を感じた。ふいに生まれた静けさのなかで、ドルが言う、

「きみどことなくハイドリヒを思い出させるな？　面差しに似たところがある」

「それに気づいたのはあなたが最初ではありませんよ」ブデンブローク家に生まれた一市民（豪商一族の没落を描いたトーマス・マンの小説『ブデンブローク家の人々』から）だったかもしれないヘルマン・ゲーリングや、元シャンパンのセールスマンで、生まれながらの貴族のふりをしていたリッベントロップ（ナチ党外交政策顧問、駐英大使を務めたのち、外相に就任した）（ロンドンの上流社会では、外交の場に欠席しがちなことから、〝さまよえるユダヤ人〟ならぬ〝さまよえるア

ーリア人〃とあだ名された）はさておき、バルト海、アルプス、ドナウ川流域の人種の血が混ざった者ばかりのナチ党の高官のなかで、ラインハルト・ハイドリヒはただひとり、純粋なチュートン人（ドイツ人またはゲルマン系の人）として通用する人物だった。「ハイドリヒはしじゅう法廷に出入りして、自身の血統の正当性を主張していました」おれは言った。「ただ、あのかたがユダヤ人の血を引いているという噂はすべて、まったく根拠のないものでした」

ドルはにやりとした。「では、このトムゼンがハイドリヒのような早すぎる死を回避するよう、みなで祈ろう」声量をあげて続ける、「ウィンストン・チャーチルはまもなく退陣する。ほかに道はない。ユダヤ人にそこまで毒されていない、アンソニー・イーデンに支持が集まっている。国防軍《ヴェアマハト》がヴォルガ川や、かつてモスクワとレニングラードであった場所から凱旋するとき、敵は国境でＳＳによって武装解除されるだろう。今後われわれは――」

電話が鳴った。十一時ちょうどに電話が鳴った――ベルリンにいる総統秘書《ゼクレテーア》付の秘書のひとり（昔付き合っていた気のいい女性）に、あらかじめ頼んでおいたとおりに。おれが受け答えしているあいだ、部屋は律義に静まりかえっていた。

「ありがとう、デルモッテさん。承知したとナチ党全国指導者にお伝えください」おれは電話を切った。「すみません、みなさん。これで失礼させてください。旧市街のわたしのアパートメントにまもなく伝書使が着くそうなので。戻って迎えなくては」

「貧乏暇なしだな」ドルが言った。

「まったくです」一礼しながら、おれは言った。

居間では、ノルベルテ・ウールが倒れたカカシのようにソファに横たわり、アマラザント・ブルクルが彼女に寄り添っていた。アリシュ・ザイサーは低い木のベンチにじっとすわって一点を見つめ、トルーデル・ツルツとロームヒルデ・ゼーディヒが彼女に寄り添っていた。ハンナ・ドルは上階へ行ったところで、戻ってきそうになかった。だれにともなく、これでおいとまします、どうぞそのままで、とおれは言い、玄関へ向かう途中、階段の下の廊下で一、二分たたずんでいた。遠くの雷鳴のような、浴槽に湯が落ちる音、素足がぺたぺたとやんわり床を踏む音、床板が迷惑そうにきしむ音がした。

前庭に出ると、おれは振り返ってドル邸を見あげた。上階の窓越しに、裸か半裸のハンナが、唇をわずかに開いて（気怠くダビドフを吸いながら）おれを見おろしているのが見えるかと期待していた。この点ではがっかりさせられた。見えたのは、閉ざされた毛皮か皮革のカーテンと、なかからにじむ温かな長方形の光だけだった。だから外を眺めた。

アーク灯がおよそ百メートルの間隔で光を投じていく。大きな黒い蠅がやぐらの格子にびっしり群がっている。さらにいま、クリーム色のレンズのような月の前を、コウモリがかすめ飛んでいった。将校クラブからは、ＫＺの気まぐれな音響効果のなせる技か、流行りのバラードソング〈別れのときには優しくさよならを〉が聞こえてくる。だがそのとき、背後の足音にも気づいて、おれはまた振り返った。

ここでは、ほぼ絶え間なく、広大だがパンク寸前の精神病院の構内で暮らしている気にさせられる。いまがそういう瞬間だった。床まであるナイトガウンを着た性別不明の子供が、速歩《はやあし》でこちらへ向かってくる――そう、速歩で、速すぎるくらいに。子供はみんな動作が速すぎるのだ。

小柄な人影が光のなかに飛びこんできた。フミリアだった。

「これを」フミリアはそう言って、ブルーの封筒を渡して寄こした。「奥さまからです」

そして踵を返し、すばやく歩み去った。

〝どれほど苦しかったか……もうこれ以上……こうするしか……ときとして女は……胸が疼くの……会いましょう……こちらから訪ねても……〟。

おれはそんな文面を想像しながら、二十分歩きつづけた――重要区域の外部境界を越え、旧市街の人気《ひとけ》のない通りを抜け、灰色の彫像がある広場の、曲線的な街灯の下に据えられた鉄のベンチにたどり着いた。そこにすわって、手紙を読んだ。

――――

「彼女が何をしでかしたか当ててみろよ」エルッ大尉が言った。「エスターが」

ボリスは（自分の鍵で）勝手におれの部屋に入って、そう広くもない居間のなかを行きつ戻りつしていた。片手に煙草を持っているが、もう一方の手に酒のグラスはない。しらふのまま、そわそわと何やら思い悩んでいる。

「この前のハガキだよ。彼女は頭がおかしいのか？」

「落ち着け。ハガキがどうした？」

「食事がいいとか清潔だとか浴槽がどうとか、いろいろ口述したろ。それをひとことも書いてなかったんだ」（エスターの罪の大きさと正面切ったやり方に）憤りながら、ボリスは続けた、「ここは嘘つきの人殺しだらけだと書いたのさ！　表現に凝ってもいたよ。泥棒ネズミと鬼婆と畜生だらけだと。吸血鬼と墓荒らしだらけだと」

「で、その手紙が郵便検閲局《ポストツェンズーアシュテレ》で引っかかったわけか」

「当然な。封筒にはおれとエスターの名前が書いてあった。彼女は何を考えてる？　おれがあの手紙をただポストに投函するとでも？」

「すると彼女は結局、モルタル用のコテ板で糞《シャイセ》をすくう班へ行くんだな」

「そうじゃない、ゴーロ。これは政治犯罪だ。妨害工作にあたるんだ」ボリスは身を乗り出した。

「KZに来たとき、エスターはひとりごとを言った。おれに聞かせるためだ。こう言ったんだ、〝ここは大嫌い、こんなところで死ぬもんか〟……。それでこういう行動に出るのさ」

「彼女はいまどこに？」

「第十一ブンカーの地下壕に放りこまれた。最初に考えたのは——食べ物と水を持っていってやらなきゃってことだ。今夜。けどいまは、いい薬になるだろうと思ってる。あそこで二、三日過ごすのはな。少しは懲りさせないと」

「一杯飲めよ、ボリス」

「そうする」

「シュナップスでいいか？　第十一ブンカーでは何をされるんだ？」

「ありがとう。何もされない。そこが肝心なんだ。メビウスはそう考えてる――ただ自然の成り行きにまかせようと。それですむならだれでも、自然にまかせるよな。若者なら、もって平均二週間らしい」ボリスは目をあげた。「なんだかしょげてるな、ゴーロ。ハンナに振られたか？」

「いやいや。それはいいから。エスターの話だ。どうやって出してやろうか」

それでおれは必要な労力を注いで、生死の問題だけに関心を向けようとした。

2　ドル——計画《プロイェクト》

率直に言って、この目の痣については少々腹を立てている。

言うまでもなく、痣そのものを気にしているのではない。あえて言っておくと、肉体の回復力という点に関しては、わたしの戦歴が雄弁に語ってくれる。先の戦争ではイラクの前線で（十九歳の、全ドイツ帝国陸軍で最年少の下士官として、わたしは自分の倍の年齢の兵卒になんの躊躇もなく大声で命令を発していた）、昼を徹して、夜を徹して、そしてまた昼を徹して戦いつづけるなか、左の膝頭を吹き飛ばされ、顔と頭皮を榴散弾でえぐられた——それでもなおわたしは、二度目に夜が明けたとき、最後にわれわれが撃破したトーチカで、イギリス人とインド人の落伍兵の腹に銃剣をねじこむだけの力を残していた。

あれはヴィルヘルマ（エルサレムとヤッファを結ぶ道のはずれにあるドイツ人入植地）の病院でのことだ。ヨルダン川での第二の戦いで三発受けた銃創を癒しているあいだ、わたしはすらりとした女性患者、ヴァルトラウトとの戯れの恋という〝魔法〟にかけられていた。ヴァルトラウトはさまざまな精神疾患、主に鬱病の治療を受けていたが、ふたりの虚ろな交わりが、わたしの背中のくぼみの大きな穴をたしかにふさいだように、彼女の心の亀裂をも封じたと考えたい。いま思うと、当時のわたしの記憶の大部分は〝音〟で占められている。それらはなんと鮮やかな対照をなしていることか！——片や、接近戦でのうなり声と嘔吐、片や、若い恋人どうしのついばみ合いと甘いささやき（木立や果樹園での、本物の鳥のさえずりもしばしば聞こえる）。わたしはロマンチストだ。おのれ自身のためにロマンスを必要としているのだ。

そう、目の疵で厄介なのは、絶対的権威を感じさせるわたしのオーラを著しく損ねてしまうことだ。司令部や荷おろし場や例の穴でのことばかりを言っているのではない。事が起こったのは、わたしがこの自慢のわが家にブナ-ヴェルケの面々を招いて豪勢な晩餐会を開いた日で、当分のあいだ、すました顔はろくにできそうになかった——海賊か、パントマイムをする道化か、コアラか、アライグマにでもなった心地だった。初めのうちは、蓋付きのスープ壺に映った自分の顔に本気でめまいがした。ピンクの筋が斜めに走っているうえに、熟れたプラムが両眉の下でゆらゆらしていた。ツルツとウールは、まちがいなく、にやにや笑い合っていたし、ロームヒルデ・ゼーディヒさえ忍び笑いをこらえているふうだった。けれども、雑談がはじまると、わたしは復活し、いつもの揺るぎない自信で会話をリードした（そしてアンゲルス・トムゼン氏にはっきりと立場をわきまえさせた）。

いま——自分の家で、同僚と知人とその妻たちのなかにいてもあのざまでは、ほんとうに重要な面々の前でどうふるまえばいい？　ブローベル中将がまたやってきたらどうする？　国家保安本部のベンツラー上級大佐が急遽、視察に訪れることになったら？　あってほしくはないが、もし親衛隊全国指導者をふたたびお迎えすることになったら？　いや、小柄な移送係、アイヒマン中佐が相手でも、顔をあげていられる気がしない……。

それもこれもすべて、あのばかな年寄りの庭師のせいだった。できれば想像してもらいたい、雲ひとつなく晴れた日曜の朝を。奮闘の甲斐もなく尻切れとんぼに終わった妻との〝手合わせ〟のあと、わたしはわが家の小ぎれいな朝食室のテーブルに着いた。フミリアが用意した心づくしの朝食をとった（本人は旧市街の忌々しい礼拝所へ出かけていて不在だった）。ソーセージ五本をぺろりと平らげたあと（そして美味いコーヒーをマグ五杯ぶん飲み干したあと）、わたしは腰をあげ、庭で葉巻を一服しながら思索にふけろうとフランス窓のほうへ向かった。

わたしに背を向け、シャベルを肩にかついだボフダンが小道にいて、レタスの塊を齧《かじ》っている亀にまぬけ面で見入っていた。そしてわたしが芝生から砂利敷きの小道に足を踏み入れたそのとき、ボフダンは痙攣でもしたかのように突然振り返り、シャベルの厚い刃が空中で半円を描いて、わたしの鼻柱にまともにぶち当たった。

自身も打ち身の部位に冷水を浴びせていたハンナが、ようやく上階からおりてきて、温かいその指先で、厚切りの生肉をわたしの眼窩にそっと押し当てた……。

そして、まる一週間が過ぎたいま、わたしの目は病んだ蛙の色——毒々しい黄緑色になっている。

「不可能です」プリューファーが言った（例によって例のごとく）。

わたしはため息交じりに言った。「ブローベル中将からの命令なのだ、つまりそれは、親衛隊全国指導者からの命令ということだ。わかるかね、大尉？」

「不可能です、少佐。できるわけがありません」

プリューファーは、あきれたことに、ここの収容所指導者《ラーガーフューラー》であり、よってわたしに次ぐ地位にある。ヴォルフラム・プリューファー、若く（まだ三十そこそこ）、退屈なだけの美男で（生気のない丸顔の持ち主）、主導力に欠け、ひとことで言うなら、救いようのない怠け者だ。重要区域は使えない二流士官の廃棄場だと言う者たちもいる。わたしも同感だ（それでわたし自身の印象まで悪くならないかぎりは）。わたしは言った、

「悪いが、プリューファー、〝不可能〟という言葉の意味がつかめない。親衛隊《SS》の辞書にはない言葉だ。われわれは客観的条件を克服する」

「しかし、なんのためにおこなうのですか、司令官？」

「なんのためだと？　政治的立場のためだ、プリューファー。われわれは形跡を消し去ろうとしている。灰をすりつぶす必要さえあったのだ。骨の粉砕場でな？」

「恐縮ですが、もう一度お尋ねします。なんのためですか？　それが問題になるのはわれわれが敗れた場合だけで、そんなことにはなりえません。必ずそうなるでしょうが、われわれが勝てば、なんの問題にもならないはずです」

同じ考えがわたしの頭にも浮かんだのは否定できない。「われわれが勝った場合でも多少は問題になるのだ」わたしは諭した。「長期的な視点を持たなくてはな、プリューファー。質問や穿鑿《せんさく》をして

くる始末の悪いやつがいくらでもいるのだ」

「やはりわかりかねます、司令官。要するに、勝利した場合、われわれはこのたぐいの政策をさらに拡大しておこなうことになるのでは？　ロマやスラヴなどの民族に対して」

「うむ。それはわたしも考えた」

「ならばなぜ、いまからそんな弱腰になっているのでしょう？」プリューファーは頭をかいた。「あそこには残骸がどのくらいあるのです、司令官？　ざっくりとでもわかりますか？」

「いや。だが大量にある」わたしは立ちあがり、うろうろ歩きまわりはじめた。「知ってのとおり、ブローベルはこの区域全体の浄化責任者だ。そう、ゾンダーたちのこともずっとうるさく言ってくる。やつらを使うことで果たせるノルマのことも。わたしは言ったんだ、〝なぜ作戦《アクツィオン》を終えるたびにゾンダーを全員始末する必要があるのです？　少しは継続させられませんか？　やつらはどこへも行きやしませんよ〟とな。ブローベルがそれに耳を貸すか？」椅子に戻った。「まあいい、大尉。これの味を見てみたまえ」

「それはなんです？」

「なんに見える？　水だ。きみはここの水を飲んでいるか？」

「とんでもない、少佐、ボトル入りの水を飲んでいます」

「わたしもだ。味を見てみろ。わたしはやむなくそうした。さあ、味見だ……。これは直接命令だぞ、大尉。ほら。飲みこまなくていいから」

　プリューファーは少し口に含んだが、受けつけずに下唇から垂れ流した。わたしは言った、

「腐った物みたいだろう？　深呼吸しろ」わたしは自分のスキットルを差し出した。「こいつをひと口飲め。よし……。プリューファー、わたしはきのう、熱心に請われて旧市街の市民会館へ行ってきた。地元の名士の代表たちと顔を合わせるためだ。水を何度沸騰させても飲めたものではないという話だった。残骸が発酵しはじめているのだよ、大尉。地下水面を超えている。ほかに取るべき策がないのだ。においがとんでもないことになるだろう」

「においがとんでもないことになるだろう、とおっしゃいましたか？　すでにとんでもないにおいだとお思いにならない？」

「ごねるんじゃない、プリューファー。そんなことをしていても埒《らち》が明かん。きみはいつもごねてばかりだ。ひたすらごねつづけている。くどくど、ぐずぐず」

　ふと気づいたが、いまのはブローベルの物言いにそっくりだ――当初、わたしにもためらいがあったころの。そしてブローベルのつまらぬ異議も、同じくヒムラーに叱り飛ばされたのだろう。プリューファーとて、エルケルやシュトロープから不満の声があがれば同等の非難を浴びせるにちがいない。親衛隊《シュッツシュタッフェル》でわれわれが共有しているのは、不服の連鎖なのだ。不服の反響室……。プリューファーとわたしは主要管理棟《HV》のわが執務室にいた。天井の低いこの部屋は、どことなく陰気くさい（それに少々散らかっている）が、わたしの前にある大きなデスクは威容を誇っていた。

「だからこれは緊急なのだ」わたしは続けた。「客観的に見て緊急なのだよ、プリューファー。それをわかってもらいたい」

　わたしの秘書、小柄なミンナがノックをして入ってきた。ひどく困惑した声で言う、

「〝シュムル〟と名乗る男性が外においでです。本人が言うには、司令官と会う予定だとかで」

「そのまま外にいるよう伝えてくれ、ミンナ、待っていろと」

「はい、司令官」

「コーヒーはあるかな。本物のコーヒーは？」

「ありません、司令官」

「シュムル？」プリューファーは息を呑み、ふうっと吐き、また息を呑んだ。「シュムル？ 特別労務班《ゾンダーコマンド》の班長ですか？ 少佐、あの男がなんの用でここに？」

「まずはこれだけ頼む、大尉」わたしは言った。「穴を偵察し、ベンゼンと、あればメタノールもどっさり集めて、積み薪の物理的特性についてザッパー・イェンゼンに相談しろ」

「仰せのとおりに、司令官」

　わたしがすわって考えこんでいると、テレタイプと電報、連絡票と声明書《コミュニケ》をそれぞれ左右の腕に抱えたミンナがせかせかと入ってきた。感じがよくて気のきく女性だが、いかんせん胸がなさすぎる（だが尻は申しぶんない、あのタイトスカートをまくりあげたらさぞかし……。おっと、なにゆえこんなことを書いているのか。わたしとしたことが）。ともかく、わたしが考えていたのは妻のことだ。ハンナを（想定してみた）、目下の作戦《アクツィオン》のあいだ、ここに？ だめだ。さらに言えば、娘たちも。ローゼンハイムへの小旅行をそれとなく勧めてみようか。シビルとパウレッテが、そう害のないあの変人ふたり――母方の祖父母――とふれ合うのもたまにはよかろう。黒檀の梁が架けられ、雌鶏のいるアビー・ティンバースで、新聞折り込み風の戯画を描くカールと、無軌道な料理をふるまうグートルンに付き合うのも。そう、ローゼンハイムの環境だ。田舎の空気があの三人によい影響を与えてくれるだろう。それにハンナはいま、ああいう〝精神状態〟にあることだし……。

ああ、わが妻があの物憂いヴァルトラウトぐらい従順であってくれたら！　ヴァルトラウト——きみはいまいずこに？

「これが人間の姿か」わたしは中庭で言った。「おまえのなりは見るも無惨だな、班長」

わたしの目はどうなんだと？　ゾンダーコマンド班長のシュムルの目に比べれば、わたしの目は金髪美女のそれに等しい。シュムルの目はもうそこにはない、死んで生気がすっかり失われている。いまあるのはゾンダーの目だ。

「おい、なんて目をしているんだ」

シュムルは肩をすくめ、わたしが近づいていったので地面に投げ捨てたパンの塊を恨めしげに見やった。

「わしについてこい」わたしは言い、しばしのあいだ思考をさまよわせた。「今後数日のうちに、ゾンダー、おまえの一団《グルッペ》は十倍に増やされる。おまえはＫＬ全体で最も重要な役目を担うのだ。わたしについてこい、いつものように。行くぞ」

トラックで北東へ向かうあいだ、わたしは嫌悪を覚えつつトムゼン中尉のことを考えていた。身ごなしが中性的であるわりに、だれに聞いても、トムゼンは大変な女たらしだという。それで名を馳せているようだ。しかもまったく、選り好みをしないとか。フォン・フリッチュの娘のひとりを物にした(これは少年相手の男色にまつわる醜聞のあとのことだ)ようだし、別々のふたつの情報源から聞いたところでは、オーダ・ミュラーとまで一戦交えたらしい! クリスティーナ・ランゲもまた、彼のベルトに戦果として刻み目をつけられている。トムゼンは実のところ、叔父のマルティンに愛人を世話する係で、女優Mとの密通を手助けしているそうだ。叔母のゲルダ(もとい、八人だか九人だかの子供を産んで薹《とう》の立った女)ともよからぬ関係にあったという噂さえある。ここKLでも、周知のとおり、トムゼンはれっきとした小隊に属する女子補助員《ヘルフェリネン》たちに平気で手をつけてまわり、そのなかにはイルゼ・グレーゼもいたようだ(いずれにしろ彼女の品行には明らかに問題がある)。トムゼンの友人、厄介者のボリス・エルツも似たり寄ったりという話だ。とはいうものの、エルツは驚嘆に値する戦士であり、そうした者は――これはほぼ公式見解のようになりつつあるが――そうした者は存分に戦い、存分に肉欲を満たす必要がある。だがトムゼンにどんな言いわけが立つ?

パレスチナで、柳のようにしなやかなヴァルトラウトは、わたしが生涯倣《なら》うことになる手本を示してくれた。真心をともなわない、単なる体の交わりは――正直に認めよう――あらゆる点で見さげ果てた行為だと。そういう面で、わたしは模範的な兵士ではないと思う。女性について無礼なことを言う気にはなれないし、卑猥な言葉は大嫌いだ。ゆえに、想像もつかない腐臭と汚らしさ、さらには〝こなれた〟猥褻《わいせつ》さに満ちた売春宿界隈には近寄らないようにしてきた――テーブルの下で革のブーツのあいだにねじこまれるハイヒール、キッチンでスカートの裾から這いのぼる手、街角にいる尻軽女のだらしないよたよた歩き、アイシャドウを塗りたくったまぶた、剃った腋の下、薄地のパンティ、なめらかな太腿を縁取る黒いストッキングと黒いガーターベルト……。そういったものは、ありがたいことに、小生、パウル・ドルの興味をほとんどそそらないのだ。

トムゼンがアリシュ・ザイサーを狙っているとしても、わたしは驚かないだろう。面白いではないか——クリーム色の髪をしたもやし女が、あの見栄えのする干しぶどうパンを大いに楽しむかと思うと。あの晩餐の席でのアリシュはなかなか魅力的に見えた。となると、トムゼンは急いだほうがいい——彼女はあと一、二週間でハンブルクへ帰ってしまうのだ。これは彼女の猶予期間だ。時間をかけて、特務曹長との死別から立ちなおる必要がある。女性収容所からの脱走を妨げるために命を捨てたオルバルト。この事実が、残された妻の物腰に気高さを添えていた。加えて、黒はまさしく気品のある色だ。ゆえに、あのわが家での酒宴のあいだ、アリシュの喪服は（あのぴったりした上半身部分は）、ドイツ人の犠牲という光によって柔らかな銀色に包まれて見えた。そら、このとおり。ロマンスだ——ロマンスがなくては。

ハンナはいつまでこんなことを続けられると思っている？

ところで真面目な話——ベンゼンがじゅうぶんになければ、また振り出しに戻ってカトヴィッツまで行かねばなるまい。

「ここで止めろ、伍長。ここだ」

「はい、司令官」

親衛隊全国指導者の一日がかりの〝視察〟に随伴した七月以来、わたしはセクター4Ⅲb（i）に足を運んでいなかった。トラックからおりる（そしてシュムルが平台から飛びおりる）なり、スプリング・メドウの音が聞こえることに気づいて青くなった。その草原《メドウ》のはじまりは、プリューファーとシュトロープ、エルケルが顔を手で覆って立っている小山の、たしか十メートル先のはずだ――それでも音が聞こえた。ポコポコ、ピシャピシャ、シューッ。わたしは部下たちに加わり、その広大な草原を眺めわたした。

わたしは偽りの感傷のかけらもなく、その広大な草原を眺めわたした。繰り返しになるが、わたしは正常な感情を持った正常な人間だ。とはいえ、人間の弱さに惑わされそうなとき、わたしはただドイツのことを、その救世主がわたしを信用してくださっていることを思う――あのかたの構想と、理想と、願望を、わたしはたしかに共有している。ユダヤ人に情けをかけることは、ドイツ人をさいなむことだ。〝正しいこと〟と〝まちがったこと〟、〝善〟と〝悪〟――こうした概念がもてはやされてきたが、その時代はもう過ぎ去った。新たな秩序のもとでは、プラスの結果につながる行為もあれば、マイナスの結果につながる行為もある。それだけのことだ。

「司令官、クーレンホフで」プリューファーが、いつもとはまたちがった渋面で言った。「ブローベルが残骸の爆破を試みていました」

わたしは振り向いてプリューファーを見つめ、ハンカチ越しに言った（全員がハンカチを口に当てていた）、「爆破などしてなんの成果が？」

「ですから、そうやって一掃しようとしたのです。うまくいきませんでした、司令官」

「わたしならそんなことをはじめる前にブローベルに言ってやったのに。いったいいつから、何かを爆破しただけでそれが消え失せるようになった？」

「それはわたしも思いました、試行されたあとで。そこらじゅうに飛び散っただけでした。断片が木からぶらさがっていました」

「それでどうしたんです？」エルケルが尋ねた。

「届く範囲の断片は集めた。下のほうの枝に引っかかっていたのは」

「上のほうのは？」シュトロープが尋ねた。

「そのまま放置した」プリューファーが言った。

わたしは潮の変わり目の潟さながらに波打った広大な地表を見渡した。げっぷのように噴き出す間欠泉が点々とある地表を。ときおり、芝生の小片が跳びあがって宙返りをしていた。わたしは大声でシュムルを呼んだ。


その夜、パウレッテがいきなり書斎に入ってきた。わたしは安楽椅子で、ブランデーと葉巻をゆったりと愉しんでいた。パウレッテは言った、

「ボフダンはどこ？」

「やめてくれ、おまえまで。それになんだ、そのみっともない服は」

パウレッテは唾を呑んで言った。「トークヴィルはどこ？」

トークヴィルというのは亀だった（あえて〝だった〟と言おう）。娘たちはあの亀を可愛がっていたが、イタチやトカゲやウサギとちがって、亀は逃げることができなかった。

……少しあとで、キッチンのテーブルで宿題をしているシビルの背後に、わたしはそっと忍び寄った――そして脅かした！　そして笑いながらハグとキスをすると、シビルはいやがったように見えた。

「いやがっているな、シビル」

「ううん、そんなことない」シビルは言った。「ただわたし、もうじき十三歳になるんだよ、お父さん。わたしにとっては大きな節目なの。それにお父さん……」

「わたしがなんだ？　いいから言ってみろ」

「お父さん、いやなにおいがする」シビルは言い、顔をしかめた。

そう言われて、ふつふつと怒りが湧いてきた。

「〝愛国心〟という言葉の意味を知っているか、シビル？」

シビルはぷいと顔をそむけて言った、「お父さんにハグするのもキスするのもいやじゃないよ、でもいまはほかに気になってることがあるから」

少し間を置いて、わたしは言った。「だったらおまえはずいぶん薄情な子だな」


それでシュムルとは、ゾンダーとはなんなのか？　いや、それを書く気にはとてもなれない。ある種の人間がみずから堕落の淵に身を落とすことに、わたしはいまもって驚きを禁じえないのだ……。

ゾンダーたちは、とことん冷淡に黙々と、おぞましい仕事に取り組む。厚みのある革のベルトを使って残骸をシャワー室から死体保管庫《ライヒェンケラー》まで引きずっていく。ペンチとのみで金歯を引き抜き、裁ちばさみで女性の髪を切り取る。イヤリングや結婚指輪をもぎ取る。そのあと滑車装置に積みあげ（六、七体ずつ）、口をあけた焼却炉まで持ちあげる。最後に灰をすりつぶし、その粉塵はトラックに積んで運ばれ、ヴィスワ川に撒かれる。このすべてを、すでに書いたように、ゾンダーは黙して淡々とおこなう。処理している相手が自分たちと同じ民族、同胞であろうと、なんら気にならないようなのだ。

あの火葬場のハゲワシどもがわずかでも生気を見せることがあるだろうか？　おお、そうだ、荷おろし場で避難民を迎えて脱衣室まで誘導するときだ。つまり、裏切って欺くときだけ生き生きするのだ。「職業を教えてください」と彼らは言う。「技術者ですか。すばらしい。技術者は常に求められています」あるいはこんなことも、「エルンスト・カーンさんですか――ユトレヒトから来た？　ええと、あのご一家は……ああそうです、カーンさんと奥さんとお子さんがたは、一、二カ月前ここに来て、そのあと農業試験場へ移ることになさったんです。スタニスワブフの第一試験場へ」ごたごたが生じれば、ゾンダーどもは躊躇なく腕力を振るう。厄介者を後ろ手に縛りあげて近くの将校のもとへ連れていき、その将校が適当な方法で対処する。

このとおり、シュムルとその手下どもは、自分たちのために事を円滑かつ迅速に進めようとしているのだ、一刻も早く、不要になった衣類を漁って酒や煙草のたぐいを見つけたくてたまらないから。あるいは食い物を。やつらは常に何か食っている――常に食っているゾンダーどもは、脱衣室でくすねた食べ残しまで口にする（それなりの量の食事を別に配給されているにもかかわらず）。やつらは山積みの死体の上にすわって平然とスープを口に運ぶだろう。あの悪臭漂うメドウに膝まで浸かって歩きながら、ハムの塊をむしゃむしゃ食うだろう……。

やつらがこんなふうに、あくまでやり抜こうと、持ちこたえようとすることに、わたしは驚かされる。やつらがそう決めるのだ。なかには（多くはないが）、きっぱり拒む連中もいる、その結果どうなるかは明らかだというのに――というのも、その連中もいまや、秘密を知る者《ゲハイムニストレーガー》となっているからだ。ゾンダーの大半は、せいぜい二、三カ月しかその卑屈な命をつなぐことができない。この点から、われわれははっきりこう言える――ゾンダーの仕事の第一歩は、つまるところ、前任者の火葬であり、それが繰り返されていくのだと。シュムルは、KLで最も長続きしている火葬屋ということで、好ましからぬ優遇を受けている――まあ、すべてを集約させたこの体制においては、そうなっても不思議はないのだろう。シュムルは事実上の〝有名人《プロミネント》〟なのだ（看守たちでさえ、やつにはいくばくかの敬意を払っている）。シュムルは生きつづけている。だが、自分たちの行く末はよくわかっているはずだ――秘密を知る者たちの行く末は。

わたしにとって、面目は生きるか死ぬかの問題にまさる。生死などよりはるかに重要だ。ゾンダーどもは、どう見ても、別のものにしがみついている。面目などは捨て去り、獣の、もっと言えば無機物の欲望を持ちつづけている。〝生存〟は惰性であり、やつらは惰性を断ち切ることができないのだ。ああ、やつらがいっぱしの男なら――わたしがあの立場ならきっと……いや待て。自分は自分でしかないのでは？　ここKLで言われていることはほんとうだ。だれもおのれ自身をわかってなどいない。自分がどういう人間かわからない？　それなら重要区域に来れば、おのずとわかる。

娘たちが寝床に入るのを待って、わたしは庭へ出ていった。白いショールにくるまったハンナが、腕組みをしてピクニックテーブルのかたわらに立っていた。赤ワインを飲みながら――ダビドフを吸っている。その向こうに、サーモン色の夕映えと崩れかけた棚のような切れぎれの雲が見える。わたしは淡々と切り出した。

「ハンナ、おまえと娘たちは一、二週間、お義母さんの家へ行ったほうがいいと思うんだが」

「ボフダンはどこなの？」

「またそれか。もう十回目だぞ、ボフダンは移送されたのだ」あの男の背中を見送るのはいい気分だったが、わたしには関係のないことだ。「シュトゥットホフへ送り出した。ほかの二百人ほどと一緒に」

「トークヴィルはどこ？」

「もう十回目だが、トークヴィルは死んだ。ボフダンがやったのだ。あいつのシャベルで、ハンナ、覚えているだろう？」

「ボフダンがトークヴィルを殺した。あなたが言うにはね」

「そうとも！　腹いせにやったんだろう。それと憂さ晴らしに。別の収容所で一からやり直す必要がある。あの男にはきついかもしれないな」

「どんなふうにきついの？」

「まあ、シュトゥットホフで庭師はできないだろう。ここと体制がちがう」シュトゥットホフでは着いてすぐに二十五発の鞭打ちを受けるという話は伏せておくことにした。「後始末をするはめになったのはわたしだぞ。亀の。はっきり言って、見て気持ちのいいものではなかった」

「なぜわたしたちは母のところへ行かなきゃならないの？」

わたしはもごもごと口ごもりながら、とにかくそうしたほうがいいのだと言い張った。ハンナは言った、

「ごまかさないで、ほんとうの理由はなんなの？」

「いいだろう。ベルリンから緊急計画《プロイェクト》の指令が来た。しばらくのあいだ、ここは不快な環境になるだろう。ほんの二、三週間だが」

ハンナは辛辣に言った。「不快？　へえそう？　いい気分転換になりそうね。どんなふうに不快なの？」

「詳細を漏らすわけにはいかない。軍事指令なのだ。大気の質に害が及ぶ恐れがある。さあ、ワインのお代わりを注いでやろう」

一分後、ハンナのワインとジンの特大グラスを持って庭へ戻ってきた。

「じっくり考えてみてくれ。それがいちばんだとおまえにもわかるはずだ。うむ、美しい空だ。涼しくなってきている。いい具合に」

「どう具合がいいの？」

咳払いをしてわたしは言った、「あすの夜、一緒に劇場へ行くことになっていただろう」

ハンナがはじき飛ばした煙草の先が、夕闇のなかで蛍のように見えた——上向きの弧を描く蛍に。

「そう」わたしは言った、「《そして森は永遠《とわ》に歌う》の特別公演だ」笑顔を向ける。「浮かない顔だな。なあ、われわれは体面を保たねばならんのだ！　勘弁してくれ。そのすねた女はだれだ？　ディーター・クリューガーの名前を出すぞ。だがおまえは認めただろう？　あの男の末路はもうそれほ

ど気にしていないと」
「あら、気にしているわよ。ディーターはシュトゥットホフを切り抜けたって教えてくれなかった？　あそこに着いたら二十五回鞭打ちされるという話だったわね」
「そうだったか？　だが、きわめて疑わしい囚人にかぎった話だ。ボフダンにそういうことはするまい……。ハンナ、《そして森は永遠に歌う》は田舎暮らしの話だ」わたしは強い酒をがぶ飲みし、それで口のなかをすっかりゆすいだ。「贖《あがな》いの村への憧れについての。自然を尊ぶ素朴な村だ、ハンナ。きっとアビー・ティンバースが恋しくなるぞ」

それはふたつの出来事を記念した行事だった。ひとつは一九三〇年九月十四日の選挙でのわれわれの決定的躍進、もうひとつは一九三五年九月十五日の歴史に残るニュルンベルク法（「ドイツ人の血と名誉を守るための法」と、「帝国市民法」の二つからなる。ユダヤ人から公民権を剝奪すると同時に、ユダヤ人にドイツ人との婚姻・性交渉を禁止するもの）制定。このように、祝いの名目が二重にあるわけだ！

〈クラッシュ・バー〉でカクテルを何杯か飲んだあと、ハンナとわたし（衆目の的だ）は最前列の指定席へ向かった。場内の照明が暗くなり、幕がきしみながら天井へあがっていく――そして空っぽの食料棚の前で悲嘆に暮れる、がっちりした酪農婦が現れた。

《そして森は永遠に歌う》は、ヴェルサイユの命令《ディクタート》（ドイツ側は条項の不公正さに反発してヴェルサイユ条約をこのように呼んだ）後の厳しい冬を過ごす農家を描いた舞台劇だ。〝霜でジャガイモがやられたわ、オットー〟という台詞があり、〝気取って本なんか読んでいる場合？〟というのもあった。それを除いて、《そして森は永遠に歌う》の内容はまったく入ってこなかった。頭が空っぽになっていたわけではない——その逆だ。ひどく奇妙なことが起きていた。わたしは二時間半の上演時間中ずっと、観客を毒ガスで死なせるにはどのくらいの時間がかかるかを夢中で見積もっていた（湿度の条件に対する天井の高さを考慮して）。どの観客の服が回収可能だろうかと考え、全員の毛髪と金の詰め物にどのくらいの値がつくかを計算していた……。

終演後の改まったパーティで、ファノドルムを何錠か、数杯のコニャックで飲みくだすと、すぐに落ち着きが戻ってきた。ハンナがノルベルテ・ウール、アンゲルス・トムゼン、オルプリヒトとスージのエルケル夫妻といるあいだ、わたしはアリシュ・ザイサーと少し言葉を交わした。気の毒なこの女性は、週末にはハンブルクへ発つという。アリシュがまず片づけるべき要件は、遺族年金の手続きをすることだ。どういうわけか彼女は、おびえて青ざめた顔をしていた。

「西から東へ進めていく。おまえら八百人がかりになるだろう」

シュムルは肩をすくめ、あろうことか、ズボンのポケットから黒いオリーブの実をひとつかみ取り出した。

「九百人かもな。ひとつ訊くが、班長。おまえは既婚者か？」

シュムルはうなずきながら言った。「はい、そうです」

「妻の名前は？」

「シュラミートです」

「その〝シュラミート〟はどこにいるのだ、班長?」

屍《しかばね》に群がるあのカラスどもは人としての情にまったく影響されないかというと、そこまではない。仕事をするなかで、かなり頻繁に、やつらは知り合いに出くわす。新たに入ってくるか、出ていくか、またはその両方の場面で、ゾンダーは自分の隣人や友人や親類を目にする。シュムルの副官は、シャワー室で不安をなだめてやろうとした相手が、自身の一卵性双生児の片割れだったということがあったらしい。しばらく前までタデウシュとかいう働き者がもうひとりいたが、そいつは死体保管庫《ライヒェンケラー》でベルトの先を見て(やつらはベルトを巻きつけて残骸を引きずっていくのだ)、それが自分の妻だと気づいた。タデウシュは気を失った。しかしシュナップスとサラミを一本与えられると、十分後にはさっぱりした顔で仕事に戻っていった。

「どうなんだ、妻はどこにいる?」

「知りません」

「まだリッツマンシュタットのゲットーにいるのか?」

「知りません。それより、掘削機は探したのですか?」

「掘削機のことは忘れろ。もう使い物にならん」

「わかりました」

「それと数は入念に数えてくれ。わかったな? 頭蓋骨を数えればいい」

「頭蓋骨はいかがなものかと」シュムルは体を横にひねり、最後のオリーブの種を吐き出した。「もっと確実な方法があります」

「ほう、そうか。期間はどのくらいかかりそうだ?」

「雨降りの日数によります。わたしの見当では、二、三カ月というところでしょうか」

「二、三カ月だと?」

シュムルがこちらを向き、わたしはその顔に常ならざるものを見た。目ではなく(それはいつものゾンダーの目だった)、その口に。このときわかった、ここまでつけあがったシュムルは、目下の対策が無事に終わりしだい、適切な手段を用いて始末するほかないだろうと。

優男のトムゼン氏について、さらにいくらか情報を得た(その遍歴はともかく、実際のところは、たいしたやつではないと思っている)。トムゼンの母親は、ボルマンのだいぶ年上の異父姉で、条件のよい結婚をしたと? 相手は外国為替引受業者《マーチャントバンカー》、とりわけ前衛的な現代美術作品の蒐集家でもあった。よく聞くタイプだ——金融業に、現代美術とは。〝トムゼン〟というのはもともと〝タウムゼン〟だかなんだかいう名前ではなかったか。いずれにせよ、両親とも一九二九年に、ニューヨークでのエレベーター墜落事故で亡くなっている(教訓——あのヘブライ人のソドムに足を踏み入れたら、〝金持ちならではの〟報いを受けると思え!)。それでこのひとり息子、この小公子は、正式な養子ではないにしろ、マルティン叔父さん——救世主のスケジュール帳を管理する男——に庇護される身分となったのだ。

わたしは奴隷のように働き、血の汗を流し、死ぬ思いをしてこの地位まで這いあがってきた——人によっては、銀のさじをくわえて生まれ……。おかしなものだ。いま、〝恵まれている〟というありきたりの表現を使いかけたが、もっといいのがぱっと頭に浮かんだ。あの若造にぴったりの表現が。

そう。アンゲルス・トムゼンは銀の男根《シュヴァンツ》をくわえて生まれてきたのだ!

　ちがうか《ニヒト・ヴァー》?


　自宅のデスクにかがみこんで、気の滅入る黙想にふけっていると、足音が聞こえた。それは近づいてきて止まった。ハンナの足音ではなかった。

　そのときまで考えていたのは——わたしは悪魔と青く深い海とのあいだにいる囚われ人だ。一方では、経済管理本部《WVHA》から、策を尽くして(軍需産業向けの)労働力を増やせと常にせっつかれている。もう一方では、国家保安本部《RSHA》から、自衛という明白な目的で(ユダヤ人の第五列《スパイ》が許容しがたい比率でまぎれこみつつある)、可能なかぎり多くの避難民を始末せよと圧力をかけられている。反射的に敬礼でもするように、わたしは指先を額に打ちつけた。いま知ったのだが(テレタイプが目の前にある)、経済管理本部にいる、あの能なしのゲアハルト・シュトゥデントが、健康で動ける母親は全員、ヘウメクのブーツ工場で倒れるまで働かせるべきだと得意げに提案しているではないか! 〝そうですか〟とあいつに言ってやろう。〝では荷おろし場《ランペ》へおいでになって、子供から母親を引き離そうとしてみてください〟。ああいう手合いは——想像することを知らない。わたしは大声で言った、

「そこにいるのがだれだか知らんが、入りなさい」

　ようやくノックの音がした。後悔と苦悩の色を浮かべて、フミリアがそろそろと部屋に入ってきた。

「ただそこで突っ立って震えているつもりか」わたしはぼそりと言った(すっかり不機嫌になってい

た)、「それとも何か伝えたいことがあるのか」

「わたしの良心はもう耐えられません」

「おお、そうなのか? それはいかんな。そのままにしておいては。どうした?」

「そうしてはいけないときに、ハンナさまの言いつけに従ってしまって」

わたしは努めて穏やかに言った。「従ってしまいました、だな」


火だ、わかるか、火だぞ。

どうやって燃やせばいいのだ、服も着ていない死体に、どうやって火をつければ?

われわれは、厚板を使ったごく控え目な積み薪で試してみて、ろくに目的を果たせなかったが、そのときシュムルが……。なるほど、このゾンダーコマンド班長が命を失わずにすんでいる理由もわかる。実のところ、解決の鍵となる一連の提案をしたのは、この男なのだ。今後の参考のために、書き留めておこう。

一 積み薪は一基しか必要ない。

二 積み薪は二十四時間絶やさず燃やしつづけなくてはならない。

三 溶かした人間の脂肪を助燃剤に用いる。雨どいの準備とレードルですくうチームの編成をシュムルが担い、これはガソリンの大幅な節約にもつながった(覚え書き——この経費節減をブローベルと〝ベンツラー上級大佐に〟強く印象づけること)。

この段階で、われわれが繰り返し直面する技術的な問題がひとつだけある。炎が熱すぎて近寄れなくなるのだ。

ところで、これは実に滑稽で、これは、もう実に傑作ではないかね。突然電話が鳴り響いた。防空局のローター・ファイが激怒して文句を言っている、〝ほかでもない、われわれの夜ごとの大火事の件だ！　おかげでこっちは気が変になりかけている！〟。

フミリアは、妻が一筆したため、その私信を折り紙付きの道楽者へ届けさせたことをわたしに話そうと決めたものの、その内容をわたしに教えることはできなかった――あるいはしたくなかった。これでわたしは見事に気を散らされた。むろん、すべてはまったく罪のない行為なのかもしれない。罪がない？　罪がないわけがなかろう？　ハンナが自身にもあることを示した狂おしい肉欲について、わたしは何も思いちがいはしていないし、それにだれでも知っていることだ、女が慎みという聖なる帯を一度ゆるめれば、瞬く間に堕落し、俗悪きわまる行為に及ぶのは。しゃがんで交わり、淫らな音を立て、きつくからみ合い、身をくねらせ――

ハンナが雑なノックとともに入ってきて言った。「わたしに用があるそうね」

「ああ」さしあたり、時機をうかがうことにして、わたしは言った。「実は、おまえたちをアビー・ティンバースへ行かせる意味がなくなった。この計画《プロジェクト》には数カ月かかりそうだから、慣れてもらうほかないようだ」

「どのみちどこへも行く気はなかったわ」

「ほう？　それはまた。ひょっとしておまえ自身の計画でもあるのか？」

「かもね」ハンナは言い、そっけなく立ち去った。

……わたしは両手で目をこすった。この無意識のしぐさ、宿題に疲れた男子学生が思わずやりそうなこのしぐさは、ほとんど痛みをもたらさなかった——しばらくぶりのことだ。階下のトイレで鏡を見てみた。そう、あの哀れを誘うわたしの目はまだほんの少し充血していて、下まぶたもぶよぶよとたるんでいる。深夜まで煙にまみれているせいだ（日中の列車の迎え入れもなくなったわけではない）。だが、もう痣は消えている。

炎と煙があがると、まわりの澄んだ空気さえも、ゆらゆらと波立つ。そうだろう？

一枚のガーゼのように風ではためいている。

ゾンダーたちは、シュムルの指示のもと、曲げた鉄道線路からなるジッグラト（階層のある山形の古代聖塔）のようなものを組みあげた。オルデンブルクにある大聖堂くらいの大きさだ。

その姿はこのうえなく現代的だとは思うが、小山の上から眺めていると、奴隷の建造したエジプトのピラミッドが思い出されてならない。幅の広い梯子と巻きあげ装置を使って、ゾンダーたちは大きな格子を積んでいき、それから車輪付きのやぐらへ戻って火をあおる。おわかりだろうか、残骸の断片を、ときにはバケツ一杯のそれを投げ入れるのだ。やぐらは暗黒時代の包囲攻撃兵器のごとく、ぐらぐら揺れる。

夜には線路が赤い光を放つ。目をつぶっていても、わたしのまぶたの裏には、血管の光る巨大な黒いヒキガエルがちらつきつづける。

ハンブルクの秘密国家警察《ゲシュタポ》からの連絡——寡婦のザイサーが帰郷の途に就いているが、身分の分類が改められ、われわれのもとへ戻されることになる。アリシュはいまや避難民だ。

ゾンダーコマンド班長の、最善の集計方法についての意見は正しかった。頭蓋骨は却下。大半が通常の頸部射殺《ゲニックシュス》で処刑されていたが、下手に、もしくは急いで撃つせいで頭の骨が粉々になっている場合も多かった。よって頭蓋骨ではだめだ。われわれが確立した最も科学的な手順は、大腿部を数えて、それを二で割るというものだ。

家庭での非常事態に対応するべく、わたしはフュルステングルーベ補助収容所の炭鉱で生かしておいている、罪人のカポを始動させた。

3　シュムル——証人

わたしはわずかなりとも慰められるはずです、用ずみの焼却炉の上にある寝台部屋においても、親交はある、人間らしい心のふれ合いはあると、でなければ敬意をともなった仲間意識ぐらいはあると、心から納得できたなら。

たしかに、非常に多くの言葉が交わされますし、そのやりとりは常に真剣で、理路整然としていて、教訓に満ちています。

「最初の十分で気がふれるか、慣れてしまうかだ」とよく言われます。慣れてしまう人は事実上、気がふれているという主張もあるでしょう。そしてこういう成り行きもありえます——気がふれもしなければ、慣れてしまうこともない。

仕事が終わるとわたしたちは集い、まだ慣れてしまってはおらず、気がふれてもいない者どうし、話しこみます。目下の共同作業のために大幅に増員されたコマンドのなかで、この部類に当てはまるのはおよそ五パーセント——四十人といったところです。たいていは明け方ごろ、わたしたちは寝台部屋の少し離れた一角に、食べ物と酒と煙草を持ち寄って話をします。だからわたしは、親交はあると思いたいのです。

わたしたちはこれまで議論されたことのなかった、これまで議論される必要のなかった命題や選択肢の話をしていると感じます――人類の歴史を毎日毎時毎分に至るまで知っていたとしても、見本、原型、前例といったものは見つからないだろうと感じます。

martyrer / mucednik / martelaar / meczonnik / martyr ――わたしの知るすべての言語で、この言葉は〝証人〟を意味するギリシャ語 martys を起源としています。わたしたちゾンダーは、いえ、わたしたちの何人かは、証人となるつもりです。そしてこの問題には、ほかのあらゆる問題とちがって、解釈を難しくする曖昧さがないように思えるのです。ともかく、わたしたちはそう考えました。

いまはもういない、ブルノ出身のチェコ系ユダヤ人、ヨーゼフは、自身の証言をしたため、子供用の雨靴のなかに入れて、ドルの庭の境界をなす低い生け垣の下に埋めました。議論に議論を重ねたのち、挙手で採決をとり、わたしたちはこの文書を（一時的に）掘り出して、ゾンダーのあいだでその内容を共有することにしました。虫の知らせというのか、直感でわたしは反対したのですが。結局これは、できれば思い出したくない収容所での逸話のひとつになりました。

黒のインクで書かれた、そのイディッシュ語の文書は八ページに及びました。

〝そこには〟わたしは読みはじめました、〝五歳の女の子が立っていて……〟。おや。少し順序が狂いました。

「読んでくれ！」ひとりが言い、ほかの者たちも口を添えました。「とにかく読めよ」

〝そこには五歳の女の子が立っていて、一歳の弟の服を脱がせていました。それに手を貸そうとゾンダーのひとりがやってきました。女の子は大声で叫びました、『あっちいけ、ユダヤ人殺し！　ユダヤ人の血をしたたらせた手で、あたしの可愛い弟にさわらないで！　あたしはいいお母さんだから、この子はあたしの腕のなかで死ぬの、あたしと一緒に』七、八歳の男の子が……〟。わたしは躊躇し、唾を飲みこみました。「続けても？」

「もういい」

「もういい。いや、続けてくれ」

「続けていいぞ。いやいい。やっぱり続けろ」

わたしは読みました、〝七、八歳の男の子がその女の子の隣に立っていて、こう言いました、『あんたはユダヤ人なのに、どうして、あんないたいけな子たちをガス室へ連れてくんだ――ただ生きるために？　人殺しの一団に囲まれたあんたの命は、あんなにたくさんのユダヤ人の犠牲者の命よりほんとに大事なのか？』……ある若いポーランド人女性が、ごく短いながらも熱烈な演説をしました――〟。

「やめろ」

多くが涙ぐんでいました――しかしそれは悲嘆の涙でも罪悪感の涙でもありませんでした。

「やめろ。彼女は〝ごく短いながらも熱烈な演説をしました〟。そんなことするもんか。聞いてられん」

「やめろ。でたらめだ」

「そんな嘘を並べるくらいなら黙ってろ。たくさんだ」

「やめろ。それはもう埋めもどさなくていいぞ。破って捨てちまえ――読まずにな」

わたしはやめました。そしてみな、そっぽを向いて離れていき、怠そうに寝具を探しにかかりました。


ブルノ出身の化学者、ヨーゼフのことは、この収容所にいるわたしも知っていて、真面目な人だと思っていました……。わたしは真面目な人間で、自分でも証言を書いています。これと同じように書いているでしょうか？　筆致を抑えることができるのか、それともただ出てくるのか――これと同じように？　ヨーゼフの志が、最良にして最高でさえあったのはたしかですが、書いてあることは事実ではありません。ゆえに不純です。五歳の女の子、八歳の男の子――ゾンダーの置かれた状況をそこまで冷徹にとらえていた子供など存在したでしょうか？

少しのあいだ、わたしは黙って読みつづけました、いえ、そのページの残りをぼんやりと目で追っていきました……。


ある若いポーランド人女性が、ごく短いながらも熱烈な演説をしました、ガス室のなかで……。

彼女はナチ党の犯罪と迫害を非難し、こういう言葉で締めくくりました、「わたしたちはいま死にはしません、わが国の歴史がわたしたちに不朽の名声を与えるでしょう、わたしたちの独創力と気骨は生きて栄えつづけるのです……」ここでその女性は地面にひざまずき、厳かになんらかの祈りを唱えました、その姿勢が大きな感銘を与え、やがてみなが立ちあがり、声を合わせてポーランド国歌を、ユダヤ人はシオニストの愛唱歌〈ハティクヴァ〉を歌いました。この呪われた場所で残酷な運命をともにする人々によって、ふたつの歌の叙情的な調べはひとつに融合されたのです。彼らはこのような形で、深く心に響くぬくもりのこもった、最後の気持ちを表現しました。彼らの願いと信仰、彼らの未来は……

わたしは事実を偽るべきでしょうか？　欺く必要があるでしょうか？　自分が最低な人間なのはわかっています。それでも、書くときまで最低でいるべきなのでしょうか？

いずれにせよ、やはりわたしは、ヨーゼフの文書が必ずまた埋められるよう手を尽くします。

司令官の家のそばを通るとき、彼の娘たちを見かけることがあります――学校へ行くか帰ってくるかしているところを。ときどきは小柄な家政婦が付き添っていますが、たいていは母親です――長身で、気丈そうな、まだ若い女性です。

ドル夫人を見かけると、おのずと自分の妻のことを思い出します。

ポーランド系ユダヤ人は、まだいまのところ、この収容所に集団で来てはいませんが、わたしがそうだったように、曲折を経てここへたどり着く者はいるので、もちろんわたしは彼らを見つけ出して質問をします。ポーランド東部、ルブリンのユダヤ人はベウゼッツという絶滅収容所へ行きました。ワルシャワから来た大勢のユダヤ人はトレブリンカという絶滅収容所へ行きました。

ポーランド中部の大きな都市では、まだゲットーが持ちこたえています。三カ月前、わたしはシュラミートの消息を知ることさえできました――まだパン屋の上の屋根裏部屋にいると。妻を心から愛していますし、幸多かれと祈っていますが、こういう境遇ゆえ、二度と会えそうにないことにほっとしています。

選別や脱衣室のことを、妻にどう話せばいいのでしょう？　ヘウムノの街と〝物言わぬ少年たちの時間〟のことをどう話せば？

シュラミートの兄、マチェクはハンガリーで無事に暮らしていて、シュラミートを迎えに行ってブダペストへ連れ帰ると約束してくれました。どうかそうなりますように。わたしは妻を愛していますが、二度と会えないほうがいいのです。

明け方、わたしたちは収容所の持つ〝治外法権〟性について議論します。すべてが普段どおりに戻った寝台部屋で、わたしたちは話し、番号ではなく名前で呼び合い、身ぶり手ぶりを交え、声を張りあげたり落としたりします。そしてわたしは、親交があるように感じます。けれど何かが足りない、何かがいつも欠けています。人と人とのやりとりに備わっているべきものが、なくなっているのです。

わたしたちの目。特別労務をはじめる者は、こう思います、「自分だけだろう。だれにも目を見られたくなくて、うつむいたり顔をそむけたりしているのは」そしてしばらく経つと、ゾンダーはみなそうしていることに気づきます――目を隠そうとしていることに。人付き合いにおいては、それが、目を見ることが根本的に欠かせないのだと、だれに想像できたでしょう？　とはいえ、目は心の窓ですから、心が失われれば目も虚ろになるのです。

これは親交なのか――それとも無益な論戦なのか。わたしたちは人の話に耳を傾けることが――その声に反応することぐらいは――まだできるのでしょうか。

今夜、焼き場で二基の巻きあげやぐらの土台が崩れてきたので、わたしが砂山のくぼみで四つん這いになって、元どおりに叩き固めているところへ、ドルの幌付きのジープがやってきて、三十メートル離れた砂利道で止まりました。何やらごそごそ探したあと、ドルは車をおり（エンジンはかけたまま）、わたしのほうへ向かってきます。

ドルは甲バンドの太い革のサンダルと茶色のショートパンツしか身に着けておらず、左手に半分空になった銘柄もののロシア製ウォッカのクオート瓶を携え、右手に持った牛革の鞭を、意味もなく打ち鳴らしています。ふわふわした赤い胸毛に点々とついた玉の汗が、ぎらつく巨大な炎を映して光っています。ドルは酒をあおり、口を拭います。

「で、偉大な戦士よ、どんな具合だ？　うむ。おまえの奮闘に礼を言わせてくれ、班長。われわれの共通の目的に対する、おまえの先導力と献身に。計り知れない貢献ぶりだった」

「どうも」

「だが承知のとおり、われわれはもう要領をつかんだと思う。おまえなしではもたもたするかもしれんがな」

わたしの工具袋がドルの足もとにあり、わたしは手を伸ばしてそれを引き寄せます。

「おまえの配下のやつら」ドルは口の上でボトルを逆さにします。「配下のやつらだが。この作戦《アクツィオン》が終わったら自分はどうなると思っている？　やつらはわかっているのか？」

「はい」

ドルは嘆かわしげに言います、「ゾンダー、おまえはなぜそうしていられる？　なぜ立ちあがらない？　プライドはどこへ行った？」

また鞭をひと振り——空中でしなる細い革。さらにもう一度。ドルは自分の武器をしつけているのだという考えが浮かびます。金属に覆われたその先端が、自由を求めて狂ったように跳ねあがり、手首の傲慢なひとひねりであっけなく引きもどされます。わたしは言いました、

「みな、まだ望みを持っています」

「なんの望みだ？」ドルは笑ったせいで一瞬むせました。「われわれが突然考えを変えるとでも？」

「望みを持つのが人間です」

「人間。人間か。おまえはどうなんだ、気高い戦士よ」

帆布の袋のなかで、わたしの指が金槌の柄のあたりに近づきました。この次にドルが上を向いて酒をあおったら、わたしはあの生白い足の甲に、釘抜きのあるほうから、金槌を振りおろしてやるつも

りです。ドルは淡々と言います、
「秘密を知る者《ゲハイムニストレーガー》よ、おまえは命を失わずにすむ。欠かせない存在となっているからだ。われわれはみな、あのごまかしを知っている。リッツマンシュタットの工場でやっただろう？」ドルは酒を口に流しこみ、数回かけて飲みこみました。「わたしを見ろ。その目で。わたしを見るんだ……。そうだ。簡単にはできなくて当然だな、ゾンダー」

ドルは歯茎を見せて、下の歯のあいだから器用に唾を吐きます（唾液がむらなく噴き出てくるさまは、まるで市の噴水にある陶器の魚の口のようです）。

「死ぬのを恐れろ。殺すのを恐れるな。おまえのその唇を見ればわかる。その口には殺しが息づいている。そういう人間には使い途がある。班長、わたしはおまえを残しておく。ドイツのためにしっかり働いてくれ」秘密を知る者。秘密？　どこが秘密ですか？　国じゅうが鼻をつまんでいるだけです。

ドルの鞭に棲む蛇は、おそらく毒蛇、マンバかパフアダーです。ドルの炎に棲む蛇はといえば、ニシキヘビ、ボアコンストリクター、アナコンダで、それらが一匹残らず、夜空に浮かぶ固い何かに貪欲に食らいつこうとしています。

親交はあるのでしょうか？　重装備の男の一団がこの焼き場へやってきて、いまがそのときだと各部門の特別労務班員が知るとき、選ばれたゾンダーたちはうなずくか、ひと声かけるか、手をひと振りして――あるいはそれさえもなく――そこを離れます。ゾンダーは地面に目を落として別れを告げるのです。そのあとで、わたしが亡き者たちのために服喪の祈り《カディーシュ》を唱えるときには、彼らはもう忘れられています。

死にともなう恐怖というものがあるなら、死にともなう愛というものもあるはずです。そしてそれが、このコマンドの班員を無力にするのです——死にともなう愛が。

第3章　灰色の雪

1　トムゼン——すべてを見いだす

トムゼンさん
もし力を貸してもらえるなら、あなたにお願いしたいことがあります。庭師のボフダンを覚えていますか？　彼は特に理由もなくシュトゥットホフへ移送されたと聞いています。
ボフダンは驚くべき蛮行に及んだとも言われていて、それでかわいそうなトークヴィル（あの亀です）が死ぬことになったのですが、これもわたしには、まったくボフダンらしくなく、彼にかぎってそんなことはありえないように思え、聞かされている話の信憑性を疑いはじめています。彼の名はボフダン・ショゼック教授です。娘たちはボフダンのことが大好きでしたし、もちろんペットの亀のことでも打ちひしがれています、あなたも今夜見かけたでしょう。わたしからは、トークヴィルはただいなくなったと話しました。ふたりはあす、夜明けとともに起きて庭を捜索するつもりでいます。
こんなことであなたを煩わせるのは心苦しいのですが、正直なところ、ほかに頼める人がいないのです。

毎週金曜日、四時から五時のあいだ、わたしはたぶん避暑小屋の砂場の近くにいます。

すみませんが、調査をよろしくお願いします。ハンナ・ドル

追伸――綴りにまちがいがあったらごめんなさい。人に言わせると、わたしは〝不調〟なのだぞうよ。そこまでではないと思うのだけど。でもおかしなものね、いままで多少なりとも得意だったのは語学だけなんですもの。ＨＤ

というわけでそれは、おれがたぶん青二才のように切望していた、色っぽい呼び出しとか、思いつめた懇願にはほど遠いものだった。だが一、二日してからその手紙をボリスに見せたところ、これはこれで、地味に望みの持てる内容だと説得された。

「彼女はとうに大酒飲みのおやじを信用しなくなってたんだぞ。いいことだ」

「まあな。ただ、〝よろしくお願いします〟とはな」おれは少々不機嫌に言った。「それに〝トムゼンさん〟とか。〝ほかに頼める人がいないのです〟とか」

「ばかだな、最高じゃないか。気を取りなおせ、ゴーロ。おまえは唯一の友達だと彼女は言ってるんだ。世界でたったひとりの友達だと」

まだ少し身悶えしながら、おれは言った、「けど、おれは彼女の友達になりたいわけじゃない」

「そりゃそうだろう。おまえがなりたいのは……。辛抱しろよ、ゴーロ。女ってのは辛抱に心動かされるものなんだ。戦争が終わるまで待ってろ」

「ああ、いいとも。戦争は〝三一致〟を順守してくれないけどな」一日のうちに、ひとつの場所で、ひとつの筋を貫くべきとする、古典劇の構成法のことだ。「戦争が終わるまで待ったとしよう。その時点で何が残されているかだれにわかる？　ま、そんなことはいいか」

ボリスはおれをなだめすかし、ショゼックの居住区画《ブロック》長に探りを入れてみると約束した。さらにこう言い添えた、

「微笑ましい追伸だな。それに字が美しい。惹きつけられる。気取りがない。流れるような筆致だ」

ボリスの励ましの言葉がまだ記憶に新しいうちに、おれはひとり熟考しながら、改めてハンナの筆跡を眺めた――eとoの淫らなまるみを、大胆に下へ突出したjとyを、実に恥知らずなwを。

だがそれから二週間近くのあいだ、調査は完全に滞った。ボリスがゴーレシャウ補助収容所へ派遣されたのだ（士気の落ちた衛兵所を粛正してよみがえらせよとの命を受けて）。出発前に、ボリスは第十一ブンカーからエスターを出してやらなくてはならなかった――至極もっともだが、こちらが優先だった、不在のうちにエスターは餓死してしまうだろうから。

政治犯であるエスターはいま、〝強制収容所のゲシュタポ〟、政治部の監視下にあった。賄賂のきかないフリッツ・メビウスは幸いにも休暇中で、その副官のユルゲン・ホーダーは診療《カーベー》所の赤痢病棟にいた。それでボリスは、ユルゲン・ホーダーよりは安くつきそうなミヒャエル・オフに話を持ちか

けた。

だから日曜の夜に劇場でハンナに会ったとき、おれはまだ調べがついていないことをしぐさで伝え、オルプリヒト・エルケルがノルベルテ・ウールに大声で冗談を言っているあいだに、「次の金曜には……」とさりげなく口にした。最初のうち、おれは妙に気が萎えていた（《そして森は永遠に歌う》は、食うに困っているのに頑として頭を使おうとしないポメラニア北部の田舎者一族の話だった）のだが、一瞬のうちに、はっきりと気分が変わった。

さまざまな物理的刺激がおれに作用したようだ。なんとなくハンナのまわりに集まった人たちと立ち話をしていて、彼女のどっしりした体とそのにおいにはっとさせられた――そのたたずまいは圧倒的で、さながら淫靡《いんび》な重力をつかさどる天の支配者ユピテルのようだった。ドルがハンナを連れ去るころには、おれはもやい綱を解かれた船のごとく覚醒していたため、青ざめてびくついた顔でふらふら歩いているアリシュ・ザイサーにもう少しで強引に迫るところだった。その夜、ベッドに横たわって暗闇をにらんでいたが、イルゼ・グレーゼとの深夜の密会を思いとどまるのにはずいぶん時間がかかった。

そしていま、ブナ－ヴェルケのフリテュ－リク・ブルクルの執務室で合成コーヒーを飲んでいるお

れの前に、また別の手紙があった。頭語は〝敬白〟。差出人は（ＩＧファルベン傘下の）製薬会社バイエルの最高人事責任者、名宛人はパウル・ドルだ。

　女性百五十名が良好な状態で移送されてきました。しかしながら、実験中に全員が死亡したため、確たる結果を得ることができませんでした。つきましては、同価格にて同数の新たな女性集団をお送りくださるようお願い申しあげます。


　おれは目をあげて言った、「女性の価格というのは？」

「一名につき百七十ライヒスマルク（当時のドイツの貨幣単位）。ドルの要求額は二百だったが、バイエル社が百七十に値切ったのだ」

「それでバイエル社はなんの試験をしていたんです？」

「新しい麻酔薬。ちょっとばかり投与しすぎたのだな。明らかに」ブルクルは椅子にもたれて腕を組んだ（刈りこんだ黒髪、太いフレームの眼鏡）。「きみにそれを見せたのは、示唆的だと思うからだ。誤った態度を示唆していると」

「誤った態度？」

「そう、誤った態度だ、トムゼンくん。その女性たちはみな同時に死亡したのか？　全員が同量を投与されたと？　そんなばかげた説明はない。女性たちはまとめて死んだのか？　ひとりずつ死んだのか？　要するに、バイエル社は誤りを繰り返しているということだ。それはわれわれのしていることでもある」

「どんな誤りです？」

「そうだな。きのうわたしが中庭を通りかかると、作業チームのひとつが大量のケーブルを変電所へ運んでいた。いつもの機敏なジグザグ隊形でね。そこでひとりが転倒した。何かを落としたわけでも壊したわけでもない。転んだだけだ。するとカポがその男を棍棒でめった打ちにしはじめ、基幹収容《シュタムラー》所《ガー》から来たイギリス人捕虜が止めに入った。次にわかったのは、将校がひとり巻きこまれたこと。最終的にどうなったか？　捕虜は片目を失い、囚人《ヘフトリング》は頭を撃たれ、カポは顎の骨を折った。そして二時間経ってやっとケーブルは変電所に運ばれたのだ」

「それであなたのご提案は？」

「作業要員を使い捨てにするのは、トムゼンくん、とてつもなく非生産的なのだよ。まったく、あのカポどもときたら！　いったいどうなったんだ？」

おれは言った、「まあ、一将校の意見としては、カポが自分の役割をきっちり果たさなければ、その地位を失いますね」

「うむ。食料の配給を減らされるとか、そんなようなことだろう」

「それより深刻です。その日のうちに殴り殺されますよ」

ブルクルは眉根を寄せて言った、「そうなのか？　だれに？　将校か？」

「いいえ。囚人にです」

ブルクルは黙りこんだ。やがて言った、「だがね、それはわたしの意見を裏づけているよ。暴力の連鎖——だれもがそれに震撼している。全体の雰囲気が病んでいる。それではうまくいかない。われわれはまだ目標に到達していないよな、トムゼンくん」

　われわれの最終期限は翌年の半ばだった。

「ああ、どうでしょう」おれは言った。「順調に進んではいますよ」

「党官房が役員会《フォアシュタント》を脅してきているんだ。役員会はわれわれを脅してきている。そしてわれわれは……。なんてことだ、外を見てくれ」

　おれは外を見た。いつものごとく（おれもブナ-ヴェルケで執務室をあてがわれていて、その窓の前で何時間も過ごしていた）、おれの注意を引いたのは、縞模様の服を着た囚人たちではなかった——列に並ぶか急いで加わるか、あるいはムカデがスクラムを組んだみたいに互いに寄りかかって、サイレント映画のエキストラのように異様な速さで動いている囚人たち、すさまじい力で勢いよくまわされるクランクに操られているかのように、各々の体力や体格が許す以上に速く動いている囚人たちでは。おれの注意を引いたのは、囚人を怒鳴りつけるカポでも、カポを怒鳴りつけるSSの将校でも、SSの将校を怒鳴りつける作業着姿の工場主任でもなかった。ちがう。おれの目をとらえたのは、フランクフルトやレーヴァークーゼンやルートヴィヒスハーフェンにあるIGファルベンの工場から来た、都会的なビジネススーツに身を包み、革表紙のノートと引きこみ式の黄色い巻き尺を手に、怪我人や失神者や死人の体をお行儀よくよけながら歩いている、設計者や技術者や管理者たちだった。

「ひとつ提案がある。ああ、奇抜だという点は認める。話だけでも聞いてもらえるか？」

ブルクルは目の前の低い書類の山をトントンと揃え、万年筆を取り出した。

「ひとつずつ検討していこう。さて。トムゼンくん、最長でどのくらいだろう――ここの作業員が持ちこたえられるのは？」

おれはげんなりして言った、「三ヵ月です」

「つまり三ヵ月ごとに、われわれはその後任者をやむなく引き入れているということだ。では聞こう」

外から、不明瞭な怒鳴り声が立てつづけに聞こえ、拳銃の発射音二発が加わり、聞き慣れた鞭のリズムがそれに続いた。ブルクルは言った、

「完全な安静状態で成人が一日に必要とするカロリーは？」

「知りません」

「二千五百カロリーだ。ポーランドのゲットーでは、三百しか摂取できていないところもある。流血なしの処刑だな。捕虜のいる基幹収容所では八百。そしてここでは、運がよければ千百だ。刑罰としての労働に、千百。千百カロリーだと、これは断言できるが、重労働者は週に三キロ体重が減る。計算してみてくれ。トムゼンくん、われわれは彼らに気力を与える必要がある」

「どうやってそんなことを？　彼らはここで死ぬとわかっているんですよ、ブルクルさん」

ブルクルは目を細めて言った。「シュムルの話を聞いたことはあるか？」

「もちろん」

「彼の気力の源はなんだ？」

おれは脚を組みなおした。年寄りのフリテューリクがおれを感心させようとしていた。

「頼むよ」ブルクルは言った。「ひとつの思考実験だ。いくらかはふるいにかけて、二千五百名ほどの作業員の中核に的を絞るのだ。鞭打ちはやめる。なんでも大急ぎでやらせるのをやめる、遅れるな《ウンフェアツュークリヒ》、遅れるな《ウンフェアツュークリヒ》——あのぞっとする、ふらつきながらの速歩もだ。彼らにまともな食事と宿舎も与える、無理のない範囲で。そうすれば彼らは働く。シュムルが働くようにな。そして効率よく共同作業にあたる」そこでぱっと両手を開いてみせる。「気力の源は、満腹と安眠なのだよ」

「ゼーディヒ博士はなんと言っているんです？」

「彼はわたしが味方につける」

「ドルは？」

「ドル？　ドルなど問題にならない。侃侃諤諤《かんかんがくがく》の議論にはなるだろうが、ズーイトベルトとわたしが組めば、役員会《フォアシュタント》の方針を変えさせることはできると思う。そうなればマックス・ファウストみずから、トップへ話を持ちこむだろう」

「トップ。まさか親衛隊全国指導者を説得するつもりではないでしょう」

「親衛隊全国指導者のことではない」

「ではだれのことです？　国家元帥のはずもないし」

「もちろんちがう。ナチ党全国指導者のことだ」

親衛隊全国指導者はヒムラー、国家元帥はゲーリング。ナチ党全国指導者は叔父のマルティンだ。

「どうかな、トムゼンくん？」

よく考慮したうえでのおれの意見は、ブルクルの提案している改変は、ブナ - ヴェルケの業績を二、三百パーセントか、それ以上に向上させるだろうというものだった。かしこまって咳払いをし（自分の存在に気づかせたいときのように）、おれは言った、「恐れながら、あなたの把握していない事情がいくらかあるように思います。できればわたしに——」

ドアにノックの音がして、ブルクルの（男性の）秘書が申しわけなさそうな笑みを顔に張りつけて、半身を覗かせた。「お約束のかたが外においでになっています」

「くそっ《シャイセ》」ブルクルは立ちあがった。「月曜の朝に改めて一時間もらえないかね？　きみは信じないだろうな、トムゼンくん——わたし自身、とても信じられない。ヴォルフラム・プリューファーの案内で、これから狩りに行くのだよ。ロシアに。鹿狩りだ」

ブナ - ヴェルケの境界の外側、一キロメートルほど離れたところに、イギリス人捕虜の収容所が二棟あった。それらのあいだには、厚板や梯子、山積みの煉瓦や角材が散在する広大な荷物搬入口が開けている。そこでおれは、ある被収容者を見かけた。中綿入りの外套と、珍しいことに革のブーツを身に着けた、がたいのいいその将校は、逆さにした手押し車にもたれて仕事をサボっている。おれは以前から何度もその男を見かけていた。

〝『統《す》べよ、ブリタニカ』〟おれは大声で言った。〝『ブリテンは断じて断じて……』〟『統べよ、ブリタニア。ブリトンの民は断じて断じて断じて奴隷にはならぬ』ところがおれはこのざまだ〟

〝どこで捕虜になった？〟

〝リビアだ〟

〝……イギリス人は花好きだと言われている。花は好きか？〟

〝まあ花は花だ。おれは好きでも嫌いでもない。おかしなもんだな、いまちょうどウッドバインのことを考えていた〟

〝ウッドバインって花は好きなのか？〟

〝そう、花の名だ。スイカズラみたいな。煙草の銘柄の名でもある。おれが考えていたのはそいつのことだ〟

〝ウッドバインか。その銘柄は知らないな。シニア・サーヴィスは好きか？〟

〝シニア・サーヴィス。大好物だ〟

〝プレイヤーは？〟

〝プレイヤーも美味い〟

〝ところで名前は？〟

〝ブラード。ローランド・ブラード大尉だ。そっちは？〟

〝トムゼン。アンゲルス・トムゼン中尉だ。おれの英語がそうひどくないといいんだが〟

〝じゅうぶんだ〟

〝プレイヤーかシニア・サーヴィスを持ってきてやるよ。きのう持ってこよう〟

〝……もうあした持ってきてくれたじゃないか〟

おれはさらに十分歩きつづけた。そして振り返って眺めた。ブナ-ヴェルケ——都市ほどの大きさがある。ソヴィエト連邦のマグニトゴルスク（点火プラグという名の街）のようだ。ここはヨーロッパで最大かつ最先端の工場になる予定だ。フル操業がはじまれば、ブルクルいわく、ベルリンをうわまわる電力が必要になるらしい。

帝国の指導部について言えば、ブナに期待するものは合成ゴムや、合成燃料にとどまらない。期待するのは経済的自給自足《アウタルキー》だ。そしてアウタルキーが確立されれば、今度はそれが戦争に決着をつけることになる。

夕暮れどきの将校食堂の談話室（兼酒場）——二年前にわれわれが旧市街から追い出した一万人のユダヤ人とスラヴ民族の家から略奪したソファや肘掛け椅子やコーヒーテーブル、ワインや蒸留酒のボトルが果物や花とともに並べてある洒落た食器棚、マットレスカバー生地の縞模様の服の上に白いスモックを着た囚人給仕、不摂生の初期段階か健康回復の最終段階にあるさまざまな少尉や中尉、大

尉たち、女子補助員《ヘルフェリネン》たちの騒々しい派遣団と特別監督官、そのなかにイルゼ・グレーゼとその新入りの子分、二本のおさげをまるめて帽子に入れこんだ、そばかす面のヘートヴィヒもいた。

食堂だけでなくここでも食事をとれるので、ボリスはふたり用のローテーブルでおれと向かい合っていた。おれたちは食前酒（ロシアのウォッカ）の二杯目を飲み干して三杯目を頼み、前菜（牡蠣を十八個ずつ）を選んだところだった。

ボリスは声を殺して笑いながら言った、「イルゼがおれたちによそよそしくなったのは意外か？　おれは意外じゃない。すべて納得がいく《トゥ・セクスプリーク》。イルゼはいつも早く《シュネル》って言ってた。〝シュネル〟。おまえにもそれを言ってたか？」

「ああ。いつもだ。さあ、じらすなよ、ボリス。〝シュネル〟」

「結局こういうことだったんだ。当の老教授はそう思わないだろうが、実に可笑しい話でな。何があったかというと、ボフダンがあの大酒飲みのおやじに、庭仕事の道具で一撃を食らわせたんだ。それで目に痣をこしらえてたわけさ。事故だったんだが、それでもな」

「それはだれから聞いた話だ？」

「ボフダンのブロック長だ。そいつはプリューファーの副官から聞いた。副官はプリューファーから聞いた。プリューファーは大酒飲みのおやじから聞いた」

「なるほど。これはすべて大酒飲みのおやじの言いぶんってことか。それでボフダンはどうなった？」

「ゴーロ。わざわざそれを訊くか。囚人《ヘフトリング》が司令官の頭を殴りつけて、はいさようならってわけにいくかよ。それが知れわたりでもしたら。もちろん、卑劣な〝復讐〟でもあるだろう。おまえもこの一件から学んだほうがいい。ドルにはかかわるな」

「どのくらいで連行されたんだ？　ボフダンは」

「その夜のうちにだ。次の列車で着いた連中のなかに放りこまれた。それと、聞いて驚くなよ。庭での仕事から帰る前に、ボフダンは子供たちのペットの亀を叩きつぶしたそうだ。シャベルの平たい部分で」

「なぜボフダンがそんなことを？」

「自分がもう終わりだと悟ったからだろ」

「まさか」おれは言った。「ボフダン・ショゼックは動物学の教授だったのに。老詩人みたいな男だった。それはともかく、ハンナにどう話そう？　ようやくだがな」

「全部自分で探ることもできたんだぞ。訊くべき相手を教えてやるよ。おまえは彼女に金を握らせる必要すらないじゃないか。一緒に煙草でも吸って心痛を慰めてやれ」

「だがどう話せばいいんだ？」

「おれがいま伝えたとおりに話せ。これは全部ドルの言ってる話だが、ただひとつ、ボフダンが天国で眠ってるのはたしかだ、とな……。それよりイルゼを見ろよ。一緒にいる少年っぽい娘はエスターとほとんど変わらない歳だぞ」

　おれは言った、「エスターはいい子にしてるのか？　どうやって出してやった？」

「そういえば、ひとりカンパをありがとうよ、けどここじゃもう金ではうまくいかないみたいだ。景気よくやりとりされすぎてる。インフレが起こってる感じだ。あれだけの宝石のせいだな。一千ライヒスマルクで手を打とうとしたら、あのカス野郎は一万要求してきやがった。郵便検閲局《ポストツェンズーアシュテレ》のじじいには、すでに五百渡してた。だから言ってやったよ、〝彼女を出さないと、いまこの場でおまえの顔をぶん殴るぞ〟ってな」

「おい、ボリス」

「ほかのやり方を思いつかなかったんだ。車を待たせていたしな」

おれたちはふたりともイルゼを目で追っていた。いまヘートヴィヒにワルツを教えてやっているようだ。

ボリスは言った、「まあいい。ベルリンでも金曜の夜のセックスはなくなることだし」

これは、帝国の首都で先ごろ出た、土曜と日曜以外に浴槽に湯をためるのを禁ずるという命令の、俗な言い方だ。

「実を言うと、おれはイルゼに嫌われてる」

「ほう?」おれは言った。「なんでまた?」

「ちょっと恥ずかしい話だ。いまは措《お》いておこう。アリシュ・ザイサーを狙ってたんだがな……。そうだ、ゴーロ、きょう処理《ベハンドルング》を終えるところに居合わせたんだ」

「おお。おまえは――おまえは偏執狂の気《け》がありそうだとは思ってた」

「処理の仕上げ。どんなふうに並べていくのか、おまえも見たほうがいいぞ」

「ボリス、声を落とせ」

「直立姿勢で並ばせていくんだ。イワシの詰めこみ《ザルディーネンパックング》だな、すべて縦向きの。縦にしたイワシ。互いの足の甲を踏んでるんだ。くさびみたいに。幼児とか赤ん坊は肩の高さに差しこまれる」

「声を落とせよ」

「つまりは、倹約だ。ツィクロンB《ベー》(毒ガスとして使われた害虫駆除剤)のほうが弾丸より安くつく。それだけのことさ」

隣のテーブルにいた肉厚の顔がこちらを凝視した。

ボリスは、当然、にらみ返した。そして大声で言う、「なんだ？　なんだよ？……ああ。ほろ酔いの乞食野郎か。無駄遣いが好きなんだよな？」

隣の顔は凝視を続けたが、やがて目をそむけた。

「覚えとけ、ゴーロ」ボリスはそこで声を落として言った。「ハンナのことだ。おまえは彼女のたったひとりの友達だ。その線で攻めろ。だがよく聞け。彼女のことはワインみたいに扱うんだ。横たえるときはそっとな」

「おれのアパートメントに呼ぶわけにもいかない」おれは言った、「けど城の裏に小さなホテルがある。路地の先にな。賄賂をはずめばなんとかなるだろう。で、まあ、部屋は完璧とは言えないが、そこそこ清潔ではある。〈ツォタール〉ってところだ」

「ゴーロ」

「ハンナしだいだってことはわかってるよ」

コースのメインは、ひな鶏のエンドウ豆と新ジャガ添え、血なまぐさいバーガンディワインとともに。続いてデザートのピーチ・アンド・クリームに、炭酸の抜けたシャンパンを二杯。それからクルミとオレンジをつまみに、カルヴァドス。ボリスとおれはこの時点でも談話室でいちばん酔っていないドイツ男だったが、ふたりともべろべろだった。

「ひと口ぶん」ボリスは重い口調で言った。「ここには何人の囚人がいる？　七万か？　やつらの九九パーセントは、おれたちが今夜腹に入れたもののひと口ぶんしか食えずに脱落して死んでいく」

「それはおれも思ったよ」

「だれかをぶちのめしたい気分だ」

「またかよ、ボリス。ほとぼりも冷めないうちに」

「おれはうずうずしてるんだよ。東部へ行きたくて」ボリスはまわりを見た。「そうとも、おれは戦いを求めてる、強い相手と戦いたいんだ。簡単に勝負がつかないような相手と」

「ここじゃ受けて立つやつもいないだろうよ。トルーストにあんなことをしたあとじゃな」

「そういうもんでもないぞ。おれの噂を聞いたどこかのでぶ野郎が、急に勇敢な気分になるなんてことはしょっちゅうだ。たとえばあいつ。マントルピースの脇にいる、あの農家の少年風のやつとか」

おれたちが十二歳のころ、ボリスとおれは怒鳴り合いにはじまって殴り合いの喧嘩になった——あのとき受けた暴力の激しさが、おれには信じがたかった。荒れ狂っているがどこか独善的でもあるコンバイン収穫機に轢かれているような感じだった。やっと立ちあがったとき最初に思ったのはこれだ——ボリスはずっとおれのことを憎んでいたにちがいない。だがそうではなかった。そのあとボリスは泣きながらおれの肩をさすり、悪かったとひたすら繰り返していた。

「ゴーロ、おれはなんというか、ゴーレシャウで〝これだ《エウレカ》！〟ならぬ〝これじゃない！〟って発見をしたんだ。こんな話を聞いた……ケーニヒスベルクで精神病患者を殺してると。なぜか？ ベッドの空きを作るためだ。だれのための？ ポーランドやロシアで女性や子供を殺しつづけて気が変になっちまったやつらのためだ。それで思ったんだ、こんなのはドイツという国のあるべき姿じゃない、とな。ちょっとはずしていいか」

「いいとも」

ボリスは椅子から立ちあがった。「あのな、ボフダンは例のやつらが来るとわかってたんだ。ドアの近くにすわって、じっとしてたらしい。愛用の品もまとめてなかった」

「愛用の品？」

「ああ。ボウルとかスプーン。なんてことない生活用品だ。うとうとしてるな、ゴーロ……ハンナの夢でも見ろよ」ボリスは言った。「それとドルの目の痣の」

おれは一分か二分、居眠りをしていた。目が覚めてまわりを見ると、ボリスがマントルピースのそばにいて、顎をあげて歯をむき出しながら、〝農家の少年〟の話を聞いていた。

金曜が来たので、風で乾いた海藻のようにもつれてすかすかの黒髪を生やした、砂丘の低木林を超えていった。高台に出るたびに新たな大地の広がりが視界に入ってきて、浜辺を、海岸を、せめて湖

か川を、小川か池を見たいと体が欲した。けれども目の前に現れるのは常に、どこまでも続くシュレージエン地方であり、十二の標準時間帯《タイムゾーン》をまたいで延び、はるか彼方の黄河と黄海まで続くユーラシアの平原だった。

　地面は平坦になり、平坦になったその先に、ドイツの北東に存在した貧しい村の公園の遊具らしきものが見えた——二台のブランコ、滑り台、シーソー、砂場。ベンチには、少数の女性たちがすわっていて、ひとりは風のなかで薄っぺらい新聞を読もうとしていて、別のひとりは、つやのある白い耐脂性の紙袋からサンドイッチをつまみ出していて、また別のひとりは、ただ虚空を見つめて時を過ごしている——ハンナ・ドルが、開いた手のひらを膝に置いて、虚空を、時間を見つめていた。その向こうに、質素なシャレーのような、三角旗のはためく避暑小屋があった。

「ごきげんよう、マダム」おれは声をかけた。

　ハンナは腰をあげ、おれが近くまで行くと言った、「芝居がかった言い方はしたくないんだけど、ここへ来るとき尾行されてたの、いまも見張られているわ。ほんとうよ」

　おれは満面の笑みをこしらえた。「気楽な感じを装って。いまお嬢さんたちはどこに？」

　ゆっくりとまわっている回転木馬のほうへ近づいた。なんとも気のきくことに（そう思った人もいるだろう）、おれは飴玉をふた袋、ポケットに入れてきていたのだが、いまは渡さないほうがよさそうだ。おれは尋ねた、

「きみの誕生日はいつ？　何かあげたいんだけど。いつかな？」

「何年も先」パウレッテが言った。

「わたし、将来自分の子供をなんて名づけるか決めてるの」シビルが言った。「双子の女の子だったらマリーとマクダ。男の子だったらアウグスト」

「どれもすごくいい名前だ」

おれは後ろへさがり、ハンナがそばへ来たのを感じた。

「あなたは季節の変わり目を感じますか、ドル夫人？　この九月下旬の空気の冴えわたりよう。わたしたちは見張られていると誓ってもいい」

ハンナは気が晴れたかのように言った。「見張られている？　あの母親たちにだけではなく？　まあいいわ。わたしに何を教えてくれるの、トムゼンさん？」

「悪い知らせを伝えるのは心苦しいのですが」おれは精いっぱい朗らかな顔をして言った。「ボフダン・ショゼックはもういません」

おれはハンナが顔を引きつらせると予想していた。実際にはそれどころか、痙攣が上にも外にも広がるように身を震わせ、さっと口に手をやるという反応だった。そしてすぐさま、髪をひと振りし、声を高くして言った、

「ちょっと、パウレッテ、そんなに思いきり弾ませないの！」

「だってこれシーソーだよ！　そこが楽しいところでしょ！」

「もっとそうっと！　……じゃあボフダンはシュトゥットホフには行かなかったの？」ハンナは笑顔で尋ねた。

「どこにも行っていないようですよ」おれも笑顔で返した。

そして互いにどうにか笑みを保ちながら、おれはボリス・エルツから聞いた話を伝えた。庭仕事の道具での不幸な事故、プリューファーが受けた逆らえない命令、懲罰班の急行。ガス室のことはひとことも言わなかったが、ハンナはわかっていた。

「じゃあ、あの亀は？」

「ボフダンの去り際の蛮行。見たところは。これはまあ、あなたのご主人の説明なんですが。いくつかのことを省いての」

「あなたはそれを鵜呑みにするの？　ボフダンがやったと？」

おれはよそよそしく肩をすくめた。「死の恐怖は人を奇妙な行動に走らせます」

「そんなことをこれっぽっちでも信じているの？」

「あなたにも理屈はわかるでしょう？　あってはならないことなんです。囚人が司令官にあんな真似をしておいて生き延びるということは」

「司令官に何をしたと？」

「ああ。故意ではなかったとはいえ、ボフダンはシャベルをぶつけたんです。それで司令官の目には痣ができた」

「あの人が痣をこしらえたのはボフダンのせいじゃない」ハンナの陰気な笑みが、大きくなり、そしてこわばった。「あれはわたしがやったの」

「ねえ、どっちがいい？」離れた砂場から、シビルが叫んだ。「すべて知ってるのと、何も知らないのとだったら」

「何も知らないほうだ」おれは叫び返した。「そっちはすべてを見いだす楽しみがある」

――

その金曜の日暮れどき、おれはKZ3のぬかるんだ通路を歩いていた。IGファルベンの全額出資により、KZ3は文字どおりの意味で、KZ1とKZ2をひな型にして組み立てられつつあった。同じサーチライトと監視塔、同じ有刺鉄線と高圧電流の鉄条網、同じサイレンと絞首台、同じ武装衛兵、同じ懲罰房、同じ荷おろし場、同じ鞭打ち柱、同じ売春宿、同じ病院《クランケンハウス》、同じ死体置き場。

ボフダンには〝ピッコロ〟がいた――これはハンナが指摘したことだ。この言葉はふた通りに解釈できた。男色の相手となる少年をたしかに意味するピーペルとちがい、ピッコロはただの若い相棒、つまり面倒を見るよう年配の囚人が託された若者を指すことも多い。この場合は、ドフ・コーンという十五歳のドイツ系ユダヤ人だ。ドフはときたまボフダンの助手としてドルの庭に来ていた（おれも初めて訪れた日に見かけた）。ハンナが言うには、ボフダンとドフは〝とても親密そう〟だったらしい……。ブナ‐ヴェルケと同様、KZ3はまだ建設中で、いまのところは建設労働者の一団しかここで寝泊まりしていない。労役部の登録官によると、ドフ・コーンは第四ブロック（vi）で見つかるはずだった。

このときにはもう、一部は帰納的に考えて、最もありそうに思える一連の出来事に見当をつけていた。問題の朝――まず、夫婦のあいだで激しい口論があり、そのさなかにハンナがドルの顔を殴った。

その日のうちに、目のまわりがうっ血して黒ずんできたため、ドルは醜い痣ができた言いわけが必要になることに気づく。どこかの時点でボフダンが、おそらく何かぶざまなふるまいをして、ドルの注意を引く。ドルはシャベルの話をでっちあげると、収容所指導者のプリューファーにそれを伝えるとともに指示を出す。プリューファーの副官が懲罰班に連絡し……。残る唯一の謎は、おれの見るかぎり、哀れなトークヴィルの運命だった。

KZ3にはブナ＝ヴェルケのほうから来たのだが、尾行はされていないと、これ以上ないくらい確信していた。

おれは警棒でそのブロックのドアを叩き、すばやく押しあけた。テニスコート二面ぶんほどの納屋のような建物に、三段の寝台が百四十八台収まっていて、それぞれの段を二、三人が使っていた。千百人か千二百人の熱気がむっと押し寄せてきた。

「ブロック長！　こっちへ！」

五十がらみで肉付きのいい、年配のブロック長が横手にある自分の部屋から出て、急ぎ足で歩いてきた。ある名前と四人番号を伝えてから、おれは頭を横に振って外を示した。そして通路へ出て、息をついた。両切り葉巻に火をつける――鼻孔を燻蒸消毒するために。第四ブロック（vi）内のにおいは、嗅いだことのないものだった。草原《メドウ》と積み薪のまぎれもない腐敗臭でも、煙突によって拡散されるあのにおい（濡れて腐った段ボールのそれに加え、人類が魚類から進化したことを思い出させる、かすかなイワナのにおいも混じっている）でもない。そう、これは飢えから生じる弁解がましい悪臭だった——消化が阻まれることによる胃酸と腸内ガスの、尿に似た強いにおいだ。

目当ての少年が出てきたが、ひとりではなかった。ついてきたのはこのブロックのカポのひとりで、囚人服に緑の三角形のしるし（重罪犯を示す）をつけ、むき出しの腕には肌着の袖に見えるほどびっしりタトゥーが入り、口まわりの無精ひげが頭にも生えたみたいに短く髪を刈ってある。おれは言った、

「きみはだれだ」

カポはおれをじろじろ眺めた。いい度胸だが、この上背、この冷たい青い目、このツイードのハンティングジャケットに中尉の腕章を着けたこのおれを、いったいだれだと？

「名前は」

「シュトゥンプフェーガーです」

「ではずしてくれ、シュトゥンプフェーガー」

立ち去り際に、カポは一瞬腕をあげて何かしかけたが、すぐにおろした。おれの目には、馴れなれしく手を伸ばして少年の黒髪についた綿埃を取ろうとしたように見えた。「ドフ、一緒に少し歩こう」おれは慎重に切り出した。「ドフ・コーンくん、ボフダン・ショゼックのことできみに話がある。おれの役に立ってはもらえないかもしれないが、そうしたくないということはないはずだ。そのせいできみに害が及ぶこともない。きみの協力しだいで、いいことはあるだろう」おれはキャメルのパックを取り出した。「五本取れ」アメリカ製の煙草五本の値打ちは——配給のパン五個、いや十個ぶんか？「どこかに隠しておけよ」

ドフは数歩ごとに規則正しく頭を縦に振っていて、この少年から求める答えを引き出せそうだと、おれはほぼ確信しはじめた。誘うような明かりの下で、おれたちは足を止めた。もう日が落ちていて、雨か雪でも降らせる前ぶれか、暗い空が不穏にきしんでいた。

「どうしてここへ来ることになった？　緊張しなくていい。まずこれを少し食べろ」

ハーシーの板チョコレートだった。時間の流れが遅くなった……。注意深く、ドフはセロファンの包みを剝がし、しばし見つめたのち、その茶色の小片をうやうやしくひと舐めした。おれは見守っていた。芸術家になれそうな繊細さだ。そのチョコレートを舌で彫りつくすのに、たぶん一週間はかかるだろう……。ハンナがドフの瞳についてこんなふうに話していた──深みのある濃い灰色で、完璧にまるく、直径の線上に小さな切れこみがいくつも入っている。無垢な者のために作られ、無垢な世界で完成された瞳だが、いまは経験に害されてぎょろぎょろと目立っている。

「きみはドイツ系だな。どこの生まれだ？」

たまに裏返って一オクターブ高くなったりはするものの、しっかりした声で、ドフはおれに身の上を語った。特に珍しい話でもなかった。一九四一年の秋に、家族ともどもドレスデンのユダヤ人住宅を追われ、テレージエンシュタットのゲットーに一カ月留め置かれる。二度目の移送、母親と四人の妹、三人の祖父母、ふたりのおば、八人の年下のいとこが、引きこみ線で〝左〟へ選別される。父親とふたりのおじは、おおかたの人々と同様三カ月生きながらえる（排水溝を掘って）、そしてドフはひとりになった。

「それでだれがきみの世話役を？　シュトゥンプフェーガーか？」

「そう」ドフは苦い顔で言った、「シュトゥンプフェーガーです」

「しばらくはショゼック教授だったな」

「そうでした、けどもういません」

「どこへ行ったか知っているか？」

短い沈黙のあと、ドフはまた頭を縦に振りはじめた。

「ボフダンは基幹収容所《シュタムラーガー》からここまで歩いてさよならを言いにきました。そして、あの家へ自分を探しにきてはいけないとぼくに注意しました。そして戻っていきました。待っていたんです。ボフダンはやつらが来ると確信していました」


ドフはすべてを知っていた。

あの最後の朝、ボフダン・ショゼックはカーベーに寄ったため（化膿した膝の包帯を替えてもらった）、いつもより遅い九時半に屋敷の庭へ到着した。ボフダンが温室にいると、顔を片手で押さえた司令官が、朝食室のガラスのドアからふらふらと出てきた――パジャマ姿で。最初（ここでおれは頭の後ろがぞわぞわした）ボフダンは、青と白の縞模様の服でよたついているドルを囚人だと思った――酔っているか、気がふれているか、ただ方向感覚をすっかり失うかした（まだ腹がぼってりして、まだ服が清潔な）新入り《ツーガング》だと。そこでドルは、芝生をもたもた横切っている亀を見つけたにちがいない。シャベルを手にするや、その刃の平らな面を亀の甲羅に力いっぱい振りおろした。

「そこでドルは倒れました。砂利の上に――ばったりと。背中から。パジャマのズボンがずりさがっていて、裾を踏んづけた拍子に転んだんです」

おれは言った、「ドルは教授がいるのを見たのか？」

「ボフダンは隠れていればよかったんです。なんでそうしなかったんだろう？　隠れなきゃいけなかったのに」

「教授はどうしたんだ？」

訴えるような顔つきでドフは言った、「出ていって司令官を助け起こしたんです。それで日陰のスツールにすわらせて、グラスに入れた水を持ってきました。そしたら司令官に手ぶりで追い払われたそうです」

「そうか……」おれは考えた。「ボフダンはわかっていた。やつらが来るとわかっていたと言ったね」

「当然です《ナテューアリヒ》。わかりきってます《ゼルプストフェアシュテントリヒ》」

「なぜだ？」

あらゆることを知りすぎたドフの目は、病的にぎょろついていた。

「ボフダンは司令官が弱さを見せたその場にいたからです。司令官が泣くのを見てしまったんです」

ゆるいのぼり勾配の通路を歩いて戻った。めざすブロックまで距離があるうちに、おれはキャメルの残り全部と十USドルをドフに渡した。

「安全なところにしまっておくんだぞ」

「わかってます」ドフは言った（ほとんど怒ったように）。

「待て。きみがボフダンと親しかったのをドルは知っているのか？」

「知らないと思います。あそこの庭には二回しか行ってませんし」

「……わかった。じゃあドフ、これはおれときみだけの秘密だ、いいな？」

「いいですけど。教えてください。あいつになんて言えば？」

「ブロック長か？」

「あの人は気にしません。シュトゥンプフェーガーになんて言ったらいいですか？　何を話したのかきっと知りたがります」

「あいつには……」このことは頭のどこかで無意識に考えていたにちがいない、待っていましたとばかりに答えが出てきたから。「基幹収容所できのう一日じゅう」おれは言った。「有刺鉄線とフェンスのあいだの通路に立ってる男がいただろう。手錠をかけられたカポだ。その男は首から看板をさげていた。書いてあったのは〝シューラーローツェ〟〝ペドフィーラー〟。その意味は知っているか？」

ドフは知っていた。

「おれがあそこに立たせてやるとシュトゥンプフェーガーに伝えろ。おれはベルリンの命令で調査をしていると。あいつにそう言えるか？」

ドフは笑顔になっておれに礼を言い、夕闇のなかへ急いで消えていった。

そして雪のなかへ。灰色をした秋の初雪、灰色の雪、灰の色、ドフの瞳の色。

シューラーローツェ。ペドフィーラー。〝子守〟〝子供に対する性犯罪者〟

――

断続的で、訓練されたやり方でもなかったが、おれはまちがいなく尾行されていた。軍の情報機関（アプヴェア）に所属していたとき、尾行されることがかなり頻繁にあったので、それに気づくための肌感覚はすぐに身についた。尾行されているときは、見えない紐が自分と監視者を結びつけているかのように感じ、その共有者とのあいだの距離によって、紐がゆるんだり張ったりするのを感じる。張っているとき――それはくるりと振り向いて、自分の通ってきた跡に、はっとするか硬直するかしている人物が見えたときだ。

おれの後ろを歩いていたのは、縞模様の服を着た囚人《ヘフトリング》だった。その男はシュトゥンプフェーガーと同じくカポ（その胴まわりだけ見ても明らかだ）だが、緑と赤のふたつの三角形をつけている――刑事犯、それも政治犯だ。これは多くのことを意味するのか、ほとんど何も意味しないのか。おれの尾行者は、かつて民主主義にいくらか関心を示していた、疲れ知らずの気ままな歩行者という可能性もある。ただ、おれはそうは思わなかった。その男は陰気で憎々しげな顔つき、監獄にいる顔つきをしていた。

なぜ尾行される？　だれの差し金だ？　根拠もなく疑いをかけてくる政治部（ここではメビウス、ホーダー、オフなどのことだ）を甘く見るのは愚か者だけだが、彼らが囚人の手を借りることはありえない、ましてや政治犯など。それに、これまでにおれが犯した国家転覆罪は、まずい提言をしたことぐらいだ。

常識がパウル・ドルを指し示していた。ハンナとおれがひそかに接触したことを知る者は四人しかいない――当の本人ふたりと、ボリス・エルツとエホバの証人信者のフミリア。となると、司令官に知らせた可能性があるのはふたりだけで、それはボリスではない。

今度の日曜、ハンナもおれも、将校クラブでのピアノリサイタルとカクテルパーティに出席することになっている。一九四〇年九月二十七日の（イタリアと日本との）三国同盟調印を称える催しだ。フミリアが裏切っていたとハンナに伝えることができるといいのだが。

もっと見込みがあるのは、その翌日の五時三十分で、おれは馬術アカデミーでハンナとばったり出くわす予定になっている。おれは乗馬のレッスンに興味があるふうを装い、ハンナはポニーを買うか賃貸ししてもらう件について問い合わせる。パウレッテとシビルが、マインラートという名の毛の長いシェトランドポニーに目をつけているのだ。頭のなかで、おれは手紙の文面を練りはじめていた――それを書くかどうかは自分にとって重い決断になりそうだ。こう伝えるつもりでいる――さまざまな面を考慮して、あなたとの友達付き合いは、いや、それがなんであれ、終わりにしなくてはならない、と。

「鹿は何頭仕留めたんです？」

「わたしか？　一頭も。虚空に発砲していたよ。狩りほどぞっとする気晴らしはない。バラを齧《かじ》っている美しい動物を見て、きみはどうする？　樽二杯ぶんは食うらしい」ブルクルは眼鏡をはずし、レンズに息を吹きかけてしわくちゃのハンカチで拭いた（三、四分に一度はこれをする）。「なかなか気持ちのいい田舎だ。湖畔にまともなホテルもある。掘っ立て小屋とか移動式テントばかりでなく。しかしなぜわたしは誘いに応じた？　ヴォルフラム・プリューファーだぞ。ふたりだけで《ア・ドゥ》二度夕食をとった。恐ろしく頭の鈍い若者だ。トムゼンくん、酢酸エチルがないとゼーディヒ博士が言っていたんだが。何が問題なのかわたしにはわからん。きみはわかるかね？」

「ええ。比色測定ができないのです。酢酸はあるのですが、エチルアルコールがありません」

それからしばらく、エチルアルコールが足りない、もしくはまったくない、どこか近くにあるのかという話をした。それから話題は水素化プラントの嘆かわしい状況に移った。

「まあ、それはベルリンに報告してくれ。トムゼンくん、わたしの提案については考えてみてくれたかね？」

「考えました。ご提案の改変はすこぶる理にかなっています。一見したところは。ですが、ひとつお忘れのことがあります、ブルクルさん。われわれの主たる目的はユダヤ人を懲らしめることなのです」

　ブルクルの大きな茶色の目が一瞬にして曇った。

「断言できますが」おれは続けた。「ナチ党全国指導者の執務室でこれについて異論が出ることはありません。この点では幹部全員の意見が一致しています」

「ああ、だろうな」

「要約させてください。親衛隊全国指導者の言葉をそのまま借りることになりますが……。遺伝子と体質に起因して、ユダヤ人はあらゆる労働を嫌います。数百年、数千年のあいだ、ユダヤ人は集団移住の受け入れ国のおかげで、何不自由なく生きてきました。労働、きつい仕事を実直な非ユダヤ人が維持するなか、ひとりほくそ笑むユダヤ人は、ずる賢く富を蓄えます。体を使った労働――そういうものを単に知らないのです。彼らが仕事を怠け、仮病を使うのを見たことがあるでしょう。力ずくで理解させるほかありません」

「……遠慮なく続けてくれ」

「食料の配給を増やすという案については――率直に言って、ばかげています。ユダヤ人がじゅうぶんな食事で腹を満たせば、一歩も歩かなくなるでしょう。寝転がって豊饒《ほうじょう》の地に思いを馳せるだけです」

「しつこいようだが――シュムルがいる」

「シュムルを基準に類推するのはまちがっていますよ、ブルクルさん。シュムルがしているのはゴールの見えている仕事ではありません。ここブナでは、生産が軌道に乗ったとたんに自分たちは用ずみになるのだと、ユダヤ人はよくわかっています。だから何かにつけてそれを遅らせようとするのです」

これを聞いてブルクルは考えこんだ。不満げに続ける、「六、七年前までファルベンにはユダヤ人の社員が大勢いた。上層部にもだ。優秀な者たちで、とりわけ仕事熱心だった」

「妨害工作員ですよ。でなければ特許を盗んでアメリカ人に売りつける。有名な話です。立証されています」

中庭から立てつづけに叫び声が聞こえた——いつになくけたたましく、しかも長引いている。

「〝立証されている〟。それはどこで？　アーネンエルベか？　つまらん話はよしてくれ、トムゼンくん」

「あなたこそわたしを困らせないでください、ブルクルさん。あなたは党の方針の礎石をなすものに異を唱えているのですよ」

「生産的絶滅《プロドゥクティーヴェ・フェアニヒトゥング》」冷ややかな諦念をこめて、ブルクルは言った。「しかしトムゼンくん、絶滅が生産的であるわけがない」顔をそむける。「わたしは商学畑の人間だ。搾取するのにうってつけの労働力がここにあることは理解している。それをどう使いこなすか、そこが問題なのだ。ともかく。もうきみの叔父上のマルティンに頼るつもりはない。党官房へのルートはほかにもある」

「そうですか？」

「ナチ党全国指導者でも、国家元帥でも、親衛隊全国指導者でもない。総統兼首相ご自身がＩＧの代表団との会合を希望しておられる——まったく別の議題について」

「それはなんです？」

「毒ガス兵器だ。トムゼンくん、わたしは自分の改革を進めるつもりだ、きみの助力なしでできる範囲で」ブルクルはおれと目を合わせた。「いいかね、ユダヤ人のことで何をそんなに躍起になっているのか、わたしにはさっぱりわからないのだ。ベルリンでは、ユダヤ人とアーリア人の区別もつかないことがしょっちゅうだった。こんなことは自慢にもならないが、囚人服にダビデの星のしるしがつくようになって個人的にずいぶん助かった。あれがなければ、どうやって見分ける……？　いいさ、わたしを密告しろ。異端として火刑に処してくれ。うん、やはりだめだ。ユダヤ人のことで躍起になるのも当然だとはどうしても思えない」

金曜日、おれは旧市街からKZ1へ向かっていて、尾行されていないとわかったので、東へ折れて避暑小屋まで歩いていった。そこでだれかに会えるとは露ほども期待せずに。急に降りだした、じっとりと冷たいこぬか雨と、低く垂れこめる、煙で汚れた雲――遊園地はがらがらで、びしょ濡れの避暑小屋はすべて鎧戸が閉まっていた。すべてがおれの気分と、ハンナをめぐるおれの絶望と一致していた。砂と灌木のあいだをおれは突き進んだ。

「もうこのへんでやめておけ」前夜ボリスがそう言っていた。「ゴーロ、おまえが大酒飲みのおやじを寝取られ夫にしてやったら、そんな愉快なことはないと思ってた。けどそれは最初から、ばかがつくほど危険な真似だったんだ」

しかもこれは、武装親衛隊《ヴァッフェンSS》の（鉄十字勲章を三つ授かった）大佐にして、あらゆる危険を愛する百戦錬磨の女たらしの言葉だ……。おれは言った、

「パジャマのズボンのくだりは傑作だよな」

「ああ。最高だ。これぞ、寝ている妻を襲おうとして顔をぶん殴られた夫。しかもそのあと、庭で一物をまる出しにしてすってんころりとはな。しかしゴーロ、そこからすべてがまずい展開になってる。どす黒いと言ってもいい。もうどろどろだ」

「〈ツォタール〉ホテルで一度きりなら大丈夫だろう。行ってみたんだが、そこまで不潔でもないし、フロントにはひとりしか――」

「ばか言うんじゃない、ゴーロ。よく聞け。大酒飲みのおやじについて笑える事柄はみんな――あいつを道化にするどころか、脅威にしてるんだ。それにやつはいろいろ権限を持ってる」

切迫した死が至るところにある、この強制労働の世界では、ことさらに敵対する必要すらない。ドルは自分の選んだ方向へそいつを軽く押しやるだけでいいのだ。

「考えてもみろ」ボリスは言った。「おまえは――おまえはおそらく生き延びるだろう。新秩序（ナチ党政権が企てたヨーロッパ諸国の支配体制）の子弟だからな。だが彼女はどうだ？」

コートを抱きかかえて、おれは歩きつづけた。現実的な性的戦略《レアールゼクスエルポリティーク》。恋愛においてはすべてが公平……。そう、ドイツの戦いぶりを見るのだ。司令官の不義の妻は、ハーグ条約（一八九九年と一九〇七年に採択された国際的戦争法規）やジュネーヴ諸条約（一八六四年、一九〇六年、一九二九年に採択された戦争犠牲者の人道的な扱いに関する条約）の規定による助けは望めないだろう。これは絶滅戦争《フェアニヒトゥングスクリーク》になるだろう――無に帰する戦争に。

……樺の老木の木立まで来た。このあたりの空気は、自然に朽ちた木のにおいに心地よく満たされている。純然たる自然の腐朽、人間の仕事ではないもの。そして思い出の詰まったにおい……。しばしののち、おれは観念して思考をよそへ引きずり出した。広場でよく冗談を言い合う、ＩＧの岩石学者の妻、マレーネ・ムーティヒへ、女子補助員《ヘルフェリネン》たちの一団に最近加わった、ロッテ・ブルスティンガーへ、そして掃除婦アグネスの姉（唯一未婚のひとり）、クリッティナへ。

前方の、帯状の境界をなす高い生け垣の真ん前に、どこかのだれかがあずまやか休憩所を建てかけて――そのうち時間と材木が尽きたようだった。厚板を張った裏材、高さのちがう二面の側壁、屋根の半分。田舎のバス停の待合所のように見える。おれはその前へまわった。

ガラスのはまっていない窓、平らな木のベンチ。そしてその隅に、青いレインコートを膝の上に広げたハンナ・ドル。

そして彼女はこの世にいながら死んでいた。

それに続く一時間は大いなる静けさに包まれていたが、何事もないというにはほど遠かった。数分ごとにハンナは顔をしかめ、その顔つきは（異なる困惑と苦悩を帯びて）さまざまに変化した。三度か四度、無意識のあくびが彼女の鼻孔を膨らませ、ひと粒の涙がこぼれ落ちてその頬に溶けこんだ。そして一度、子供っぽいしゃっくりがその身を短く震わせた。そして、彼女の規則的な寝息と、穏やかな波動のような呼吸が続いた。これが命、彼女のなかで脈打っている命であり、これが証、繰り返される彼女の存在の証だった……。

ハンナの目が開き、彼女が少しも落ち着きを失わずにおれを見たので、おれはすでにそこにいたのだと、彼女の夢のなかにすっかり入りこんでいたのだと感じた。彼女の口が横いっぱいに開いて、音を発した――遠い海の潮騒のような音を。

「ヴァス・トゥン・ヴィア・ヒア」ハンナはレトリックでもなんでもなく、冷静に言った（ほんとうに知りたがっているかのように）、「ミット・ディーゼン・ウンデンクバーレン・ライヒェンフレッサー」

〝わたしたち、ここで何をしているの、こんな想像を絶する人喰い鬼たちと……〟。

ハンナは立ちあがり、おれたちは抱き合った。キスはしなかった。彼女が泣きはじめても、たぶんふたりとも、そうしたらどんなにすばらしいかと思っていながらも、唇にキスはしなかった。それでもおれは、一線を越えたと感じた。

「ディーター・クリューガー」ハンナはやがて語りはじめた。

それがなんであれ、おれは一線を越えていた。そしてそれがなんであれ、あと戻りはもうできないだろう。

いまいるのはどこだ？　この先どこへ？

2 ドル——残骸

些細なことを重大なことにたとえてよいなら、卑賤《ひせん》な者にもそれなりの権利はあるなら、司令官たる（この国を挙げての応用衛生プログラムの先鋒たる）わたし、パウル・ドルには、隠れ喫煙者と類似点がありそうだ！

たとえばハンナ。そう、思うにハンナは、隠れ喫煙者の申しぶんない、恰好の見本と言えるだろう。そしてハンナとわたしの共通点とは？

第一に、ハンナはその〝秘密の〟要求を満たすための人目につかない場所を見つけなくてはならない。第二に、残骸を始末しなくてはならない——派手な口紅の跡がくっきりついた吸い殻、吸いさしといったものが必ず出る（単刀直入に言って、吸い殻は命取りになる）。第三に、煙そのものばかりでなく、服や、とりわけ髪にしつこく残るにおいに対処する必要がある（ハンナの場合、息がにおった。高級な葉巻の芳香が男《メンシュ》の内なる香りに威厳を添えるのに対し、安物のダビドフの悪臭は若い女《メートヒェン》の健康的な香りを奪うのだ）。第四に、そして最後に、正直さという概念をハンナが理解していて、認めてもいるなら、彼女は〝抑えがたい欲求〟について自分に釈明する義務がある——なぜみずから悪臭をまとい、暑い午後の激しい一騎打ちを汗だくで終えた、薄汚い尻軽娘のように罪をまとわずにいられないのか……。

ここでわれわれふたりは別の道を行くことになり、類似点は失われる。そう、われわれはここで別れるのだ。

ハンナはまちがいと弱さから行動しているからだ。ならばわたしは正しさと不屈の力で行動しよう！

「おまえ、お母さんの化粧品を使っているな」

シビルがさっと顔に手をやった。

「全部洗い落としたつもりだったのだろう？　しかしまだ頬紅の跡が見えるぞ。それとも赤面しているのか？」

「……お化粧なんかしてない！」

「嘘はだめだぞ、シビル。ドイツの女の子が化粧品を使うべきじゃない理由がわかるか？　道徳心を害するからだ。嘘をつくようになる。おまえのお母さんみたいに」

「どういうこと、お父さん？」

「……今度はポニーに夢中らしいな？　歳のいった愚鈍な亀よりよかろう？」

筋金入りの国民社会主義者でさえ、今年一月にクルムホフ、ポーランド名で言うヘウムノの街でSSが着手した仕事はことのほか機知に富んでいたと認めざるをえないだろう。そう、いささか過激な、いや、行き過ぎすれすれの方策だった――例のゾンダー、シュムルを誘いこんで任用するに至った作戦《アクツィオン》だ。いまだに静かな語りぐさになっている――行動学的に興味深い、稀有な一例だと考えられているのだ。おそらく一度きりの。われわれは内輪でそれを、〝物言わぬ少年たちの時間〟と呼んでいる。

（覚え書き――シュムルの妻はまだリッツマンシュタットにいる。場所を探り出すこと）

ところで、われらがヘブライ人の同胞にまだなんらかの同情を抱いている者がいるなら、くまなく見てまわるべきだ――（今年の五月、ワルシャワで）わたしがやむなくそうしたように――ポーランドの都市にあるユダヤ人街を。集団で、好き放題に暮らしているこの民族を見れば、人道的な感傷などどこかへ追いやられるだろう、それも瞬時に。不思議でもなんでもない。悪夢のような姿で、惨めに貧窮した、性別の判然としない男女が死体の散らばった通りに群れている（愛情深い父親として、わけても耐えがたかったのは、小さな皮膚病患者のように、土色の顔をして、大泣きし、乞い求め、歌い、うめき、震えている半裸の子供たちをかえりみない冷淡さだった）。ワルシャワでは、毎週五、六人の新たな発疹チフス患者が出て、五十万人のユダヤ人のうち五、六千人が毎月死亡、そんな土壌に無気力が、退廃がはびこり、ありていに言って、自尊心の芽生えさえそこにはなかった。

軽めの逸話として、わたしとその旅の連れ（親衛隊全国指導者事務所の気のいい〝暴れん坊〟、ハインツ・ユーベルヘア）の憂鬱がいっとき和らいだ、ちょっとした出来事を記しておこう。ユダヤ人墓地で、著名な映画監督ゴットロープ・ハム（彼は啓蒙省のためにドキュメンタリーを撮影していた）と雑談していると、歓喜力行団《かんきりっこうだん》（ナチ党政権下のドイツで労働者に余暇活動を提供した組織）のバスが止まり、青少年団《ユーゲント》が全員おりてきた。そこでゴットロープとハインツとわたしは、そのとき執りおこなわれていた葬儀を中断させて、写真を何枚か撮った。いわゆる〝風俗〟写真の体裁で――〝若い娘の死体を葬る老いたユダヤ人〟といったやつだ。歓喜力行団の男子学生たちは笑い転げていた（ところが、わたしがアビー・ティンバースのハンナを訪ねているあいだに、これらの〝スナップ写真〟が運悪く表に出て、厄介なことになった。教訓――だれもが〝ユーモアのセンス〟に恵まれているとはかぎらない）。

いや、それにしても……。シュムルの妻がリッツマンシュタットの通りをぶらついているとは――そのゲットーのポーランド名は〝ウッチ〟、たしかそんなような発音だ。

そのシュラミートという女が必要になるかもしれない。

現地のユダヤ人評議会の議長に連絡しておこうと思う、名前は――あの報告書はどこへやっただろう？――〝ハイム・ルムコフスキ〟だ。

案の定、ここのまぬけどもは、ベンゼンを補充しにカトヴィッツまで行くはめになった。わたしは（ふたりの衛兵とともに）8気筒ディーゼルエンジンのシュタイアー600に乗り、トラックの車列を先導した。

仕事の話が終わると、民間の契約業者、ヘルムート・アードルツフルトの事務所で午後のお茶を飲んだ。鼻眼鏡をかけ、生え際が山形をしたこの中年男は、民族ドイツ人《フォルクスドイチェ》（ドイツ・オーストリア以外の国のドイツ系住民を指すナチ党の用語）

だ。それから、いつものように酒瓶が出てきて、ふたりでちびちび飲み交わした。だしぬけに、アードルッフルトが言った、

「少佐。ご存じでしょうか、この町では夕方六時ごろから夜十時ごろまで、だれも食べ物が喉を通らないんです」

「それはまたどうして？」

「風向きが変わって、南から強く吹くからです。においのせいですよ、少佐。においが南から流れてくるんです」

「ここまで？　おい、ばかを言うな」わたしは無頓着に笑った。「五十キロも離れているんだぞ」

「ここの窓は二重ガラスです。いま七時二十分前ですね。外へ出てみましょう。もしよろしければ」

われわれはこれを機に階下へおりていき、中庭に出た（そこで部下たちが作業を終えようとしていた）。わたしは大声で質問した、

「においはいつもこれほどきついのか？」

「ひと月前はこんなもんじゃありませんでした。寒くなってきて、いまは多少ましになっています。においのもとはなんなのです、少佐？」

「ああ、実はだな、アードルッフルト」わたしは言った（機転をきかすのには慣れていないので）、

「実は、農業試験場にかなりの大きさの豚舎があって、そこが伝染病でやられたのだ。豚敗血症でな。寄生虫が原因の。だからああするほかなかった、そら、殺処分して焼却するしか。わかるだろう？」

「みんな噂していますよ、少佐」

「ではみなにこれを伝えてくれ。豚舎の話を」

ベンゼンの最後のタンクが積みこまれた。わたしは運転手に合図して出発を促した。そして間を置かず、千八百ズウォティ（ポーランドの通貨単位）を支払い、そのあと必要な領収書を受けとった。

帰りの道中、衛兵たちが居眠りしているあいだに（わたしはむろん、この高級車の運転席にいた）、何度も路肩に止まっては、窓から頭を突き出してにおいを嗅いだ。知ってはいたが、やはりひどいにおいだった、そしてどんどんどんどんひどくなっていった……。

わたしは、だれもがときおり見る下水溝の夢に入りこんだかのように感じた――夢のなかの自分は、掘り当てた巨大な油田のような、ぶくぶく泡立つ熱い汚物の間欠泉と化していて、何をやっても汚物は止めどなく流れてきて、そこらじゅうに堆積していく。

「ふたりは二分か三分ほど話してました、司令官どの。牧場の裏の囲いのなかで」

乗馬学校のことだ。わたしのカポ、シュタインケ（娑婆《しゃば》ではトロツキー主義の殺し屋だった）が牧場と言っているのは。乗馬学校――馬術アカデミー……。すると、二度会ったわけだ。避暑小屋と馬術アカデミーで。そして手紙はこれで二通。

「乗馬学校のことだろう。すなわち馬術アカデミーだ、シュタインケ。しかし、ここは暑いな……。ふたりは人目のあるところで話していたのか？」

「はい、司令官どの。まわりに人が大勢いました」

「で、ふたりはただ話していたのだな。文書の手渡しはあったか？」

「文書？　いいえ、司令官どの」

「何か書かれた紙だぞ？　……うむ、あのな、しっかり見ていないだろう、シュタインケ。紙のやりとりはあったんだ。おまえが見逃しただけで」

「馬がどっと走り過ぎたとき、二、三秒ふたりの姿が見えなくなりました、司令官どの」

「そうか。乗馬学校で馬に出くわしたと」わたしは言った。「シュタインケ、ここのいかれたやつらが首からさげている看板を見たことがあるか？　〝ばか《ドゥム》〟と書いてあるやつを？　〝わたしは白痴で《イッヒ・ビン・アイン・クレテ》す《イン》〟と書いてあるのを？　おまえのためにそれをひとつ注文しようかと思っている」そうだ、どうせ頼むならプリューファーのぶんもひとつ。「シュタインケ、乗馬学校には馬がいるに決まっとるだろうが……。よく聞け。今後は男のほうは放っておけ。女のほうだけ見張るんだ。わかったか《クラー》？」

「はい、司令官どの」

「ふたりはどんな挨拶をしていた？」

「握手です」

「握手です、司令官どの、だ。別れ際の挨拶は？」

「握手です、司令官どの」

ポーランド人の一団（信じがたいほどの荷物を背負っている）がじりじり進んできたので、われわれは脇へどいた。シュタインケとわたしは製革所に付属する倉庫のひとつにいた。抹殺に先立って、製革所の炉に燃料として放りこまれる、避難民のがらくた同然の所持品――薄っぺらな靴や、ビニール製のハンドバッグ、泥だらけの木の乳母車、その他諸々――が山積みされているのがこの倉庫だ。

「その二度の握手だが、それぞれの長さはどのくらいだった？」
「二度目は最初のより長かったです、司令官どの」
「最初のはどのくらいだった？」

わたしは〝室内装飾〟というものには一片の関心もないが、工具類の扱いは昔から上手かった。今年の春、ハンナがローゼンハイムに滞在しているあいだに、わたしはひとり大工仕事に励み、長年暖めてきた計画――二階の化粧室の壁に造りつけの金庫を設置する――を見事に完遂した。むろん、書斎では鍵付きのロッカーを使っている（それにＨＶには大型の金庫が常備されている）。しかし二階の造りつけ金庫は、機能がまったく異なっている。ダイヤルつまみのついた表の顔は、見せかけにすぎない。あけてみるとそこには何が？　バスルームの一部が見えるマジックミラーだ。悲しいかな、ここ数年、妻は裸を見せるのを恥じらうようになっているが、わたしは実のところ、妻の自然のままの姿を鑑賞するのが好きなのだ――これは夫として当然の権利である。その特別な〝鏡《ルッキング・グラス》〟（この古い呼称はまさに適語ではないか？）は、ある医学実験の監視をやりやすくするためにそれを用いていた、第十ブロックで入手した。予備となるはずの一枚を見て思ったのだ、やあ、それはわたしがもらっておこう！

それで、きのう、ハンナが馬術アカデミー（ポニーの見学）から戻ったそのとき、わたしはそこに立って、今宵の〝ショー〟に注目していた。普段、ハンナは水栓をひねったあと、やや物憂げに服を脱ぎはじめる。湯がたまるのを待っているあいだは、何度も身をかがめて温度をたしかめる――そこがいちばんの見どころだ（浴槽から出てくる姿も一見に値するが、腹立たしいことに、妻にはヒーター付きのタオルラックのそばで体を拭く癖があり、そこはちょうど見えないのだ）。きのうはそんなふうではなかった……。ハンナは入ってくるなり、ドアに鍵をかけてそこにもたれ、ドレスを引きあげて、パンティのなかから薄いブルーの紙を三枚取り出した。そしてじっくり目を通した――没入した様子で二度読んで、それでも満足できずに、また熟読した。しばしのあいだ、物思いにふけっているようだった。やがてハンナは左のほうへ動いた。信書を細かく破る音がして、トイレの水が流され、必要な間を置いて、もう一度流された。

　いまわたしは、不愉快な事実を書き記す必要に迫られている。手紙を読むハンナの顔には、まず戦慄の色が、そしてとまどいつつも集中した表情が浮かび、やがて……。毎回、終わりに近づくと、空いたほうの手《ハント》が喉《ケーレ》に伸び、しばらくするといくらか下方へずれて、胸《ブュルスト》のあたりをなでるように見えた（加えて、緊張で肩《シュルターン》がすぼまった）。こんなことに直面して、夫のわたしがどう感じたかは、至極容易に想像がつくだろう。しかもそれで終わりではなかった。見るからに興奮しているのに――妻のなかの女の要素（潤い、ときめき、ひそやかなつやめき）が目覚めたのは一目瞭然だというのに――ハンナは入浴するという一般良識にさえそむいたのだ。

　そしてそれ以来、ハンナの顔にはこんな表情が浮かんでいる。満ち足りていて、穏やかな――ひとことで言えば、我慢ならないほど取り澄ました表情が。さらには、容色の華やかさが増している。そのたたずまいと言ったら、妊娠三カ月のころのようだ。力に満ちあふれている。

政治部《ポリーティシェ・アプタイルング》のメビウスは、ポーランド人をどうにかする必要があると考えている。

「どのくらいのポーランド人を？」

「まだ決定していません。まあ二百五十の範囲内でしょう」メビウスはデスクの上のファイルを軽く叩いた。「大仕事です」

「二百五十か」わたしにはとんでもない大仕事に聞こえた――だがこのころには、メドウでシュムルから桁はずれな数を伝えられたあとだったので、動揺することはほぼなくなっていた。

「これはある意味では、われわれ自身の落ち度です」

「どうやって解決するつもりだ？」

「製革所にあるあれだけの物」メビウスは嘆息した。「いささか無神経だと思いませんか？」

「すまん、メビウス、話がよく見えない」

「ああいうがらくたは全部カリフォルニアに置いておくべきなんです」

「どういうがらくただ？」

「ああ、パウル――目を覚ましてください」メビウスは重い口調になって言った。「ルブリン（ポーランド東部の都市）周辺地域の鎮圧で出てきたゴミです。野良着。子供のスリッパ。粗末なロザリオ。ミサ典書」

「ミサ典書とはなんだ？」

「よくわかりません。エルケルの報告書を読んでいるだけです。卑しい祈禱書のたぐいでしょう。あの街はカトリック信者だらけです。製革所の面々がどんな状態か見ましたか？　恥ずべきことです。どうしてあんなことになったんでしょう？」

「プリューファーのせいだ」

「プリューファーか。これは急務です。一触即発の状況ですよ。パウル、連中はユダヤ人ではありません。老女や年少の男子でもない」

「当人たちはわかっているのか、ポーランド人は？」

「まだです。むろん、怪しんではいるでしょう。だがわかってはいない」

「自分たちはどうなると思っているんだ？」

「ただ散りぢりにされるだろうと思っています。あちこちへ送られると。だがそれをする時機はもう逸しました」

「まあそうだな。今夜わたしにリストをくれ。いいか？」

「仰せのままに《ツー・ベフェール》、司令官」


ふたつの鉄十字勲章（第二級と第一級）を持つ者として、ありがたいことに、わたしは完全に精力を保っており、このリビドーの強さをことさらに誇る必要も感じない——性衝動に関して、ほかのすべてに言えることだが、わたしはまったく正常だ。

ハンナが哀れにも不感症であることは、結婚生活のかなり早い時期に露呈していた。シュヴァインフルトまで新婚旅行に連れていった直後からだ（ずっと以前、われわれが深い関係になった当初は、ハンナの反応のなさは健康上の理由によるものだと考えていた。しかしこれはもう解消されている）。個人的には、ディーター・クリューガーに責任があると見ていた。それでも、わたしは若者ならではの（二十九だったが、比較的若いと言えよう）がむしゃらな楽観主義でもって、待ち受けていた試練に立ち向かった。回数を重ねれば、ハンナもこの優しさに、この思いやりに、この尋常ならぬ忍耐に――わたしの純粋な愛に支えられた禁欲に――報いてくれるようになるだろうと確信していた。だがあるとき、さらなる展開があった。

われわれは一九二八年のクリスマスの時期に結婚式を挙げた。一週間後、ローゼンハイムの近郊に戻ってきたあと、ハンナの直感が正式に裏づけられた――妊娠七週目に入っていたのだ。そしてこれがすべてを変えた。わたしはたまたま、偉大なロシアの作家にして思想家のトルストイ伯爵が、題名をど忘れしたある作品（ドイツ人の名が使われていて、そこに興味をそそられたのだが……思い出した！『クロイツェル・ソナタ』だ！）のなかで唱えた教えを信奉している。妊娠中の数カ月のみならず、〝授乳期間中もずっと〟愛の営みをすべて控えよ、というものだ。

わたしが女性の体に起こる自然な変化にことさら嫌悪を催すとか、そういうことではない。それは単なる物の道理だ――新たな命に対する、ひとりの人間の形成というきわめて貴重で神聖な過程に対する、畏敬の念だ……。われわれはざっくばらんに話し合い、ハンナは悲しげな笑みを浮かべて、わたしの論理がまさっているとただちに認めた。パウレッテとシビルが一九二九年の夏に誕生した――われわれのこのうえない喜びたるや！　そして妻はそれから三年半のあいだ、双子への授乳を続けた。

わたしとハンナとのあいだの空気は、徐々にぎくしゃくしていったと言うのが正しいだろう。そして夫婦の交わりをついに再開しようというころには、われわれは――これをなんと言い表せば？――互いにとって赤の他人も同然となっていた。その最初の夜、蠟燭を灯したディナーと花束、落ち着いた照明と静かな音楽といった演出を経て、頃合いよく床に就いたその最初の夜は、上首尾に終わったとはとうてい言えない。わたしは前段階で多少手こずったものの、最後にはすっかり準備が整った――ところがハンナのほうが、うまくこわばりを解くことができなかった。次の夜も同じありさまで、幾夜過ぎても変わらなかった。わたしは薬物療法をまたはじめるよう（あるいはせめて医者にかかって軟膏のたぐいを手に入れるよう）ハンナに頼みこんだが、言うだけ無駄だった。

時は一九三三年の初頭（一月三十日、ヒトラー内閣が成立）。輝かしい革命がわたしを救いにこようとしていた。いまわたしが微笑んでいたら許してもらいたい――同じように歴史の女神クレイオも、その皮肉を味わいながら微笑んだはずだ。ドイツ国会議事堂放火事件（二月二十七日）に続く、無数の共産主義者の逮捕、そしてわが寝室にあのような悲しみをもたらした張本人が、性愛の苦痛を和らげる源となった。わが友クリューガーのことだ。おっと、いったん本筋へ戻ろう。

そうこうするあいだ、正常な欲求を持つ健康な若者として、わたしがほかを探さざるをえなかったのも無理はなかろう？

まず、一連のきわめて熱烈な、楽園で遊ぶような戯れの恋があった……。

ドアにノックの音が。

「入れ」わたしは言った。「ああ。フミリアか」

メビウスのリストを手にしている。

こんな経験はないだろうか。夜、ベッドのなかでうつらうつらしながら、ずれたシーツを直そうと手を伸ばすが、そうするには自分自身を浮かせる必要があると気づく。それは並たいていの苦労ではないように思える。大きなもの、死体、大きくて重いもの、いや、これは生きている人間の体だ、わたしの――まあ、寝汗でじっとり湿っているが、生きている、生きているから浮くはずだ！

「おはようございます、ひどい朝ですね。では参りましょうか、少佐？」

「わかったわかった。とにかく行こう」

「大丈夫ですか、司令官？」

わたしは滑りやすい車寄せでプリューファーと落ち合った。灰色の霧が、灰色の雪――重く湿った大粒の雪――に席巻されつつある。わたしは咳払いをして言った、「われわれはどのブンカーへ行くんだった？　忘れたぞ」

……スタニスワフ・スタヴィシンスキ、タデウシュ・ジェジツ、ヘンリク・ピレスキ――前夜、メビウスの〝目録〟をざっと見ていると、ときどき、顔を思い浮かべることのできる名前があった。そして、そうした者たちの少なくとも何人かは、名実ともに伝説の働き手であることに気づいた。人間版製材機かスチームローラーかという、ずば抜けて生産性の高い労働者たちで、フュルステングルーベの炭鉱でまる一カ月常勤し、そのあと（二、三週間、鉄道の枕木運搬をしたのちに）戻ってきてさらに……。書斎のデスクにすわって、ランプの下で眉間を揉みほぐしながら、わたしはメビウスに提案された処置について本気で疑問を持ちはじめ、そのせいか（ほかの個人的な悩みもあって）、リースリング・ワイン、ウォッカ、ブランデーのアルマニャック、果てはスリヴォヴィッツと、止めどなく酒を飲んでしまい、ようやくベッドに入ったのは〇四：〇七だった。

そういうわけで、〇六：二八に、第三ブンカー（赤煉瓦造り、窓はない）の地下でテーブルの奥のベンチに着席したとき、わたしはまさしく最悪の気分だった。その場には、プリューファーとメビウスとわたしのほかに、政治部員がふたり、ドロゴ・ウールとボリス・エルツの大尉ふたりもいた。郵便検閲局《ポストツェンズーアシュテレ》から通訳も来ていたが、プリューファーが帰らせた。ポーランド人はみな〝古株〟なので、ドイツ語はじゅうぶん理解していると言って……。メビウスが書類をきれいに揃えながら、何も混乱は起こらないだろうと冷静にわたしに言った。ウールは小声で鼻歌を口ずさみだした。エルツは煙草に火をつけ、あくびを噛み殺していた。しばしののち、わたしは椅子にもたれ、二日酔いのむかつきを隠して満足げに咳払いをした。〇五：〇五に睡眠剤のファノドルムなど飲むべきではなかった。見るものすべてが、ラジエーターから放たれる熱のようにぼやけて細かく波打っている。

武装した衛兵ひとりに導かれ（それがパリッチュ上級曹長なのはいいが、武装した衛兵ひとり？）、五列になったポーランド人が空間を埋めはじめた。わたしは自分の感覚がおかしいのかと不安になった。この囚人《ヘフトリンゲ》たちは熊かゴリラのような体格で、縞模様の囚人服は巨体と筋肉ではち切れそうだし、いかつい顔は日に焼けてつや光りしている（まともな靴まで履いている！）。彼らは気力《エスプリー》をみなぎらせてもいた――まるで熟練兵士からなる装甲旅団のように（そしてわたしは心のどこかで、一瞬ではあるが真剣に、彼らを戦闘で指揮したいと思った）。続々と、険しい表情で彼らは集まってきた、百、二百、二百五十、三百――続いてもうひとり、あきれたことに、〝ポーランドを捨てた〟と罵られながら長年われわれに協力している、収容所長老《ラーガーアルテスター》のブルーノ・ブロドゥニーヴィチュがふらりと入ってきた！

メビウスはしかめ面でうなずいた。「気をつけ！《シュトラムシュテーエン》」のひと声とともに、フォルダーをテーブルに叩きつける。「まず、司令官からひとこと述べていただく」

これは初耳だった。われわれ将校はむろん、ホルスターに自動拳銃のルガーを収めているし、パリッチュとブロドゥニーヴィチュは軽機関銃を肩から吊りさげている。しかし、このたくましい大男たちの大隊がもし危険を察知したら——怪しい動きひとつでばれる——ドイツ人がひとりでもここから生きて出られる可能性は、まちがいなくゼロだろう。

「ありがとう、少尉」わたしは言い、またひとつ咳払いをした。「さて、諸君、きみらは当然知りたいことだろう……けさ、きみらがさまざまな班《コマンド》からはずされたわけを。そう、きみらはきょう、働かなくてよいのだ」控えめに喜びを表すざわめきが起こったので、わたしは調子に乗って、食事の配給を倍にすると口走りそうになった（配給の倍増は、ほんとうにやるなら、出血大サービスになる）。「だから昼食をとったら、それぞれ自由に過ごしたまえ。大いにけっこう。その理由はメビウス少尉から説明してもらう」

「……恐縮です、少佐。では聞いてくれ。ポーランド人諸君。わたしはきみたちを騙すつもりはない」

ここでわたしは、やや意地の悪い笑みを抑えきれなかった。フリッツ・メビウスは熟練したゲシュタポだ。わたしは思った——そら、やつはごまかすぞ。リュートを奏でるように彼らをうまく操るはずだ……。

「本日午後のどこかの時点、おそらく五時ごろに」腕時計を見ながら、メビウスは言った、「きみたちはひとりひとり射殺されることになる」

わたしの口のなかで反吐《へど》の味がした（あっと叫びさえしたかもしれない）……。しかしメビウスに返ってきた唯一の反応は、沈黙だった――息をするのをやめた、三百人の沈黙。

「ああ、そうなのだ。わたしは兵士のようにきみたちに話している」メビウスは高らかに続けた、「それがきみたちの正体だからだ。きみたちは国内軍（第二次大戦中のポーランドの地下抵抗組織）の兵士だ、きみたちの多くが。なぜ鳴りをひそめていたのか、わたしから話してやろうか？　ＫＺの部隊は活動可能だと、組織の中枢に納得させることができないからだ。彼らはきみたちが骨と皮ばかりだと思っている。こんな場所にきみたちのような面々がいるとだれが信じる？　わたし自身、信じられないくらいだ」

メビウス少尉が緑色のファイルを調べるあいだに、エルツ大尉が惚れぼれするほどしっかりした手つきで七つのグラスに炭酸水を注いでいった。

「きみたちが何をたくらんでいたのかを考えるとぞっとする。ワルシャワからのお達しがあれば、こちらがまばたきする間もなくわれわれの尻に噛みついていただろう。だが、もう終わりだ。きょうの午後に少しでも悪さをすればどうなるかは、じゅうぶん承知しているな。きのうわざわざきみたちに思い出させたとおり、われわれは教区簿冊（教会区民の出生、結婚、死亡などの記録）を持っている。そしてきみたちは、両親や祖父母が家畜運搬車へ棍棒で追い立てられることも、妻子や甥や姪が焼却炉に飛びこむことも望むまい。そうとも。きみたちはわれわれがどういう相手か知っている」

沈黙が深まった。メビウスは舌を鳴らして言った、「きみたちにできるのは、戦士らしく死ぬことだけだ。ゆえに秩序を乱さずにいこう。ここはひとつ、ポーランド人の誇りと勇気を見せてくれ。そうすればわれわれもドイツ人として敬意を示そう。ああ、きみたちには最後の晩餐が出る。倍量の温かい汚水だ。では外へ《ラウス》！　上級曹長？　まかせていいか」

その夜、二二：〇七、わたしは仕方なくベッドから起き出し、プリューファーから口頭で報告を受けた。第三ブンカーを出たわたしは、その足で診療所《クランケンバウ》へ向かい、ツルツ教授にビタミン注射を打ってもらい、クロルプロマジン二ccを処方された。鎮静作用だけでなく嘔吐を抑える作用もあるとされている薬だ。回復室でも吐き気はほとんどおさまらず、これではぬかるみのなかに倒れこんでしまうと思い、わたしはよろよろと帰宅した（正午の移送には問題なく間に合うはずだった）。

いまわたしはヴォルフラム・プリューファーに向かって言った、「ガウン姿ですまん。入りたまえ」差しあたりアルコールは断っていたのだが、こんな一日のあとだから、プリューファーはぐいっと飲《や》りたいだろうし、それに付き合わないのは男らしくないように見えるだろう。「きみの健康《イーレ・ゲズントハイト》に。で、どうだった？」

「円滑に運びましたよ」

第三ブンカーの中庭で、ごく少数のポーランド人部隊が戦って死ぬことを選んだ（バリケードを作り、たちまち制圧された）ものの、残る二百九十一名は一七：一〇から一七：四五のあいだに滞りなく射殺された。

「立派なものでした」なんの表情も読みとれない顔で、プリューファーは言った、「それなりに」

互いのグラスをまた満たして、われわれは話しこみ、時間も遅かったので、いつもの堅苦しさはしだいに抜けていった。わたしは言った、

「メビウスがああも……ずばりと言いきったのは意外じゃなかったか？　なんらかの策を弄するものとわたしは思っていた。そら、嘘をつくなりなんなり」

「きのうのうちに嘘をついておいたんですよ。きみたちは思い知るべきだと言って、妙な真似をしたら家族をまとめて捕まえるぞ、と脅していました」

「それのどこが嘘なんだ？　われわれはまさにそれをするんじゃないのか？」

「いいえ、もうしません。明らかに労力に見合わないので、やめたんです。身内を探しあてるのに費用がかかりすぎます。みんな立ち退かされるかあちこちへ移されるかしていますからね。それに……」

プリューファーがこのあと言ったのは、いずれにせよ、そういう家族の大半は、すでに爆撃や機銃掃射を受けたり、首を吊ったり餓死したり凍死したりしている――さらに言えば、それより前の集団報復のさなかに撃たれている、ということだ。プリューファーは物憂げに続けた、

「あと、少尉の言っていた子供たちですけど、その半数の、健康な子供は全員、帝国及び併合地域へ送り出されています。だから単なる骨折り損になるんです」

「それであの男たちだが」わたしは言った。「彼らはただ……？」

「なんの面倒も起こりませんでした。スープを飲んだあと、一、二時間ハガキを書いて過ごしていました。時間が来たとき、彼らの多くが歌っていました。愛国歌のたぐいを。ほぼ全員が、〝ポーラン

ド万歳〟みたいなことを最後に叫びました。でもそれだけでした」

「ポーランド万歳か。おかしな台詞だ」

プリューファーは首を伸ばして言った、「もう少しでまた大混乱になるところでした――彼らの仲間が仕事から戻ってくる前に死体を運び出そうとしていたときです。カートは覆っていましたが、血はどうしようもなかったんです。時間がなくて。何人かに見られました。緊張が走りました。緊張が走ったんです、司令官。もう一回やる必要があるかもしれないとメビウス少尉は考えています。この厄介な大仕事を、また繰り返す必要があると」

「……そうか。弟は元気か、プリューファー？」

「どっちの弟です？」

「スターリングラードにいるほうだ。フライヘア？　いや。イルムフリートか」


ひとりになると、暖炉のそばの安楽椅子に身を預け、酒瓶を膝に載せて、一時間ほど内省にふけった。ほかの男たちが光を発するように勇気を示すなか、老婦人と少年を死に追いやっているのがこのわたしだ（心のなかでぼやいた）。こんなふうに思うのは、むろん、妬ましいほどメビウス少尉に感心したせいもある。どこまでも冷ややかに、〝イーア・ヴァイスト・ヴィー・ヴィア・ズィント〟と言い放つことで、あのがたいのいいポーランド野郎どもを威圧するとは。

〝きみたちはわれわれがどういう相手か知っている〟。

あれこそ国民社会主義だ！

ただ言っておくが、年少者と高齢者の排除は、また別の力と強さを必要とする——狂信性、過激さ、厳格さ、強硬さ、無情さ、冷淡さ、無慈悲さ、等々。つまるところ（おのれにしじゅう言い聞かせているように）、だれかがやらねばならぬのだ——ユダヤ人どもに半分でも機会があれば、連中もわれわれを同様に扱うだろう、だれにでもわかることだ。一九一八年十一月のドイツ革命で、連中は現に挑戦したではないか、安く買って高く売る、あの戦争成金どもが……

……わたしはどうにか身を起こし、ふらふらとキッチンへ入っていった。ハンナがテーブルの脇に立って、木のフォークと木のスプーンでボウルからじかにグリーンサラダを食べていた。

「おいおい《ナー・ヤー》」息を大きく吸いこんで、わたしは言った。「前線勤務じゃあるまいし。まあ実際そうなのだが。実は、異動願いを出そうかと思っていてな。東部への。ハンナ、東では、こうして話しているいまも、世界史が書き換えられようとしている。だからわたしはその只中に身を置きたいのだ。われわれはいまにも、ユダヤ‐ボリシェヴィズムに、史上稀に見る——」

「それはだれ？」

「ユダヤ‐ボリシェヴィズムだ。ヴォルガ川流域での。われわれはユダヤ‐ボリシェヴィズムに、史上稀に見る惨敗をもたらそうとしている。おまえもあの演説を聞いただろう？　あの街はわれわれのものになったも同然だ。スターリングラードは。ヴォルガ川沿いの都市だ、ヴォルガ川の」

「一日とあけずに」ハンナは言った。「またお酒を飲んでいるのね」

「うむ、そうかもな。いやその……」タマネギのピクルスの瓶に手を突っこむ。ぼりぼり齧りながら、わたしは言った、「あれだ、考え事をしていたんだ。哀れなアリシュ・ザイサーに少しでも何かしてやれないかと考えていた。戻ってきたのだ。被収容者として」

「アリシュ・ザイサーが？　どうして？」

「それがちょっと、ちょっとした謎なんだ。すまん。反社会的分子《アソツィアーラー》として捕らえられた」

「どういう意味なの？」

「どんな意味にもなる。浮浪。物乞い。あってはならんが、売春。ああ、比較的軽微な罪も含まれる。不平をこぼすとか、足の爪を塗るとか」

「足の爪を塗る？　へえ、それはもっともな話ね。戦争中ですもの。不道徳きわまりない行為だわ」

ハンナはナプキンで口《ムント》を拭い、真面目な顔《ゲズィヒト》に戻った。「軍はもう撤退をはじめているそうよ」

「ばかな《クヴァッチュ》！　だれから聞いた？」

「ノルベルテ・ウールよ。ノルベルテはドロゴから聞いたの。それとスージ・エルケルから。スージはオルプリヒトから聞いていて……。さてと。アリシュ・ザイサーのためにわたしたちにできることって？」


このくだりから再開しよう。一連のきわめて熱烈な、楽園で遊ぶような戯れの恋があった。われわれのバイエルンの農場（義父母から借りている）周辺の緑豊かな森で、さまざまな若い女——羊飼い、乳搾り、馬番——とわたしは戯れた（これはみな、ハンナの妊娠期間の中期にはじまった）。あだっぽく笑って亜麻色の尻を振りふり、四つん這いで干し草の下の秘密の巣にもぐりこむ可愛い女を追って、革の半ズボンに刺繍入りのチュニックというなりで洗羊液の水槽を跳び越え、納屋の戸口を駆け抜けたことが幾度あったことか！　毛刈り小屋の裏ののどかな放牧地で、唇に草の葉をはさんで笑っているヘンゼルを、豊満で血色のいいグレーテルのスカートに頭をうずめたヘンゼルを眺めて、何時間楽しんだことだろう！

やがて一九三二年、ハンナとわたしはどうしようもなくミュンヘンに惹きつけられた――わたしの夢と憧れの街だ。

羊の群れや小川、乳搾り用の腰掛け、キバナノクリンザクラやイブキジャコウソウ、配管工とはおさらばした。ダッハウの郊外（そこでわたしは輝かしい出世の道をたどりはじめる）まで毎日通勤し、四人家族のあるじを務めながらも、すこぶる洗練された女性との、情熱的だがきわめて分別ある関係に時間を割いた。ソンドラという、ミュンヘン中央駅《ハウプトバーンホフ》近くのシラー通《シュトラーセ》りでサービス付きアパートメントホテルの維持管理をしていた女性だ。まったく突然に、彼女はインゴルシュタット出身の羽振りのいい質屋の主人と結婚してしまったが、わたしはそのまま同じアパートメントで別の女たちと懇意になった――とりわけプッチ、ブーブー、金髪のマルゲリーテと。だがそれも、ずっと昔のことだ。

ここＫＬでは、戦争中でもあり、なんらかの〝不品行〟に走ろうなどとは考えたこともない。同僚（たとえばイルゼ・グレーゼ）や同僚の妻（ベルリンに知れたら笑い事ではすまされない）で妥協するというのは、ドイツ人としてあるまじきことに思える。それはそれとして、月経のある女性も髪を生やしている女性もほとんどいないため、心惑わされることがまずない。抑えがたい欲求に駆られたときは――まあ仕方ない。カトヴィッツのあの宿はあまりにもむさ苦しいが、クラクフでいちばんの宿はドイツ人が営んでいるので、手術室並みに清潔だ。ただ、妻がこちらへ来てからは、ぱたりと行かなくなった。ああ、わたしはなんと模範的で、理想的で、夢のような夫であることよ……。

だがいまや状況は変わった。そしてこのゲームはふたりでプレーできる。ちがうか？


ＫＬには実際に豚舎がある（自作農園区域のささやかな付属施設だ）。そしてアリシュ・ザイサーはティアプフレーガー——動物飼育員だ。制服は囚人診療所《ヘフトリング・クランケンバウ》の助手のそれと同じ、後ろ身頃にペンキで赤の縞模様が描かれた白い麻の上着と、同様に着色されたズボンだ。じっくり眺めたあと、動物診療所の窓を叩くと、アリシュは慌てて出てきた。

「ああ、ありがとうございます、ご親切に。来てくださって感謝します。お目にかかれてほんとうに嬉しいです、司令官さま」

「司令官さま？　いやいや、パウルでいい」わたしは気さくに笑って言った。「パウルで。いや——きみのことはずっと気にかかっていたのだ。気の毒なアリシュ。ハンブルクではさぞかし大変だったたろう。ひどく困窮でもしたのか？　遺族年金の申請が通らなかったとか？」

「いえ、いえ。まったくそういうことではなく。わたしはハンブルク駅で捕まったのです、パウル。列車をおりたとたんに」

「それは妙だな」アリシュの胸もとには、反社会的分子《アゾツィアーラー》を示す黒の三角形のしるしがついていた。そこにアルファベットがひとつ縫いつけられている（これは通常、ルーツとなる国を示す）。「お国の言語だと、そのＺは何の頭文字になる？」わたしはにやりとして言った。「ザンビアか？」

「ツィゴイナー（シンティ・ロマ（いわゆるジプシー）を表すドイツ語）です」

わたしはたじろいだ。

「ええ、予想していなかったとは言えません」アリシュは淡々と続けた。「オルバルトがいつも言っていました、〝もし小生の身に何かあったら、あるいはおまえが荷物をまとめて小生のもとを去ったら〟──もちろん、冗談ですけど──〝アリシュ、おまえはひどく困ったことになるぞ〟と。祖母がシンティ（ドイツ系のツィゴイナー）なんです。その事実が記録されているのはわかっていました」

これほど歓迎できない驚きもなかった。ツィゴイナーは、一九二〇年代中ごろから軽犯罪者労役所の常連となっていて、親衛隊全国指導者のツィゴイナー禍撲滅中央局は、当然ながら、長きにわたって盛んに活動していた（そしてつい先日、これらの人々が財産とすべての権利を奪われたことをわたしは思い出した）。むろん、いずれはその脅威に対処する必要があるだろう……。KL2にもツィゴイナーの家族（サーカス団員や、ダンスホールの経営者など）の収容所はあるけれど、彼らは囚人番号のタトゥーをしているが髪は剃っていない被収容者という位置づけだった。わたしの知るかぎり、アリシュは重要区域全体でただひとりのツィゴイナー・ヘフトリングだ。

「ああ、そうだな。それでもきみのためにできるだけのことをしよう、アリシュ」

「そうしてくださると信じています、パウル。女性の居住ブロックから移されたときも、あなたが手をまわしてくださったのだとわかりました。あの女性ブロックは──ほんとうに地獄です。とても言葉では言い表せません」

「……見たところはまあまあ元気そうだ。クルーカットがとても似合っている。胸もとに書いてあるのはきみの電話番号か？　いや冗談だ。さあアリシュ、よく見せてくれ。うむ。その制服は、この気温ではろくに寒さをしのげまい。毛布は二枚もらえているんだな？　それと食事は、動物飼育員《ティアプフレーガー》向けの配給を受けているか？　ちょっとまわってみたまえ。少なくとも体重は減っていないようだな」

アリシュは下肢《ウンターシェンケル》が短いのだが、すばらしい臀部《ヒンタータイル》をしている。そのほかのパーツ、胸《ブーゼン》や何かについては、なんとも言いがたい——が、尻《ジッツフレッヒェ》については議論の余地なく合格点だ。

「いいかね、ここのほうがましだと思うぞ、カーベーよりも。きみには発疹チフスブロックにいてもらいたくない。それを言うなら、赤痢ブロックにも」

「ええ、全然悪くありません。田舎娘ですから、わたし。それに豚はとっても可愛いです！」

「それとアリシュ、きみが特務曹長の尊い思い出に支えられていることを、わたしは願っている。きみのオルバルトの。彼は信念のために命を犠牲にしたのだ、アリシュ。男としてそれ以上に望ましい死にざまがあるか？」

アリシュは気丈に微笑んだ。そしてふたたび、少しのあいだ、あの神聖な輝きをまとった——殉死したドイツ人の聖なるオーラを。アリシュが歯をカタカタ鳴らしてその身をかき抱き、天国の夫を賛美するあいだ、わたしは、服を着たままの女性の体を目測するのはなんと難しいことかと考えていた。つまり、かなりの割合で見誤るということだ。

「聞いてくれ、アリシュ。わたしの妻からの伝言がある。日曜日、きみにわが家へ来てもらいたいというのだよ」

「お宅へ？」

「ああ、眉を吊りあげる者のひとりやふたりはいるだろう。だがわたしは司令官だ、それに体《てい》のいい口実もある。娘たちのポニーだ。疥癬《かいせん》にかかっているのだよ！　ぜひ来て午後を過ごしたまえ」

「ええ、パウル、あなたがかまわないとおっしゃるなら」

「ハンナが女性の身のまわり品を用意していて、それをきみに渡したいらしい」風が出てきたので、わたしは外套をかき合わせた。「わたしが車で迎えにくる。それに、ステーキとジャガイモと野菜もふるまおう」

「まあ、なんてご寛大な！」

「まともな食事だ。ああそうだ。熱い風呂にもゆっくり浸かるといい」

「ああ、パウル、待ちきれませんわ」

「日曜の昼までの辛抱だ。ではもう行きなさい。さあ行って」

スプリング・メドウへはもうあまり足を運んでいない。シュムルもだ。まあ、やつはときどき夜中に様子を見にいって、すべてが順調に進んでいるのをたしかめると、出迎え係としての仕事に戻る。近ごろは、シュムルと言葉を交わすには、荷おろし場《ランペ》にいるところを捕まえなくてはならない。

始発列車の荷おろしは終わっていて、点いたままのアーク灯の光をじかに浴びながら、シュムルはスーツケースに腰掛け、くさび形に切り分けられたチーズを食べていた。わたしは斜め後方から近づいていき、声をかけた、

「なぜおまえはリッツマンシュタットから出る最初の列車に乗っていた？」

シュムルの顎の筋肉が動きを止めた。「最初の列車は有害な人間専用でした。わたしは有害な人間でした」

「有害な人間？　おまえのような、頭の足りない一介の教師が？　いや、体育を少し教えているくらいだったか」

「薪を盗みました。蕪《かぶ》を買うために」

「……蕪を買うためです」わたしはいまや、ジョッパーズを穿いた脚をしっかり開いて立ち、シュムルを前から見おろしていた。「どこへ送られると思っていた？　ドイツか？　ドイツで働くためか？なぜそんなことを信じた？」

「ゲットーマルク（ゲットー内でのみ通用した貨幣）をライヒスマルクに替えてもらえました」

「……おお。賢いやり方だ。おまえの妻は一緒に来なかったな、ゾンダー」

「はい。妊娠していたので除外されました」

「ゲットーでは無事に生まれる赤ん坊は少ないらしいな。ほかに子供は？」

「おりません」

「では彼女はあのクルムホフでのいささか無粋な作戦《アクツィオン》を見逃したのだな。いい加減に立て」

シュムルは立ちあがり、べとついた手をべとついたズボンで拭った。

「おまえはクルムホフにいた。おまえらの言う〝ヘウムノ〟に。おまえはあそこにいた……。驚くべきことだ。ユダヤ人はひとりもクルムホフから出ていない。思うに、おまえはそのドイツ語のおかげで確保されたのだろう。教えてくれ。おまえは〝物言わぬ少年たちの時間〟にあそこにいたのか？」

「いいえ」

「残念だな……。さて、ゾンダー。ハイム・ルムコフスキと言ったらだれのことかわかるか」

「はい。議長です」

「議長。ゲットーの王。かなりの〝曲者〟と見える。これを」

けさ〝ウッチ〟から届いた手紙をポケットから取り出した。

「その切手。議長自身の肖像だ。馬車で移動しているそうじゃないか。ひょろひょろの馬に引かれて」

「ここで議長を出迎えるまで、班長、おまえは長生きできるだろうか」

シュムルはうなずいた。

シュムルは顔をそむけた。

「おまえの唇。いつもきつく結ばれている。いつもだ。食っているときでさえ……。おまえはだれかを殺す気でいるな、ゾンダー。〝いつなんどきでも〟だれかを殺す気でいる。わたしを殺したいか？」わたしはホルスターからルガーを抜き、銃身をそのしぶとい眉間に押しつけた。「なあ、わたしを殺すな、ゾンダー。頼むから殺すな」バチッという音ともにサーチライトが消えた。「おまえの出番が来たら、具体的に何をすればいいか教える」

夜の闇のなかに、第二便の列車の黄色い目が見えた。

「どうだろう」わたしは熟考しながら言った、「あのな、十一月九日のために特別な趣向を用意しようかと思っている」

ヴォルフラム・プリューファーはまるい顔をしゃきっとさせて、目をしばたたき、唇を突き出した。

「ふさわしい記念式典」わたしはさらに考えをめぐらせた。「それに士気を高める演説」

「名案ですね、少佐。場所は？　あの教会ですか？」

「いや」わたしは腕組みした。プリューファーは旧市街の聖アンドレアス教会のことを言っている。

「いや。屋外がいい」心のままに続ける。「なんと言っても、彼らは屋外でなすべきことをなしたのだ、あの往年の闘士たちは……」

「しかしあれはミュンヘンでのことです、ミュンヘンはイタリアにあるも同然ではないですか。ここはポーランドです、少佐。聖アンドレアス教会は冷蔵庫みたいなものですよ」

「おいおい、実際のところ、緯度からすればたいしたことはないぞ。なんにせよ、雪が降るなら降れだ。防水布でも張ればいい。オーケストラの演奏台のそばにな。もっと活気づけるのだ。そうすれば士気も高まる」わたしは微笑んだ。「ヴォルガ川にいるきみの弟だが、大尉。イルムフリートか。彼はそれほどの困難はないと見ているのだろう？」

「もちろんです、司令官。ロシアで敗北するなど生物学的に見てありえません」

わたしは眉を吊りあげた。「ほほう、プリューファー、なかなかうまい言い方だな……。さて九日の件だが、骨壺をどうしようか？」

日曜の夕方、わたしは旧市街の〈ラートホフ・ビアケラー〉（「ビアケラー」はビールを供する酒場）での会合に出席した（ＩＧの社員が足繁くやってくるおかげで、ここ数カ月でずいぶん小ぎれいになった）。そう、煎じつめれば、これもまたファルベンの〝功績〟だ、――視察のあとフランクフルトへ戻るというヴォルフガング・ボルツに、われわれは別れを告げていた。視察中の雰囲気は、ありていに言って、非常に厳しく、わたしは気持ちの高揚（アリシュ・ザイサーを家に招いたのは、文句なしに正解だった）を抑えこむのに少々苦労した。

　ともあれ、わたしは中間層の技術者三人、リヒター、リューディガー、ヴォルツに語り、また耳を傾けた。会話の中心はいつものごとく、ブナの従業員たちの向上しない仕事ぶり（それにお粗末な目標達成度）について、そして彼らがいかに短期間でわが人生に降りかかる災いの一部になるかだった――つまり、残骸に。腹立たしいほど大量で、とことん重く、扱いにくく、異臭のする土嚢か、爆発したくてたまらない悪臭弾のような残骸に。

「囚人たち《ヘフトリンゲ》はそれでなくても疲れきっています。なぜそんなものをはるばる基幹収容所《シュタムラーガー》まで連れて帰らなくてはいけないのです？」ヴォルツが言った。

「なぜ死体班《ライヒェコマンド》が来て回収していくのではだめなんですか？　夜か、朝いちばんに」リューディガーが言った。

「点呼のためだと聞いています。でも、死体班から数を聞いて、それを加算するだけではだめなんですか？」リヒターが言った。

「残念ながら」わたしはうわの空で認めた。

「あれを背負っていかなきゃならないとは、あきれますね」

「担架が常に不足しているからですよ」

「手押し車もじゅうぶんにあった試しがないとか」

「手押し車の補充か」わたしは口をはさんだ（これを潮に帰ろうとしていた）。「いい指摘だ」

トムゼンが、出口の前にいた——生意気にも、メビウスとゼーディヒと話しこんでいる。わたしと目が合うと、女々しい歯を見せて微笑みとも冷笑ともつかぬ表情を浮かべた。わたしがぐいぐい人を押しのけて外へ出るとき、とまどいぎみに身を引いたトムゼンの白目に、恐れがちらつくのが見えた。

一九：五一。プリューファーは、頼めば喜んでオートバイの後ろにわたしを乗せていくはずだが、霜はおりていないし、まだだいぶ明るかったので、歩くことにした。

一九三六年〜三九年のあいだ、ミュンヘンで、国が後援し快く承認した、年に一度のパレードが開催されていた——〝アマゾネスの夜〟と呼ばれる（この記憶がよみがえったのは、二年前に爆破したユダヤ教会堂《シナゴーグ》跡を通っているときだった）、上半身裸で馬にまたがったドイツ娘の行列だ。趣味のよい演出のもと、これらの乙女たちは歴史的場面を再演した——チュートン人の伝統を祝して。救世主ご自身、寛容にも、同じミュンヘンの街で、名高いヌード・バレエを鑑賞なさったことがあると聞いている。おわかりだろうか、これがドイツ人の流儀なのだ。ドイツ人男性はおのれの欲望を完全に自制している。エロスの塊のような女性にむしゃぶりつくことがある一方、時と場合によっては、品位を保った一瞥を投げるにとどめるのだ——ふれたいという衝動はあっても……。

わたしは重要区域に入るところで立ち止まり、スキットルから酒を少しあおって気を落ち着かせた。

どんな気温であろうと、たくさん歩くのは好きだ。これは育ちのせいだろう。アリシュと同じで、心は田舎の少年なのだ。

わたしの妻が持っているような、大きめのおっぱい《ティッテン》は〝きれい〟だと形容できるし、ヴァルトラウトやソンドラのそれのような、小さめのおっぱいは〝可愛い〟と見なせる。中くらいのおっぱいは——どんなふうに言い表せる？ 〝きれい可愛い〟？ アリシュのおっぱいがそうだ。〝きれい可愛い〟。そして彼女の乳首《ブュルストヴァルテン》は興奮するほど色が濃い。アリシュがここまでわたしの気分を高めてくれるとは！

わたしは見るだけで、ふれはしない。人種恥辱《ラッセンシャンデ》（アーリア人と非アーリア人との性交渉・人種混交を表すナチ党の用語）に科せられる処罰は、事例によってさまざまだが、相当厳しいものになりうる（斬首まで含まれる）。それはともかく、アリシュがわたしのなかに呼び覚ましたのは、ごく穏やかで喜びに満ちた感情にすぎない。彼女のことは、守り、慈しみ、慎ましく崇めるべき〝成長した〟娘のように思っている。

古い焼却炉の横を通り過ぎ、わが家の庭の門が近づいてくると、目前に迫ったドル夫人との対決についてよく考えた。そして、ツーカード・ブラッグ（見かけよりずっと複雑なゲームだ）をプレーしているときの、体を火照らせ快く刺激するあの熱い確信を覚えた——テーブルを見まわし、カードの点数を数え、自分の勝ちだという数学的事実に満足するときの。ハンナは、トムゼンに手紙を渡したことをわたしが知っているのを知らない。トムゼンがハンナに信書を手渡したことをわたしが知っているのも知らない。ハンナを〝すっかり動揺させて〟やるつもりだ。どんな顔をするか見てみたい。

ポニーのマインラートが弱々しくいななくなか、わたしは玄関の階段をのぼっていった。

ハンナは暖炉の前のソファにすわって、双子に『風と共に去りぬ《フォム・ヴィンデ・フェアヴェート》』を読み聞かせていた。わたしが回転する足載せ台に腰をおろしてもだれも顔をあげなかった。

「聞いてくれ、シビル、聞いてくれ、パウレッテ」わたしは言った、「お母さんはとても悪い女だ。実に性質《たち》が悪い」

「そんなこと言わないで！」

「邪悪な女だ」

「それどういう意味、お父さん？」

わたしは徐々に顔つきを険しくした。「寝なさい、おまえたち」

ハンナが手を叩いた。「さあ行くのよ。五分したらわたしもあがるから」

「三分！」

「ええ、約束する」

ふたりが立ちあがって出ていくなり、わたしは言った、「ハッハッハ。よく言ったな。三分よりはもう少し長くかかると思うぞ」

火明かりのなかだと、ハンナの目は色といい質感といい、クレーム・ブリュレの表面のように見えた。

「おまえの知らないあることをわたしは知っている」わたしはゆっくりと顎を左右にずらしながら言った。「わたしが知っているとおまえが知らない、あることを知っている。ハッハッハ。まあ知るはずもなかろうな、わたしが――」

「トムゼンさんのこと？」ハンナは朗らかに言った。

認めよう、一瞬、わたしは言葉を失った。「……ああ。トムゼンくんのことだ。おい、ハンナ、それはなんのゲームだ？　聞け。もしおまえが――」

「いったい何を言っているの？　あの人にまた会う理由は何もないのに。そもそも頼み事をして悪かったと思っているわ。礼は尽くしてくださったけど、任務の妨げになることはいっさい歓迎していないようだったし」

また言葉に詰まったのちに、わたしは言った、「そうなのか？　その〝任務〟とはなんだ？」

「ブナ‐ヴェルケの件で頭がいっぱいなのよ。あれが戦争終結への決め手になると考えていらして」

「まあその点はまちがっていない」わたしは腕組みをした。「いや、待ってくれ。先走りすぎだ。あいつに渡すよう、おまえがフミリアに託した手紙だが。ああ、そうとも、フミリアが全部話してくれた。何が正しいおこないか、わかっている人間もいるのだ。あの手紙。その内容についても納得させてくれるのだろうな？」

「お望みなら。避暑小屋の近くで会ってもらえないかと書いたのよ。あの遊び場で。そこで彼はしぶしぶ、わたしのためにディーター・クリューガーの行方を突き止めると言ってくれたの。地位の高い人にお願いできる機会がやっとめぐってきたのよ。ほんとうに重要な立場の人に」

わたしはいきなり立ちあがり、帽子のてっぺんをマントルピースに斜《はす》に叩きつけた。

「わたしに物を言うときは言葉遣いに気をつけろ！」

しばしののち、ハンナは悔い改めたように頭《こうべ》を垂れた。それでもわたしは、この成り行きがまったくもって気に入らなかった。わたしは言った、

「なら、二通目の信書――乗馬学校であいつがおまえにこっそり渡したほうは？」

「あれは返信よ、もちろん。彼からの詳しい報告」

三分経つと、ハンナは言った、

「あなたに話すつもりはないわ。いいこと？　あなたには話しません。だから、もう行っていいかしら、娘たちと約束したから」

そう言ってハンナはさっさと部屋を出ていった……。そう。われわれの短いやりとりは、少しもわたしの意図したようには運ばなかった。しばしのあいだ、わたしは火床を見つめていた――弱々しくのたうつ小さな炎を。そして名も知らぬ酒のボトルを手に取ると、試練となる熟考に入るべく自分の〝ねぐら〟へ引きあげた。


その夜、目を覚ますと、わたしの顔は完全に麻痺していた――顎も、唇も、頬も。局所麻酔剤のノボカインに浸したかのように。ソファベッドから転がりおりて、一時間半ほど、膝のあいだに頭を沈めていた。何も変わらなかった。そして考えた、だれか若い娘か女性がこのゴムのような頬かゴムのような唇にキスしてくれたら、もう何も感じなくなるだろうと。

しびれた脚かしびれた腕のように。しびれた――死んだ――顔になる。

3 シュムル——深く息を吸って

さらに言わせてもらえるなら、わたしたちは嘲《あざけ》られています、それは決して気分のいいものではありません。嘲られ、冒瀆されているのです。窓がひとつもない部屋の天井に、ダビデの星がひとつ付けられています。靴下の代わりに支給されるぼろ布は、ユダヤ教の祈禱用ショールを切り裂いたものです。第四輸送経路、囚人が造ったプシェムィシルとテルノーピリを結ぶ主要道路は、破壊されたシナゴーグとユダヤ人墓地の瓦礫の上に敷かれています。そして〝ゲッベルス・カレンダー〟があります——ユダヤ教の祝祭日に必ず作戦《アクツィオン》が入っている予定表です。とりわけ厳しい〝処置〟は、わざわざ贖罪の日《ヨーム・キップル》と新年祭《ローシュ・ハッシャナ》——わたしたちにとって特に重要な大祭日——におこなわれます。

食べていること。常に食べていることについてはたぶん説明できます。

五感のうちで唯一、わたしたちゾンダーがある程度まともに保持しているのが味覚です。ほかの感覚はひどいダメージを受けて死んでいます。触覚もおかしいです。運ぶ、引きずる、押しやる、つかむ――こうしたことをひと晩じゅうやっていますが、接触している感覚はもうありません。義手を着けた人間のように感じます――偽の手を持った人間のように。

わたしたちがどんなものを見て、どんな音を聞いて、どんなにおいを嗅いでいるかを考えれば、食べ物の味ぐらいはまともに感じる必要があると納得してもらえるはずです。食べ物が入っていないとき、わたしたちの口のなかではどんな味がしているでしょう？　飲みこんで食べ物がなくなった瞬間に、それが戻ってきます――敗北の味が、苦悩の味が。

対ユダヤ戦争におけるわたしたちの敗北の味のことです。これは、考えうるあらゆる意味で、一方的な戦争です。わたしたちはこんなことになるとは思いもせずに、あまりにも長いあいだ、〝第三の国〟の信じがたい怒りを、まったく信じがたい思いで見つめていました。

テレージエンシュタットのゲットーからの移送があり、ポーランド人も多数到着します。消毒係《デスインフェクトーレン》が現れなかったために遅延した三日のあいだに、わたしは中年の生産技術者（以前はルブリンのユダヤ人評議会の一員だった）の一家と話をするようになります。ここKZでは、じゅうぶんな食事と居心地のいい住まいが与えられると言って、わたしが彼の娘とその子供たちを安心させていると、その男はわたしを信用してそばへ呼び、〝ウッチ〟での最近の出来事にまつわる奇妙で恐ろしい話を聞かせてくれます。それは結局、飢えの力についての話になります。

九月四日、消防士広場に大勢の人が集まっています。ルムコフスキが、涙ながらに、最新のドイツからの要求を明かします――降伏と、六十五歳以上の大人と十歳未満の子供全員の強制退去。翌日には高齢者が発ち、年少者が発つことになると……

「その人たちはきっと大丈夫ですよ」わたしはどうにか言います。「あなたも大丈夫です。わたしを見てください。飢えかけているように見えますか？」

ただ、もちろん話の続きがあります。その九月四日の午後、ジャガイモの配給の準備が整っていることを人々は知ります。するとゲットーの通りに強烈な幸福感の波が押し寄せます。いまや話や思考の中心を占めるのは、六十五歳以上の大人と十歳未満の子供全員がいなくなることではなく、ジャガイモなのです。

「わたしを殺すな、ほかのやつを殺せ」近ごろとみに、ドルはそう言って楽しむようになっています。「わたしは怪物ではない。わたしは面白半分に人を痛めつけたりしない。怪物を殺せ、班長。パリッチュを殺せ。ブロドゥニーヴィチュを殺せ。怪物を殺すのだ」

こんなことを言うときもあります（そしてわたしは気づくのです、そういうときでさえ、ドルはその言葉選びでわたしを見事に不快にさせていると）、「強い者を殺せ。わたしなど小者だ。わたしは強くない。わたしは――強いか？　いや。わたしは巨大な機械のなかの歯車だ。クズだ。ただのゲスだ。クソだ」

「親衛隊全国指導者の次の訪問まで待ってはどうだ？　それが無理なら、メビウスを殺してみろ。階級はわたしより下だが、はるかに力がある。あるいはブローベル中将。あるいはオディロ・グロボクニクが今度来たときにでも」

「だがパウル・ドルは殺すな――むろん試みるのは自由だが。ドルは小者だ。クソだ。ただのゲスだ」

考えないようにするのが何より難しいと感じるのは、故郷の妻のもとへ帰ることです。たいていの考えは、締め出すことができます。けれどもその夢は締め出すことができません。

夢のなかで、わたしがキッチンに入っていくと、妻は椅子にすわったまま振り返ってこう言います、「帰ってきたのね。どうしていたの?」そしてわたしが話をはじめると、妻はしばらく聞いていますが、やがてかぶりを振りながら、またテーブルのほうを向いてしまいます。それだけの夢です。まるでわたしが収容所での最初の三十日間の話(貴金属を求めるドイツ人に協力して、死んで間もない人の口のなかを日がな一日探って過ごしていた)などしなかったかのように。〝物言わぬ少年たちの時間〟の話などしなかったかのように。

それだけであっても、その夢は耐えがたく、夢のほうもこれをわかっていて、人間のような思いやりをもって、わたしが目覚めるための力をくれます。いまでは、その夢がはじまったとたんに飛び起きるようになりました。そういうとき、わたしは寝床から起き出して、どれほど疲れていても床の上を歩きまわります、眠りに落ちるのが怖いからです。

けさ、例によって仲間どうしで議論をしていて、わたしたちは気がつくとまた〝緩和〟の問題を論じています。交わされるのはこういう意見です。

「毎回、移送列車を迎えるたびに、おれたちは恐慌の種をまくべきだ。毎回。みんなで、殺されるぞと耳打ちしてまわるべきなんだ」

「無駄だって？　いや、無駄ではない。そうすればやつらも疲弊するだろう。神経をむしばまれて。ドイツ野郎《シュファービィ》ども、人殺し《ザボイツィ》ども――あいつらは生かしておけない」

これを言った者は――ゾンダーコマンドのすべてのユダヤ人の九〇パーセントと同様に――この仕事をはじめて半時間もすると無神論者になりました。それでも心に染みついている教えはあります。ユダヤ教では、ほかのさまざまな一神教とちがい、悪魔が人の姿をしてこの世に存在するとは考えません。すべては死すべき者、人間なのです。ただ、この教えにもわたしは疑問を抱きはじめています。ドイツ人は人知を超えた存在でも、人間そのものでもありません。悪魔でもありません。ドイツ人は死神です。

「やつらだって不死身じゃない。あいつらも恐ろしさで震えている。しかし恐慌など引き起こしてなんになる。悪夢だ！」

「望むところだ。それがあるべき姿じゃないか」

「なぜ同胞たちの状況を悪化させる？　彼らの最期の数分をめちゃくちゃにしてどうする？」

「あれは最期の数分じゃない。ほんとうの最期の数分は、ぎゅう詰めにされて死んでいくときだ。数分どころか、十五分はかかる。十五分だぞ」

「何をしたって同胞たちは死ぬんだ。ドイツ野郎《シュファービィ》どもにも犠牲を払わせたい」

別のひとりが言います、「だが実際、おれたちは恐慌の種をまいたりしない。そうだろ。笑顔で嘘をついている。おれたちは人間だから」

別のひとりが言います、「嘘をつくのは、恐慌が起これば こっちが殺される時期が早まるからだ」

別のひとりが言います、「嘘をつくのは、おれたちが流血沙汰や乱闘を恐れているからだ」

別のひとりが言います、「嘘をつくのは、見さげ果てたおれたち自身のためだ」

そしてわたしは言います、「〝あなたは十八歳、それなら仕事があります〟。すべてはそれを伝えるためだ。ほかには何もない」


シャツを脱いでガスマスクを着けると、ドルはぶくぶく肥えた毛深いイエバエ（それも一生を終えようとしているくたびれたイエバエ）のように見えます。わたしの伝えた数を復唱するその声も、ブンブン羽音を立てるイエバエのようです。いま、わたしに何か別のことを尋ねています。

「なんとおっしゃっているのか聞きとれません」

わたしたちがいまいるのは〝骨洞〟――積み薪の風上のほうにある広いくぼみ――です。このあと粉砕チームにまわされる黒焦げの大腿骨を、わたしは数えています。

「やはり聞こえません」

ドルが首をぐいとひねって出るぞと合図し、わたしはあとに続いて斜面をのぼります。

平らな地面に出ると、ドルがマスクをはずしてあえぎながら言います、「もうあと一歩というところだな？」

「確実に道半ばは過ぎています」

「道半ばだと？」

いま立っている場所から六十メートルの位置に積み薪があり、その熱はまだすさまじいものの、いまや秋の冷気でよれてきています。

「どんどん進めるほかないか……おまえが何を気にしているかは承知している。心配するな、偉大な班長。ここの作業が終わったら、チーム全員が処分されることになる。ただし、おまえを筆頭にした五十人の精鋭は堂々と生き残る」

「どの五十人ですか？」

「ああ、おまえが選べ」

「……わたしが選別するのですか？」

「そうだ、おまえが選別する。ひるむな、その目でさんざん見てきているだろう。選別は……。あのな、ゾンダー、わたしはユダヤ人に特別な憎悪を抱いたことはない。ユダヤ人についてはなんらかの手を打つ必要があったのだ、明らかに。ただ、わたしはマダガスカル計画（ヨーロッパのユダヤ人をマダガスカル島へ移送する案）で満足していただろう。あるいはおまえたち全員に去勢手術を施すか。ライン地方の私生児どもと同じようにな？　フランス系アラブ人と黒人の私生児だ。殺しはしない。チョキンとやるだけだ。とはいえおまえたちは――もう去勢されているんだったな？　おまえはもう男としての機能を失っている」

「そうです」

「わたしがすべてを決めたわけではない」

「そのとおりです」

「わたしは〝仰せのままに《ツー・ベフェール》〟と言っただけだ、〝ツー・ベフェール〟と。〝はい《ヤー》〟と言っただけだ、ヤーと。わかるだろう？　わたしが決めたのではない。ベルリンが決めたのだ。ベルリンが」

「そのとおりです」

「……いつも私服を着ている銀髪ののっぽを知っているな？　トムゼンという男の噂は耳にしているはずだ、ゾンダー。トムゼンはマルティン・ボルマンの——ナチ党全国指導者、総統秘書の——甥だ。トムゼンは、すなわちベルリンだ」ドルは笑いながら言います、「だからベルリンを殺せ。ベルリンを殺せ。ベルリンに殺される前に」また笑って繰り返します。「ベルリンを殺すのだ」

　愛車のジープのほうへ戻りかけたドルが、振り向いて言います、「ゾンダー、おまえは生き残る」また笑っています。「わたしはリッツマンシュタットのしかるべき権力者と昵懇《じっこん》の間柄だ。再会のお膳立てをしてやれるかもしれない。おまえと、そう、〝シュラミート〟との。おまえの妻にはビタミンPが足りていないぞ、ゾンダー。庇護者《プロテクツィエ》が」

「そうとも、シュラミートはまだあそこにいる。パン屋の上の屋根裏部屋に。まだあそこにいるのだ。しかし彼女のビタミンPはどこにいるのだろうな？」


　ある朝わたしは司令官の庭のそばを通っている小道にいて、娘さんたちと一緒に学校へ向かおうとしているドル夫人を目にします。夫人はわたしのいるほうを見て、こちらにとっては思いもかけない言葉を口にします。それでわたしは、煙でも目に入ったみたいに後ずさりします。五分後、わたしは中央衛兵所の裏に立って体を折り曲げ、ヘウムノ以来涸《か》れてしまっていた涙をこぼします。

「こんにちは《グーテン・ターク》」と夫人は言ったのです。

殺したいという衝動は、川の流れに逆らって押し寄せる潮津波のようです。自分は何者なのか、あるいは何者だったのかという流れに逆らって。心のどこかでわたしは、最期の瞬間にその衝動が襲ってくることを願っています。

ただ、仮にわたしがガス室へ行くことになったら（現実には、わたしがほかの人たちに交じると目立ちすぎるでしょうから、ただ脇へ連れていかれてうなじを撃たれるはずですが、あくまで仮にです）――ガス室へ行くことになったら、わたしは同胞たちのあいだを歩いていくつもりです。

彼らのあいだを歩きながら、アストラカンの外套の老紳士に「シャフトの網のできるだけ近くに立ってください」と言うでしょう。

水兵服の少年には、「深く息を吸うんだよ、坊や」と言うでしょう。

第4章　茶色の雪

1　トムゼン――古傷にふれて

病んだ大きな鳥がいて、最初は凧《たこ》に見えた――ファルベンKZの点呼広場《アペルプラッツ》に面した手入れのいい芝生（縞模様に刈られている）に立つやぐらの向こうで、オークの木の上空を舞う、病んだ大きな鳥がいる。

その鳥はどんな天候でも、茶色いような、黄色いような、司令官の治ってきた目の痣の色をして、そこを舞っている。そして少しも翼を使わないようだ。空からぶらさがって――ただ浮かんでいる。いまではおれも、気流や温度の上昇といった好条件が重なれば、鳥にはそういうことができると知っているが、その病んだ鳥は一日じゅうそうしている。たぶん夜のあいだもずっと。

上空が好きなのだろうか？　翼の下に風を受け、羽ばたこうとしているのが、その苦しげな息遣いが、かすかに感じられることもある。それでも舞いあがれない。その鳥は、ただ空中にいるだけで、飛べはしないのだ。

紐で引っ張られたかのように、突然、三、四メートル落下することもある。その鳥は無生物に、人工物に見える――凧、それも、少年が慣れない手つきで操っている凧のように。たぶん心も病んでいるのだろう、こののっそりした空の略奪者は。たぶん死にかけている。それは鳥ではなく魚に思えることもある、空という大海原に漂い、溺れかけているエイに。だんだんと、その鳥のことがわかってきた、自分のなかにもそいつはいる。

――

これが、乗馬学校でハンナに渡した手紙だ。

親愛なるハンナ――

またもや悪い知らせからはじめなくてはならない。ショゼック教授のピッコロ、ドフ・コーンも〝移送〟されていた（ドフに興味を示していて、秘密を打ち明けられたかもしれないシュトゥンプフェーガーという力ポも一緒に）。あの出来事から六週間後のことだ。この事実はことさら受け入れがたい。ドフはどうやら無事に生き延びられそうだと、おれは――きみはどうだい？――見ていたからだ。

結婚にまつわる事情をきみから聞いたいまでは、おれはもうきみの夫に、パウレッテとシビルの父親だからという最低限の敬意さえ払わなくていいと思っている。ドルは根っからああいう人間で、どんどん手がつけられなくなっている。ほんのいっとき威信を損なわれたからといって、しかも相手は親切心で動いたというのに、ひとりは大人になってもいない、三人の人間を抹殺する権利があると考えたのなら――もうそれまでだ。叔父のおかげで、おれには身を守る手立てがある。きみには何もない。

そうなると、早急に必要なのは、きみとおれが交わした過去のやりとりを、さかのぼって〝正常化〟することだ。司法修習生《レフェレンダー》の有資格者として、これまでの経緯をひとつひとつ丹念にたどってみて、このバージョン、おれたちが固持するべきと思う筋書きを考えついた。複雑に聞こえるが、実はきわめて単純だ。ドルがもはやディーター・クリューガーの状況も行方も知らないという、きみの確信が鍵になっている。

いまから書くことを記憶してほしい。

きみはフミリアに託したおれ宛の手紙に、あなたに頼みたいことがある、毎週金曜には避暑小屋へ行っていると書いた。そこで落ち合ったとき、おれはDKについての調査を引き受けた――しぶしぶながらだ、というのも（当然）ブナ・ヴェルケでの大事な任務の邪魔になることは何ひとつ歓迎できないからだ。

この二通目、いまきみが手にしている手紙は、おれからの調査報告だ。ドルは一通目の手紙のことを知っているし、二通目のこともおそらく知っている（あのときも見張られていた）。もしドルに問いただされたら――すぐにしゃべってしまうことだ、躊躇なく。そしておれが何を探り出したのか訊いてきたら、あなたに話すつもりはないときっぱり言ってやれ。DKのことはさっそく問い合わせてみる（まちがいなくきみの夫もそうするだろう）。

この先は会うことができない、何かの集まり以外では――もう手紙のやりとりも無理だ。きみのほうでもくろんでいること――家という戦線でのきみの計画、と言ったらいいかな――については、ひどく気がかりだと言わざるをえない。目下のところ、ドルがきみを攻撃する理由は何もないだろう。だがきみの計画がうまく運べば、ドルは理由など必要としなくなる。それでも、きみの決意は固いようだし、これはもちろん他人が口を出すべきことではない。

ただ心から、あることを言わせてほしい。

手紙はこのあと二ページ続く。

ハンナの計画とは、あらゆる手を尽くして司令官の精神的崩壊を早めることだ、とだけ記しておこう。

――――

「なんて顔をしてるんだ、ゴーロ。まったく吐き気がする」

「……何が?」

「その柔和な笑顔だよ。利他的な男子学生みたいな……なるほど。さては何か進展があったな。それでおれに口をつぐんでいたわけか」

おれはキッチンで朝食を作っていた。ボリスは(居間の床に積みあげた古いカーテンの下で)夜を過ごし、いまは暖炉の前にしゃがみこんで、細かく裂いた《フェルキッシャー・ベオバハター》紙（ナチ党の機関紙、「民族の観察者」の意）と《シュテュルマー》紙を使って火を熾そうとしていた。外は、十月第四週の手ごわい天気——低く重い雲、降りつづく雨とじっとりした霧、そして足もとには、広大な掘りこみ便所を思わせる紫がかった茶色のぬかるみ。

《シュテュルマー》紙（児童虐待のフランケン大管区指導者、ユリウス・シュトライヒャーが発行する低俗な偏向出版物だ）に関して、ボリスは言った、「なぜこんなオナニー新聞を取ってる？〝ユダヤ人老父が金髪の少女を麻薬漬けに〟。将校は収容所で《シュテュルマー》紙を読んではいけないことになっている。大酒飲みのおやじ直々の命令でな。やつはそれほど高尚なんだ。なあ、ゴーロ？」

「……心配するな、ここでハンナには指一本ふれないつもりだ。除外したよ」

「〈ツォタール〉ホテルだのなんだのは？」

「除外した」おれは卵を何個、どう料理してほしいかボリスに訊いた（六個、目玉焼き）。「密会はなしだ。人のいるところでしか彼女とは会わない」

「じゃあ九日に会うことになるな」

「九日？　ああそうか、九日か。なぜあいつらは十一月九日の件で力《りき》んでいるんだろうな？」

「だよな。あえてそれを口にしたやつは殺されそうな雰囲気だ」

「わかる。しかし力んでいるよな……。ドルとポーランド人の件もだ、ボリス」

「第三ブンカーのやつか？」ボリスは面白そうに笑って言った、「ああ、ゴーロ、あのでぶおやじがどんな状態だったか。みっともないもんさ。ひどい二日酔いで酒が残ってて。それに手も震えてた」

「みんながみんな肝が据わってるわけじゃないぞ」

「そりゃそうだ、ゴーロ。美味いコーヒーだな、これは。うむ、ポーランド人か。まあ、おれでさえ、ちょっと派手なやり方だとは思った。サーカス団員ばりの屈強な三百人に、これから処刑すると言い渡すとは」

「それでも、おまえの考えでは……」

「メビウスは必要なことをやった。やってのけた。だがドルはな。意地の悪い言い方はだめだよな、ゴーロ。ドルは茶色のズボンのおかげで助かったってことにしておこう」

「どうせみんな知ってる」

「ドルは哀れっぽくあえいで、空中で腕を振りまわすような恰好になった。こんなふうに。メビウスが駆け寄った、〝司令官！〟ってな。ドルの息はひどいにおいだった」

「それはもういい」おれはふたりぶんのカップをふたたび満たし、ボリスのほうには砂糖を加えてかき混ぜた。「いいから、先を続けてくれ」

「あの連中は国内軍だったんだ。ここ数カ月でおれが初めて受けた妥当な命令だった……。うむ、あいつらはたしかに死に方ってものをわかってた。胸を張って、顔をあげて」

おれたちは黙って食べた。

「ああ、やめろよ、ゴーロ。その顔つきは」

おれは言った、「旧友の好きにさせろよ。しょっちゅうこんな顔はしないぞ。おおかたの時間は苦悩してる」

「なんにだ？　待つことにか？　なんだよ？」

「ここにいることに。ここは……。ボリス、ここは繊細な感情を持てる場所じゃない」そう、おれは思った。以前のおれは麻痺していた。いまはひりひりする。「ここにいることにだ」

「うむ。ここか」

いくらか考えてからおれは言った、「ハンナについては沈黙の誓いを立てるつもりだ。だがそうする前におまえには知ってもらいたい……おれは彼女に惚れてる」

ボリスの肩ががっくりと落ちた。「おい、嘘だろ」

おれは皿とカトラリーを集めた。「うん、気持ちはわかる。いい結末は想像しづらいよな。まあ、それはそれでいいさ」

おれたちは別の部屋ですわって煙草を吸っていた。名高いネズミ捕り、マクシク（ついさっきやってきた）が、地上走行する飛行機のような体勢で、キッチンの低い棚を嗅ぎまわっていた。そして唐突に身を起こすと、腹立たしげにすわって、後ろ足で激しく耳をかいた。

「彼女も悪くはないんだよな……」ボリスは掃除婦のアグネスのことを言っていた。「ああ、それとエスター——ちなみに、エスターはいまのところ元気だ。飼育班からははずしてやったよ」やや独善的に（おれにはそう聞こえた）言う。「屋外の仕事が多すぎる。そう言えば、アリシュ・ザイサーを見たな。噂は聞いたか？」

「ああ。ツィゴイナーかシンティだって?」

「アリシュはシンティツァ（ドイツ系ツィゴイナーの女性）だ」ボリスは残念そうに言った。「あんなに可愛いのに」

「すると彼女も除外されたわけか」

「うむ。アリシュの頬に軽くキスしただけで、法を犯すことになるからな。あれだよ、ゴーロ、ドイツ人の血を守る法」

「〝血と名誉を守る〟だ、ボリス。違反するとどんなお咎めがある?」

「違反した人間による。そいつがアーリア人であるかぎり、たいていはお咎めなしだ。それともちろん、男であるかぎり。だがおれは、降格中の身だからな」下唇を嚙みしめる。「上の連中のことだ、おれをここにもう一年縛りつけるだろうよ。そうだ、エジプトから愉快な知らせが届いたんじゃなかったか」

「ああ」おれは言った。これはドイツ最高の軍人、ロンメル陸軍元帥がエル・アラメインで英軍に打ち負かされたことだ。「ところで、なぜみんなスターリングラードのことを話さなくなった?」

　ボリスは煙草の燃えさしをしげしげと眺めた。「何年もそういうことはしていなかったが、昔のことをよく考えるようになっている。いまは」

「みんなそうだ」

火曜日のことだ。四時にハンナが朝食室のガラスのドアから出てきて、庭を五分ほど散歩した——傘を差し、フードのないダッフルコートのようなものにすっぽり身を包んで。おれがいると知っている方向を見ることはなかった。おれは独占企業の建物のなかにいた、すべての制服やブーツやベルトが保管されている場所に……。

パウル・ドルはハンナの初めての恋人ではなかった。

一九二八年、ハンナはバイエルン南部のローゼンハイム大学に入学したばかりだった（フランス語と英語）。ディーター・クリューガーはその学部で教えていた（マルクスとエンゲルス）。ふたりの友人とともに、ハンナはクリューガーが受け持っていた講義に出席するようになった——理由は単純、〝彼はすごくハンサムだった。わたしたちみんな彼にのぼせあがっていたわ〟。ある日クリューガーがハンナを脇へ呼んで、共産主義運動について真剣に知りたいかと訊いてきた。本心とは裏腹に、ハンナは知りたいと答えた。すると、街なかにある珈琲店《カフェーハウス》の奥の部屋でクリューガーが毎週開いている会合に一緒に来ないかと誘われた。それはコミュニスト集団だった。つまり大柄でたくましいクリューガーはただの学者ではなく活動家でもあり、ただの教師ではなく街頭の戦士でもあったのだ（銃はおろか手榴弾まで使う長期戦もあった——赤色前線兵士同盟《ローター・フロントケンプファーブント》と国民社会主義ドイツ労働者党《NSDAP》を含む一連の右派との対決だ）。クリューガーとハンナは恋仲になり、事実上の同棲をはじめた（〝隣り合った部屋にそれぞれ住んでいる〟ことにしてあった）。クリューガーは三十四歳、ハンナは十八歳だった。

クリューガーは六カ月後にハンナと別れた。

「わたしとベッドをともにするのがいやになったんだと思ったわ」重要区域の境界のあずまやで、ハンナは言った、「でもそうではなかったみたい。彼はよく戻ってきた――そう、ひと晩だけ。それかわたしを自分の部屋へ呼んだり。彼はこう言っていた、『ほんとうの問題は何かわかるか？　きみがまだじゅうぶん左じゃないことだ』そのとおりよ。わたしは共産主義を信じていなかった。空想的社会主義にも興味がなかった。だから会合でしょっちゅう居眠りして、彼をずいぶん怒らせたわ」

パウル・ドルも、そのグループの一員だった。これには特段、驚きはしなかった。あの当時は、リベラリズムには目もくれずにファシズムとコミュニズムのあいだを行ったり来たりする若者がごまんといた。ハンナは続けた、

「やがてディーターは茶色の制服の一団に袋叩きにされた。それをきっかけに彼はいっそう強硬になった。自分のような人間が心からの信念を持たない女と一緒にいるなど考えられないと言って。それで永久に去っていったの……。わたしは惨めだった。完全に参ってしまった。自殺未遂までしたわ。手首を切って」そこでハンナは、青い静脈に斜交して走る白っぽい縫合跡を見せてくれた。「わたしを見つけて病院へ運んでくれたのがパウルだった。あのころのパウルはわたしにとても優しかった……」

おれは不思議に思って、ハンナに両親のことを尋ねた。

「〝秋に咲くクロッカス〟という言い方を知ってる？　わたしがそれだったの。わたしにはひと世代も年上の兄ふたりと姉ふたりがいた。母と父はいい人だけど、親として生きることはもうやめていた。ふたりの興味の中心は、人工国際語エスペラントと神智学。ルドヴィコ・ザメンホフ（エスペラント語の創案者）

とルドルフ・シュタイナー（神智学を発展させた人智学の創始者）だった」

「パウルはわたしの面倒を見ながらわたしに薬を飲ませていた。鎮静剤を。こんな言いわけはするべきじゃないけど、すべては恐ろしい夢のようだった。次に気がついたら妊娠していた。その次に気がついたら結婚していた……」

　一九三三年三月、当然ながら、ドイツ国会議事堂放火事件（二月二十七日）のあと、四千人の名だたる左翼活動家が逮捕され、拷問され、投獄され、ディーター・クリューガーもそのひとりとなった。ディーター・クリューガーはダッハウ強制収容所へ送られ、その初期の看守のなかに、ドル伍長がいた。


　おれは心の葛藤を無視して、出だしで少々つまずきながらも、ベルリンにいる父の旧友で、親衛隊内部の保安部《SD》にいるコンラート・ペータースと連絡をとった（まずはテレタイプ、次は電話で）。もともとフンボルト大学で現代史を教えていたペータースはいま、国民社会主義の敵の監視に力を貸している（皮肉にも専門がフリーメイソンだった）。

「気にせず話していいぞ、トムゼン」ペータースは言った。「この回線は盗聴されていない」

「面倒なことを引き受けてくださって感謝します」

「お安いご用だ。マックスとアンナが恋しいよ」

ふたりともつかの間沈黙した。おれは言った、

「三月一日にミュンヘンで逮捕。三月二十三日にダッハウへ移送」

「おお。最初の一団だな。司令官はヴェケルレ。さぞかし楽しい囚人生活だったろう」

「ヴェケルレですか？　アイケではなく？」

「そうだ。その時点だとアイケはまだヴュルツブルクの精神病院にいた。そのあとヒムラーがアイケを退院させて正気だと宣言させたんだ。実際、ヴェケルレのときよりひどい体制になった」

　コンラート・ペータースは、はるかに地位は高いものの、おれと同類だった。どちらも消極的な同《ミット》調者《ロイファー》だった。おれたちはついてきた。ついてきて、どこまでもついてきて、全力で足をひきずり、カーペットをこすり、寄せ木張りの床を引っかきながらも、やはりついてきた。おれたちのような人間は何十万といる、おそらく何百万と。

　おれは言った、「九月にブランデンブルク刑務所へ移送。そこまでしかわかっていません」

「一、二日くれ。その男は身内ではないんだな？」

「ちがいます」

「それならよかった。ではただの友人か」

「ちがいます」

十一月の初めには、ブナ＝ヴェルケの労働環境と効率に明らかな変化が現れてきた――テンポの著しい緩和（特に中庭でははっきり見てとれる）、大幅で急速な進捗。そこでおれは、政治部《ポリーティシェ・アプタイルング》の長、フリッツ・メビウスに面談を申しこんだ。

「あと三十分ほどでおいでになります」ユルゲン・ホーダー（三十がらみ、中肉中背、色男風に長く伸ばして撫でつけた白髪交じりの髪）が言った。「月曜日のあれには出席なさるんですか？　わたしは招かれていませんが」

「将校と」おれは言った、「その妻。出席は強制だ。この部署はきみのボスが代表して行くんだろう」

「羨ましい。きっと震えあがるほど寒いでしょうね」

ここは基幹収容所《シュタムラーガー》に数多くある、冴えない灰色の煉瓦でできた三階建ての建物、第十一ブンカーの一階だ。少ない窓のすべてに板が打ちつけられているため、遮蔽性と密閉性がある（KZの至るところで気づく、悪質な音響と同様に）。最初の十分間、地下から、徐々に大きくなり、徐々に充満する一連の苦悶の叫びが聞こえていた。しばらく長い静寂があり、そのあと、埃だけでなく砂にも覆われた石の階段を踏むブーツの音がした。ミヒャエル・オフが、布巾で手を拭いながら入ってきた（クリーム色の袖なし肌着を着たその姿は、移動遊園地でダッジェム・カーに乗っている若者のように見えた）。オフは軽く会釈しておれを見つめながら、舌で歯を数えているようだった、最初は下の歯、それから上の歯を。そして棚からダビドフをひとパック取ると、地下へ戻っていき、徐々に大きくなり、徐々に充満する叫び声がまた聞こえてきた。

「こんにちは。お掛けください。どんなご用件ですか？」

「力をお借りしたいのです、メビウスさん。少々困ったことがありまして」

メビウスはもともと秘密国家警察局《ゲシュタパ》本部の事務方だった――混同してはいけないのが、現在の秘密《ゲシ》国家警察《ユタポ》、保安警察《ジポ》、刑事警察《クリポ》、秩序警察《オルポ》、保護警察《シュポ》、補助警察《テノ》、秘密野戦警察《ゲハイメ・フェルトポリツァイ》、自治体警察《ゲマインデポリツァイ》、防《アブヴ》諜警察《エアポリツァイ》、警察機動隊《ベライトシャフツポリツァイ》、兵営警察《カゼニーアテポリツァイ》、国境警察《グレンツポリツァイ》、地方警察《オルツポリツァイ》、憲兵隊《ジャンダルメリー》だ。メビウスが警察活動の一翼を担って成功したのは、つまるところ無慈悲という才能、ここでさえ盛んに議論されるその才能があったからだ。

「ブナ－ヴェルケのほうは万事順調ですかな。うまくいっていますか？　あのゴムは欠かせませんからね」

「ええ。可笑しいですね？　ゴム――ボールベアリングみたいなものですよ。それなしには戦争ができないとは」

「それで、トムゼンさん。困ったこととおっしゃいますと？」

ほぼ完全に禿げているが、耳のまわりからうなじにかけて黒い直毛がわずかに張りついていて、目の色は濃く、鼻はしっかりと高く、口は薄く直線的で、見た目は頭の切れる熱心な学者のようだ。一方で、尋問中に熟練した外科医――衛生学研究所のエントレス教授――を活用するメビウスの斬新な手法は、とりわけ物議を醸していた。

「どうも仕事がやりにくいのです、少尉。いささか煩わしくもあります」

「職務を果たすのに煩わしさは付き物ですよ、中尉」

最後の呼びかけは、わざとらしく強調されていた（秘密警察では、階級その他の表向きの力関係を軽視するのが昨今の流行りだからだ。秘密、秘匿には力があると彼らは知っている）。おれは言った、「これはすべてわたしからの試案と見なしてください。ただ、それを回避する方法が見あたらないのですが」

メビウスは片方の肩をくっと引いて言った、「うかがいましょう」

「ブナでの進捗は安定しています、目標は達成できるでしょうし、工程に著しい遅れも出ないでしょう。確立された方法をこのまま用いているかぎりは」おれは鼻から息を吸いこんだ。「フリテューリク・ブルクル」

メビウスが言った、「あの金庫番ですか」

「ブルクルがある迷言を単なる私見にとどめておくつもりなら、わたしも受け流したでしょう。だが繰り返し同じことを言ってきます。彼は、ええとその、紅海を渡る者たちについて、非常に奇異な考えを持っているようなのです……。国民社会主義の理想をろくに理解していないのでは、と思うこともあります。われわれの切り離せないふたつの目標の、微妙な釣り合いというものを」

「創造的絶滅《クレアティーヴェ・フェアニヒトゥング》。あらゆる革命の基本原理です。創造的絶滅は」

「たしかに。実はこういうことなのです。ブルクルは、ユダヤ人は〝優秀な働き手〟だと言っています、あろうことか、穏当に扱ってやりさえすれば、と。腹がいっぱいならますますよく働くだろう、と」

「なんと愚かな」

「道理を説いてはみました。しかし耳を貸そうとしません」

「それで、具体的にはどういう結果を招くと？」

「火を見るより明らかです。指揮系統の典型的な崩壊。ブルクルは工場主任を追い立てず、工場主任は看守を小突きまわさず、看守はカポを脅さず、カポは囚人を鞭打たない。ある種の腐敗のはじまりです。ついては、どなたか……」

　メビウスは万年筆を手にした。「なるほど。詳しく聞かせてください。あなたは正しいことをなさっていますよ、トムゼンさん。どうぞ続きを」


　パレードの行進とグースステップ（膝を曲げず脚を高くあげる行進）の中間ぐらいの歩調で、遠くの飛行機を見張っているかのように首を後ろへそらして、適度にしっかりと、だが信じがたいほどゆっくりと、パウル・ドルが歩いてきた。半々ずつ左右に分かれて立つ観衆のあいだの通路を進み、低い演壇への小階段をのぼっていく。気温は摂氏マイナス十四度、おまけに、積み薪と煙突からの煙で茶色みを帯びた雪がこれ見よがしに降っている。おれは右隣のボリスに、それから左手のもっと遠くにいるハンナに目をやった。だれもが着膨れてマットレス並みの厚みになっている——北部の町の冬に慣れきった路上生活者のように。

旗が掛けてある演台の前で、ドルは足を止めた。背後には、十四本の花輪を立てかけた十四個の〝骨壺〟（タールで黒く塗った植木鉢）が並んでいて、ちらちらと灯火が揺らめき、煙が立ちのぼっている。司令官はすぼめた唇を突き出して、間を置いた。一瞬、このどんよりした真昼に、司令官の口笛を聞くために集められたのかと本気で心配した……。しかしいま、司令官はウールの外套の襟もとに手を入れ、いやにかさばったタイプ原稿をやっとのことで取り出した。灰色の空が牡蠣の色から鯖の色に変わった。ドルは観衆を見渡し、大声で言った、

「そうだとも《ヤヴォール》……。大空は暗くなるかもしれない。ヤヴォール。天がその重い涙を大地にこぼすかもしれない。この、帝国の哀悼の日に！……十一月九日だ、諸君。十一月九日」

ドルが完全にしらふではないことはみな承知だが、いまのところは、薬になるものを服用してきた程度に見えた。適量の強い酒のおかげで体が温まり（声にも深みが加わり）、歯もすでにカチカチ鳴らなくなっている。そしていま、傾斜した木の演壇の下の隅から透明な液体が入った大きなグラスを取り出した。うっすらと湯気の立つそれを、ドルは口もとに持ちあげた。

「そう、十一月九日。三重の意味を持つ聖日だ——われわれにとって忘れえぬ動きのあった……。一九一八年十一月九日、一九一八年、ユダヤ人の戦争成金どもが、やつら一流の騙しの手口で、実に巧妙にわれらの最愛の祖国を、ウォール街、イングランド銀行、パリの証券取引所にいる狂信家一味に競りで売り払った……。一九三八年十一月九日——この二日前には、パリ駐在のわが国の大使が、〝ヘルシェル・グリュンシュパン〟だかいうおかしな名前のユダヤ系ポーランド人に卑劣にも暗殺されかけたが（結局、三等書記官が殺された）、それを受けての——帝国水晶の夜《ライヒスクリスタルナハト》！あまりに長きにわたる耐えがたい

挑発ののちに、われらドイツ人が、ただひたむきに正義を求めておのずから立ちあがった……。しかし、わたしが述べたいのは一九二三年十一月九日のことだ。一九二三年の——ここでわれらが正式に称える、帝国の哀悼の日」

ボリスがもこもこした肘でおれをつついた。一九二三年十一月九日といえば、バイエルン州での〝ビアホール一揆〟でとんでもない大失敗をした日だ。その日、熱弁家、のらくら者、偏屈者、略奪者、敵意むき出しの民兵、権力狂の田舎少年、幻滅を感じた神学生、破産した商店主までさまざまな、およそ千九百人（背格好も年齢もばらばら、みな武装し、みな体に合わない茶色の制服を着て、おのおのが二十億マルクを支払ったが、これはその日の三ドル四、五セント相当だった）が、ミュンヘンのオデオン広場《プラッツ》近くの〈ビュルガーブロイケラー〉の店内や周辺に集まった。約束の時間が来ると、一風変わった有名人三人組（一九一六〜一八年の事実上の軍事独裁者、エーリヒ・フォン・ルーデンドルフ、ビグルズ（英国の少年向け冒険物語の主人公、戦闘パイロット）ばりの空軍《ルフトヴァッフェ》のエース、ヘルマン・ゲーリング、そしてバンのなかには、国民社会主義ドイツ労働者党《NSDAP》のボス、オーストリア出身の猛烈な元上等兵）に率いられ、彼らは店の地下から少数ずつ出てきて、フェルトヘルンハレで進撃を開始した。これはベルリンにおける革命的行進の最初の一区間となるはずだった。

「彼らは足を踏み出した」ドルが言った、「真剣だが快活に、鉄の意志を持ちつつも気楽に、笑い声をあげながらも泣きたい思いをたたえて、群衆の歓声に打ち震えていた。彼らの前には心躍る見本が輝いていた——ムッソリーニと、ローマでの凱旋マーチだ！　なおも冗談を言い、なおも歌っていた——そう、共和国州警察が構えたカービン銃を嘲り、唾を吐きかけるあいだにも！　……銃撃、連射、一斉射撃！　ルーデンドルフ大将は、義憤に身を震わせ、人込みを押し分けて進んだ。ゲーリングが倒れた、脚に重傷を負って。そして救世主は、未来の首相その人は？　ああ、両腕が折れたというのに、飛び交う銃弾のなかを果敢に進み、無力な子供を安全な場所へ運んだのだ！　……そして鼻を刺すコルダイト爆薬のにおいがついに広がり、十四人の男、十四人の同胞、十四人の闘う詩人は塵のなかに倒れた！　……十四人の寡婦。十四人の寡婦に、六十人の父のない子供。ヤヴォール、そのためにわれわれはきょう、ここにいる。ドイツ人の犠牲。彼らが命を捧げたのは、われわれに希望を持てと伝えるためだ――再生の希望と、より明るい朝の約束を」

茶色の雪はとうに小降りになっていて、いままったく突然に、ひっそりと降りやんだ。ドルが空を見あげ、感謝をこめて微笑んだ。それから、心臓がいくつか鼓動を打つあいだ、ドルはくたびれて老けこみ、ふらりとよろめくかに見えた。前へかがみ、演台を荒々しく両手でつかむ。

「……ではここで……この神聖な旗を広げよう――われわれ独自の〝血染めの旗《ブルートファーネ》〟を」ドルはみなに見えるようそれを掲げた。「象徴として染めてある――赤ワイン《ロートヴァイン》で……。聖餐でいう、実体変化（パンとぶどう酒がキリストの肉と血に変わるとする教理）だ。ちがうか？《ニヒト・ヴァー》」

もう一度、おれは左を向いた――そして不運にもハンナと目を合わせることになった。ハンナはミトンをした手を鼻に当てて、視線を前へ戻した。それから先、おれは切迫した胸苦しさと懸命に闘っていた。勲章、印章付きの指輪、紋章、飾りピン、松明、詠唱、誓い、儀式、氏族、地下聖堂、祭壇について、ぐるぐるめぐっていくドルの声を追わないようにしながら……。

ようやくおれは、頭をあげて前を向いた。いまや洗っていない巨大な苺のような顔をしたドルが、演説を終えようとしていた。

「男は泣いていいのか？」ドルは問うた。「ああ、いいとも！　ときには泣かねばならぬ！　ときには慟哭《どうこく》せねばならぬ……。わたしが涙を拭うのが見えるか。悲嘆の涙を。誇りの涙を。われらの崇敬する英雄たちの血がしるされたこの旗に……いま口づけしながら。諸君もじきにわたしに続くだろう……〈旗を高く掲げよ《ディー・ファーネ・ホーホ》（ホルスト・ヴェッセルの歌《ダス・ホルスト・ヴェッセル・リート》）〉（ナチ党の党歌）と〈わたしにはひとりの戦友がい《イッヒ・ハット・アイネン・カメラー》た《デン》〉（ドイツの軍歌）の演奏で。しかしながら、その前に……三分間の黙禱を捧げよう……われらが殉教者ひとりひとりに。往年の闘士たち、死した者たちひとりひとりに。ああ、日が没するときも、また暁にも、われわれは彼らを思い出すだろう。最期まで、最期のときまで、彼らはわれらとともにあるのだ」

「ひとり目……クラウス・シュミッツ」

そして十秒か十二秒後にやってきた――横殴りに吹きつけるあられの嵐が。

そのあと将校クラブで、瞬時に、かつ最高に酔いのまわる昼食会があり、最初の半時間が過ぎると、おれは人込みのなかをうろつきはじめた（その時点でもう、ドルは座面の深いソファで伸びていた）。まるで平和と自由に満たされた甘美な夢のなかにいるようで、蓄音機から音楽が流れ、何人かが踊っていて、ハンナとおれは距離を保っていたが、強く途切れなく互いの存在を感じていた。また別の種類の、別の胸苦しさに屈せずにいるのも、笑わずにいるのも、愚直なまでに熱烈な愛の歌〈感傷的なオペレッタの曲〉――マレーネ・ディートリヒの〈離ればなれになったら、嘆くのはだれ？〉やペーター・アレクサンダーの〈別れのときには優しくさよならを〉——に心乱されずにいるのも難しかった。

——

十日が過ぎ、ベルリンのコンラート・ペータースからまた電話があった。

「すまない、トムゼン、思ったより時間がかかりそうだ。この件をめぐる空気は——普通じゃない。何かこう、不透明なのだ。沈黙に包まれている」

「考えていたのですが」おれは言った。「彼が徴兵されたということはないでしょうか？　あの刑務所は空っぽになりはじめていましたが？」

「たしかに。ただ政治犯は徴兵されていなかった。刑事犯だけだ。きみの尋ね人はいまもって不適《ウンヴュル》任《ディヒ》と見なされているだろう……。引きつづき調べてみる。わたしの推測では、赤い三角形をつけてどこかの収容所にいるのではないかな。どこか珍しい場所の——たとえば、クロアチアのような」

具体的なあれこれよりもおそらくはっきりした理由で、おれはディーター・クリューガーを快く思っていなかった。クリューガーが象徴するものを軽蔑していた——それは依存心を持たないすべてのドイツ人が長く共有してきた軽蔑だった。クリューガーは一九三三年三月の国民の屈従を体現していた。クリューガーのような忠実なソ連政府信奉者《クレムリナイト》（ハンナいわく、社会民主主義者はファシストに劣らず性質《たち》が悪いと言いつづけていたそうだ）は、左派においてどんな団結も、どんな勢力も生まれないようにした。すべては、悪辣だが巧みな指で調整されなくてはならないようだった。自分たちがあっけなく鎮圧されたとしても、それをどこか当然の成り行きのように感じさせるべく、コミュニストは何年も、じゅうぶんにふれまわり、じゅうぶんに騒ぎ立ててきた（彼らの〝即応性〟について）。そして国会議事堂放火事件と、その翌朝の〝国民と国家を防衛するための大統領緊急令〟可決のあと、公民権と法の支配は過去のものとなった。そこでコミュニストは何をした？　振りあげた拳をほどき、力なく手を振って姿を消したのだ。

しかしまた、こうした思考は別の思考にもつながった。たとえば――なぜおれは、飛ぶことのできない、舞いあがれない病んだ鳥のような心地でいるのか？

最近、叔父のマルティンから、ラインハルト・ハイドリヒにまつわる逸話を聞かされた。車の座席での負傷により緩慢な死を迎えることになった金髪の英雄だ（暗殺者の手榴弾の威力で、横隔膜と脾臓に革シートの詰め物の破片がめりこんだ）。ある夜、長々とひとりで酒を飲んだあと、ボヘミアとモラヴィアの保護領総督――〝プラハの虐殺者〟――は上階へ行き、バスルームの鏡に映ったおのれの全身と体面した。ハイドリヒはリボルバーを抜き、鏡のなかの自分に二発撃ちこんでこう言ったそうだ、〝ついに仕留めたぞ、クズ野郎……〟。

実のところ、おれがディーター・クリューガーを気に入らない理由はもうひとつあった。ほかの面でどういう人間だったにせよ（うぬぼれ屋なのか、強引なのか、信用ならないのか、薄情なのか、頭がおかしいのか）、クリューガーに勇気があったのはたしかだ。

ハンナは彼を愛していた。そして彼は勇敢だった。

―――

これ以上先送りにはできなかった。十一月の最終日、おれはブナ-ヴェルケの中庭を苛々と歩きまわり、ようやくローランド・ブラード大尉のがっしりした姿を目にした。おれは少し距離をとって、だらだらと尾行を続け、警戒しつつ、ブラードのあとから基幹収容所《シュタムラーガー》のあいだに立つ工具小屋に入っていった。大尉は分解された溶接ガンの部品を枕カバーの上に並べていた。

〝プレイヤー〟おれは声をかけた。〝シニア・サーヴィス。それに――ウッドバインもある〟

〝ウッドバイン！　……最愛とは言わないが、最高の銘柄だ。なんとも親切なことだな、トムゼンくん。ありがたくいただこう〟

〝統《す》べよ、ブリタニア。調べてみたんだ。聞いてくれ。『汝ほど祝福された国はなし、いまこそ暴君を倒すべし、汝は独りで立ち、大きく栄えるであろう、すべての国の畏怖と羨望のなか』〟おれは言った、〝これでわかり合えただろうか？〟

ブラードはおれをしげしげと見て、この日もまたおれを受け入れ、さいころ形の頭をこくりと前へ傾けた。

〝ブラード大尉、おれはあなたの様子をうかがっていた。あしたおれは……きのうおれは、あなたが重合施設で冷却ファンの羽根をひん曲げているのを見た。それが気に入った〟

〝あれが気に入った？〟

〝そうだ。あなたのような人がほかにもいるか？〟

〝……いるとも。ほかに千二百人〟

〝さて。理由はこの際どうでもいいが、おれは第三帝国にすっかり嫌気が差している。千年続くとみな言っている。おれもあなたも望んでいない、ここの畜生どもがこのまま……〟

〝二九三三年までのさばるのは。ああ。冗談じゃない〟

〝情報が必要か？　おれが力になれるだろうか〟

〝まちがいなく〟

〝では、これでわかり合えたな？〟

ブラードはウッドバインに火をつけて言った、〝聞いてくれ。『汝、傲《おご》れる暴君は決して矛を収めぬ、汝を屈従させるあらゆる試みは、汝の猛火を呼び起こし、暴君に災いを、汝に誉れをもたらすであろう』ああ、トムゼンくん。われわれはわかり合えた〟


結局のところ、おれはハンナと会うことになる、ベルリンへ発つ前にもう一度、間近で——十二月《デッェンバー》の演奏会《コンツェルト》（十九日に予定されている）で。それに気づいたのは、基幹収容所《シュタムラーガー》の練兵場を横切っているときだった。ボリスがおれの腕をつかんで得意げに（そして満足げに）こう言った、

「急げ。こっちだ」

ボリスは、女性収容所と外部境界のあいだに突如現れた広大な敷地へおれを連れていった。そこを歩きだしながら、うめくように言う、

「しばらく前のことだがな。おれはイルゼとつまらない口喧嘩になった。ベッドで」

「それはなんと痛ましい」

「うむ。おかげで、エスターがイルゼだけじゃなく、あの尻軽娘のヘートヴィヒにまでいたぶられるようになってる」

「つまらない口喧嘩というのは？」

「あんまり恰好のいい話じゃない」ボリスは頭を左右に振った。「その日の昼間、イルゼが鞭を使ってるところを見ていたんだ。それがおれの気分に影響したんだな……ベッドでうまくいかなかった」

「そうか」おれは言った。「それでエスターのことに気づかれたか」

「それだけじゃない。おれはイルゼに言った、〝なあ、イルゼ、ベッドで男を苦悶させるのにこんなうまい方法はないよな。鞭すら必要ないんだ。ただしくじらせればいい〟」

「……ヘートヴィヒはそれほど害がなさそうなのか？」

「それほどはな。厄介なのはイルゼだ。ふたりはエスターを可愛がってもいて、エスター本人に言わせればそこが最悪らしい。イルゼは厄介だ。そろそろ黙ろう。見てろよ」

おれたちは、四面が新しい木材でできた（その上のびしょ濡れの勾配屋根がよだれを垂らしているように見える）、倉庫ほどの大きさの自立型の建物に近づいた。足の下の泥は凍っているが、空は青

く、硬い筋肉が盛りあがったような大きな象牙色の雲でいっぱいだった。

「ああ」ボリスが頭の高さの窓からなかを覗き、感嘆の声を漏らした。「一篇の詩。一輪のバラだ」

おれの目が砂塵の点々とついたガラスを見通し、筋状の光に慣れるのに数秒かかった……。かなり広い空間に寝台が並んでいて、防水布をゆるくかぶせた用具類のこんもりした山がたくさんある。やがてエスターが見えた。

「彼女には三倍の配給食が出ている。優遇されてるんだ――ここの大スターだから」

看守《アウフゼーアリン》の装備一式（ケープ、白いシャツ、黒いネクタイ、ロングスカート、ブーツ、きつく締めた紋章付きのベルトにまるめてはさみこんだ鞭）を身に着けたイルゼ・グレーゼに見張られながら、エスターは、ほかに五人、いや六人、いや七人の囚人の少女たち、加えてヘートヴィヒとともに、スローワルツとおぼしき姿勢をとっていた。

「イルゼがこれにずいぶん入れこんでいてな、ゴーロ。ベルリンでの金曜の夜のセックスを卒業して、いきなり上位文化《ハイ・カルチャー》に傾倒した感じだ」ボリスは言った、「すべてはプリンシパルの肩にかかってる。もしエスターがイルゼを失望させようものなら……」

おれは様子をうかがった。エスターは気乗りがしていないようだが、そんな動きにもなめらかさがにじみ出ていた。小休止のあいだに、彼女は爪先立ちになって（裸足で）、両腕で完璧な円を形作り、頭上で指先を合わせた。

「バレリーナの卵なのか？」おれは小声で訊いた。

「母親がバレエ団にいたんだ。プラハの」

「母親はどうなった？」

「われわれが殺した。ここではなく、向こうで。ハイドリヒの報復攻撃で……。エスターは行儀よくしてくれると思うか、演奏会の夜は？　本人にしたら、暴れたくなるだろうがな。何しろ大勢のＳＳの前だ。ほら見ろよ」

エスターのリードで、スローワルツが再開された。

「エスターはあそこの……」ボリスは片手をあげ、南西に見えるタトラ山地北部の氷冠を指さした。

「あそこの生まれで、子供時代の十年をあそこで過ごしたんだ……。彼女を見ろよ。あの少女たちを。なあゴーロ、縞模様の服で踊ってるあの子たちみんなを」

――

ディーター・クリューガーの件で、予想どおり、だが予想外にはっきりと、おれはある疑問にとらわれた。

フリテューリク・ブルクルに別れの挨拶をして、彼の後任者（ルプレヒト・シュトルンクという年季の入った闘士）を紹介された直後に、ペータースから電話がかかってきた。

「わかったぞ」ペータースは言った。「一九三三年のクリスマスの日にブランデンブルク刑務所からライプツィヒの州刑務所へ移送された。彼ひとりだけ。シュタイアー220に乗せられて。そこで消息は途絶えている」

「なぜそんな公用車《ディーンストヴァーゲン》で？」

「ああ、かなりの高官用の車だと思う。わたしの見るかぎり、可能性はふたつしかない。まちがいなく釈放はされていないからな。よって彼は、そのあと逃亡して、大いに困難な状況に陥っているか。あるいは特殊な措置のために連れ去られたか。きわめて特殊な措置の」

「殺害ですか」

「ああ。それですんだならましなほうだ」


ここへ来て、疑問がはっきりと形をなした。

おれは、屈強なクリューガーに自由の身でいてもらいたいのか？　おそらくは分裂した地下組織の一派を大胆に率いて、潜伏し、計画し、危険に身をさらしながら、精悍なその顔に崇高で栄えある深みを刻んでいてもらいたいのか？

それともクリューガーの存在を、血の飛び散った恐怖の小部屋《ホローアッツェレ》に響く断末魔のあえぎに、ひと握りの灰に、線で消されるか塗りつぶされるかした収容者名簿の名前にしてしまいたいのか？

さあ、どっちだ？


――――

四時にハンナが朝食室のガラスのドアから出てきて、庭を……

目下のところ、ドルがきみを攻撃する理由は何もないだろう。だがきみの計画がうまく運べば、ドルは理由など必要としなくなる。それでも、きみの決意は固いようだし、これはもちろん他人が口を出すべきことではない。

ただ心から、あることを言わせてほしい。この先はもう記憶しなくていい。忘れはじめたほうがいいくらいだろう。そして、もうおれを大目に見る気になれないなら、飛ばして最後の（十一語の）段落へ移ってくれていい。

公の場で話すとき、よく口から泡を吹いていた名だたる政治的殺人者、目に見えそうなほど血と泥にまみれた男を、われわれが首相官邸に送りこんだあと、この狂気の男を除くすべての人が、その壮大なまやかしに毒されていったとき――おれは感情を、感受性を、デリカシーをしだいに失っていき、ほぼ毎日、自分にこう言い聞かせるようになった、〝放っておけ。放っておけ。おい、あれを見過ごすのか？　ああ、放っておけ、何、あんなことまで？　ああ、それもだ。放っておけ。いいんだ、放っておけ〟。人の心がたどるこの過程を、イギリスの詩人W・H・オーデンが驚くほどうまくとらえている（一九三二年ごろに書かれた詩のなかで）――

　嗚呼と嘆くことも
　日ごとに減ってゆく。

あの造りかけのあずまやで、おれはきみが眠るのを見ていた。その六十分か七十分のあいだに、自分の芯をなすものに何かが起こるのを感じた。おれが放棄し、譲り渡したすべてのことをはっきり認識した。そしておれは、心がどれほど汚れて萎縮していたかを、自己嫌悪とともに悟った。きみがついに目をあけたとき、おれは希望に似た何かを感じていた。

そしていま、おれは再スタートする気になっている——無からのスタートだ。おれは子供か神経症患者のように、あるいは三文小説のなかの陳腐な詩人のように、普遍の法則に絶えず悩まされている。だがそれこそが、詩人の心の持ちようなのだ——いわゆる〝当たり前のこととして受け入れる〟のとは正反対の。なぜ手には指が五本あるのか。女性の靴とはなんなのか。なぜ蟻、なぜ太陽なのか。そうすると、頭ばかり大きな、髪のない棒のような男たちと髪のない棒のような女たちが五人ずつ並んで、バンド演奏のなか重労働に急いで戻っていくのが、まったく信じがたい光景に見えてくる。

希望に似た何か——それは愛に似た何かでさえある。ならば愛は——愛とはなんなのか。想う相手の行為と言葉のすべてが心を温め、震わせ、動かす。理解を超えてその肉体を美しいと感じる。夢のなかでその口、その首、その喉、その肩、その胸のあいだの肋骨に口づけしてみても、どうにもならない。相手の女性はそこにはいない。その人は未来に、別の場所に生きている。

くだんの詩は『雄弁家たち』と題されている。詩はこんなふうに終わっている——

店のガス灯、
船の行く末、
そして潮風
古傷にふれて。

心がしびれたまま、わたしたちは時を逃し
もう愛することも偽ることもできない、
　ついには慣れてしまう
失ったことに、
欠乏を受け入れ、
死の影を受け入れることに。

ならばこれに、おれたちは断固として〝否〟と言おう。
もしきみが、週に一度、そうだな、火曜日の四時に、外へ出て庭を五分ほど散歩してくれれば、おれは大いに安心なのだが。おれは丘の上の建物からきみを見ている、それできみは無事でいるとわかるだろう（そして、きみがおれのために歩いてくれていると）。
この先には大きな空白が控えている――一、二カ月、ことによると三カ月、おれは本国勤務になる。それでもいま抱いている気持ちは、このまま手放さずにいるつもりだ。

将来、国民社会主義者たちを振り返るとき、彼らは先史時代の肉食動物（ほんとうに存在したのだろうか、ヴェロキラプトルやティラノサウルスは？）に劣らず、実在したとはとても思えない異様な存在と見なされるだろう。人間ではなく、哺乳動物でもない。彼らは哺乳動物ではない。温かい血の流れている、健やかな哺乳動物では。

この手紙はもちろん、二度と読めないよういますぐ破棄してほしい。GT

――

「エスターは今夜しくじるつもりだ――わざと。ああそうとも。この戦争は負けだ」

「……ボリス！」

「そう血相を変えるな。第六軍（スターリングラード攻防戦で敗れたドイツ国防軍の部隊）のことだけを言ってるんじゃない。とにかく負けだってことだ」

おれはボリスにシュナップスを注いだが、手を振って拒まれた。ヴォルガ川で、フリードリヒ・パウルスの軍勢が包囲された（そして凍え、飢えていた）。そして、三週間前に進軍をはじめていたフォン・マンシュタインの救出部隊は、総司令官ジューコフ率いる敵軍とまだ交戦していなかった。

「この戦争は負けだ。エスターはしくじる。ほら。にやけ男の滴《しずく》を耳の後ろに垂らしておけよ」

「なんだ？　香水か？　オー・デ・ジューって……」

「ちょっとばかりの柔弱さで魅力が増すんだ、ゴーロ。並はずれて精力的な男は。照れるな。そのとおりだろ」

おれたちは、指導者用宿舎《フューラーハイム》にあるボリスの狭小なフラットで、フュルステングルーベ補助収容所で開かれる十二月の演奏会《デツェンバー・コンツェルト》に向けて、特別にきりりとめかしこんでいた。一年間の降格期間がまだ五カ月残っているというのに、ボリスはふてぶてしくも、正規の大佐の礼装用軍服に身を固めていた。武装親衛隊《ヴァッフェンSS》の正規の大佐、上級大佐、現役の大佐の。そして今夜のボリスは、緊張でそわそわと落ち着かない。

「あれは実にばかげた考えだった」ボリスは言った。「ロシアに侵攻するなんていうのは」

「ほう。するとおまえは宗旨替えしたんだな？」

「うむ。あのときは全面的に賛成だったのは認める。知ってのとおり。そう。フランスのあと、おれは少々先走っていた。みんなそうだった。フランスのあとはだれもあの男の言うことを拒めなかった。それであの元上等兵は言った、今度はロシアに攻めこもう、すると大将たちは思った、どうかしているように聞こえるが、それはフランスのときもそうだった。認めるのは癪だが、彼はわれわれの運命の男なのだ。そういうことなら、向こうにいるあいだに、彼のユダヤ人がらみの熱烈な夢をかなえてやってもいいかもしれないな、と」

「おお。史上最高の軍事の天才。前はそう言ってたよな」

「フランスだぞ、ゴーロ。三十九日で叩きつぶした。実際のところ、四日だ。モルトケ（第一次大戦中、マルヌの戦いで敗れたドイツの参謀総長）よりはるかに優秀だ。フランスに勝つなんて」

ボリスはおれの義兄弟も同然で、この間柄は人間の記憶の限界を超えたところにさかのぼる（知り合ったのは、聞くところでは、互いが一歳のときらしい）。ただ、ここに至るまでのあいだに何度か深刻な断絶はあった。政権掌握後の数カ月は、ボリスに近寄るのもいやだと感じた。一九三三年のドイツで、腹の底から世界大戦を望んでいる人間はふたりしかいなかった――ひとりは言うに及ばず、もうひとりがボリス・エルツだった。また、一九三九年九月のポーランド侵攻と一九四一年十二月のモスクワからの急激な撤退とのあいだにも、同じような〝冷戦〟があった。そしておれたちの考え方はいまもって完全には一致していない。ボリスはいまも熱狂的なナショナリストだ――たとえその国がナチ党のドイツであっても。そしてもし、おれがローランド・ブラードと何をたくらんでいるのかを知れば、ボリスは躊躇しないだろう。ルガーを抜いておれを撃ち殺すはずだ。

「今年の九月ごろまではまだ望みがあるように見えていた。絶滅戦争《フェアニヒトゥングスクリーク》なんてのは、ゴーロ、おれの好みには合わないが、うまくいきそうに思えたんだ……。とはいえ、ロシアに攻めこむのはまったくばかげた考えだ。脇へ寄ってくれ」

ボリスはシンク上方の壁の鏡に自分を映そうとしていた。おかしな角度で身をそらし、平べったいブラシを持ち替えながら、青みがかった暗灰色の髪を梳かしつけている。

「後ろめたく思えないか？」ボリスは言った、「鏡に映ったこの軍服姿に見惚れるのは。……これを言ったら罪になるのはわかってるが、われわれの負けなんだよ、ゴーロ」

「よし、逮捕だな」

「ちくしょう、簡単な計算ぐらいできただろうにな。一度の戦争でふたつの戦線？　一方はソヴィエト連邦。もう一方はアメリカ合衆国。それに大英帝国。くそっ、簡単な計算ぐらいしとけよ。四一年の十二月に」

「四一年の十一月だ。これはいままで言ってなかったが、ボリス、十一月に簡単な計算はしたんだよ。軍備の担当者たちが。そして勝てないとあの男に伝えた」

ある種あっぱれとでも言うように、ボリスは首を振った。「ロシアを相手に勝てるわけがない。それで、あの男は何をする？　アメリカに宣戦布告する。これは犯罪政権じゃないな。いかれた犯罪者の政権だ。おかげでわれわれは負けそうになっている」

おれはおずおずと言った、「ふたつ目の戦線はまだない。連合国はモスクワと決裂するかもしれない。それに、ボリス、われわれが魔法の兵器を作ってることを忘れるな」

「そうらしいな。科学者たちと。戦争についてちょっとばかり指南させてくれ、ゴーロ。ルールその一、決してロシアには攻めこむな。まあ仮に、五百万人を殺して、五百万人を捕虜にして、さらに三千万人を餓死させたとする。それでもまだ一億二千五百万人残るんだ」

「落ち着け、ボリス。少し酒を飲めよ。あんまりしらふだからそうなる」

「いや、あとにする。聞いてくれ。たとえレニングラードとモスクワを壊滅させたとしても、そのあとは？　ウラル山脈の真下で猛烈な反乱が起こって、永遠におさまらないぞ。シベリアをどうやって制圧する？　ヨーロッパ八つぶんの広さだ」

「いやいや、前回はやったぞ――ロシアを侵略した」

「比較にならない。あれは倒れかけの政権を相手にした昔ながらの内閣戦争だろ。これは略奪と殺人の戦争だ。あのな、ゴーロ、赤軍はいまやただの前衛なんだ。これからはすべてのロシア人、すべての女性、すべての子供が戦力になる……。十月まで、キエフまで、おれは殺人戦争に勝ち目があると見ていた。虐殺が不可能を可能にすると思っていた」ボリスは顔に手をやり、眉根を寄せて考えこんだ。「闇に勝ち目があると思ったんだ、ゴーロ。闇が勝つはずだし、そうなればわかると思っていた」

おれは言った、「そうなれば何がわかるんだ？　……まあいい、ルールその二やその三も教えてくれよ、よかったら」

ボリスはわけ知り顔でおれを見透かした。「ふうむ。どうもハンナと同じ空気を吸うのが待ちきれないようだな……。その顔つきはやめろよ、ゴーロ」

「おまえといるときしか、こういう顔はしない」

「じゃあ自分ひとりのときだけにしてくれ。前に言ったろ、まったく吐き気がするって」

外套を着こみ、おれたちはチェリー通りを足早に歩いて、軍の駐車場へ向かった。少し離れた場所で、トプフ・ウント・ゼーネ社の新しい第一、第二焼却炉（第三と第四も近く設置予定）の試験点火がおこなわれていた。あの炎はどうやってそびえ立つ煙突を這いのぼり、黒い空に飛び出してきたのだろう？

「共感しないやつが見れば」細かく痙攣するように歯を鳴らしながら、ボリスが言った。「こういう舞台の催し自体、褒められたことじゃないと思うんだろうな」

「ああ。不愉快に思う可能性もある」

「うう、こうなったら決死の覚悟で応戦するしかないな。勝者の正義をありったけ振りかざして。おれをオーストリア人どもと一緒にここで腐らせてる連中が悪い」

チェリー通りが二股に分かれ、左が収容所通りになっていた。

「心の準備をしとけよ、ゴーロ。エスター・クビシュがどう出るか。きょうの午後、懇々《こんこん》と説教したんだ。彼女は最後まで聞いてこう言った、〝今夜あなたを懲らしめるつもり〟だと。なんでだよ、エスター、なんでだ？」

「エスターは毅然とした目をしていた。それに、彼女なりに腹に据えかねるところもあるんだろう」

「どういうことになるか、おまえもわかってるだろ、もしエスターがしくじったと見なされたら？」

その半時間後、彼女はイルゼ・グレーゼに鞭打たれて死ぬ。そういうことだ」

おれは幌付きのサイドカーをじっと見つめ、凍えながら轟音に耐える半時間を覚悟した……。〝この戦争は負けだ〟。その言葉に、しばらくおれは怖気立っていた——先週、ブナで、ルプレヒト・シュトルンクが敷いた残忍な新体制を目の当たりにしていたせいだ。いまはもう動じていない。そう、限界を超えて、早すぎるほど早く、多すぎるほど多く、ありとあらゆる手を打つ必要がある——闇が勝つのを確実に阻むためには。

「さあ乗れよ」オートバイのシートをまたぎながら、ボリスが言う。ゴーグルを着ける前に、空を突く焼却炉のビーコンにいま一度目をやった。

「全部フランスのせいだ。フランスが存在しなけりゃ、こんなことはひとつも起こらなかった。全部フランスのせいだ」

フュルステングルーベ補助収容所は、その炭鉱での自滅による致死率（強制労働者の平均余命は一カ月に満たない）だけでなく、趣ある重厚な劇場でも有名だった（ＫＺ１の張りぼてのような芝居小屋とは対照的だ）。ずんぐりした黒い丸屋根を備えた、赤煉瓦造りの教会を思わせる円形の建物で、一九四〇年の夏にわれわれが独占使用するべくこの町から接収したものだ。

将校、下士官、二等兵、化学者、建築家、技術者が（だれもが長く立ちのぼる煙を口から吐きながら）中庭を歩きまわり、やがてひとりまたひとりと階段をのぼって、オーク材を用いた立派な表玄関を通っていった。劇場内では、柔らかな赤みを帯びた光が、薄織物や古びた絹のようにしっとりつやめいていた。その光景は、うんざりするほどたくさんの記憶を呼び覚ました――ベルリンの土曜の朝のイメージ（目をきらきらさせて無邪気にお菓子を握りしめているおれとボリス）、着飾って観にいった公会堂でのアマチュア演劇、二本立ての映画（合間のニュース映画も）の上映中ずっと、唇がひりつくまでネッキングにふけった、垢抜けない映画館の後方座席……。

ロビーでふたりぶんの外套を預け、ざわざわした観客席に入った。先に行っていたボリスは、最前列の中央近くに陣取ったイルゼ・グレーゼのそばで身をかがめ、おれが近づいたときには、抜け目ない調子でこう言っていた、

「みんな知ってるぞ、ここでのきみにつけられた、ええと、あだ名というか、称号を。悪いがやや的はずれだとおれは思う。半分はどうも感心しない。もう半分はどんぴしゃだ」ボリスはおれのほうを向いて言った、「イルゼがなんて呼ばれてるか知ってるか？　美しい獣だ」

おれは新鮮な驚きをもってイルゼを見つめている自分に気づいた。がっしりした脚を男のように広げてすわり、たくましい胴体を、しるしや象徴――稲光、鷲、壊れた十字架――で箔をつけた黒いサージの軍服に収めている。おれはしわの多いこの唇にキスし、井戸並みに虚ろなこの目から好意を引き出そうとしていたのか……。

イルゼはきつい口調で言った、「大尉、どんぴしゃなのはどっちの半分？」

「決まってるだろ、形容詞のほうだ。名詞のほうは断じて認めない。そうとも、イルゼ、法廷に出向いて宣誓のもとで述べてもいい、きみには持って生まれた人間味があるとな」

青いベルベットの幕の上方をスポットライトがさまよっていた。「席が埋まってきたぞ」おれは言った。

「すぐ行く。なあイルゼ」ボリスは真顔で言った。「ベルリンから来てる捜査官が言うには、きみは森のなかでギリシャ人の少女に犬をけしかけたそうだな、列からふらふら離れて木のうろで眠りこんだからって。そう聞いておれがどうしたと思う？　面と向かって笑い飛ばしたんだ。〝イルゼじゃない〟と言って。〝イルゼにかぎってそれはない〟とな。今夜は楽しめよ、上級監督官」

鋭い開演のベルが遠くで鳴りはじめ、司令官とその妻が観客席に姿を見せた。ドルも（勲章をずらりと並べた）礼装用の軍服姿で、ハンナは……。ハンナはもう陰に入っていて、いますっぽりと闇に包まれた。

まず、寄せ集めの室内オーケストラ(ヴァイオリン二本、ギター、フルート、マンドリン、アコーディオン)の登場、そして親衛隊の情感に訴えるべく構成された長々しい〝メドレー〟演奏(初期のシュトラウス、ペーター・クロイダー、フランツ・フォン・スッペ)。奏者の退場、暗転を経て、奏者の再登場。照明。続く一時間は、絶望がある種魅惑的に描かれ、ドイツのみならずヨーロッパ全土で自殺者の雪崩を引き起こしたゲーテの中篇『若きウェルテルの悩み』をもとにしたオペレッタの上演。牧歌的な村を訪れた無軌道な主人公、母を亡くした若い娘、未来のない恋(彼女には婚約者がいる)、みずから負った銃傷、緩慢な死……。

閉幕、礼儀正しい拍手、そして静寂。

長身痩軀で、肌が青白く、顎の小さい、まだ二十歳にもならないSSの下士官が、スポットライトに照らされた小さな演壇に乗り、次の四十五分間、暗記した詩を朗読した——その顔と声で、詩人たちが熟知したうえで形式化したあらゆる感情を、険しく、または生き生きと再現しながら。そのあいだ、舞台裏からひっきりなしに、ドスンという音や、台車を転がす音、小声のやりとり(それにボリスの大きなため息や悪態も)が聞こえていた。この伍長が選んだ詩人は、シラー、ヘルダーリン、そして頓珍漢で無学なことに、ハインリヒ・ハイネだった。無学なのは聴衆も同様だった。送られた拍手は、おざなりでまばらだったが、それはハイネがユダヤ人だからではなかった。

短い幕間のあいだ、パウル・ドルは、一見しらふだが妙におぼつかない足どりで、劇場の前方をぶらついていた。頭をそらし、唇を突き出し、においをたしかめているかのように鼻をぴくつかせながら……。

照明が暗くなり、観衆はぼそぼそ話すのをやめ（そして咳きこみはじめ）、幕が中央から両袖へ、ゆっくりと開いていった。

渇きでかすれた、子供みたいな声で、ボリスが言った、「ついにエスターの出番だ……」

それは以前見たことのあるバレエ〈コッペリア〉（作曲はドリーブ）の中間幕だった。

魔法使いのごちゃごちゃした工房――巻物、水薬、杖、ほうきの柄（そしてピエロの衣装を着たふたりのヴァイオリン弾きが左右の隅にひとりずつ）。老コッペリウス博士――フロックコートと灰色のかつらを身に着けたヘートヴィヒが、敏捷さを抑えて演じている――が、等身大のマリオネットに命を吹きこむ準備をしている。もっと小さな人形やマネキン（未完成だったり、どこかのパーツがはずされていたりする）に囲まれたエスターは、染みひとつないチュチュにスパンコール付きの白いタイツ、鮮やかなピンクのバレエシューズという姿で、肘掛けのない椅子にじっとすわって本を読んでいる（上下がさかさまなので、コッペリウスが正しい向きに直す）。彼女は見えない目で下を見つめている。

いま、魔法使いは、水滴でも払うように、両手をひらひらさせて呪文を唱えはじめた。……何も起こらない。博士はもう一度、そしてもう一度、さらにもう一度試みた。突然、マリオネットがぴくりと動いた。いきなり飛び起きて、本を脇へ投げ捨てた。まばたきして、制御がきかない感じで肩をすくめ、うるさく足音を立てて（そして何度も、ヘートヴィヒがかまえた腕のなかにぱたんと仰向けに倒れて）、エスターは舞台上をどたどた歩いた――ここまでばらばらなのは奇跡と言うべき、四肢の一本一本が互いに憎み合っているような、ぎくしゃくした、機械的な動きで。そして滑稽に、痛ましいほど見苦しく。ピエロのヴァイオリン弾きがいくら説きつけたりなだめたりしても、彼女はただ恍惚として歩きつづけた。

それがはじまってから実際にどれほどの時間が経ったのか、おそらくだれもわからなかったが、体感としてはすさまじく長かった。とにかく、一月がやってきてまるごと過ぎ去ったぐらいに思えた。ついにはヘートヴィヒが――最後に二、三度呪文をかけるしぐさをしたあと――あきらめて演技をやめるに至った。そして腰に手を当て、座席で身を乗り出している最前列のイルゼのほうを向いた。コッペリアは壊れた機械のように動きつづけている。

ボリスが息も絶えだえに言った、「おい、いつまでやるんだ……」

いつまで――そこまでだった。いま、美しさが開花し、魅力が開花し、魔法が黒から白へ変わり、虚ろで無気力な顔が、意志的でありながら満ち足りた笑顔になった。エスターは伸びやかに舞い、生きる活力を得て、解き放たれていた。最初のトゥール・ジュテ（片足で跳んで半回転し、他方の足で着地する）では、跳ぶというより上方へ飛翔した――頂点に達したときでさえ、なお高く飛ぼうとするかのように、腱という腱を震わせていた。観客が生気を取りもどし、ざわめいた。けれどもおれは、目に快い流れるような彼女の動きが、なぜ見るに堪えないのだろうと自問していた。

おれの左側で、ぐすぐすと鼻をすする音がした。ボリスが立ちあがって出口へ向かっていた――つんのめるような歩き方で、腕を顔に押し当てながら。

明くる日の早朝、ボリスとおれは酔った勢いでシュタイアー220に乗りこみ、こっそりクラクフへ向かった。親衛隊《シュッツシュタッフェル》の組織化の才のおかげで、おれたちの行く道には、貨物自動車《ラストクラフトヴァーゲン》が入念に砂と塩を撒いてくれていた。おれたちは一睡もしていなかった。

ボリスが言った、「いま気づいた。エスターは囚人の真似をしてたんだ。それと看守の」

「あれはそうだったのか？」

「よろよろして、威張って、よろよろして、威張って……じゃあそのあと、ちゃんと踊りだしたエスターは、何を訴えていた？　何を表現していた？」

おれは考えたすえに言った、「自由になる権利」

「……うーん、もっと根源的なことだろ。生きる権利。愛して生きる権利だ」

車をおりると、ボリスは言った、「ゴーロ。もしマルティン叔父さんがもたもたしてたら、おまえが戻ってくるとき、おれはもう東部へ行ってるだろう。けど、おれはおまえのために戦ってくるよ、兄弟。そうしなきゃならない」

「どうしてだ？」

「敗北なんぞしようものなら」ボリスは言った、「もうだれもおまえを男前だとは思わなくなる」

おれはボリスの頭を手でつかんで引き寄せた。

上演後のレセプションで、メビウス、ツルツ、エルケル夫妻、ウール夫妻らと立ち話をするあいだに、ハンナとおれはひとことずつ言葉を交わした。

おれはハンナにこう言った、〝ミュンヘンに行って褐色館（ナチ党本部のあった建物）で資料を調べる必要がありそうだ〟と。

ハンナは、パウル・ドル（見るからにだれている）のほうを顎で示しながら、おれに言った。〝エア・イスト・イェツト・フェーリヒ・フェアリュクト〟。

ボリスは、すっかり打ちのめされた様子で、ジンの入ったデカンタを持ってテーブルに腰掛けていた。イルゼがボリスの前腕をさすりながら、下から顔を覗きこんで微笑みかけている。部屋の突き当たりで、ドルが突然向きを変え、おれたちのいるほうへ戻ってきた。

〝あの人、もう完全におかしくなってるわ〟。

おれは真夜中ごろベルリンに到着し、東駅《オストバーンホフ》から、冷えこんだ真っ暗な街を探りさぐり歩いて（ほかの通行人は影と足音でしかなかった）、ブダペスター通り《シュトラーセ》と〈ホテル・エデン〉にたどり着いた。

2　ドル――敵を知れ

解けたぞ！

……答えを見つけた、つかんだ、見抜いた、解明した。解けた！

ああ、この難問のせいでいったい幾晩、〝ねぐら〟で狡猾な計画を練りつづけたことか（自分の腹黒さに軽く動悸がすることもあった）――小生、選り抜きの酒で力を得た、頑強なこの少佐の挑戦は、真夜中まで、さらに深い時刻まで続いた！　そしていましがた、朝いちばんの柔らかな光が輝き、暖かさがあふれてきた……。

ディーター・クリューガーは生きている。喜ばしいことだ。ディーター・クリューガーは生きている。ハンナに対するわたしの支配力はこれで復活した。ディーター・クリューガーは生きている。

きょう、わたしは電話であることを頼み、正式な確証を得るつもりだ――帝国で三番目に力があると言われている男から。むろん、それは形だけのことだ。わたしは妻のハンナをよく知っているし、その性的嗜好《ゼクスアリテート》も知っている。鍵をかけたバスルームで手紙を読んだとき、ハンナはトムゼンを想って胸を痛めていたわけではなかった。そうとも、ハンナは男らしい男、つまり少々の汗くささと無精ひげ、少々の愚かしさとむさ苦しさのある男を好む。クリューガーのような。そしてわたしのような。トムゼンではなく。

クリューガーだ。解けた。クリューガーは生きている。そういうことなら、わたしは得意のやり方に立ち返るまでだ――やつを殺すと脅す。

〝そして鼻を刺すコルダイト爆薬のにおいがついに広がり……〟、わたしは便箋に綴った、〝十四人の闘う詩人は塵のなかに……〟。

「おや、何か用か、パウレッテ？」わたしは言った。「とても重要なスピーチの草稿を書いているのだ。それはいいが、おまえは背が低くて太っているから、そのスモックは似合わないぞ」

「お父さん……マインラートが。すぐ見にきてってお母さんが言ってる。ねばねばした汁を鼻からいっぱい垂らしてるの」

「おお。マインラートが」

……マインラートはまちがいなく、ひとつしか芸のできないポニーだ。最初は疥癬、次にツチハンミョウ中毒。そして最新の芸は？　鼻疽《びそ》だ。

よい面を挙げるなら、これは、アリシュ・ザイサーの日曜日の訪問――栄養のある昼食と、ゆっくりした〝入浴〟――が、わが家の習わしになりつつあるということだ。

男というのは、自分の家で絶えず欺かれたり憤慨させられたりするだけではすまない。わたしが品行方正かつ誠実に職務にあたっているか、疑いをはさんでくる者たちもいる、〝こう言ってはなんですが……〟と。

HVの執務室で、わたしは収容所の医師団を迎えた——当然ながらツルツ教授、それにエントレス教授、ラウケ医師とボドマン医師だ。その主旨は？　彼らいわく、わたしは避難民を騙すのが〝下手〟になっているそうだ。

「どういう意味だ、〝下手〟とは？」

「もうきみは騙さなくていい」とツルツは言った。「もういいんだ、パウル。ほぼ毎回、どうにも見苦しい場面がある」

「で、それがすべてわたしのせいだと？」

「そう興奮するな、司令官。とにかくわれわれの話を聞いてくれ。パウル。頼む」

わたしはかっかしながらすわっていた。「いいだろう。きみの考えでは、わたしのどういうところがまずいと？」

「きみの歓迎の言葉だ。パウル、あれは……陳腐だ。ひどく空々しく聞こえる。自分でも信じていないみたいに」

「むろんわたし自身も信じていない」わたしは淡々と言った。「どうすればいいのだ？　わたしがぼけているとでも？」

「われわれの言わんとしていることはわかるだろう」

「……樽のくだりです、司令官」エントレス教授が言った。「せめてあそこは省けませんか？」

「樽のくだりの何が問題なのだ？」樽——これはわたしが十月に思いついた名案だった。歓迎のスピーチの締めくくりに、わたしはこう言う、〝貴重品は衣類と一緒にここへ置いていって、シャワーを浴びたあとで取りにきてください。ただし、特に大切にしていて、なくすと困るものがある場合は、ホームの突き当たりにある樽に入れてください〟。わたしは尋ねた、「何がまずいのだ？」

「不安をかき立てます」エントレスは言った。「その貴重品が安全なのかどうなのか」

「司令官、老人と子供ぐらいしかそんな手には引っかからない」ツルツが言った。「いままで樽のなかで見つかったのは、抗凝血剤の瓶とテディベアだけだ」

「恐れながら、少佐、メガホンでの案内はわれわれのうちのひとりにまかせてください」ボドマン博士が言った。「何しろ、安心させることに習熟していますから」

「患者との接し方ですよ、少佐」ラウケ博士が言った。

ラウケ、ボドマン、エントレスがそこで中座し、ツルツは意味ありげにとどまった。

「旧《ふる》き友よ」ツルツは言った。「荷おろし場《ランペ》から少し離れたほうがいい。ああ、きみがどれほど仕事に身を捧げているかは知っている。あまり無理をするな、パウル。わたしは医師として話している。癒し手として」

癒し手？　ふん、騙されるものか。だが、〝旧き友よ〟と言われて、なぜ嗚咽が喉もとまでこみあげ、鼻がつんとしたのだろう？

局部的なことはこのくらいにしよう。大局を見れば、実に喜ばしい報告になるが、その全容はまばゆいばかりに明るい！

秋から冬になり、一九四三年も間近に迫ったいまは、われわれが〝実績を評価〟し、ひと息入れながら過去を振り返るのにちょうどよい時期だ。たとえ手段を選ばずとも、われわれがひとり残らず超人となれるわけではない。この大いなる労苦《アンシュトレングング》（たとえば、モスクワを目前にしての恐ろしい敗北）のさなか、無力さと悲観の渦巻く悪夢に屈したことは幾度もあった。それはもう繰り返されまい。そう、晴れて主張しよう。われわれはやはり正しかったのだ《ヴィア・ハーベン・アルゾー・ドッホ・レヒト》！

救世主は十月一日の大演説で、ヴォルガ川流域にあるユダヤ‐ボリシェヴィズムの拠点の七、八割は制圧されたと明らかにし、あの街は月内に陥落すると予言した。これは結果として楽観的に過ぎる見通しだったが、クリスマスを待たずして廃墟の空に鉤十字がはためくであろうことはだれも疑うまい。残りの住民については、ウール大尉の話だと、女子供は強制退去、男どもは全員射殺となるらしい。これは容赦ない決断ではあるが、まちがいなく正しい――あの規模で犠牲となったアーリア人への当然の手向《たむ》けだ。

勝利主義というものに、わたしはいささかなりとも惹かれない。国民社会主義者は勝ち誇るとか、得意がるといったことをしないからだ。われわれは笑みひとつ浮かべず、むしろ歴史的に重要な責務をどう果たすかに目を向け、じっくり検討する。ユーラシアはわれわれの領土だ――認知された領主として、われわれは反乱を鎮め、西側の無抵抗な国々へも部隊を展開しながら、浄化を進めるだろう。フリードリヒ・パウルス大将と第六軍の勇士たちに乾杯。スターリングラードの戦いにおけるわれわれの必然の勝利万歳！

　シュムルがついにスプリング・メドウの死体の数を伝えにきた。

「ちょっと途方もない数だな」

「むしろ、見積もりが少なすぎたのでしょう」

「まあな。するとこれを二で割ればいいのだな？」

「それはもうやってあります」

　その数は、焼却という方法をとりはじめるまでの避難民だけでなく、カーベー近くの石炭燃料の焼却炉が長期にわたって使えなくなっていた一九四一年〜四二年の冬に自然死した基幹収容所《シュタムラーガー》の囚人も含まれているため、かなり多くなるはずではあった。

　それにしても。十万七千とは……。

「わたしたちみんな、あなたのスピーチにとても感動したわ」朝食の席でハンナが言った。

　わたしは静かにロールパンにバターを塗った。「なかなかうまくいったと思うね」

「考えてもみて。ナチ党員《ブラウンシャツ》が十四人も！　大虐殺ね。一度にそんな大勢の人が死ぬことがあった？」

「ああ。よくあることだ」

「茶色」ハンナは言った。「なんて素敵な色かしら。すばらしいものを連想させるわ」

「……どんなものを？」

「土よ、もちろん。大地を」ハンナはリンゴに手を伸ばした。「最後の一時間は残念だったわね、パウル。低体温症と凍傷の患者はどのくらい出たの？」

「うむ、殉教者ひとりにつき一分間の黙禱にすべきだったな。三分ではなく」

ハンナは言った、「《クルトとヴィリー》（英国BBCラジオがドイツ語で放送していた風刺番組）は五時からよ。少し抜粋を聞いたの。面白そうだったわ。パウル、一緒に聞きましょうよ。以前のわたしたちみたいに」

その聞き慣れない懐柔口調をわたしは警戒した。とはいえ、《クルトとヴィリー》に何を恐れることがある？　わたしは腿を叩いて言った、「《クルトとヴィリー》？　ああ、ぜひ聞こう。あれは好きな番組だ。クルトとヴィリーとは何カ月もご無沙汰だ。少々〝ズレて〟はいるが――BBCだからな！――まあしかし、《クルトとヴィリー》のどこに害がある？」

その日は一三：三七の輸送が一本だけだった。バルデマー・ツルツがメガホンで必要な案内をした。〝有蓋貨車の衛生状態がよくなかったことをお詫びします。しかし、だからこそ、熱いシャワーを浴びて軽い消毒を受けていただきます――ここは病気とは無縁で、今後発生することも望まないからです〟。堂に入っている、それは認めざるをえなかった。聴診器と白衣（黒いブーツ）がまた、よいではないか。〝そう、糖尿病を患っているかた、特別な食事が必要なかたは、ゲストハウスでの夕食後にボドマン医師に報告をお願いします。ありがとう〟。堂に入っている、まさに一流だ……。

茶色の小屋で、にわかに不穏な雰囲気が漂い、われわれみながよく知るかすれたつぶやきが聞こえたとき、手袋をはめていない左手に、冷たく湿った感触がじわりと広がった。見てみると、四、五歳の女の子に手をつかまれていた。わたしの反応は妙にゆっくりと現れた（うっと言って後ずさりした）。わたしはうめき声を抑え――努めて集中し、それ以上に動揺しながら――求められるとおりそこに立ちつづけ、どうにか義務を果たした。

一六：五五。主寝室。

「もうはじまっているか？　……そういえば、ヴィリーはあの車を果たして買ったんだろうか？」

窓を背にして椅子にすわったハンナは、意味ありげに着飾っていて、目に鮮やかなその装いが、湿ったガーゼのような秋空と対照をなしていた。身に着けている衣類は二点だけ（スリッパを履いているかどうかはわからない）――結婚式にわたしが贈ったロイヤルブルーの着物風ガウン（房付きの飾り帯、たっぷりした袖）。そして素肌の上には、あの特別な白いウンタークライト、つまり〝スリップ〟。二点目のこれも夫からの贈り物だ。ハンナがここＫＬに移ってくる前日に、〝カリフォルニア〟で物色してきた（ただ、次の夜に〝着てみないか〟と提案したところ、奥さまは気乗りがしないようだった）。入手方法に賛否はあるだろうが、それは赤ん坊の尻よりなめらかで、極薄で半ば透けるような乳白色のシルクを使った贅沢な品なのだ……。

「たまには軽いコメディもいい」わたしは言い、手をこすり合わせながら、ベッドの足もとの長椅子にゆったり腰掛けた。「聞きたいのは《クルトとヴィリー》だ――プロパガンダばかりじゃなく。クルトの義母はどうしているかな？　あの人はいつも笑わせてくれる」

ハンナは無言でダイヤルに手を伸ばした。

アコーディオンの軽快な音色に続いて、いかにもポツダム広場のビアホール《ビアストゥーベ》らしいざわめきとジョッキのふれ合う音が流れた。クルトとヴィリーは〝ドイツ流の挨拶〟を交わし——わたしに言わせれば、だいぶよそよそしく——それからベルリン訛りが聞こえてきた（〝g〟の発音が〝y〟とかに近くないか?）。


ヴィリー……調子はどうだ、クルト?

クルト……正直言って、あまりよくないね、ヴィリー。

ヴィリー……具合でも悪いのか? おいおい、顔が真っ青だぞ。

クルト……わかってる。だからブランデーを飲んでる。

ヴィリー……どういうことなのか話してくれ。

クルト……ああ。まったくやりきれないことがあったんだ。おれたちの上の階に、ほら、若いユダヤ人女性が住んでるだろ。科学者で、真面目な職業婦人って感じの。きょう、彼女がガス栓をひねって自殺した。一時間前に発見されたんだ。

ヴィリー……そんな。

クルト……東部への移送の通知を受けたばかりだった。

ヴィリー……そりゃ、やけになって当然だ!


わたしは笑みを浮かべているのが苦しくなってきた。脚を組み替えて言った、「ハンナ、よくわからないのだが、これは――」

「シーッ、パウル、聞こえないじゃない」

ヴィリー……なぜいまになるまで強制移送されていなかったのか解せないが。

クルト……ん？　ああ、彼女は兵器工場の技術者だったからな。なあヴィリー、おれたちも彼女を励まそうと、元気づけようとはしたんだ、ロッテとおれで。彼女の移送先はそうひどくないかもしれないと言って。移送ですむなら、まだいいほうだと……。

ヴィリー……いや、ちがうぞ。自宅のキッチンであっさり逝くほうがずっとずっと……。職場で聞いたから知ってるんだ。嘘じゃない。

ハンナが言った、「ヴィリーはどこで働いているんだった？」

「国民啓蒙・宣伝省だ」わたしはむっつりと言った。

クルト……何を言ってるんだ？　そんなことがほんとうにあるのか？

ヴィリー……ああ。あるんだ。

クルト……しかしなぜだ？　なんの意味がある？　非力な女性を――それも戦争努力に与している女性を？　まったくもって必要ないじゃないか！

ヴィリー……いや、クルト。必要なんだ。なぜか？　敗北の恐怖を植えつけるためさ。処罰される恐怖を。
クルト……けど、それがユダヤ人とどう関係する？
ヴィリー……おい《メンシュ》、わからないのか？　報いを受ける恐怖だ！　すべてのドイツ人が史上最大の
大量殺人に関与して――

「敵性放送《ファイントリヒャー・ルントフンク》ではないか！」わたしは激昂した。「勝利を疑うとは《ツヴァイフェル・アム・ズィーク》！　敵性放送だ！」

「……あら、クルトとヴィリーを責めないで」ハンナはことさら無気力に言った。「気の毒なヴィリー。気の毒なクルト。ほら聞いて。ふたりともブランデーのお代わりを頼んでいるわ。よほど気が滅入っているのね」

　そしてハンナは、わたしをうろたえさせることをした。立ちあがって、飾り帯をほどき、サファイア色のガウンをはだけて肩から落とし――スリップ姿になったのだ！　その体の喉《ケーレ》もとから太腿《オーバーシェンケル》までが糖衣で覆われたかのようで、胸《ブルステ》の輪郭も、へそ《バウフナーベル》のくぼみも、陰部《ゲシュレヒツオルガーネ》の三角形もはっきり見えた……。

「知っているの？」襟もとを引っ張りながら、ハンナは言った。「死んだ女性のうちの、どの人からこれを盗んだのか」スリップを両手でなでまわす。「知っているの？」

　ハンナはヘアブラシを手に取り、不遜な目をして髪を梳かしはじめた。

「おまえは……おまえは異常だ」わたしは言い、後ずさりして部屋を出た。

妻の話題が出たついでに、〝シュムル夫人〟の値段は、さていくらだろう？

ポーランドのゲットーにいるユダヤ人を探しあてるには、気負わず〝ユダヤ人居住区闇取引・不当利得取締局〟に頼ればよい。これはもともと、戦前の裏社会から人材を集め、ゲシュタポに報告義務を負っていた、ユダヤ人秩序警察の一部門だった。だが自然淘汰によりその役目を終え、いまでは密偵、垂れこみ屋、ぽん引き、売春婦がすべてを取り仕切っている。憲兵隊を非合法化する――そうやって被支配民族を〝締めつけ〟、蓄えられたその富に近づくのだ！

わたしは弱っていたので、気負わず〝ユダヤ人居住区闇取引・不当利得取締局〟に頼った。


ベルリンではそう恥ずべきことでもなかったのだろうね？〝民主主義〟というまったくドイツ的でない概念が崩壊しかけていたころには。あるいはミュンヘンでも？そのボタン穴に差した摘みたてのヤグルマギク並みにみずみずしく輝く、バラ色の頬をした十八歳の美女が、自分の倍の年齢と言ってもいい屈強な〝インテリ〟を追いまわすなどということは？

ベルリンでもミュンヘンでもたいしたことではないのだろう？だがあれは、公園と、石畳と、タマネギ形のドームのある、折り目正しきローゼンハイムでのことだった。友人のクリューガーがまだ青くさい少女をたらしこむブタ野郎になり果てているのは、だれの目にも明らかだった。それに、言いたくはないが、ハンナのほうも、同様に恥知らずだった――ああ、ハンナは暇さえあればクリューガーの耳もとに唇を寄せていた（指をそわつかせ、肌を紅潮させ、腿をねちっこくくねらせて）。ふたりがベルガー通《シュトラーセ》りでも特別いかがわしい下宿屋の隣り合った部屋に住んでいることも周知の事実だった……。

わたしの防衛本能が否応なく呼び覚まされた。ハンナとわたしは、この時期までとても友好的な関係にあった――友人のクリューガーは、いわゆる多忙な人間で、ハンナを公園での散歩や、数ある上品なカフェでのお茶に誘うと、ほぼいつも応じてくれた。よくないこととは知りつつも、わたしの誠実さと穏やかさに惹かれたのだと思う。まあ、ただひとつたしかなのは、ハンナが過激な政治思想にはまるで興味のない中産階級の女性だったということだ。あれでは心が通じ合っていたとは言いがたいのでは？　何度か、足音を忍ばせて彼女の屋根裏部屋への階段をのぼっていき、ぎょっとするようなあえぎ声に気づくことがあった――それは健康で衛生的な性行為《ゲシュレヒトリヒカイト》において控えめに漏れる、甘い吐息や震えるようなさえずりとはかけ離れていた！　それは耐えがたい苦悶の声だった。現にそのおかげで、わたしは牧師館にいたあのころに、ティニおばさんが双子の出産に難儀している声をひと晩じゅう聞かねばならなかった、十三歳のころに連れ戻された。

だれしも放ってはおけまい。このような後ろ暗い行為を。道徳秩序が空洞化していくのを。

このところ、日中でも夜間でも、わたしが荷おろし場《ランペ》に行くたびに恐ろしいことが起こるようだ――わたし個人の身に、ということだが。

「ニム・ダス」女は言った。

最初、それは比較的楽な移送になると思われた。円滑な降車、（ラウケ博士による）歓迎の言葉、手早い選別、森を抜けていく短いドライブ、従順な避難民、仲間内で小声のやりとりをしている、リーダー不在でも手際のいいゾンダーたちのチーム……。わたしが表のドアと脱衣室のあいだの廊下に立つと、若白髪のユダヤ女が、何か問いたげに慇懃な笑みを浮かべて近づいてきた。わたしは質問をよく聞こうと首を傾けさえした。突然荒れ狂った獣のように、その女は手を伸ばしてわたしの顔に――上唇、鼻、左目に――何かをなすりつけた。

「これでも食らえ《ニム・ダス》」女は言った。

シラミだ。

もちろんバルデマー・ツルツのもとへ直行した。

「一歩まちがえば大変なことになっていた。ついていたな、司令官」

わたしは怪訝な顔でツルツを見あげた（わたしはテーブルの上に寝かされ強い光を当てられていた）。「発疹チフス《フレックフィーバー》か？」わたしは尋ねた。

「うむ。ただ、カムチャツカシラミなら見ればわかる」ツルツはピンセットでつまんだ汚らしい小さなカニをわたしに見せながら言った、「こいつはヨーロッパのだ」

「ああ。移送されてきたのはオランダ人だった。ヴェステルボルクの通過収容所からではなかったか？」

「パウル、囚人《ヘフトリンゲ》どもは、ロシア人の死体からシラミの卵をつまみ取って、それをわれわれの制服の襟の下に滑りこませるのさ。洗濯ブロックにいる連中が。発疹チフス。いやな病気だ」

「ああ、クラネフス少尉もそれでやられた。プリューファーが対処することになっている。望みはなさそうだが」

ツルツは言った、「服は脱いで。きちんとたたんで、置いた場所を覚えておいてくれ」

「なんのために？」

ツルツはいまにも飛びかからんとするように身構えた。「……消毒のためだ！」

われわれはこらえきれずに大笑いした。

「パウル、さあ。念のためだ」

そういうことなら。これでだいぶ安心だ！

「これを着てください《ニム・ダス》」助手の女が言った。

アリシュ・ザイサーがHVの地下にある施設に配置換えされるよう取り計らって以来、彼女とふたりで貴重な時間を過ごせるようになった。

日々の激務を終えると（ほら、わたしは真夜中過ぎまで執務室にいることがあるだろう？）、わたしはいつも〝おやつ〟を持ってアリシュの様子を見にいく。たいてい――プルーンとか角形のチーズだが――アリシュはありがたそうに夢中で食べてくれる！

それで、われわれは何をするか？　何、ただ話をするだけだ。昔のこと、われわれの人生の春について、そして共通した思い出――愛すべきドイツの田舎の雑木林やあずまや――について。アリシュはポメラニアの金色の砂浜ではしゃいだ夏の話でわたしを楽しませ、わたしはハールト山地の森と漆黒の去勢馬、ヨンティ――流れるようなたてがみ、きらきらした瞳！――の話でアリシュの気を晴らした。

むろん、こういう計らいをするのは司令官として模範的とは言えない。

「だがここなら安全だ、アリシュ。少なくとも時期が過ぎるまでは——こうも熱心に選別が進められているうちは。カーベーだけでなく、手当たりしだいに選別がおこなわれている。あらゆる場所にわたしの目が届くわけではないからね」

アリシュはかぎりない尊敬と感謝の念を示してくれる。

「ええ、あなたを信頼しています、パウル」

不品行を疑われるようなことは微塵もない。わたしはアリシュを、ひとえに戦没した同志の寡婦として、尊重すべき存在と見ている。それ以上にアリシュを、わたしが正しく導いていかねばならない、いわば託された者、被後見人のように思っている。

アリシュは、せまい簡易ベッドにすわって、しかつめらしく膝の上で手を組み合わせている。わたしはすわるより、足載せ台と化学トイレのあいだのせまい空間で、歩くというか、くるくる向きを変えているほうがいい。

「……ときどき外の空気が恋しくなります、パウル」

「ああ、だが仕方ないのだ、アリシュ。保護拘置だからな?」

あのコミュニスト〝集団《グルッペ》〟、いかがわしいセルフサービス食堂の地下室での毎週の会合、果てしなく続く弁証法《ディアレクティク》——吐き気がする! 〝製品の価値化、経済基盤の上に成り立つ上部構造、貧窮化を増進させる法律……〟。もともと神政主義者で、次に君主主義者、そして軍国主義者となったわたしは、一時期マルクス主義に呪縛されていた――ついに『資本論《ダス・カピタール》』を脇へ押しやり、代わりに、『わが闘争《マイン・カンプフ》』の徹底研究に着手するまでは。啓蒙の到来は遅くなかった。三八二ページ――〝マルクス主義は、ユダヤ人カール・マルクスによる哲学的態度の転移にすぎない……明確な政治信条という形にした……そしてこれらすべては自民族への奉仕のためだ……マルクス主義そのものが組織的に世界をユダヤ人に引き渡そうともくろんでいる〟。これほど見事な論理に異を唱えることができようか。否――証明終わり《QED》。次の質問を。

……そう、当時のハンナには、堕落していく見苦しさのようなものがあった。KLのファーストレディ、パウル・ドル夫人にいずれそなわる落ち着きや物腰は、まだ身に着けていなかった。正直に言おう、つまるところ、未熟者の熱愛ほど胸が悪くなるものはない。恥ずかしげもなく関係をおおっぴらにし、幼子のようにいっとき太り、熱い息を吐く。わたしは友人のクリューガーがハンナに飽きるのをじっと待っていたが、果たしてそのとおりになった（クリューガーは出ていき、別の住まいへ移った）。だが、その後どうなった？

できれば、下宿屋の共同ラウンジを思い浮かべてもらいたい。レース編みのドイリー、鳩時計、隅で（音もなく放屁しながら）居眠りしている肥満ぎみのダックスフント。いかにも〝居心地のいい《ゲミュートリヒ》〟雰囲気ではないか？　恋に悩むハンナは、わたしと小さな丸テーブルにすわっていて、わたしは気のきいた同情の言葉をかけ、小さな贈り物《プティ・カドー》をし、優しく肩や腕を叩いて慰めるなどして、着実に彼女との距離を縮めていた。すると玄関のベルが鳴り、そうとも《ヤヴォール》、友人のクリューガーがラウンジのドアから鼻を突き出すのだ。クリューガーは指を鳴らして合図する必要さえなかった。ハンナは先に立って上階へ行き、ふたりは身を震わせてうめき合う逢瀬をまた繰り返すのだった。こういうことが何度も何度もあった。

ああ、しかし運命がわたしを救いにやってきた。ある夜、あの根っから無邪気な娘と汗まみれの再会を果たしたあと、われらがマルクス主義者の獅子はベルガー通《シュトラーセ》りで突撃隊《シュトゥルムアプタイルング》（H班）の痩せこけた若者の一団に奇襲された。クリューガーは猛烈な殴打を受けて重傷を負ったため、共産党《KP》と労働者トラストの連中がひそかに彼をベルリンへ逃がした。われわれの道はそれから四年半交わることはなかった。そして次にその姿を見たとき、友人のクリューガーはダッハウ強制収容所の懲罰房の床にうつぶせで倒れていた。心ゆくまで楽しむべきひとときではないか？　わたしは数人の同僚とともになかへ入り、ドアを施錠した。

それは一九三三年三月のことで、あの国会議事堂放火事件のあと、すべてがうまく運んだ。その事件を受けて、われわれはすべての敵性分子を違法化するという単純な措置を講じた。そして独裁政治へのアウトバーンが開けた。

国会議事堂放火事件を起こしたのは何者か？

マッチと男色の嗜好と出来すぎの身分証明書を持つ、混乱した一匹狼のオランダ共産党員ファン・デア・ルッベが起こしたのか？　否。われわれが自作自演したのか？　否。国会議事堂放火事件は、運命に、摂理によって引き起こされた。

あの二月二十七日の夜、国会議事堂は神《ゴット》によって火を放たれたのだ！

ハンナがわたしに尋ねた、「毎日坂をおりてくる、あの締まった体つきの男性はだれ？」

「シュムルのことだな」

「あんなに悲しい顔をしている人は見たことがないわ。それにわたしと目を合わせようとしないの。絶対に」

「ああ、あの男は配管班《クレンプナーコマンド》の班長だ」

親衛隊中佐のアイヒマンは、だいたいにおいて、自分の送り出す汽車ぽっぽに関して子供のようにこだわりが強い。しかし、ときとして移送する積み荷にもそのこだわりが及ぶことがある（すべての司令官の悪夢だ）。それはけさの深夜の時間帯のことだった。

手の震えがいまだに止まらず、ファノドルム三錠を流しこんだところだ。

わたしは拡声器を使うと言い張ったし、これは認めざるをえないが、事態はたちまち……。ただ、わたしが避難民をうまく騙せなくなっているとは認めまい。どういうことかと言えば、避難民のほうがやすやすとは騙されなくなっているのだ。そして（考えてみれば）理由は簡単だ。そう、われわれはこの困難を予期しておくべきだったのだが、人は生きながら学んでいくほかない。対象地域の人々は、〝だれひとり戻ってきていない〟という明白で反駁の余地のない事実から、独自の結論を導き出している。こうして彼らは二と二を足し、われわれは〝不意打ちの要素〟を失ってしまったのだ……。いや、少し言い方を変えよう。東部の土地でこうした〝移住者〟を何が待ち受けているのかという点で、われわれはもはや半信半疑にさせておく強みを持っていない。まさかそんなことが、と思わせておく決定的な強みを。

きょうの午後、当初の筋書きはものの見事に、あっけなく崩れ去った――避難民はやっと家畜運搬車からおりてきた。ツルツ教授とその仲間たちがまだ選別をはじめないうちに、八百人の男、女、子供がぬかるみのなかで逃げまどっていた。そこからはじまった――求め、模索し、探るような途方に暮れた泣き声、そして最初のまぎれもない悲鳴、そして鞭のしなり、痛撃、発砲。

九十分後、ある種の秩序がふたたび確立された――さまざまに強打され、鞭打たれ、銃剣で刺された六百人余りの生存者が、赤十字社のバンや救急車に乗せられた。わたしはプラットホームに立って両手を腰に当て、この小さな区画を掃除するのにどれくらい時間がかかるだろうと考えていた。だれかが叫び、警棒で方向を示した。そちらを見ると、予定より四時間早く、恐ろしい亡霊のような特別《ゾンダー》列車《ツーク》三一九号が、こちらへ向かって勾配をのぼってきていた。

そのあとのことは、しばらく忘れられないだろう――実際には、その日、幸運の女神がわれわれ親衛隊に微笑みかけたのだけれど。最初に思ったのは、これは保護拘置が、国家衛生の促進を目的とした別の活動、すなわちT４のコード名で呼ばれる〝安楽死作戦〟と連結された一例だということだった。二本目の列車は〝不治の病人〟の一団を運んでいた。この場合は、器質性の精神疾患を持つ人々だ。ただ、彼らは正常でないドイツ人ではなく、正常でないユダヤ人で、ユトレヒトの精神病院から来た大勢の患者だった。その避難民たちは、きれいな若い看護師に助けられながら、まだ死体が散らばり、袋を積みあげた数十のピラミッドから血が染み出て濡れている引きこみ線を、まったく平然と歩いていた。いつもの音響に、不気味に轟く笑い声が加わった。

白髪交じりの巻き毛の老人ふたり――双子――が、わたしに目を留めて凝視してきた。見るものすべてが物珍しいのか喜色満面のふたりは、村祭りをぶらぶら見物している頑健で羽振りのいい農夫のようだった。その先では、緑色の帆布の拘束衣を着た骨と皮ばかりのティーンエイジャーの少女が、衣類の包みにつまずき、顎から地面に倒れてゴツッといやな音がした。彼女は転がって仰向けになると、真っ白なヌードルのような両脚をばたばた蹴りあげた。まわりの面々は満足そうに眺めていたが、割りこんだ看守《アウフゼーアリン》のグレーゼが彼女のポニーテールの髪をつかんで引っ張り起こすと、拍手が起こった。

わたしはその夜、床に就くとき、茶色の小屋で嬉しそうに笑っている裸の双子の夢を見ませんようにと祈った。

……拘束衣を着ていると、転んだとき顔から地面に倒れてしまう。

拘束衣を着ていて、転んで顔から地面に倒れたら、もう起きあがることはできないのだ――自分ひとりでは。

「ざっと目を通してくれたかね?」

「はい。少しだけ。あまりわたし向きではないようです、パウル」

一週間前、わたしは夜ごとの会話を充実させる目的で、民族生物学に関する薄い専門書を二冊アリシュに貸した。だがあいにく、アリシュは活字にあまり興味がないらしい。HVでのアリシュの日々は、いかんせん、変化をもたらす出来事に乏しい(彼女のもとを訪れるのは当然わたしだけだから)。

そう、ぱっと気が晴れるような何かが起こるわけでもない——十一時半に金属のハンドルがまわされ、食事を載せたトレーが挿入口に押しこまれるだけだ。

　昨夜、われわれは互いの結婚当初の思い出話にふけった。アリシュはノイシュトレリッツで男らしい下士官のオルバルトに夢中になり、わたしはローゼンハイムで、のちにはミュンヘン近郊のヘーベルツハウゼンで、無分別なハンナに助言を与えた。アリシュは天に召された夫のことを話しながらはらりと涙をこぼし、わたしも気がつけば、自分の伴侶も他界したかのように（たとえば、出産の床で）哀切に語っていた。

　それは心洗われる時間で、わたしは去り際に、節度を欠かぬよう努めながら、アリシュの額——そのV字形の生え際（これがあると夫が早死にするという迷信がある）——にキスをした。

「ああ、可愛いシビル。なぜ泣いている？」
「マインラートよ。喉が腫れあがってるの。見にきて」
鼻疽は治った、ではマインラートの新たな芸は？　腺疫《せんえき》、それだ。

　東部戦線はどうなっているか？　わたしは忠実に、だがやきもきしながら国民受信機《フォルクスエンプフェンガー》でラジオを傾聴しているが、ベルリンから聞こえてくるのは、どうにも不可解な沈黙ばかりだ。まあ、知らせがないのはよい知らせじゃないか？　初めはそう思っていた。やがて疑問を覚えはじめた。

　しかし、詳しい軍事情報を仕入れるのにうってつけの相手はだれだろうか。メビウスでもウールでもない（両者とも恐ろしく寡黙だ）。ボリス・エルツでもない。エルツは陽気な性質《たち》で、むろん熱血漢にはちがいないが、狡猾で嫌味なたぐいのやつだ。わたしに言わせれば、無駄に賢すぎる（そういうやつならいくらでも名前を挙げられる）。

となると、案外、ここで頼るべきは若造のプリューファーかもしれない。ヴォルフラム・プリューファーにどれほどの欠点があるかは計り知れないが、あいつは忠誠無比のナチ党員だ。そのうえ、弟のイルムフリートはパウルスの部下ではなかったか？　それに、（クリスマスが近い目下のところは）郵便物ぐらいしかスターリングラードには出入りしていないようだ。

「ああ、われわれは勝利を収めますよ、司令官」将校食堂で昼食をとりながら、プリューファーは言った。「ドイツ兵は客観的状況など嘲笑っています」

「ああ、だがその客観的状況とはなんだ？」

「われわれは数で負けています。単純に数字を見れば。しかしですよ、ドイツ兵ひとりはロシア兵五人に値する。われわれには狂信と意志があります。非情な残忍さにおいて、敵はわれわれにかないません」

「ほんとうにそう言えるか、プリューファー？」わたしは言った。「抵抗勢力はきわめて手ごわいぞ」

「フランスや低地三国（ベルギー、オランダ、ルクセンブルク）とはわけがちがいます、少佐。文明国とは。彼らには優位の力に屈する才知と慎みがありました。しかしロシア人はしょせんタタール人とモンゴル人です。死ぬまで戦うことしか知りません」プリューファーは頭をかいた。「やつらは夜になると短剣を歯でくわえて下水溝から這いあがってくるんです」

「野蛮な。まるで獣だな。われわれはいまだにキリスト教精神に悩まされているというのに。これは第六軍、大将、それに〝青作戦《ブラウ》〟（一九四二年夏からのロシア南部侵攻作戦名）にとって何を意味する？」

「われわれの熱意をもってすれば？　勝利に疑いの余地はありません。もう少し時間がかかる、それだけです」

「供給が滞っているらしいな。いろいろ不足している」

「たしかに。燃料はほとんどありません。それに食料。馬を食べています」

「猫も、という噂だが」

「猫はもうやめていますよ。一時的な問題です。グムラクの飛行場を奪還しさえすればいいのです。それに、国防軍《ヴェアマハト》の兵士にとって、窮乏はなんの障害にもなりません」

「病気が流行っているそうだ。薬もあまりないんじゃないのか」

「気温は氷点下三十度ですが、暖かい衣類はたくさんあります。シラミにはほんとうに困ったものです。それに、油断も隙もないんですよ。この前の夜、イルムフリートが目を覚ますと、ばかでかいネズミが就寝用のウールの靴下越しに足の指を齧っていたそうです。凍傷のせいでその感覚がなかったとか。ああ、それと弾薬も。弾薬も切れかけているんでした」

「おいおい、弾薬なしでどうやって勝てというのだ？」

「ドイツ兵にとって、それしきの困難はなんでもありません」

「包囲される危険はないのか？」

「ドイツ勢は防御にも抜かりはありません」プリューファーは不安げに口をつぐみ、それから言った、「ただ、もしわたしがジューコフだったら、ルーマニア軍をまず片づけるでしょうね」

「ふん、ジューコフは農民《ムジーク》だ。愚鈍すぎてそんなことは考えつきもしまい。ドイツ軍の指揮官とは比較にもならん。ときに、パウルスの具合はどうなのだ？」

「赤痢のですか？　まだ臥《ふ》せっています、少佐。でも聞いてください。たとえわれわれが事実上包囲されたとしても、ジューコフはマンシュタインの救出部隊を阻むことはできないでしょう。マンシュタイン元帥がきっと果敢に突破します。そして彼の第六装甲師団が流れを変えるはずです」

「きみが言ったように、うむ、ヴォルフラム、敗北は生物学的に見てありえん。ユダヤ人と百姓を寄せ集めた烏合《うごう》の衆にわれわれが敗れることなどあろうか？　笑わせるな」


　ベルリンから同時に、むろんまったく無関係なふたりの訪問者があった。経済管理本部《WVHA》の巨漢ホルスト・スクラーツと、国家保安本部《RSHA》の軟弱なトリスタン・ベンツラーだ。そして相も変わらぬやりとりが繰り返された。

　スクラーツは戦時の経済のことしか頭にないのに対し、ベンツラーは国家の安泰のみを懸念している。言い換えれば、スクラーツが求めるのはより多くの奴隷、ベンツラーが求めるのはより多くの死体だ。

　いっそのこと、スクラーツとベンツラーを同じ部屋に閉じこめて不毛な議論をさせようかと考えたが、やめておいた。ふたりは個々に入退室し、わたしは何時間もすわって怒鳴りつけられているほかなかった。

両者の意見が一致していたのは、ひとつの話題についてのみだった。スクラーツもベンツラーも、わたしの帳簿づけと文書管理の質がどうこうと、失礼きわまる言葉でけちをつけた。

さらに、最初はベンツラー、次いでスクラーツが、示し合わせたかのように、ケルンにある強制収容所監察局の支部へわたしを異動させる可能性をほのめかした。階級がさがり、あらゆる実権を失うことになるにもかかわらず（給与の大幅な削減は言うまでもない）、ふたりともこれを〝昇進〟と呼んだ。そのうえ、ケルンはその地域の軍管区司令部に近く、絶えず爆撃を受けつづけている。

……やれやれ、ふたりはもう帰っていった。おそらくこれはたしかだ――事務処理全般に対して、もっと秩序立てた方法をとる必要がある。スクラーツにもベンツラーにも指摘されたが、HVのわたしのデスクの上は目も当てられない状態だ。うずたかく積もった書類の山。目当ての一枚はいったいどこにある？

給与削減だと？　強制収容所《コンツェントラツィオンスラーガー》を管理しているあいだに、いざというときの蓄えを――言うなれば〝虎の子〟を――を取っておけたのは、なんと幸運だったのだろう！

「急いで、パウル」

十二月の演奏会《デッツェンバー・コンツェルト》の日がもうやってきた！

その晩、わたしは時間に遅れていて、いくぶんうろたえて気が立っていた。というのも、あきれたことに、ハンナがいちばん高いハイヒールを履いて、髪も高く巻きあげていたので、玄関で合流したとき（公用車《ディーンストヴァーゲン》を待たせていた）、わたしが妻の半分しか背丈がないような印象になったからだ。これまで幾度となく本人に言ってきたように、ハンナは自然のままがいいのだ――ハイヒールなど履いてはいけない。

「いま行く！」

そこでわたしは書斎へ走り、愛用の〝竹馬〟を探した。悪いか？　ブーツに滑りこませて数センチ高さを稼ぐ革製のくさびだが？　ところが見あたらないので、《ダス・シュヴァルツェ・コーア》紙（親衛隊の機関紙、「黒い軍団」の意）の古い版をばらばらにし、四ページぶんを十六分の一に折りたたんで代用した。ドイツの女はハイヒールなど履いてはいけない。あれはパリやニューヨークのすかした尻軽女たちのものだ、シルクのストッキングやサテンのガーターベルトや――

「パウル！」

「わかった、わかった」

フュルステングルーベの劇場に到着し、照明が落ちる直前に、われわれが慌ただしく最前列中央の席に着いたとき、妬ましげな憧憬のざわめきが場内に広がった。告白しよう、わたしはこのとき、ちくりと痛みはともなうものの、温かく心を照らす誇らしさを感じていた。その場にいただれもが、司令官の遅刻を主寝室での衝動的な〝一戦〟のせいだと考えたにちがいない。悲しいことだ。この領域におけるドル夫人の嘆かわしい欠陥のことを、どうして彼らが知っていようか？　わたしはハンナの美しい顔――大きめの口《ムント》、しっかりした顎の骨《キーファー》、野性的な歯《ツァーネン》をしんみりと見つめていたが、やがて闇が訪れた。

……ほどなく心配になったのは、この大人数の集団のなかにいて、自分の意識が仕掛けたいたずらにまた引っかからずにいられるのだろうかということだった。前回のように、観衆を毒ガスで殺すという難易度の高い計画にじわじわ没頭していくことはなかった。だが、今回は早々に、背後にいる人たちがすでに死んでいるという妄想にとらわれた——すでに死んでいて、積み薪で焼却するべく最近掘り出されたのだと。にもかかわらず、アーリア人はなんといいにおいがすることか！　たとえその体を煙と炎に変えたとしても、燃えていく骨はその清々しい芳香を放ちつづけるだろう（これには確信が持てた）！

そして、何を隠そう、この〝トランス状態〟が最高潮に達したころ（催しもフィナーレに入った、バレエなどのあたりで）、救世主にわたしの発見を緊急に知らせる必要があるように思えた。〝自然の成り行きを経てあの世へ向かうときでも、チュートン人の子供たちは腐ったり異臭を発したりしない〟のだと。救世主とわたしは、ともに歴史の法廷に出向いてこれらの発見を呈示する——女神クレイオから、われわれの大義の正当性と断行する勇気をにこやかに称えてもらえるように……。そのとき、名残惜しいことに、すべてが終わり、喝采の嵐のなかで闇は逃げ去った。

わたしは笑みを浮かべたまま妻のほうを向いた。ハンナはいま、まったく恐ろしい形相をしていた——顎《キン》は張りつめて小刻みに震え、目《アウゲン》は赤く血走り、左の鼻《ナーゼンロッホ》孔のなかで鼻水の泡が唐突にはじけた。

「うわっ」わたしは思わず言った。

……トイレには長蛇の列ができていて、わたしがロビーに戻ったとき、妻はゼーディヒ夫妻とツルツ夫妻、加えてフリッツ・メビウス、アンゲルス・トムゼン、ドロゴ・ウールを含む一団と立ち話をしていた。微笑みかけるイルゼ・グレーゼにべたべたさわられながら、明らかに痛飲した様子のボリス・エルツが、顔を両手にうずめてその横にすわっていた。

「振り付けはサン＝レオンですよ」メビウスがゼーディヒに言っていた。「作曲はドリーブ」そして振り向くと、上背のあるメビウスはわたしを見おろした。「ああ、司令官。もうお耳に入っているんですね。少し元気がないようですし」

たしかに元気ではなかった。手洗所でわたしは、ブーツに詰めた新聞紙が汗でぐっしょり濡れているのに気づいた。おそらくそのせいで、喉が乾いて我慢できなくなり、錆びた蛇口から出てくる黄色っぽいぬるま湯を両手に受けて二杯ぶん飲んだ。いやな予感がしてそのままそこにいると、数分後に強烈な吐き気がこみあげてきて、小便器のブリキのボウルに狙いを定めて何度か嘔吐した。そのあいだに五人か六人、親衛隊員が入ってきては出ていった。いま、メビウスが声を張りあげてみなに告げていた。

「マンシュタインは進路を転じ、後退している。五十キロメートル西でジューコフ軍から大打撃を受けた」

場が静まりかえった。わたしはくるりと向きを変え、後ろで手を組んで歩きはじめた。ブーツからキュッキュッと音がした。

「さっき水たまりに足を踏み入れてしまってね！」わたしはいつもの快活さを取りもどして言った。「両足ともだ。運が悪い」この時点で――全員の目がわたしに注がれていたので――司令官としての立場で何か言わねばならないと感じた。「……いやしかし！」わたしは切り出した。「第六軍は孤軍奮闘を続けているのだろう？　スターリングラードの戦況については、たまたまかなり〝明るい〟のだ。プリューファーのおかげでな？　彼には弟が……ともかくわたしは確信している」続けて言う、「パウルスが必要なあらゆる方策をとって、必ずや包囲を回避するだろうと」

「パウル、何をいまさら《ヘアゴット・ノッホ・マール》、すでに包囲されていますよ」メビウスが言った。「ジューコフは数週間前にルーマニア軍を打ち破っていた。われわれは罠にかかったんです」

トムゼンが言った、「ドネツ盆地の石油よ、さらば。ブナ‐ヴェルケの石油プラントに期待しましょう。それより、ドル夫人、それにウール夫人――娘さんたちはお元気ですか？」

……翌日、国民社会主義《ナツィオナールゾツィアリスティシェ》局にしっかりと合わせたわたしの国民受信機《フォルクスエンプフェンガー》は、コーカサスでのわれわれの〝英雄的な抵抗〟を強調し、第六軍をテルモピュライのスパルタ軍になぞらえていた。しかし、そのスパルタ軍は全滅したのではなかったか？

ハンナが、バスルームですこぶる奇妙なことをはじめた。見えるのは脚から下だけ――タオルラックのそばの椅子にすわっているからだ。指の長い両足を曲げたり伸ばしたりしている。まるで……淫らな夢想にでもふけっているかのように。きっと、クリューガーと夜ごとに（午後にも、朝にも）繰り返したあれやこれやを思い出しているのだ。クリューガー（そして戦後の再会？）を思って、膣《フォッツェ》を熱く濡らしているのだ。

まあ、トムゼンとは無関係だ。行事の折を除いてふたりが近づくことはなかった。あの男の存在がなくなったいま、シュタインケは当然クビにした（そして将来困った事態にならないよう、お決まりの手順を用いて始末させた）。

クリューガーは生きている。党官房からの確証をいまかいまかと待っているところだ。

それを手に入れたら、ジグソーパズルのもう一枚のピースをはめこむのだ。


若造のプリューファーは、不運な弟とちがい、クリスマスに帰省していた。そして戻ってくるなり、わたしは間髪入れずにこう詰め寄った、

「第六軍が包囲されたことを知っていたのか？」

「はい。包囲されてもうひと月以上になります」

「なぜそれをわたしに知らせなかった？　こっちはてっきり……」

「そんな危険は冒せません、少佐。いまや大変な重罪なのですよ――そんなことを手紙に書くのは。イルムフリートは赤ちゃん暗号で伝えてきました」

「赤ちゃん暗号？」

「兄弟のあいだだけで通じる言葉です。ですからわたしにしか解読できません。少佐には申しわけありませんが、弟を窮地に追いこみたくなかったのです。弟はまだ持ちこたえてくれると思います。みな氷柱《つらら》みたいになっていると書いてありました。二週間前、何人かがラバの腐った死骸の首を切り落

としているのを見たそうです。その脳みそを素手で食べたとか」

「ううむ。だがドイツ兵ならそれしきのことは……。士気はどうなのだ？」

「正直なところ、あまり高くはないでしょう。クリスマスイヴに、兵士たちは子供のように泣いていたらしいです。これは神からの罰だと信じこんでいるのです、自分たちのウクライナでの所行に対する。去年の」

「ああ。去年のあれか」わたしは考えこみ、ややあってプリューファーが言った、

「でもご安心ください、司令官。降伏はいっさい考えていないはずです。彼らはただの兵士ではなく、国民社会主義者ですから。ことにフリードリヒ・パウルスは、鋼を鍛えて造られたような勇士です。みな弾丸が尽きるまで戦うでしょう」

「弾丸はまだあるのか？」

若きプリューファーは真剣な面持ちで感情の昂りを抑え、かすれ声で言った。

「ドイツの戦士は死に方を心得ていると、わたしは信じます。ドイツの戦士は生きるべきか死ぬべきか《ザイン・オーダー・ニヒトザイン》の意味を理解していると思います。ええ、そうですとも。ドイツの戦士は、それがどういうことなのかわかっています、きっと」

「つまりどうなるのだ、ヴォルフラム？」

「そうですね。元帥はもちろん、みずから命を絶たねばならないでしょう。いずれは。そして第六軍は栄光の嵐のなかで倒れます。敵も大きな犠牲を払わずにはすまない――それはたしかでしょう。そして少佐、最後に勝者となるのは？　ドイツの威信です。そしてドイツの誉れです、司令官！」

「まちがいない」わたしは同意した。居住まいを正し、深く息を吸う。「威信についてはまさにそのとおりだ、大尉。百万の兵のうち四分の一が、理想のために喜んで命を捨てるとなれば……」

「ええ、少佐？」

「公式声明《コミュニケ》を出すも同然だ、ヴォルフラム、世界が震撼するぞ。死ぬまで戦い抜く《ゲーラ・モール》。降伏はせぬ！」

「ブラヴォー、司令官」プリューファーは言った。「降伏はせぬ。そうだ！　そうでなくては！」


実にうまくいっていた、今度ばかりは実にうまくいっていた、そして彼らはみな静かに服を脱いでいた、そして茶色の小屋はとても暖かかった、そしてシュムルがそこにいて、配下のゾンダーたちが人波を縫って歩いていた、すべてがすばらしく順調に進んでいて、外では鳥が実に美しくさえずっていた、そしてわたしは、うるんだようにぼやけた幕間のあいだ、自分がこう〝信じて〟さえいることに気づいた――われわれがほんとうは、ひどく不遇なこれらの人々に奉仕しているのだと、ほんとうは彼らを洗浄し、服を着替えさせ、食事をさせ、ひと晩暖かいベッドを与えるのだと――そしてわたしは、だれかがそれを台なしにすることを、だれかがそれを打ち崩してわたしの悪夢を猛り狂わせることを知っていた、そして彼女がわたしに向かってきた、威嚇するでも呪うでもなく、そう、まったくそんなふうではなく、一糸まとわぬ、どこから見てもはっとするほど美しい、うら若き女性が、肩をすくめてわたしに向かってきて、ゆっくりと両手をあげる動作をし、微笑みらしきものを浮かべ、いま一度肩をすくめると、たった一語を発して立ち去った。

「十八」と彼女は言った。

来年の話はまだ少し早いことは認めるが、一九四三年は、この時点ですでに、相当な失望を味わうことが確定している。

これ以上面倒なことになる前に、重荷をおろしてしまうつもりだ。アリシュ・ザイサーは、ふたりのあいだでは婉曲にこう言っているとおり、〝いままでとはちがう状況にある〟。それはわたしも同じだ。

アリシュは妊娠している。

これを知ってふて寝したわたしは、〇六：三〇に起き、階下へおりてひとりで朝食をとった。玄関ドアをそっけなくノックする音に続いて、メイドがすり足で歩いてくる音が聞こえた。

「ベルリンからこちらが届きました」

「そこに置いてくれ、フミリア。トーストラックに立てかけて。それとダージリンティーのお代わりを」

わたしは慌てず食事を続けた、ヨーグルト、チーズ、サラミ……。

ディーター・クリューガーの投獄歴は空白だらけだった。太陽を少々長く見すぎると、しばらくのあいだ、目の焦点が脈打つようにぼやける。ハンナの想い人は、そのねちっこい脈動の後ろに隠れていた。いままでは。

わたしは手の切れるような白い封筒に手を伸ばした。わたしの名前が墨で記されている。党官房の金色の紋章。震えない手で両切り葉巻に火をつけ、ナイフを手にする。封書の喉を切り裂き、友人クリューガーの状況と行方をこの目でたしかめるべく身構えた。報告の内容はこうだ――

ドル親衛隊少佐どの
ディーター・クリューガー。ライプツィヒ、一九三四年一月十二日。逃亡中に射殺《アウフ・デア・フルフト・エアショッセン》。
親しみをこめた賛辞とともに、
MB

……逃亡中に射殺！

逃亡中に射殺――さまざまな運命を包含する定型文。逃亡中に射殺。あるいは、別の言い方をすれば、撃たれて死んだ。あるいは、さらに別の言い方をすれば、蹴られて、鞭打たれて、棍棒で殴られて、首を絞められて、飢えて、凍えて、拷問されて死んだ。だが死んだことにはちがいない。

考えられる説明はふたつしかない。アンゲルス・トムゼンが誤った情報を与えられた、でなければ、何か理由があってトムゼンがハンナに誤った情報を与えた。だとしても――なぜトムゼンはそんなことをする？

〝スターリングラードの最後の英雄的な闘士たちは〟わたしの忠実なる国民受信機《フォルクスエンプフェンガー》が抑揚たっぷりに伝えた、〝手を挙げて、おそらく人生最後となる国歌斉唱をしました。ドイツの戦士たちは、この大変な時代になんという模範を示したのでしょう。スターリングラードにおけるわが国の英雄たちの犠牲は無駄ではありませんでした。そして未来がその理由をわれわれに示してくれるでしょう……〃。

時間——〇七：四三。場所——やや散らかったわたしの書斎。わたしは二月十八日にベルリンのスポーツ宮殿でおこなわれた国民啓蒙・宣伝大臣ヨーゼフ・ゲッベルスの重要な演説の録音を聞いていた。とにかく長い演説で、鳴りやまぬ嵐のような拍手によって、かなり延長された。ことに長引いた大喝采のあいだに、《フェルキッシャー・ベオバハター》紙の最新版の優れた社説を読み、さらに読み返す時間があった。そして結論は？　〃彼らはドイツが生き残るために死んだのだ〃。大臣はと言えば、総力戦の呼びかけで大演説を締めくくった。〃国民よ、立ちあがれ！　嵐よ、吹き荒れろ！〃。

口笛と足を踏み鳴らす音がようやくやむと、こういう試練の時こそ同志の交わりと連帯が必要だと感じ、わたしは将校クラブへ急いだ。そこで、似たような考えで朝の一杯を楽しんでいるメビウスを見つけた。

わたしはグラスを満たし、言うべきことを——われわれの重苦しい気分に似つかわしい言葉を——探した。

「ああ、少尉」わたしは穏やかに言った。「〃友のために自分の命を捨てること、〃……」

「なんですか、いきなり？」

「〃これ以上に大きな愛はない〃（ヨハネによる福音書十五章十三節より）」

「まったくもう《フェアダムト・ノッホ・マール》、パウル、どこで情報を仕入れているんです？　国民受信機《フォルクスエンプフェンガー》ですか？　彼らは命を捨てていませんよ。降伏したんです」

「降伏《カピトゥラツィオン》だと？　ありえん《ウンメーグリヒ》！」

「死者十五万人、捕虜十万人です。敵がこれをどう利用しようとしているか、見当がつきますか？」

「……プロパガンダか？」

「そう。プロパガンダです。頼みますよ、パウル、しっかりしてください」メビウスは大きくため息をついた。「ロンドンではすでに、〝スターリングラードの剣〟なるものを製錬しています――〝国王の命によって〟。チャーチルは今度の首脳会談で、それを直々に〝巨人スターリン〟へ贈呈するつもりでいます。そんなのはほんの手はじめです」

「ううむ、それはちょっと……ああ、だが少尉、元帥のフリードリヒ・パウルス。あの男は真の戦士のように、ローマ人のように、みずから命を――」

「ああ、まだそんな寝言《フェアピス・ディヒ》を、絶つわけがないでしょう。モスクワでうまく立ちまわっていますよ」


その夜、わたしは悄然として屋敷に戻った。ずっとそばにいてくれると思っていた妻に、少なくとも心のなかで欺かれ、裏切られていたことがしだいに明らかになってきた……。あれはトムゼンだった。ハンナの胸《ブーゼン》を膨らませていたのは、体液《ゼフテ》を沸き立たせていたのはトムゼンだったのだ。ただ、それはわたしが知るはずのないことだ、そうだろう？

わたしはドアを押しあけた。ハンナはベッドを横切る向きで寝そべっていて、例の敵国のラジオから、非の打ち所のない高等なドイツ語で、こんな声が流れていた――〝いま、世界の文明諸国はファシストという野獣に立ち向かう態勢をしかと整えている。その狂気の蛮行が、血みどろの戦争のなか、

立ちこめた霧やくさい息にまぎれていた時期はもう過ぎ去った。すぐにも――〃

「これをしゃべっているのはだれだ？」

「パウルスよ」ハンナは愉快そうに言った。

　腋の下がひりひり火照るのを感じた。わたしは言った。「クリューガー。やつは死んだ」

「ええ。そう聞いてるわ」

「だったらなぜ、そんなに嬉しそうにしている？」

「この戦争は負けだから」

「……ハンナ、おまえはたったいま犯罪を犯したぞ。それは」手指の爪をしげしげと眺めながら（爪ブラシで汚れを落とさねばと気づいた）、わたしは言った、「厳罰に処されても仕方のない犯罪だ」

「勝利を疑った罪ね。ねえ、パウル。あなたも勝利を疑っているの？」

　わたしは精いっぱい背筋を伸ばしてこう言った、「われわれが広く覇権を握ることはないかもしれないが、敗北することはありえない。それは休戦というのだ、ハンナ。休戦協定だ。われわれはただ条件を申し立てることになる」

「あら、そんなことにはならないわ。あなたも敵国のラジオを聞くべきね、パウル。連合国は無条件降伏《ウンエアヘアト》しか受け入れないわよ」

「ばかな！」

　ハンナはあのいわく付きのスリップをまとって、横向きに寝そべっていた。太腿の上の褐色に輝く茂みは、女の巨人のそれのようだ。「あなたはどうなるかしらね？」寝返りを打ち、臀部《ヒンタータイル》の膨らみと割れ目をわたしのほうに向けながら、ハンナは尋ねた、「何をしたのか知られたら」

「ほう。戦争犯罪か？」

「いいえ。犯罪。ただの犯罪。戦争がらみだったとは知らなかったわ」ハンナは顔だけこちらへ振り向けて、笑みを浮かべた。「あなたはただ絞首刑になると思う。そうでしょ？　ちがう《ニヒト・ヴァー》？」

わたしは言った、「そしておまえは自由になる」

「ええ。あなたは死んで、わたしは自由になる」

そう来たか。だが応酬などする気もなかった。わたしの意識は、もっと興味をそそるもの——ゾンダーコマンド班長、シュムルによる創造的絶滅《クレアティーヴェ・フェアニヒトゥング》に向いていた。

3 シュムル――物言わぬ少年たちの時間

わたしは九月で三十五歳になります。この平叙文にほとんど意図はありません――ただ、ふたつの誤った事実が含まれています。九月になってもわたしはまだ三十四歳でしょう。そしてわたしは死んでいるでしょう。

日がのぼるたびに、わたしは自分に言い聞かせます。「いや。きょうはだめだ」日が沈むたびに、自分に言い聞かせます。「いや。今夜はだめだ」

不確かな命には、どこか子供じみたところがあるとわかります。ただその時その時を生きているというのは、なんだか子供じみています。

こう言えるのは、なんとすばらしいことでしょう――〝浅はか〟だとそしられても、わたしは抗弁できません。愚か者の楽園に、ましてや愚か者の地獄などにしがみつくのは、たしかに浅はかで、ばかげています。

東部でのドイツの敗北後、収容所は静けさに包まれます。これもまた凡俗な言い方ですが――〝死ぬほどの恥ずかしさ〟という発作に襲われたようなものです。勝利のためにいかに無謀な賭けをしているかを、彼らは痛感しています。国家によって合法化されたとんでもない犯罪が、ほかのどの場所でも違法のままであることにようやく気づいたというわけです。こういうムードが続いたのは五、六日のことで、いまとなっては比較的好ましい記憶にすぎません。

至るところで選別がおこなわれています――荷《ラ》おろし場《ンペ》やカーベーではもちろん、ブロック内、点呼広場、そしてゲートでも。ゲートで、各班《コマンド》の労働者は、ときには一日に二度、出ていくときと戻ってきたときに、選別に直面します。肉を毟りとられた鶏の叉骨《さこつ》――毟られ、しゃぶりつくされた鶏の叉骨――を思わせる体つきの男たちが、懸命に胸板を膨らませ、きびきび歩こうとします。

ドイツ人はアングロサクソン人やスラヴ人との戦争に勝つことはできません。けれども、彼らがユダヤ人との戦争に勝つときはおそらく来るでしょう。

荷《ラ》おろし場《ンペ》でのドルは、このところ様子がちがいます。努力しているようです。以前ほどだらしなく見えませんし、明らかに酒が入っていたり二日酔いだったりする（またはその両方）ことはほとんどありません。話し方も――妙なことに――より自信に満ち、より仰々しくなっています。わたしの見るところ、ドルはいまもきわめて異常ですし、そうであって当然なのです。狂気の目盛りをあげる以外に、彼らに何ができるでしょう？　ドルは再認識しています。心の深奥にいる自己と対話し、そう、ユダヤ人を皆殺しにするのは正しいことだと悟ったのです。

ゾンダーたちはゼーレンモルト――魂の死――を経験しました。しかしドイツ人もそれを経験したのです。わたしにはわかります。そうとしか考えられません。

わたしはもう死を恐れていませんが、死ぬことは恐れています。死ぬ瞬間が怖いのは、苦痛を感じることになるからです。わたしが生にしがみついている理由はそれだけです――生を手放せば苦痛を感じることになるという事実。苦痛は避けられません。

いろいろ見てきた経験上、六十秒も経たずに死に至ることはありません。たとえうなじを撃たれ、糸を切られた操り人形のように倒れたとしても、ほんとうに死ぬまでに必ず六十秒くらいはかかります。

だからわたしはいまだに、殺されるその瞬間が怖いのです。

ドルが次に会いにきたとき、わたしは死体置き場で散髪班と口腔班の監督をしています。散髪班の班員は大きいハサミを使って作業にあたります。口腔班の班員は、片手にのみか小さいなりに重い金槌を持ち、もう片方の手で先のまるいフックを顎に引っかけて作業にあたります。隅のベンチで、親衛隊の歯科医が居眠りしながら唇を舐めています。

「ゾンダーコマンド班長。こっちへ」

「はい」

ルガーを抜いているけれど構えてはいない状態で（ルガーの重みで右手が脇に垂れているかのよう

に）、ドルはわたしに前を歩かせて、ホースやほうき、ブラシや漂白剤が保管された倉庫に連れていきます。

「予定表に日付を書いておけ」

目の前にソーセージ《ヴルスト》が一本あり、それを食べると、背後にまたヴルストが現れます。目の前にシュナップスが一本あり、それを飲むと、背後にまたシュナップスが現れます。目の前に暖かい寝具があり、そこで眠ると、背後にまた寝具が現れます。この先には昼か夜がありますが、このあとにも昼か夜が控えています。

以前は悪夢というものに――その知性と芸術性に――このうえない敬意を抱いていました。いまでは悪夢を不憫に思っています。わたしが終日していることよりわずかでも恐ろしい夢をなかなかひねり出せず、創意を捨ててしまったのです。わたしはもう、清潔さと食べ物の夢しか見ません。

「……四月三十日。それを心に留めておくのだ、ゾンダーコマンド班長。ヴァルプルギスの夜だ」

きょうは三月十日。永遠の命を授かったような気がします。

「場所は？」ドルは続けます。「茶色の小屋か？　涙の壁か？　時間は？　一〇〇〇時か？　一四〇〇時か？　それに手段は？　……これだけの選択をするとなると、さぞ悩ましいだろうな、ゾンダー」

「はい」

「ただわたしを信用してみてはどうだ？」

こういう人たち、親衛隊の死の首領は、その九〇パーセントがかつてはごく普通の人間だったでしょう。普通で、平凡で、凡庸で、ありふれた――正常な人間。かつてはごく普通だった人間。しかしもはや普通ではありません。

「簡単に逝くんじゃないぞ、ゾンダー。おさらばする前に、わたしに奉仕してもらわなくてはな。心配するな。すべてこの司令官にまかせろ」

その日、ヘウムノは耳が聞こえなくなるほどの寒さでした。おそらくそれがすべてであり、それしか意味しないのでしょう――〝物言わぬ少年たちの時間〟は。

でもちがいます。木々のあいだを風が吹き抜けていて、その音が聞こえました。朝の五時から夕方五時まで、ドイツの権力者が鞭を使っていて、その音が聞こえました。城の収容所《シュロスラーガー》からひっきりなしにやってくる三台のガス殺用のトラックが森の収容所《ヴァルトラーガー》で荷をおろし、そのあとふたたび発砲する音が聞こえました。

一九四二年一月二十一日、その数が非常に多かったため、親衛隊と秩序警察《オルポ》は、死体を合同墓地に引きずっていく特別部隊を手伝わせるべく、さらに百人のユダヤ人を選び出しました。この補助部隊はティーンエイジャーの少年たちで構成されていました。彼らは食べ物も水も与えられず、雪と硬くなった泥のなかを、裸で鞭打たれながら十二時間働きました。

光が薄れてきたとき、ランゲ大尉は少年たちを穴へ連れていき、ひとりずつ射殺しました——その音が聞こえました。終わりに近づくと弾が切れてしまい、拳銃の握りで頭蓋骨を殴打しました。その音も聞こえました。けれども少年たちは、押し合ってわれ先に列に並ぼうとし、声ひとつ立てませんでした。

そしてドルは、まだこう続けます。

「おまえの妻は、黒髪で、真ん中に筋状の白髪がある。スカンクの模様みたいに。ちがうか？《ニヒト・ヴァー》」

わたしは肩をすくめます。

「実入りのいい仕事をしているな、おまえのシュラミートは。腕のいいお針子で、国防軍《ヴェアマハト》の軍服に鉤十字を縫いつけている。一〇四番縫製工場で。夜にはトゥォマツキエ通りのパン屋の上の屋根裏部屋に帰る。そうじゃないのか、ゾンダー？」

わたしは肩をすくめます。

「五月一日に連行される予定だ。いい日だな、ゾンダー——封鎖三周年だ」歯垢のこびりついた上の歯を見せて、ドルは言います。「ユダヤ人貧民街の。おまえの妻は五月一日に連行され、ここへ向かうことになる。シュラミートに会うのが待ちきれないか？」

「いいえ」

「なら手間を省いてやろう。わたしは感傷的な中年男だ。その日にウッチでシュラミートを始末させよう。五月一日。その朝、わたしが命令を取り消さないかぎり決行される。わかったな？」

わたしは言います、「はい」

「聞かせてくれ。シュラミートには満足していたか？　永遠の春みたいな夫婦だったのか？」

わたしは肩をすくめます。

「うむ、妻と離れているあいだに、おまえが落ちぶれたわけを話してみる必要があるんじゃないか。少しは自分を解放しろ。ああ、女性を蔑むほど最低なことはない。おまえのシュラミートは、大柄な女だったな。シュラミートはおまえとのセックスが好きだったか、ゾンダー？」

一九三九年八月三十一日は、木曜日でした。

わたしは学校から息子たちと歩いて家に帰りました、澄みきった、それほどきつくない日差しのなかを。それから家族でチキンスープと黒パンの夕食をとりました。友人や親戚がちょっと顔を見せては、みな尋ねてきました、結集の準備が遅すぎただろうか、と。大きな不安と、恐怖さえ漂っていましたが、結束と撥ね返す力も感じられました（なんと言っても、十九年前に赤軍を打ち負かした国でしたから）。長いチェスの対局、いつものおしゃべり、いつもの微笑みと目配せもあり、その夜ベッドでわたしは挑みかかるように妻を抱きました。六日後、無惨に壊された街は腐っていく馬でいっぱいになりました。

あの最初の移送列車に乗って、有給の仕事があるものと期待してドイツへ向かったとき、わたしは息子たちを連れていきました。十五歳のハイム、十六歳のショルは、ふたりとも母親に似て体格がよく、長身でした。

物言わぬ少年たちのなかに、息子ふたりもいました。

そして結局、こんなことになりました。

「悩むな、ゾンダー。だれを殺すかはいずれ教える」

第5章　生と死

1　トムゼン——帝国における優先順位

「いや、ここは好きですよ、叔母さん、現実から切り離された休暇みたいなものだ」

「昔ながらの月並みな家庭生活よ」

「まさしく」

十二歳のアドルフ（名づけ親その人の名をもらった）、九歳のルディ（名づけ親である元副総統ルドルフ・ヘスの名をもらった）、七歳のハイニー（名づけ親である親衛隊全国指導者ハインリヒ・ヒムラーの名をもらった）がいた。また、三人の娘イルゼ（十一歳）、イルムガルト（四歳）、エーファ（二歳）と、もうひとりの男児、ハルトムート（一歳）がいた。そしてそのクリスマス、ボルマン夫人は特別なニュースをみなに伝えた——妊娠していると。

「これで八人になりますね、叔母さん」おれは叔母に続いてキッチンに入りながら言った——マツ材の床、食器棚、色も形もとりどりの陶磁器。「まだ産むつもりですか？」

「そうね、十人ほしいわ。そうしたら最高の勲章をもらえるでしょう。いずれにしても、八人じゃなく九人になるのよ。もう八人いるから。エーレンガルトがいたでしょう」

「たしかに、そうでした」おれは図々しく続けた（ゲルダはゲルダだ）、「すみません、でもエーレンガルトは数に入りますかね？　それ、手伝いましょうか？」

「入りますとも」ゲルダは料理用ミトンをはめた手とぷるぷる震える前腕で、ビデほどの大きさのキャセロールをオーブンから出してコンロに載せた。「ええ、死んだ子も数に入るわ。生きていなくてもいいの。ハルトムートが生まれて、わたしが金の母親十字章《ムタークロイツ》（第二次大戦中、子だくさんの母親の国家への貢献を称えて授与された勲章）を申請したとき、こんなふうに言われたとでも？　〝あなたには金の母親十字章を授与できません。ひとりは他界されていますから、お子さんは七人だけでしょう？〟なんて」

おれは椅子の上で伸びをしながら言った、「ああ思い出した。あのとき勲章が銀から金に変わったんでしたね、叔母さん。ハルトムートが生まれて。誇らしい日だった。さあ、何か手伝わせてくださいよ」

「ばか言わないでちょうだい。そこにすわってて。一杯飲んで——これは何かしら——トロッケンベーレンアウスレーゼ（最高等級の貴腐ワイン）？　ほら。ロールモップ（巻いたニシンの切り身のマリネ）でもつまんで。あの子たちに何をあげるつもりなの？」

「子供たちに？　いつものように現金ですよ。年齢によってきっちり差をつけて」

「あなたはいつもたくさんあげすぎよ。つけあがってしまうわ」

「……考えていたんですが、十人目が男の子だったら、ちょっとややこしいかもしれませんね」おれは言った（そういう赤ん坊は必然的にアドルフと呼ばれ、同じ名づけ親があてがわれる）。「アドルフがふたりになってしまう」

「大丈夫よ。うちではもう長男をアドルフ・クロンツィと呼んでいるの。念のために」

「それはいい。ところで、ルディをルディと呼んでしまってすみません。つまり、ヘルムートをルディと呼んでしまって」

ルディの名前は、その人たらしの術と千里眼で名高い（そして帝国のナンバースリーの）ルドルフ・ヘスが、名前を聞いた覚えのあったハミルトン公爵なる人物との停戦交渉をもくろんで、一九四一年五月に単独でスコットランドへ飛んだ事件のあと、裁判所命令によって変更されていた。

「謝ることないわ」ゲルダは言った。「わたしはずっとルディをルディと呼んでいるわよ。つまり、ヘルムート・ルディと呼んでいるわけ。ああ、それで思い出した。イルゼのことはイルゼと呼ばないでね。イルゼはいま〝アイケ〟と名乗っているの。ヘス夫人の名前をもらっていたから、いまはアイケよ」

七人ぶんの食卓を整え、幼児用の椅子を二脚用意しながら、ゲルダ叔母さんは家で雇っているさまざまなスタッフ――（粗忽者の）女性家庭教師、（小ずるい）庭師、（身持ちの悪い）家政婦、（盗み癖のある）乳母――の逸話を語った。それからふっと口をつぐみ、物思いに沈んだ。

「生きていなくてもいいの」ゲルダは言った。「死んだ子も数に入るのよ」

一方、ゲルダの夫で、ヴィルヘルム通《シュトラーセ》りの黒幕たる、党の官房長は、家族の集まりに加わるべく、ここバイエルン州南部、プラッハの懐かしのわが家へ向かっているところだった。それまでどこにいたのか？　バイエルン・アルプスのベルヒテスガーデン近郊オーバーザルツベルクにある山荘――

〃ベルクホーフ〃として知られる総統の公的な別邸だ。その山頂にある別荘〃ケールシュタインハウス〃は、詩人や夢想家たちに〃鷲の巣〃と呼ばれている……。

急に憤然として、ゲルダは言った、「数に入るに決まっているわ。特にこのごろではね。そうしないとだれも十人なんて達成できないでしょうよ」とせせら笑う。「ええ、死んだ子も数に入りますとも」

午前の半ばだった。叔父のマルティンが廊下のテーブルの前で身をかがめ、膨大な量の郵便物を仕分けして積みあげていた。

「保安部《SD》の三階にいる、スカートを穿いた職員のことはもちろん覚えているだろう、ゴーロ？　おまえのことだからな。そうと見込んで、ひとつ助けてもらいたい」

「どういった件ですか？」

「あそこにいる女性職員のことなんだが……。それより、これをちょっと運んでくれるか、ゴーロ。両腕を出して。そこに積むぞ」

世界大戦が新たな方向へ展開しつつあり、ドイツの地史的将来が危ぶまれ、国民社会主義の存在そのものが危機に瀕しているいま、ナチ党全国指導者には注視すべきことが山ほどあった。

「優先順位だ、ゴーロ。重要なことを最初に。わかるか」マルティンは寛容に言った、「ボスは野菜スープに目がないんだ。野菜スープに依存していると言ってもいい。肉も、魚も、鶏も断ってしまったら、ゴーロ、おまえもそうなるかもしれない。それでだ。ベルクホーフにいる専属の料理人に、実はユダヤ人の祖母がいたことが発覚する。そんな素性の者にボスのための料理を作らせるわけにはいかない」

「それはいけません」

「わたしはその料理人を解雇する。するとどうなる？　ボスがそれを取り消す――そして料理人は戻ってくる！」

「野菜スープが優先なんですね、叔父さん。ボスの、ええと、連れの女性は料理をするんでしょうか？」

「ブラウン嬢が？　いや、彼女がするのは観る映画を選ぶことぐらいだ。それと写真を撮ること」

「あのふたりは、叔父さん、ボスは、実際のところ……？」

「いい質問だ」マルティンは封筒をさっと光にかざした。「たしかにふたり揃っていなくなるが……。なあ、ゴーロ、ボスは主治医の前でも服を脱ごうとしないんだぞ？　そのうえ、極端な潔癖症だ。それはブラウン嬢も同じだが。寝室に関して言えば、どうしても……その……まくりあげないと……」

「もちろんそうです、叔父さん」

「しっかり支えろよ。顎で押さえて……。これをちがった角度から考えてみてくれ。ボスはウィーンの安宿から出発してヨーロッパの王者にのぼりつめた。ほかの男たちと変わらないと考えるのは、愚かで浅はかというものだ。わたしも実際どうなのかはぜひ知りたいが、だれに聞けばよいのやら……

ああ、ゲルダ」

「はあい、パパ」通り過ぎようとしたゲルダが近づいてきた。

「説明してくれないか」

「なあに、パパ？」少し身を引いて、ゲルダは言った。

夫婦の外形としては、ボルマン夫妻はドル夫妻に似ていた。ゲルダは、おれと同い年の大柄な女性で、顔は陰影に富んだ絵画のように美しく、木靴《クロッグ》を履いた身長は百八十センチを少し超えている。そして叔父のマルティンは、ドルをさらに圧縮して横に広げたような体軀だ――とはいえ、堅物でない雰囲気と活力のみなぎる目を持ち、翳《かげ》りと華やかさが共存した独特の魅力がある。その口は、いつでも笑みがこぼれそうに潤っている。それに、マルティンはゲルダの背の高さに臆しているようにはまったく見えない。出っ張った腹と机仕事ですわりっぱなしの尻を物ともせず、まるで妻のおかげで背が伸びたかのように闊歩する。叔父はゲルダに言った、

「クリスマスツリーのことを」

「子供たちにまんまとやられたのよ、パパ。みんなわたしに内緒でハンスに頼んだの」

「ゲルダ、少なくとも宗教のことでは意見が一致すると思っていたぞ。一滴でも体に入ったら、一生中毒になる」

「そのとおりね。カール大帝のせいだわ。ドイツにそれを持ちこんだ張本人よ」

「カール大帝を責めるな。ハンスを責めろ。こういうことは今回かぎりにするんだ。いいな？」

「はあい、パパ」作業に戻ると、ゲルダが小声でそう言うのが聞こえた。

プラッハのボルマン邸にある叔父の仕事部屋――ずらりと並んだ砲金色のファイリングキャビネット、索引カードの整理棚、区切られた広いテーブルスペース、頑丈な金庫。おれはまたドルのことを、ドルの執務室と書斎のことを思い出し――優柔不断でなおざりな、二篇の恥ずべき詩のことを思い出した。

「叔父さん。シュペーアのことはどうするおつもりですか？ あの男は脅威ですよ」このときばかりは感情をむき出しにして、おれは言った――党の主任建築家あがりの若き軍需相アルベルト・シュペーアは、驚くべき単純化（合理化、標準化）でもって、おれの見たところ、少なくとも一年は敗北を先延ばしにすることができていた。「なぜ行動を起こさないんです？」

「時期尚早だ」煙草に火をつけながら、マルティンは言った。「〝身障者〟が」――脚に障碍のあるゲッベルスのことだ――「いまのところシュペーアをべた褒めしている。それに〝女装野郎〟も、シュペーアの進言には耳を貸す」――ゲーリングのことだ。「だがシュペーアもいまに、自分が党に対してどれほど弱いかに気づくだろう。それを見きわめてわたしは行動する」

おれも煙草を吸いながら、叔父の右手にある革張りのソファで長々と体を伸ばしていた。おれは言った、

「なぜボスがシュペーアをあれだけ気に入っているのかわかりますか、叔父さん？ 教えてあげましょう。それはシュペーアが――なんでしたっけ――プリズムガラスの生産を効率化したからではありません。そう、ボスはシュペーアを見てこう思うんです、もし神意に導かれていなかったなら、自分

もあんなふうになっていただろう、自分が彼に——建築家に、自由な創造者に——なっていただろう、と」

マルティンの回転椅子がゆっくりとおれのほうを向いた。「それで？」

「シュペーアをほかのがめつい副官と同じように見せればいいんです、叔父さん。ほら、面倒ばかり引き起こし、リソースのことで愚痴ばかり言っている手合いのように。シュペーアの花の盛りはじきに過ぎますよ」

「時が熟すのを待とう……。それじゃあ、ゴーロ。ブナの話だ」

昼の一杯を飲み交わそうと客間に入りながら、マルティンは言った。「同情するよ、ゴーロ。おまえが苛立つのも無理はない。捕虜と外国人労働者のことで、わたしも次から次へと頭を悩ませている」

ルディ改めヘルムート、イルゼ改めアイケ、アドルフ・クロンツィ、ハイニー、エーファが、ツリー（火の灯った蠟燭、クッキー、リンゴが吊るしてある）を囲んで大人しくすわり、プレゼントを満足げに眺めていた。イルムガルトはピアノの前にいて、消音ペダルを踏みながらいちばん高い鍵盤を鳴らしていた。

「やめなさい、イルマ！　なあ、ゴーロ、体罰はいけないと言っているやつらがいるのだ！　それなしにどうやって彼らを働かせようというのだ？」

「どうやって？　どうやってでしょうね？　でも大丈夫です、叔父さん、もうブルクルはいません。

甘やかす人間はいなくなりました。立証ずみのやり方に戻っています」

「現状では人数が多すぎる。気をつけないと、軍事戦争には勝っても、人種戦争には負けてしまうぞ。飲み物はオランダのジンでいいか？」マルティンはフンと笑いを漏らして言った、「この前、ボスに笑わされてな。東部占領地域で避妊を禁止しようとしている者がいると知らせが届いたときのことだ。〝オナニー野郎〟のしわざにちがいないが」――ローゼンベルクのことだ。「するとボスは言った、〝そんなことを試みるやつは、わたしがこの手で撃ち殺してやる！〟」憤慨して当然だ。それでわたしは、ボスを和ませようと、リッツマンシュタットのゲットーにまつわる噂を披露した。そのゲットーでは、自分たちが使うために、赤ちゃんのおしゃぶりからコンドームを作っているのだとか。するとボスはこう言った、〝それはしかるべき対処法だ！　乾杯《プロースト》！〟」

「プロースト。英語で言う〝乾杯《チアーズ》〟ですね」

「目の保養をしておけよ、ゴーロ。ああ。たくさんの子供たち。薪の爆《は》ぜる暖炉。外は、降り積もる雪。土の上に。大地《エルデ》の上に。そしてキッチンに立つ伴侶、ゲルダに頼まれたことをしている至福の時間。そして門のそばに立つふたりの歩哨。煙草を忍ばせて。そうだ聞いてくれ、ゴーロ」叔父は言った。「信じられないことがあってな」

　マルティンは、男性がおおむねそうなるように、髪が薄くなってきているが、尖らせた前髪の形にはこだわりが感じられ、まだつやもあった。叔父は指の関節でその前髪を整えた。

「十月の終わり」叔父は声を落としもせずに言った。「わたしはシュナイトフーバーからの書類を取りに保安部《SD》へ寄ったんだ。謄写版で刷る必要があって、待機要員の女性をひとり借りてきた。わたしが書類にしるしをつけるのを、彼女は後ろに立って覗き見ていた。そこでわたしは衝動的に、ゴーロ、彼女のふくらはぎのあいだに左手を滑りこませたんだ。彼女はまばたきもしなかった……。上へ上へと手を滑らせて、膝を過ぎた。もっと上へ。まだまだ上へ。そして目的の場所へ達したときも、彼女はただ――ただ微笑んでいた。それでわたしは親指をそこへ突っこんで――」

「たしかに信じられませんね、叔父さん」おれは笑いながら言った。

「ああ、ところがまさに、その瞬間に狼の砦《ヴォルフスシャンツェ》（総統大本営のひとつ）へ呼ばれた！」ひと月行ったきりだ。戻ってきたら、むろん彼女はいなくなっていた。待機室のどこにも見あたらなかった。なんとか思い出してくれ、ゴーロ。赤茶色の髪の、ぴちぴちしたあだっぽい娘。見事な曲線美。〝k〟ではじまる名前。クララだったか？」

「……ああ。彼女は有名です。それに待機要員じゃありませんよ、叔父さん。彼女は紅茶の容器を持ってあちこちまわっています。クリスタ。クリスタ・グロース」

ナチ党全国指導者は口の両端に小指を引っかけて口笛を吹き、その鋭い音に驚いて、イルムガルトとエーファがふたりとも泣きだしてしまった。すると、クロッグでせかせか歩いてくる足音が聞こえ、裸のハルトムートを抱っこしたゲルダがドアから入ってきた。

「甥っ子が再会させてくれそうだ」マルティンは目を潤ませて言った、「わたしの微笑みの赤毛と」

ゲルダはハルトムートを肩まで持ちあげた。「いいタイミングじゃないの、パパ。だって三月にはわたしが使えなくなるから。ほら、三カ月を過ぎるとね、ゴーロ」と打ち明ける。「わたしには近寄りもしなくなるわ。さあ子供たち！　ガチョウを食べるわよ！　もう、いつまでめそめそ泣いてるの、エーファ」

――

それから三日にわたって、叔父のマルティンの姿は食事のときにしか見られなかった。マックス・アマン（党出版部）、ブルーノ・シュルツ（人種・移住本部《RuSHA》）、クルト・マイヤー（全国氏族局）が立てつづけに来訪した。これらの面々はそれぞれ、大人たちとのその日の夕食に加わったが、彼らはみな同じ表情を、最高の星々に導かれて船の舵を取る者の表情をしていた。

おれはゲルダと長い散歩に出た。ゲルダを楽しませ、ゲルダを魅了し、ゲルダの荷をおろしてやること。これはずっとおれの役割の一部で、マルティンに対するおれの有用性の一部だった。叔父は以前こう言っていた、〝ゴーロ、おまえが滞在すると、そのあと何週間も、ゲルダは床を磨きながらご機嫌で歌うんだ〟と。

そのクリスマス、おれたちは腕を組んで芝生や小道をのんびりと歩いた。ゲルダはツイードの帽子とツイードのスカーフとツイードのショールで完全防備している。よくそうしていたように、ゲルダを抱きしめたとき（十三年前にさかのぼる甥の反射行動だ）、同じような背丈、同じような重みのある彼女をハンナだと想像した。その肩をしっかりと抱き、その顔を、力強い鼻を、心根の優しさが見える茶色の目を楽しもうとした。だがそこで、ゲルダの形のよい唇が開き、言葉を発する……。おれはふたたび彼女を抱きしめた。

「ゴーロ、あなたのその顔。だれかを想っているのね。わたしにはわかる」

「あなたには何も隠せませんね、叔母さん。そうですよ。その女性はあなたくらいの背丈がある。あなたを抱きしめると、おれの首のあたりに顎がくるのがわかる。彼女もそうなんです」

「へえ。あなたも戦後は身を固めることができるかもね」

「さあどうだか。戦争はでたらめです、叔母さん。最後にどうなっているかなんてわかりませんよ」

「……ほんとね、ゴーロ。ほんとにそう。ところでボリスはどうしているの？」

おれたちはゆっくりと歩いた。いやなにおいのしない空気はすばらしい。静けさはすばらしい――さくさくと地面を踏んでいくおれたちの足音しかしない。ふっくらと折り重なった雪の白さはすばらしい。白い雪は。


――――

そして叔父のマルティンは――一九四二年の最後の数日、マックス・アマン、ブルーノ・シュルツ、クルト・マイヤーと何をしていたのか？　叔父はそのすべてをおれに話した。
党の出版者アマンとともに、マルティンはドイツ語のアルファベットを廃止するための措置を講じていた。なぜか？　党官房が、その昔からのゴシック体（その棘のある渦巻き形はあらゆる排外主義者にもてはやされていた）は、ユダヤ起源のものではないかと推測したからだ。それで、帝国じゅうの学校の教科書、新聞、文書、道路標識など何もかもを（莫大な費用をかけて）ローマン・アンティーク体に置き換えることが考えられていた。

人種・移住本部《RuSHA》のシュルツとは、混血《ミシュリンゲ》の運用可能な定義を見つけようとしていた。定義づけをしたうえで、該当者をどうするか決めるのだ。この十二月、マルティンとシュルツは、漏れなく十日間もの入院が必要になる、推定七万人の男女の不妊手術の〝費用を負担〟していた。

人種研究者のマイヤーについては、様子がちがった。アマンとシュルツとは、ナチ党全国指導者は身を入れて、熱心に仕事に取り組んでいた。だがマイヤーとは、自身の運命にからんだかすかな焦りを隠せないようだった。

マルティンは、自分の子に苛つかされることはたまにあったかもしれないが、先祖からは慢性的に苦しめられていた。叔父ほどの地位にある者は、四世代にもわたってアーリア人であることが証明されなくてはならず、彼の高祖父の情報がないことがずっと問題になっていた。

ボルマンの家系図に関する調査は、一九三二年の一月にはじまっていた。

「この追及は終わらない」叔父は（先を見て）言った。「たとえロシア人がオーデル川を渡り、アメリカ人がライン川を渡ったとしても――終わりはしない」

マルティンの曾祖父ヨアヒムは非嫡出子だった。そして高祖母は、叔父が言うには、〝町でいちばんのあばずれだった〟ため、ヨアヒムの父がだれなのかは〝特定困難〟だった。

「今夜は正装してくれるか、ゴーロ。マイヤーを威圧するためだ。わたしも正装する」

叔父は家以外で怒って手をあげるようなことはなかったし、もともと無骨な闘士というより、無骨な闘士たちを金で雇う側だった。それでも、マルティンは新たな昇級の知らせを受けたばかりだというのに、その親衛隊大将の服装で夕食の席に現れた。

——

「わたしは本分を果たしている。身銭を切ってもいる。それでもマイヤーの部局に国家資金から〝相応の支援〟をしてやった。それでいけるかもしれない。わたしがこつこつ励んでいるかぎり」

「働きすぎですよ、叔父さん」

「それはわたしがずっと言いつづけていることよ、ゴーロ。いつまで言わなきゃならないの、〝パパ、働きすぎよ！〟って」

「聞いたか？　ゲルダは口を開けばそれだ。〝あなた、働きすぎよ〟。さて、はずしてくれるか、ゲルダ。ゴーロとふたりで話したい件がある」

「わかったわよ、パパ。殿がたに何かお持ちしましょうか？」

「出ていくとき、かがんでもう一本薪を投げ入れてくれ。眺めを楽しめよ、ゴーロ。ほら。いい女じゃないか？」

「おれが何をしているのかと？　自分で動いている件のことですか？　ああ、たいしたことでは。ゲシュタポの本部で埃にまみれて数日を無駄にしました――重要レベル、標準レベルの監視対象者の資料を漁って。ある人間の行方を追っているんです。おれ個人の知り合いではありません。女性の友人に頼まれたことをしているだけです」

「おまえはそういうのが得意だな。がつがついくのが」

「ブナに戻るのが待ち遠しくてなりません。それまではなんなりとお役に立ちますよ。いつものように、叔父さん」

「……アーネンエルベについて何を知っている？」

「あまり詳しくは。文化研究機関でしたっけ？　有識者会議のような。かなりの三流かと思いますが」

「これを。渡しておこう。いま中身は読まなくていい。タイトルだけ見てくれ」

「〝宇宙氷説〟。なんですか、これは？」

「うむ。これには〝いかさま師〟がからんでいてな」――ヒムラーのことだ。「ここだけの話、わたしはあいつの人類学云々の主張をほとんど聞き流してきた。意味がわからない。薬草学も。下剤とヨーグルトも。あんなのに賛同するなよ。意味がわからん」

「オート麦の藁《わら》風呂とかもありましたね」

「真に受けるな。しかし、これは別だ、ゴーロ。ちょっと聞いてくれ。アーネンエルベには気象部門がある。長期的な気象予測に取り組んでいることになっている。だがそれはただの名目で、実際に研究しているのは宇宙氷説なのだ」

「詳しく聞かせてください、叔父さん」

「ここは少し暑いな。グラスをこっちへ。ほら。それをぐっと飲《や》れ」

「乾杯《チアーズ》」

「チアーズ。それでだ。この説にはアーリア人が関係しているとか、アーリア人は関係していないとか……いや待て。そう、失われた大陸とも関連がある。だいぶ学術的な話になるから、いま詳しく説明するのはよそう。その文献。そこに全部書いてある。その内容をざっと頭に入れてくれるか、ゴーロ。それでアーネンエルベでの研究の進み具合を教えてもらいたい」

「宇宙氷説の研究の進み具合ですね」

「言っておくが、わたしはその説が理論上正しいから擁護しているわけではないぞ。言うまでもなく。判断できるわけがない」

「もちろんそうでしょう。科学者ではないんですから」

「わたしは科学については門外漢だ。一方で、政治についてはよく知っている。理論そのものはどうでもいいが、問題はそれを信じる連中だ。〝いかさま師〟は手放しで支持していて、ついでに言うと〝女装野郎〟もそうだ――あの野郎の言うことをまともに聞くやつはもういないが。わたしのおかげでな。しかしボスがな、ゴーロ。ボスが言い張っているんだ、もし宇宙氷説が真実だとわかれば――」

「ちょっといいですか、叔父さん。ボスがそんなことにかかずらっている暇はないのでは」

「それが、そういうことに入れこんでいく一方なんだ。ルーン文字だのなんだのに。〝身障者〟に星占いをやらせる始末でな……。で、言い張っているのは、宇宙氷説が正しければ、われわれがそれを実証して明示することができれば——そう。敵はただ武器を捨てて謝罪してくるだろうと。そして千年帝国が宇宙の統治権を持つだろうと——ボスに言わせると、〝天から託された権限〟だ。わかるだろう、ゴーロ。わたしはこの一件でまちがった側に立つわけにいかない。ひどく印象が悪くなる。だから宇宙氷説について探ってくれ。わかった《クラー》か?」

「ええ、よくわかりました、叔父さん」

「ひと息に飲め。さあ、ゴーロ。よく眠れるぞ」

「……考えていたんですが。せっかくここにいるんだし、褐色館に立ち寄ってみてもいいかな」

「なんのために? ただの大きな蜘蛛の巣だぞ」

「ええ。ただ、あそこには三三年から三四年にかけての突撃隊《SA》の資料があるはずです。おそらくですが」

「具体的にだれを追っているんだ?」

「ああ。あるコミュニストです」

「名前は? ……待て。まだ言うなよ。ディーター・クリューガー」

おれはぎょっとしたが、淡々と続けた、「そう。クリューガーです。妙ですね。何がそんなに可笑しいんです、叔父さん?」

「いやいや。すまん」叔父は咳きこみ、暖炉に痰を吐き出した。「あのな。そもそも、このクリューガーの騒ぎ自体がえらく面白くてな。思い出すたびに笑える。そこへ来て、ゴーロ、下種な楽しみをさらに増やそうとでもいうのか、おまえはドル夫人とねんごろになっている、わたしの目に狂いがなければな」

「ちがいますよ、叔父さん。KZで？　あそこはそういう場所じゃない」

「うむ。少し厳しい面はあるだろうな」

「ええ。少し厳しい面があります。いいですか、叔父さん。だいぶ先走っていますよ。話が見えません」

「わかった。わかった」叔父は言い、目を拭った。「十一月の初めに司令官からテレタイプを受けとった。クリューガーについての。まだ回答していないが、しなくてはな。実は、ゴーロ、ドルとわたしは侵しがたい絆で結ばれているんだ」

「今夜はどれだけ驚かすつもりですか、叔父さん」

「特段に侵しがたい絆というものがある。結婚の誓いよりも侵しがたいもの。殺人の共犯だ」

「おお。ぜひ聞きたいですね」

「こいつを空けてしまえ、ゴーロ」叔父は言い、おれにコニャックを手渡した。「こういうことだ。一九二三年の初頭。ドルの民兵部隊は、まぎれこんでいた〝裏切り者〟を見つけた。パルヒムで。わたしは潔白であります、裁判長！　わたしは殴っていいと許可しただけだ。ところがドルとその部下たちはそのパブに長居しすぎ、さらに森のなかでやりすぎた。わたしは一年の刑に服した。覚えていないか？　その夏はキャンプをしなかっただろう？　ドルは十年食らった。わたしの代わりに責めを負ったところも多少はあるかもしれない。服役したのは五年だ。それにしても、なぜドルがクリューガーのことをわざわざ気にする？　いまごろになって。クリューガーが先に彼女を物にしたからか？」

「返事をするとき、なんと伝えるんです？　ドルに」

「ああ、どうするかな」叔父はあくびをしながら言った、「逃亡中に射殺、とでもしておくか」

「そうだったんですか？」

「いや。むろん、ただの定型文だ。それが意味するのは、クリューガーは死んでいるということだけだ」

「そうなんですか？」

「うう。いや、おまえに一部始終を話してやりたいのは山々なんだ。おまえならその尊さを理解できるだろうから。国民社会主義の道徳律の頂点だ。しかし、ディーター・クリューガーの身に起こったことを知る者は、帝国全体で半ダースにも満たない。ひと晩よく考えさせてくれ。いやはや」

「ドルですが。彼もコミュニストだったのでしょう？　一時期は」

「まさか。ずっと骨の髄までナチ党員だ。ドルのためにそう言っておこう。そう、あいつは突撃隊員《ブラウンズ》に雇われていたんだ。そしてクリューガーの情報をH班に垂れこんだ。あのメリケンサックの連中に……。あのハンナは――なぜドルみたいなちんけなアライグマと結婚したんだ？　ああ、わたしも彼女をどうにか落とせたかもしれない、あのころなら。実に見事な体だ。ただ、あの口は。口が大きすぎると思わんか？」

「すごくきれいな口もとですよ。あの悲劇女優とはまだ会っているんですか。マンニャとは？　それとももう切れました？」

「いや、続いている。ここへ呼び寄せたいんだがな。せめて映画の撮影がない時期は。ゲルダは大賛成だ――わたしが彼女を孕ませるということなら。つまり、マンニャを孕ませるということだ。ゲルダと同じように。母親十字章のために十人ほしがっているからな。さあ、明かりをつけるか。おまえはあっちのほうのを頼む」

翌朝五時――一九四二年の最後の日――マルティンは出かけていった。どこへ行ったのか？　まずは車でオーバーザルツベルクの山頂の別荘へ。そこから飛行機で東プロイセン州ラステンベルクの総統大本営へ。ケールシュタインハウスからヴォルフスシャンツェへ――鷲の巣から狼の砦へ……。

おれは朝食の席で言った、「ええ、一緒に大晦日《ジルヴェスター》を祝えたら嬉しいんですが。でもあいにく、街へ戻らないといけません。早めに出て、ハンスにバンで送ってもらいます。ナチ党全国指導者から緊急の任務をまかされたので」

ゲルダがうわの空で言った。「……マンシュタイン元帥はユダヤ人だと思うわ。そう思わない？　名前からしてそうよね……。それでベルリンのあとはどうするの？」

「ブナへ戻ります。小人閑居して不善をなす、ですから」

「何それ？」ゲルダは答えを期待していないみたいに、あらぬほうを見ながら言った。

夜のあいだに雨が降り、気温もあがって、雪が解けはじめていた。いま、軒や傾斜した屋根の上に、鮮やかな黄色の陽光が揺らめいている。樋《とい》という樋が活気づき、多量の水が流れ、疾走している――それはどっと逃げ出すネズミの集団を思い起こさせた。ゲルダが言った、

「パパは戦争の話をしていた？」

「ちらっとは」おれはお茶をひと口飲んで、口を拭った。「叔父さんからそのことを聞いたんですか？」

「ちらっとね。あの人、戦争に特別興味はないみたい。彼の得意分野ではないもの」

「たしかにね、叔母さん。そのとおりだ。ブナにも特に興味がなさそうです。叔父さんの得意分野ではないから。ブナ――合成素材のことですけどね」

解けて流れていく雪が、曇った窓ガラスの向こうでビーズのカーテンのようにきらめいていた。どこかで、屋根からせり出した半解けの雪がどさっと地面に落ちた。

「なぜブナが重要なの？」

「われわれにアウタルキーの勝利をもたらすからです」

「あまりいいものに聞こえないけど」

「アナーキー《無政府状態》じゃないですよ、叔母さん。アウタルキー。経済的に自給自足していくんです。そして、最初の五千トンのゴムがヴェルケ川から出荷され、月に七十万トンの割合で石炭から合成した液化油

を生産するようになれば、この戦争はまったく異なる様相を呈するでしょう、それは断言できます」

「……ありがとう、ゴーロ。それは励まされるわ。教えてくれてありがとう」

「その——マルティン叔父さんはユダヤ人に特別興味はあるのかな？」

「まあ、ないはずはないわね。だから当然、彼は賛成派だし」

「賛成派？」

「最終解決《エントレーズング》の賛成派よ、もちろん。待って」ゲルダは言った。「あの人、戦争の話をしたわ。戦争の話をしてた」顔をしかめて言う、「どうやら幹部の人たちは、わが国が赤軍を見くびっていた理由に気づいたらしいわ。その真相にたどり着いたの。ロシアは少し前に、独自の戦争を起こしたわね？」

「そうですよ、さすがだな。フィンランドとの冬戦争。三九年から四〇年にかけての」

「ロシアはそれにしくじったんじゃなかった？　ロシアはわざとへまをしたんだ、ってあの人は言ったの。わが国をおびき寄せるために。それともうひとつ！」

「なんです、叔母さん？」

「スターリンは党員の半数を殺害したとされている。ちがう？」

「それも事実ですよ。大粛清です。三七年から三八年にかけての。半数以上。おそらく七割は」

「でもほんとうはそうじゃないと言っていたわ。それもまたユダヤ人の嘘にすぎなかった。われわれはお人よしみたいにそれに引っかかってしまったんだと。彼らは死んでいない。生きているんだと」

ガラスのドアのすぐ向こうに、破裂した排水管が見え、酔っ払っているように荒々しく水を吐き散らしたのち、また見えなくなった。ゲルダの目には大粒の涙がたまっていた。ネズミたちは疾走し、甲高い声をあげ、ぶつかり合って転びながら、どんどん速度を増していった。

「彼らは死んでいないの、ゴーロ。ユダヤ－ボリシェヴィキ――病気も不衛生も、このクズたちを根こそぎにはできない。ねえ、なぜなの？　教えて。なぜユダヤ人がわたしたちを憎むのか訊いているんじゃなくて。なぜ彼らはわたしたちをそんなに憎んでいるのか訊いているの。なぜ？」

「叔母さん、おれにはなんとも」

「……彼らは死んでいない」ゲルダは憑かれたように言った。「みんな生きている」


――――


一月一日、一等車に乗ったおれは、『宇宙氷説』（数人の手による分厚い論文）を膝に載せたまま開いてもいなかった。外を眺めていた。最初は、壮大な広がりを持ち、どこまでも続くように見えるミュンヘン郊外の景色が車窓を流れていた。その手つかずの牧草地と森林は、いまや鋳造場や工場に、ピラミッド状の砂と砂利に変わっていた。街のサイレンが聞こえ、列車はトンネルにもぐりこんで、それから一時間以上縮こまっていた。やがてスピードがあがり、まぶしすぎる日差しを浴びたドイツが、濃淡のある土の色、黄褐色、琥珀色、黄土色の奔流となって通り過ぎていった……。

叔父のマルティンが笑った声の高さで、クリューガーがもう生きてはいないことがわかった。おのずと、コンラート・ペータースとの会話が思い出された。

〝特殊な措置のために連れ去られたか。きわめて特殊な措置の〟

〝殺害ですか〟

〝ああ。それですんだならましなほうだ〟

それですまなかったならどれほどのことをされたのか、知る必要があった。

第三帝国において、勇敢でいることは難しかった。死を覚悟し――さらには、死ぬ前に名を明かすことなく耐え抜かねばならない拷問をも――覚悟していなくてはならなかった。それだけではない。占領下の国々では、最低の犯罪者が抵抗運動に目覚めたすえに、殉教者のように死ぬことがある。だがここでは、殉教者でさえ、ドイツ人なら考えるだに虫酸が走るような屈辱のなか、最低の犯罪者のように死ぬ。そして恐怖の余波《なごり》だけを残していく。

占領下の国々では、そうした殉教者は人々を奮い立たせるだろうが、第三帝国ではちがう。クリューガーの母親と父親は、もし存命なら、夫婦のあいだで、それも小声でしか、クリューガーのことを話さないだろう。もし妻がいたなら、マントルピースに飾ってあった夫の写真をしまいこむだろう。もし子供がいたなら、父親の記憶を封じるよう言い聞かされるだろう。

すなわち、ディーター・クリューガーの死はだれのためにもならなかった。おれを除いては。

2　ドル——闇の論理

あれは十一月——十一月九日、帝国追悼の日のことだった。目覚めると、わたしは将校クラブにいた。おや、どうやら眠りこんでしまったらしいぞ、とわたしは思った。食後にうたた寝していたようだ。昼食会はとうにお開きになり、わたしの記念演説で大いに高められた熱い愛国心をもって囲んだその食卓は、見るからに荒れ果てていた。周囲には、ギャングの宴の食べかすや残り物——乱雑に放り出されたナプキン、ひっくり返ったボトル、デザートのトライフルに突き立てた煙草の吸い殻。そして外は、シュレージエン地方の冴えない夕暮れ。十一月の夕暮れ、二月の夜明け——それはKLの色そのものだった。

そのまま横たわって、口蓋から舌を引っぺがそうとしていると、疑問が次々と浮かんできた……。

われわれがしているのがよいことなら、なぜこんな鼻を突くひどいにおいがするのか？　夜の荷おろし場《ランペ》で、なぜへべれけに酔わなくてはやっていられないという気になるのか？　なぜあの草原《メドウ》をポコポコ、シューシュー発酵させてしまったのか？　ブラックベリー並みにまるまるとした蝿に、害虫、病気、ああ、気色悪い《シュミーリヒ》、ぞっとする《ショイスリヒ》――なぜだ？　なぜ密告屋が配給のパンを五切れもらえるのか？　なぜ頭のおかしいやつ、頭のおかしいやつだけがここを気に入っているようなのか？　ここではなぜ妊娠が、女性にも子供にも、新たな命ではなく避けられない死を約束するのか？　ああ、このぬかるみ《ドレック》、泥沼《ズンプフ》、粘つき《シュライム》はなぜなのか？　なぜ雪が茶色になるのか？　なぜわれわれはそんなことをする？　ここの雪はまるで天使のクソだ。なぜそんなことをする？

帝国の追悼の日――あれは去年の十一月、ジューコフの前、アリシュの前、豹変したハンナの前だった。

……わたしの執務室の壁には、〝わが忠誠はわが名誉、わが名誉はわが忠誠。励め。従え。ただ信じよ！〟と記された銘板がある。そして、模範とされる従い方を表すわれわれの言葉〝絶対《カダヴァー》服従《ゲホーアザム》〟が死体《カダヴァー》を包含していることは、きわめて示唆的だと思う（死体ほど耐火性の高いものはなかなかないことを考えると、二重に興味深い）。死体の従順。死体の服従。ここKLで、焼却炉のなかで、穴のなかで、彼らは死んでいる。だがそれを言うなら、従っているわれわれも死んでいるのだ……

……。

帝国の追悼の日、わたしはおのれの心に疑問をぶつけた。そんな自問を繰り返してはならない。

心のなかのある領域を遮断しなくてはならない。

われわれが闇の兵器、驚異の兵器を結集したことを受け入れなくてはならない。

そして、死の持つ力を喜ばしく受け止めなくてはならない。

いずれにせよ、常に明らかにしているように、キリスト教の正と邪、善と悪の体系を、われわれは断じて認めない。そのような価値観——野蛮な中世の遺物——はもはや時代に合わない。いまから存在するのは、プラスの結果とマイナスの結果のみだ。

「さあ、よく聞いて。この深刻な状況をどう切り抜けるかが問題だ。それをわかってもらえるといいのだが。囚人《ヘフトリング》と性的関係を持っただけでもゆゆしきことなのだ。しかし人種恥辱《ラッセンシャンデ》は……。血を穢したことになる！　伍長なら懲戒と罰金ですむかもしれない。だがわたしは司令官だ。それでわたしのキャリアが終わることはわかるだろう？」

「ああ、パウル……」

簡易ベッド、足載せ台、洗面台、化学トイレ。

「だれかに話したらひどいことになるぞ。それに、わたしの言いぶんときみの言いぶんが食いちがうだけだ。そしてきみは劣った人間だ。つまりその、人種として」

「ならどうして、避妊具の一枚も着けてくれなかったんですか！」

「……切らしていたんだ」わたしは鬱々と言った。「とにかく待っていてくれ。いい子だから。大人しく。忘れるな。双方の言いぶんが食いちがうだけだ」

「でも、ほかにだれがいるというんです？」

そう言われてはっとした。アリシュはここへ来てまだ三ヵ月余りで、監視役は胸の豊かな看守ふたりと、老齢の兵長ひとりしかいない。

「あなたのキャリアの終わり」アリシュは涙声で言った。「わたしの人生の終わりはどうなるんです？　ここで妊娠させられて、あの人たちがやってきて荒っぽく連れ――」

「アリシュ、そうなるとはかぎらない」わたしは顎を軽く持ちあげた。「なあ。わあわあ泣いていてもしょうがないぞ。どうだこの号泣は。わあわあわあわあ。さあ、気がすんだか。わたしは司令官だ。なんとかして方法を考える」

「ああ、パウル……」

わたしは言った、「もういい。わかったから。身重の体なんだ……寝ていなさい」

このところ、わたしは新たな心の持ち方を利用して、戦争目的を再考している。

目標その一。レーベンスラウム、すなわち生存圏、生活領土を獲得すること。

たとえわれわれが絶対的な覇権を握れなかったとしても、妥協案はまちがいなく打ち出されるはずだ（〝無条件降伏〟だのなんだのいう戯言《たわごと》はこの際無視しよう）。おそらくフランス、オランダ、ベルギー、ルクセンブルク、ノルウェー、デンマーク、ラトヴィア、エストニア、ウクライナ、ベラルーシ、ユーゴスラビア、ギリシャは返還せねばならないだろうが、たとえばリトアニア、ズデーテン地方とチェコの残りの部分、加えてポーランドの半分（オーストリアの問題は話題にのぼりさえしまい）の維持ぐらいは、うまくいけば認められるだろう。

かくして、目標その一――任務達成！

「ではヴォルフラム。第三十三ブロックのあの騒動だが。説明してもらおうか」

「ええとですね、パウル、膨大な数の選別がありまして。それで全員を、第三十三ブロックに詰めこみました。二千五百人を」

「ひとつのブロックに二千五百人？　どれだけのあいだ？」

「五夜です」

「やれやれ。なぜそんなにかかった？」

「特に理由はありません。そこまで手がまわらなかっただけです」

「点呼のために連中を外へ出したと思うが？」

「もちろんです。人員点呼《ツァールアペル》は欠かせません、パウル。それより、問題は彼らに食べ物を与えたことなのです。いつもはわざわざしないのですが。あれが大きなまちがいでした」

「食べ物を？」

「はい。カポどもがそれを横取りしました。簡単に予測がついたことです。カポどもは逃げ去り、それを酒と交換しました。そんなこんなでごたごたして。そこへカポどもが戻ってきたんです、パウル……。そしてからみだしました。カポどもが囚人たちにちょっかいを出したんです」

「うむ。ほらな、甘い顔をするとそうなるのだ。食べ物か、やはり。それはだれの名案だったのだ？」

「エルケルだったかと」

「ああ。残骸はいくつと言った？」

「十九です。残念です。許されることではありません。とはいえ、たいしたちがいはありません。どうせ選別されていたのですから」

「……おいこら《メンシェンスキント》、大尉! 人員点呼《ツァールアペル》! 人員点呼だ!」

沈黙が流れた。プリューファーが眉をひそめ、ひどく心配そうな顔つきでわたしを見ている。そして小さく咳払いをして、静かに言った、

「パウル。聞いてください。囚人《ヘフトリング》の人数ですが……総数が合っているかぎり何も問題はありません。お忘れですか? 彼らは生きている必要はないのです」

一瞬遅れて、わたしは言った。「そうか。そうか。当然だな。まったくそのとおりだ、ヴォルフラム。わたしとしたことが。そう。望む者は死んでもよいのだ。生きている必要はない」

わたしの金曜日の情婦、小柄なミンナがドアをノックし、ドアから顔を出した。あるファイルがどこにあるかと訊かれたので、わたしは考えられる保管場所を伝えた。

「荷おろし場《ランペ》の仕事はどんな印象だ、ヴォルフラム?」

「そうですね、パウル、あなたがあれに悩まされていたわけがよくわかります」

「代役を務めてくれてほんとうに助かった。もうじき以前のわたしに戻れそうだ」机をコツコツと叩く。「さて。問題のカポどもはどうする? 厳然と対処せねばな。石炭酸《フェノール》か? 小口径か?」

ふたたび、心配そうな顔つき。「物資の無駄です、司令官、まちがいなく。地位を見直すだけのほうが簡単です。そうすれば、パウル、ユダヤ人が自分たちで問題を解決できます」

「なるほど。〝エスプリ・ドゥ・コール〟の面でもはるかにいい……。いまのはフランス語だがな、ヴォルフラム。団結心を意味する。つまりは、士気だ」

目標その二。千年帝国を強化する。

それはかつて存在した帝国――カール大帝によってはじまり、ナポレオンによって終わった帝国――に劣らず長く続く。

すでに認めたように、おそらくこの先には、平坦ならざる道のりが待っている。しかし、そこを乗りきれば……。

あまり強調されることのない事実がある。一九三二年七月の選挙で、国民《N》社会主義《S》ドイツ《D》労働者《A》党《P》は三七・五パーセントの票――ワイマール史上、単一政党としては最高の得票率――を獲得した。民《フォ》族《ルク》の純粋な切望と、国民社会主義の輝かしい夢とのあいだに深い親和性があるという確たる証拠である。それはずっとそこにあったのだ。一九三三年十一月には、国民の支持率が八八パーセントに達し、三八年四月には九九パーセント強で安定した！　ナチ党のドイツが社会政治的に見てすこぶる健全であることを、ここまで明確に示すものがほかにあるだろうか？

ああ、いくらか険しいこの道筋を乗り越え、二、三の方向修正（時が満ちれば、より中道寄りの国家元首を任命することも含めて）をしたそのときには、続く千年紀のあいだこの帝国が安泰でいられない理由などなくなっているだろう。

かくして、目標その二――任務達成！

わたしがいつもの時間に訪れると、アリシュは足載せ台の上で縮こまり、膝の上でゆっくりと両手を揉み合わせていた。

「よし、アリシュ、もう嘆かなくていい。涙を止めていいのだ。医者と話をしてきた。簡単な処置だ。日常的な。彼女はしじゅうやっている」

「……でも、パウル。ここに女性のお医者さまはいません」

「ここには何百人も女性の医者がいる。囚人《ヘフトリンゲ》たちだ」

「囚人の医者は器具なんか持っていません。持っているのは工具セットよ！」

「そういう者ばかりではない」わたしはベッドでアリシュを隣にすわらせ、彼女を安心させるべく、かなりの時間をかけてなだめた。「気分はよくなったか？」

「ええ、パウル。ありがとう、パウル。いつも答えを見つけてくださって」

すると自分でも驚いたことに、受胎した女性の前ではたいていわたしを押しとどめる、あの高潔な気の咎めが引いていくのを感じた。わたしは言った、

「さあ。さあ。こっちへ。ちょっと勃たせてくれ」

そしてためらうことなく、性急にアリシュと交わった。そう、こんなことを思いながら（それはわたしがもっと重要な局面でよく使う決まり文句だった）――いったんやりかけたら、意地でもやり通せ。

アリシュ・ザイサーとの交わりはどうしても必要だ――ほかにどうやってわたしの尊厳と自尊心を保てというのか？　わたしはむろん、わが家に根をおろしつつある恐ろしい状況のことをにおわせて

いる。アリシュの尽きせぬ感謝と尊敬の念（悦楽に震えるあの甘美な声は言うまでもない）が、強力に対抗してくれているのだ、あの恐ろしい……あれに。

わたしはハンナが怖い。ほんとうだ。このような文章を紙に書き記すには、ある種の勇気を要する――だがこれは事実なのだ。この恐れをどう説明すれば？　たまたまハンナとふたりきりになろうものなら、みぞおちに、空気の詰まった球のような空白を感じる。

十二月の演奏会《デッェンバー・コンツェルト》の夜を機に、ハンナは自分の身なり、外見をがらりと変えた。素朴なクロッグやダーンドルスカートを好むほうではなかったものの、ハンナの服装は昔から称賛に値するほど控えめだった。それがいまや、男を悦ばせる女のような――男を悦ばせ慣れている女のような――なりをしている。

その姿はマルゲリーテやプッチ、ソンドラ、ブーブーを思い起こさせる。つやめいた化粧や、多めに露出した肉体《フライシュ》（そして剃られた腋《アクセルヘーレン》の下！）のせいではない。むしろ目《アウゲン》の表情――巧みに惑わすそのまなざしのせいだ。この手の女ときたら、寝ても覚めてもベッドのこと、セックスのことを考えている。つかず離れずの愛人がそうであればそそられるが、妻である場合は苦痛でしかない。

わたしには、ふたりでいるときの感覚を、こうたとえることしかできない……それは、性交に失敗したあとの気まずさではなく、失敗するのを恐れる心持ちに似ていると。なぜそんなふうに感じるのか、まったくぴんとこない。この八カ月、ハンナと失敗はしていなかった（また成功もしていなかった）。

そしてハンナは相変わらず、階下で、取り澄ました恍惚の表情を浮かべている。優男のアンゲルス

・トムゼンのことを夢見ているのか？　そうは思えない。精力の衰えたパウル・ドルをただ嘲笑っているのだ。

……昨夜、わたしは自分の〝ねぐら〟で静かに酒を飲んでいた（ただし、最近はだいぶ量を減らしているので、適度に）。ドアノブがきしむ音が聞こえ、戸口にハンナが現れた。緑の夜会服をまとい、肘まである手袋をはめ、螺旋状に巻いた髪《ハーレ》をむき出しの肩《シュルターン》に重く垂らしている。とたんに、嫌悪感で血が冷えるのを感じた。ハンナにまばたきもせずに見つめられ、たまらずわたしは目をそむけた。

　ハンナは近寄ってきた。ひどく重たく、ひどくけばけばしい妻がわたしの膝にすわった。肘掛け椅子が、ドレスの細かいプリーツにほぼ埋もれた。どれほどその重みを取り除きたかったことか――どれほどそれを……。

「自分がどんな人間か知っている？」ハンナはささやいた（その唇が耳の下に押しつけられるのを感じた）。「ねえ知っている？」

「いいや」とわたしは言った。「どんな人間なんだ？」

「あなたは若い独身男で、クソばかのナチ突撃隊員《ブラウンシャツ》で、ブラウンシャツとともに歩き、ブラウンシャツとともに歌うクソ道化よ、パウル」

「もっと言え。そうしたければ」

「あなたはブラウンシャツのクソ野郎で、卑劣なことを考えるのにも、毒蛇と戯れるのにも疲れて、寝台で眠りに落ち、考えうるかぎりで最悪の夢を見る。その夢のなかで、あなたはだれからも何もされない。あなたがほかの人に何かするの。ひどいことを。言葉で言い表せないほどひどいことを。そして目を覚ます」

「目を覚ましたあとは」

「目を覚まして、それは全部現実だったと気づくの。でもあなたは気にしない。また毒蛇と戯れはじめる。また卑劣なことを考えはじめる。おやすみ、パウル。いい夢を」


目標その三。ユダヤ＝ボリシェヴィズムを完全に打ち砕くこと。

では考えてみよう。これまでのところ、ボリシェヴィズムについてはあまり運に恵まれていない。ユダヤのほうは……。

少し前にリンツで、ある男が妻を百三十七回刺して死に至らしめた事件があり、広く話題になった。人々はこれを度が過ぎると考えたようだ。だがわたしはただちにその論理を理解した。その事件の、闇の論理を。

われわれは、いまやめるわけにはいかない。というよりこの二年間、われわれは何をしていたのか、何を考えていたのか？

アングロサクソン人との戦争は、ユダヤ人との戦争とは別物だ。後者の争いにおいては、軍事面ではっきりと優位に立てる。敵は陸軍を持たないのだから。海軍も、空軍も。

（覚え書き――近いうちにシュムルと話をするべし）

さて見てみよう。生存圏。千年帝国。ユダヤ＝ボリシェヴィズム。

結果は？　三目標のうち二・五を達成。いいぞ、祝杯だ。

政治部で緊急の幹部会議！　わたし、フリッツ・メビウス、ズーイトベルト・ゼーディヒ、ルプレヒト・シュトルンク。ブナ－ヴェルケの危機……。

「そのくそったれは、エンジン用のグリースに砂を混ぜていたんだ」ルプレヒト・シュトルンクが言った（ありていに言って、少々下品な老人だ）。「ギアをつぶすために」

「経済サボタージュ《ヴィルトシャフツサボタージェ》か！」わたしは軽く口をはさんだ。

「それでリベットが弱くなって」ズーイトベルトが言った。「弾け飛んでしまった。圧力計にもゆがみが出て、正しい数値が表示されません」

「損害の程度は神のみぞ知る」シュトルンクは語った。「くそブタが何十匹もいて、作業場にまとめ役がいるにちがいない。つまり、モグラがいるはずだ。ファルベンの内部に」

「どうしてそうとわかるんです？」フリッツが尋ねた。

ズーイトベルトが説明した。悪者たちは〝初回使用〟までにかなり間がある機械のみに悪さをした。そのため、さまざまな機械が配置されて、問題の機械が詰まったり、止まったり、壊れたり、破裂したりするころには、だれがそれをやってのけたのか、だれにもわからなくなっていた。シュトルンクは言った、

「やつらは初回使用の日程表を持っている。だれかがやつらにその日程表を渡したんだ」

わたしはすかさず言った。「ブルクルか！」

「ちがいます、パウル」フリッツが言った。「ブルクルはただのまぬけだった。裏切り者ではありません」

「それで、捕まった犯人は尋問を受けているのか?」わたしは尋ねた。

「もちろんです。昨夜はずっとホーダーと過ごしました。まだ何もしゃべりません」

「ユダヤ人なのだろう」

「いいえ。イギリス人ですよ。ジェンキンズという下士官です。さしあたりは〝しゃがみ箱〟に放りこんでおきます。そのあとオフに尋問させてみます。それでもだめならエントレスにメスを使わせます」フリッツは書類を揃えながら立ちあがった。「この件はどこにも漏らさぬよう願います。ファルベンにもです、ゼーディヒ博士、シュトルンク大佐。何もしないでくださいよ、司令官。いいですね? 頼むから、プリューファーにべらべらしゃべらないでください」


むろん娘たちは、あのやつれ果てたマインラートに乗って駆けまわりたがっているのだが、いまは後ろ足の関節に腫れ物ができていて、歩くこともままならない。それにここしばらく、ザイサー飼育員《ティアプフレーガー》による週に一度の手入れもしてもらえていない! ああ。それで仕方なく、いちおうは馬術アカデミー所属の、ベント・ズハネクというちゃらんぽらんなラバ追いに、ときどき来てもらっている。

彼女は希少な存在であり、親衛隊衛生研究所(SS-HI)では名の知れたユダヤ人であり、もちろん厳重な監督のもとで細菌学と試験的な血清の研究をおこなっている数人の囚人医師のひとりだった。カーベー(貧しいホスピスか留置場のよう)や第十ブロック(去勢と子宮摘出を無制限におこなう)とは異なり、SS-HIは医療専門の施設にかぎりなく近い雰囲気があった。わたしは最初、そこへ足を運んで軽く挨拶したが、二度目の相談の際には彼女にHVの静かな倉庫へ来てもらった。

「どうぞ掛けて」

彼女はポーランド系ドイツ人で、名前はミリアム・ルクセンブルク(母親が、有名なマルクス主義者の〝知識人〟ローザ・ルクセンブルクの姪だという噂だった)、ここへ来て二年になる。現状、KLにいる女性は総じて老けこんでいるが、これは主に、食べ物がまったく足りていないことが原因だ(飢えていると言ってもよく、慢性的な飢えが、六、七カ月で女性の特質をすべて消し去ってしまうことがある)。ルクセンブルク博士は五十歳前後に見えるが、実年齢はおそらく三十歳前後だ。ただ、髪がカビが生えたくらいの短さで、唇がぎゅっと引き結ばれているのは栄養不良のせいではない。さらに言えば、彼女はまだ肉がついているほうで、そこそこ清潔に見えた。

「安全上の理由で、処置は深夜におこなってもらうことになる」わたしは言った。「自分の道具を持ってきてもらえるね。ほかに必要なものは?」

「清潔なタオルとたっぷりのお湯をご用意ください」

「彼女には事前にあれを与えるのだろう? そら、いわゆる堕胎薬のたぐいを」

「堕胎薬はありません。処置は拡張と掻爬《そうは》になります」

「まあ、なんにせよ必要な処置をしてくれ。ああ、ちなみに」わたしは言った。「この指令は変更される可能性がある」確定はしていないていいで話す。「そう、ベルリンからの命令は修正される可能性がじゅうぶんにある」

配給のパン六個というわたしの最初の申し出は、けんもほろろに退けられ、いま、ダビドフのカートンが二個入った紙袋を渡した。さらに二個をあとで渡すことになっている――締めて煙草八百本。これを元手に、彼女が弟を助けるつもりでいるのをわたしは知っていた。弟はフュルステングルーベの向こうにあるウラン鉱山の懲役班で、どうにかこうにかがんばっている。

「どういった修正ですか？」

「党官房は少しちがった結果を選ぶかもしれない」わたしは説明した、「処置がうまくいかない場合。患者の立場から見て」

「つまり？」

「つまり、どういうことですか、だ」

「つまり、どういうことですか？」

「ダビドフをさらに八百本受けとってもらうことになる。言うまでもなく」

「つまり、どういうことですか？」

「エビパンナトリウム。あるいはフェノール。簡単な心臓注射……。ああ、そんな目で見るな、ドクター。きみは選別に携わったのだろう？　選別していた。選り分けていた」

「それを要求されたことはたしかにあります、ええ」

「そして生きた赤ん坊も処分していた」わたしは言った。「否定したところで意味がない。そういうことがあるのはみな知っている」

「それを要求されたことはたしかにあります、ええ」

「きわめて勇敢とも言える。秘密の出産。死と隣り合わせの」

返事はなかった。彼女はありのままの自分でいるだけで、毎日、毎時間、死と隣り合わせなのだ。そう、そのせいで、目の下の皮膚がたるみ、唇がひび割れているのだろう。物問い顔で見つめていると、彼女は大きく息を吸ってこう言った、

「学生時代、インターンのころ、こんな医者になるとは思ってもいませんでした」

「むろんそうだろう。ただ、きみはもう学生ではない。話を戻そう。注射一本でいいのだろう？」

「でもやり方を知りません。心臓注射の。フェノールも」

ＳＳ‐ＨＩの廊下の突き当たりへ行って、いくらか練習してはどうかとわたしは提案しかけた——そこは〝第二処置室〟と呼ばれ、一日六十体は施術されている。

「わけもないだろう？　完全にまっすぐ突き刺すという話だ。第五肋骨の間腔に。長い注射器さえあればいい。簡単だ」

「簡単ですね。であれば、ご自身でどうぞ」

少しのあいだ、わたしは目をそむけて考えこんだ……。アリシュ・ザイサーに関するこれまでの自己問答は、（さんざん行きつ戻りつしたすえ）ここへ行き着いた——やるだけやってみては？　代替案にも危険がないわけではないし、いつものごとく死体の処理に手こずることになるだろう。わたしは言った、

「いやまあ、よほどのことがないかぎり、党官房は当初の決定を変えないだろう。十中八九、計画は

変更されまい。湯を湧かしておくんだな？」

アリシュを自分に縛りつけておきたい気持ちもあったと思う。言うまでもなく、保険のためだ。ただ、わが国が闇の世界を手探りで進もうとしているいま、わたしと一緒に光の世界を離れてほしかったとも言えそうだ。

「いつ患者を診察できますか？」

「事前にか？　いや、あいにくそれは無理だ」これは実際そうだった。あそこには看守がいる、つまり人の目がある。「人目にふれずに処置してもらう必要がある」

「年齢は？」

「二十九だ、本人が言うには。だが女性がどういうものかきみも知っているだろう。そうそう、忘れるところだった。その処置は痛いのか？」

「局所麻酔すら施さずに？　ええ、痛いです、とても」

「うむ。そうか。それなら局所麻酔をしたほうがよかろう。いや、大きな声を出されては困るのでな」

そのためには金が要るとミリアムは言った。USドルで二十、いただけますか。わたしは一しか持っていなかった。暗算しながら、数えあげていく。

「一、二、三。きみの、ええと、大叔母か」わたしは半笑いで言った。「四、五、六」

ローゼンハイムでのレーニン信奉者時代（とんだ夢想家だった！）、わたしは未来の妻と、ルクセンブルクの代表作『資本蓄積論』を読み解こうと頭を絞ったものだった（かつてレーニンは、テロ行為を批判されたにもかかわらず、彼女を〝鷲〟と呼んだ)。一九一九年初頭、一月革命の悲惨な失敗の直後、ルクセンブルクはベルリンの義勇軍《フライコーア》に逮捕された。わたしのいたロスバッハ少尉の部隊ではなく、旧友ヴァルター・パプストが名目上率いていたごろつきの一団に……。

「十、十一、十二。ローザ・ルクセンブルク。彼女は棍棒で殴り倒され、頭を撃ち抜かれ、死体はラントヴェーア運河に投げこまれた。十八、十九、二十。彼女は何カ国語を話したのだったかな?」

「五カ国語を」ミリアムはわたしをまっすぐ見据えた。「この処置ですが。早いに越したことはありません。自明のことです」

「そうだな。患者は診てもらわなくていい」わたしは言った(もう心は決まっていた)。「最後に会ったとき、じゅうぶん体調はよさそうに見えた」それに、避妊具を使わなくていいのはすばらしい。意味ありげに鼻にしわを寄せて言う、「もう少し様子を見よう」


シュムルはその専門知識を活かして、新たな設備のひとつ、正確には第四焼却炉:第五世代三室型焼却炉(処理能力――二十四時間あたり二千体)の問題処理にあたっていた。ほかならぬこの施設が大きな悩みの種になることは、最初からはっきりしていた。二週間後、後部の煙突壁が崩れた。どうにか再稼働させると、それからたった八日で、シュムルがまた「過熱で故障しました」と伝えてきた。

八日で!

「耐火煉瓦がまた崩れました。それで炉と煙突のあいだのダクトに落ちたんです。炎の行き場がありません」

「積み方が悪いんじゃないのか」わたしは言った。

「材料が粗悪なんです。粘土の質は合格でした。変色した粘土脈が見えるでしょう？」

「戦時経済だ、ゾンダー。第二と第三で処理を続けているかと思うが」

「半量しか処理できません」

「参った。移送担当者にどう言えばいい？　受け入れを拒否するとでも？　うう、穴に埋める方式に逆戻りか。それでまた防空局からぐだぐだ言われる。それはそうと……」

ゾンダーコマンド班長が身を起こした。足で格子を閉め、炉の扉のかんぬきを滑らせる。天井が低く、ガード付きの照明器具が備わり、音の反響するアーチ形の空間で、われわれは灰色の薄闇のなか、少し離れて立っていた。

「それはそうと、ゾンダー。気分はちがうか？　その――旅立ちのときがわかっていると」

「はい」

「それはそうだろう。四月三十日。きょうは何日だ？　六日。いや、七日か。ということは。ヴァルプルギスの夜まであと二十三日だ」

シュムルは言いようのない汚さのぼろ切れをポケットから取り出し、爪をごしごし拭きはじめた。

「ゾンダー、わたしを信頼してくれるとは思っていない。ただ、少しは……前向きになってきたか？　知ることについて？」

「はい。いくぶんは」

「落ち着いてきたとか、そういうことか。あきらめがついたとか。興をそぎたくはないのだが。その最後の務めは楽しくないかもしれない。わたしへの最後の奉仕に決して気乗りはしないかもしれない。帝国への最後の奉仕に」

　そしてわたしはシュムルに任務を与えた。

「うなだれているな。落胆した顔だ。気に病むな、ゾンダー！　おまえは司令官を際限のない苦痛から救うことになるのだ。おまえのちっぽけな良心についても、まあ、そう長く〝おのれに恥じぬように生きる〟必要はないからな。十秒くらいか、せいぜい」わたしは両手をこすり合わせた。「それでだ。何を使う？　その鞄を貸してみろ……なんだこれは？　この変な槍は？　ふむ。持ち手付きのカジキスパイクのたぐいか。いいじゃないか。手に隠し持つのに。ちょっとやってみろ……。いけるな。では鞄に戻せ」

　ひとつ提案したぞ。われわれは地下から地上へあがっていき、ミシミシ音を立てるブリキ板で覆われたトンネルを歩いた。

「ああ、おまえの妻の居所はわかっているからな、ゾンダー」

　実際のところ、そして困ったことに、これはもう事実ではなくなった。シュムル夫人は、トウォマツキエ通り四番地にあるパン屋の上の屋根裏部屋にはもういなかった。それで厨房長を連行して尋問したところ、シュラミートを彼女の兄と一緒にゲットーから逃がすのに手を貸したと白状した。ふたりは南へ向かっていた。なんの不思議もない――ハンガリーでは、稀にあった略奪と虐殺を除けば、ユダヤ人はただの二級国民だ（そしてバッジすら付けられていなかった）。ハイム・ルムコフスキ議長本人から引き渡しを約束されていたにもかかわらず、こんなことになった。何より恥ずかしいのは

（とても立ちなおれない）、何よりみっともないのは（ほんとうに立ちなおれない）、それがまさに〝ユダヤ人居住区闇取引・不当利得取締局〟の鼻先で、鼻先で起こったことだ！　いったいいくら金をばらまいたと思う？　わたしは言った、

「止まれ」

いいや、実はそこまで落ちこんではいなかった。シュラミートの逃亡は、理論上もしくは観念上の逆転にすぎない。脅威はまだ続く――呪文はしっかりかかったままだ。ただ、わたしは苦労してシュラミートの居所を突き止めたというのに、うまく逃げおおせた彼女がブダペストの大通りをぶらついているかと思うと、どういうわけか耽美な興奮を覚えた。

「それでは、ゾンダーコマンド班長。三十日までだ。ヴァルプルギスの夜に、いいな？」

メビウスは飲み物を口にした。ナプキンで口を拭う。そしてため息をつき、静かに言った、

「あのおしゃべり女の秘密結社。ノルベルテ・ウール、スージ・エルケル、ハンナ・ドル。ハンナ・ドルですよ、パウル」

「うう」

「敗北主義。軽率な言動。敵国のラジオ――これは、彼女たちの言葉を聞けば明らかです。さて、パウル、わたしはドロゴ・ウールと話をしました。そしてそれ以来、ノルベルテは口を閉じています。オルプリヒトとスージについても同様です。あなたとも話をしました……」

「うう」

「いままで言わずにいましたが、知らないはずはありませんね、ここでの……あなたの地位は風前の灯火だと。おまけにハンナは、戦況についてのあらゆる悲報を拾っては目を輝かせて喜んでいる。あなたは司令官なのですよ！　状況がすぐにでも変わらない場合は、プリンツ・アルブレヒト・シュトラーセ（当時、ベルリンのこの通りにゲシュタポの本部があった）に報告せざるをえません。もう一度訊きます。ごく単純な質問です。あなたは妻を大人しくさせられますか、それとも無理ですか？」

「うう」

まともな時間にベッドに入ろうと決めたので、わたしは戦前のベストセラー本『ユダヤ人という世界的疫病――地球上のユダヤ人の黄昏』を手に、膝を曲げて横になっていた。

ドアが勢いよく開いた。ハンナだ。全裸で、しかもいちばん高いハイヒールを履いている。そして念入りに化粧をしている。ハンナは進み寄ってきて、わたしの前に立った。両手を伸ばしてわたしの髪をつかんだ。そして容赦なく乱暴に、唇が裂けるほどの勢いで、わたしの顔をごわごわした彼女の茂み《ブッシュ》にこすりつけたかと思うと、軽蔑しきったように突き放した。目をあけると、ハンナの背骨《リュックグラート》に垂直に並んだビーズが、ウエスト《タリエ》の対をなす曲線が、尻《アーシュ》の大きく揺れ動く半球が見えた。

彼は毒蛇と戯れ、戯れ、戯れている。闇は毒蛇と戯れ、戯れ、戯れている。闇はドイツ生まれの支配者だ。見よ――生き生きと躍動するあの姿を。そこに死があるのだ。死は生きている！

3　シュムル――しるし

今週ではなく、来週でもない。再来週でもない。その次の週です。

わたしはその覚悟ができていました。でも、この覚悟はできていません――しておくべきでした。

だれかがいずれゲットーか収容所にやってきて、ドイツ人の憎しみが滑稽と言えるほど執拗な理由を説明してくれるでしょう。

そうしたらわたしはまずこう尋ねます――なぜわたしたちは徴用されたのか、なぜおのれの破滅に向かって突き進むことを強要されたのか？

一九四〇年十二月のある日、妻が織物工場から、ほかの三家族と住んでいた暖房もつけていない小さな部屋に戻ってきて、わたしに言いました、

「きょうは十二時間かけて軍服を白く染めてきたわ。東部戦線で使う軍服を。わたし、だれのためにこんなことをしているの？」

困窮し、凍え、飢え、投獄され、隷属させられ、おびえさせられた妻は、自分の街を爆撃し、砲撃し、機銃掃射し、略奪し、自分の家を破壊し、父と祖母、ふたりのおじ、三人のおば、十七人のいとこを殺した軍隊のために働いていました。

ええ、そういうことなのです。ユダヤ人は敵の勝利に手を貸すことによってのみ、生きながらえることができます――ユダヤ人にとっては意味不明な勝利に。

物言わぬわたしの息子たち、ショルとハイム、そして戦争――ユダヤ人との戦争――の遂行に、ふたりが貢献したことも忘れてはなりません。

わたしは息が詰まりそうです、溺れかかっています。この鉛筆とこの紙切れだけではとても足りません。色彩と音楽が――油絵の具とオーケストラが必要です。言葉以上のものが必要です。

わたしたちは第四焼却炉の下の、じめじめした黒い地下空間にいます。片手に拳銃を、もう一方の手に葉巻を持って立っているドルが、小指で眉を整えます。

「よし。突き刺す練習だ。武器を袖のなかから手に落とせ。そこの袋を突き刺せ。なるべくすばやく……。上手いじゃないか、ゾンダー。さては少し練習していたな？　よく聞け。繰り返す。五月一日の正午に、シュラミート・ザハリアシュは連行される。その日の朝、わたしが電話で命令を取り消さないかぎり。実に単純。すばらしく明快だ」

ドルは進み出てきて、顎と顎がくっつきそうなほどわたしに顔を寄せ、唾を飛ばしながら爛々とした目で言います。

「ヴァルプルギスの夜だぞ？　ヴァルプルギスの夜。いいか？　いいな？　頼むぞ？　いいな？　ヴァルプルギスの夜だ。……ゾンダー、おまえの妻を生かしておく唯一の方法は、わたしの妻を殺すことだ。わかったか《クラー》？」

　地球は物理法則に従って、地軸を中心に自転し、太陽のまわりを公転します。こうして日々は過ぎ、土はゆるみ、空気は暖かくなります……。

　真夜中の引きこみ線。占領されていないフランスの強制収容所からの輸送列車が、予定より早く到着します。有蓋貨車の一両一両に水の入った樽が、さらに珍しいことには、おまるが備えられています。選別がはじまり、列がプラットフォームの端から端まで（白く輝く反射板にくまなく照らされて）くねくねと延び、乱れはありません。投光照明灯のいくつかは、光量を落としてあるか、向きをそらしてあります。そこには平穏があり、そよ風が吹いています。ツバメの群れが急に下降しては、上昇していきます。

　彼らはあなたを作り変えます（これはわたしの独り言です）、あなたを彼らの思う姿に作り変えます、鍛冶屋の鉄床《かなとこ》に載っているかのように、あなたを別の形に打ち鍛えて、彼らから流れ出るものを塗りたくり、彼らの存在そのものであなたを汚すのです……。

　わたしはふと気づくと、四人家族を見つめています。赤ん坊を抱っこした二十歳くらいの女性、その両脇に三十歳くらいの男性と四十歳くらいの女性がいます。口をはさむにはもう遅すぎます。それに、少しでも騒ぎを起こせば、わたしは今夜死に、シュラミートはメーデーに死ぬことになります。

それでも、いても立ってもいられず、わたしは男に歩み寄ってその肩にふれ、脇へ連れていって、これまで言ってきたのと同じくらい意味ありげに言います。

「ムシュー、赤ちゃんを取りあげておばあちゃんに渡すのです《プルネ・ル・ギャルソン・エ・ドネ・ル・ア・サ・グランメール》。そうしてください《シル・ヴ・プレ》、ムシュー。わた《クロワ》しを信じて《イエ・モワ》。どうか信じて《クロワィエ・モワ》。あの人は若くありませんよね《スリュイ・ネ・パ・ジュヌ》？」わたしは首を横に振りました。「子連《レ・メール》れの母親《・アヤン・デザンファン》？」また首を横に振りました。「何を失うというのです《ク・プヴェヴ・ズィ・ペルドル》？」

何分か悩ましげにためらったのち、男はわたしの言ったとおりにします。そして、彼らの順番が来ると、エントレス教授はひとりではなく、男女ふたりを〝右〟と選別します。

こうしてわたしはひとりの死を遅らせます――あの女性《ラ・ファム》の死を。ひとまず、妻をひとり救いました。そればかりか、この十五カ月で初めて、わたしはだれかの視線をしっかり受け止めました。これは〝しるし〟だと感じます。

きょうではなく、あすでもない。明後日です。

わたしは茶色の小屋の、空っぽの脱衣室にいます。ツィクロンBを扱う人たちが薬物やアルコール依存でまともに働けなくなっていて、代わりを見つける必要があるため、また大幅な遅れが出ることでしょう。

わたしたちはハンブルクからの輸送を待っています、親衛隊とわたしは。

洋服掛けとベンチ、すべてのヨーロッパ言語の標示がある脱衣室は、実用的に見えます。そして、ホースで送りこむ方式のガス室が、ノズルを備えたシャワー室の模倣を再開しています（でも床には排水口がありません）。

来ました。彼らはいま列をなして入室していて、ゾンダーたちが彼らのあいだを歩いています。伍長がわたしに、プリューファー収容所指導者からのメモを手渡します。内容は――〝ハンブルクから無蓋貨車二十両（一両につき約九十名）。ワルシャワで停車――追加の無蓋貨車二両。計二十二両の無蓋貨車。千九百八十名の再定住者のうち、労働に適していると見なされた一〇パーセントを引いて、千七百八十二名〟。

明らかに連れはおらず、妙につらそうに歩いている少年が目に入ります。内反足で、彼の矯正靴は、ほかのすべての脱腸帯、装具、義足とともに、プラットフォームに積みあげられたままになるでしょう。

「ヴィトルト？」わたしは言います。「ヴィトルトか」

少年はわたしを見あげ、一瞬虚ろになったあと、その顔に感謝と安堵の色を浮かべます。

「ザハリアシュさん！　ハイムはどこです？　ぼくは彼を探しにいったんですよ」

「どこへ探しにいったんだい？」

「あのパン屋へ。閉まっていました。板を打ちつけてあります。隣の人に訊いたら、ハイムは何年も前に行ったと言われました。あなたとショルと一緒に」

「では母親は？　ハイムの母親は？　ザハリアシュ夫人は？」

「お母さんも行ったと言われました」

「輸送列車で？」

「いいえ。歩いて。お兄さんが迎えにきたそうです。ザハリアシュさん、ぼくは逮捕されたんです！　駅で。浮浪罪で。パヴィアク刑務所行きです！　撃たれると思ったんですが、向こうの気が変わったみたいで。ハイムはここにいるんですか？」

「ああ、いるよ」わたしは言います。「ヴィトルト、一緒に来い。さあ。こっちだ」

樺の木立は春です。銀色の樹皮がめくれてきています。ひんやりした風が薄い葉から水滴を払い落とします。

わたしはカポのクレプスに意味深な視線を送り、〝ドイツの権力者によって与えられた権威を振って〟言います、「二分ほど時間をくれないか？《カンスト・ドゥー・ミッヒ・マール・ツヴァイ・ミヌーテン・エントベーレン》」

わたしはヴィトルトの腕を取り、植木鉢が並んだ小道を歩いて白いくぐり戸へ導きます。ヴィトルトの前に立ち、その両肩に手を置いて言います。

「そう、ハイムはここにいる。兄のショルも一緒だ。ふたりは自作農園で働いている。畑で。運がよければきみも同じ仕事に就けるだろう。息子たちもいまや大人の男だ。成長したよ」

「ぼくの矯正靴はどうなるんですか？　畑仕事をするならあれがないと」

「荷物は全部ゲストハウスに運ばれる」

音が聞こえ、わたしは目をあげます。ドルの職用車の、すり減って空気も抜けたタイヤが泥のなかで激しく滑っています。わたしはクレプスに合図をします。

「すぐにチーズ・サンドイッチが食べられるが、あとで温かい食事も出る。ハイムがきみに会えるよう、こっちへ呼んでおくよ」

「ああ、それはいいですね」

それがヴィトルトの最後の言葉になります。

「あそこで何があったんだ？」救急車の後ろへ引きずられていく死体を見ながら、ドルは尋ねた。

「問題児です。矯正靴を返せと言い張っていました」

「矯正靴か。なるほど、あの小僧に問題があったのはわかった。金曜日の六時だ、ゾンダー。庭で。暗くなったころ」

やたら低く飛んでいる鳥の、大きな影が胸もとを横切るのが見え、わたしはびくっとします。「暗くなったころ、ですね」


一九三四年から三七年にかけて、ヴィトルト・トゥシェチャクと息子のハイムは、双子のように仲よくしていました。毎週末、ヴィトルトの家かうちのどちらかで一緒に過ごしていました（そして、怖い話を聞いたとか、梯子の下に黒猫がちらっと見えたとか、ハロウィーンだからとか、ヴァルプルギスの夜だからといった、小さな言いわけをしては、シングルベッドにふたりで寝ていました）。

一九三八年に両親が離婚して、ヴィトルトはウッチ（父）とワルシャワ（母）とのあいだを行き来する、むっつりした恐れ知らずの少年になりました。彼は侵略されたあとも長くこれを続けていました。一九三九年、ヴィトルトは十二歳でした。

いま、ヴィトルトは気が遠くなったかのように倒れます。クレプスが後ろへさがります。ヴィトルトが死ぬまでに一分もかかりません。二十秒も経てば、この世からいなくなっています。別れを告げるべきものも、生きた証も、愛も（おそらく）、ばらまかなくてはならない記憶も、彼にはろくにありません。

きょうではなく、あすでもない。明後日です。

第6章　ヴァルプルギスの夜

1　トムゼン――史上最強の将帥《グレーファッツ》

おれの宇宙氷説に対する興味は、その論文を四、五ページ読んだだけで尽きた。同様に、民族主義〝文化研究〟の進捗についても、アーネンエルベで四、五分過ごしただけでもうじゅうぶんだった。そういうわけで、見せかけの公平性と厳密さを取り繕う膨大な手書き作業を含めても、首都でのおれの仕事は二月の最終週までに完全に終わった。

雨と風の三月を過ごしながらずっと、おれは早くＫＺに戻らなくてはという思いを募らせていた。この猛烈な焦りをもたらしているのは、ハンナ・ドルではなかった（彼女については、状況に大きな変化がないことを願っていた）。そう、おれは別の種類のジレンマに陥っていた。それはブナ＝ヴェルケの速度と戦争の速度に関係していた。

では何がおれを引き留めていたのか？　いつでもいいが自由には選べないナチ党全国指導者とのアポイントメントだ。このころ、叔父のマルティンは、バイエルン・アルプスと東プロイセン、鷲の巣と狼の砦を行ったり来たりしながら、その対流圏で生きているようなものだった……。総統秘書《ゼクレテーア》に信頼されている老嬢、秘書のヴィプケ・ムントによって、七回、八回、九回の会合の日取りが決められてはキャンセルされた。

「新たな関心事のせいよ」電話の向こうでヴィプケは言った。「すっかり没頭しておられるわ」

「何にです、ヴィプケ？」

「最近の流行りね。外交よ。マジャール人のご一行とあちこちまわっていらっしゃるの」

ヴィプケは続けた。叔父のマルティンの責任領域はハンガリー――ハンガリーと、かの国のユダヤ人の問題だった。

「お気の毒にね。あなたもじれったいでしょう。ゆっくり腰を据えてベルリンを楽しんでもらうしかないわね」

ケルンやハンブルク、ブレーメン、ミュンヘン、マインツ（ルール地方全体と合わせて）とちがい、ベルリンはまだひとつにまとまっていた。一九四〇年の後半から四一年の初めにかけて、数十回の攪乱襲撃があったが、その後は先細りになり、一九四二年にはまったくやんでいた。けれども、遠からず空が飛行機で真っ暗になるだろうことは、だれもが確信していた。
そしてそれは起こった――空軍《ルフトヴァッフェ》の日（パレード、行進、盛大な式典）のあと――三月一日から二日にかけての真夜中、複数の飛行中隊による最初の爆撃が。サイレンの音で目が覚めた（三回の強

固な和音、続く鋭いうなり）。おれはのろのろとガウンを着て階下へおり、〈ホテル・エデン〉のワイン貯蔵室での酒宴に加わった。九十分後、浮ついた退廃ムードは突如消え去り、酔っ払って足つきの怪しい巨人が、一歩ごとに先史時代の雷鳴を轟かせながら、街区をまたいでこちらへ向かってきているように思えた。自分はどんな死に方をするのか（吹き飛ばされるのか、焼かれるのか、押しつぶされるのか、窒息するのか、溺れるのか）とみなが考えはじめたそのとき、ブロブディンナグ（『ガリヴァー旅行記』に登場する巨人の王国）の民かブランダーボア（英国の民話『巨人退治のジャック』に登場する巨人）が突然よろめいて方向を変え、東へ崩れ落ちていった。

数百人が死亡し、数千人が負傷し、おそらく十万人が家を失い、百万人がやつれておびえきった顔になった。足もとには、パリパリ砕けるガラスの果てしない絨毯、頭上には、煙に覆われた硫黄色の空。戦争はとうとう、はじまりの場所に戻ってきた——ヴィルヘルム通《シュトラーセ》りに。

この街にはすでになんらかの異変が起きていて、通りを行く人々にも、すでになんらかの異変が起きていた。半時間もすると、異変の正体に気づいた。若い男がいないのだ。監視のゆるい強制労働者（征服された土地から来た者）の集団や、地方警察、親衛隊は目にした。だがそれ以外に若い男はいない。

松葉杖をついたり、手押し車や人力車に乗ったりしている者を除いて、若い男はいない。ポツダム広場のパブへの階段を思いきっておりていくと、袖やズボンに入っているはずの腕や脚のない者たちにいくらでも出くわす（もちろん、顔に損傷を受けた者にも）。

夜、ホテルの廊下には、一見すると切断された脚のようなものがずらりと並ぶ。靴磨きをさせるため部屋の外に出された、膝上まであるシュティーフェルだ。

———


「大局の説明からはじめてもいいかな？　ずっと気になっていたことだ」

「はい、ぜひお願いします」

「……その名前のない犯罪は、仮に、ナチの権勢が絶頂にあった、一九四一年七月三十一日にはじまったとしよう。この書簡はアイヒマンとハイドリヒによって起草され、ゲーリングに送られ、ゲーリングは署名して返送した。全面解決という、総統の〝意向〟を。このひと月、われわれは東部で人員を集めてきた。きみたちにその権限を与える。開始せよ、というのがその書簡の主旨だ」

「全面的な……？」

「まあ、おそらくまだこう考えていたのだろう、ロシアをさっさと打ち負かしたあとで、彼らを寒くて不毛な場所に捨てればいいと。ウラル山脈を越えた北極圏のどこかに。遠まわりの絶滅だ。しかし下からの圧力があった——ポーランドの全権委員たちのあいだで過激主義にまつわる論争が起こった。侵攻によってさらに三百万人のユダヤ人を追加しましたね、総統。それだけの人数には対処できません。それで？　八月か九月には、当てにしていたロシアの領土が遠のいていき、レバーをもうひと押しすることになる。倫理上の歯止めを取っ払ったのだ。それは何だったと思う、トムゼン？　彼らは何カ月にもわたって、男性ばかりでなく、女性や子供も殺しつづけていた」

三月二十九日。コンラート・ペータースとティアガルテン――獣の園という名の広大な公園――に来ていた。木々の幹は黒く、芝生は煙るような露に濡れている……。ペータース教授は、おれの記憶にあるよりさらに高齢で老熟していて、さらに手ごわかった。短軀で幅のあるラグビーボールのような体形、蝶ネクタイに色どり豊かなベスト、分厚い眼鏡、いまやほぼつるつるに禿げ、しかめた眉の目立つ大きな頭。脚を切り落とされた洒落者の巨人といった風貌だ。おれは言った、

「子供に関しては正当な理由があると彼らは主張していますね？」

「そう。そういう武装した子供たちが成長すれば、一九六三年ごろナチに報復したくなるはずだと。四十五歳未満の女性に関しては、妊娠している可能性があるからとでも言うのだろう。それより年長の女性に関しては、〝ついでだから〟と」

ペータースはふらついて立ち止まり、一瞬息を切らしているように見えた。おれは目をそらした。そしてペータースはさっと頭をあげてまた歩きだした。

「トムゼン、きみやわたしのような人間は、その先進性や現代性を疑問に思う。そう思って当然なのだ。これだけ顕著なのだから。ただ、ガス室や焼却炉は付帯現象にすぎない。それは、処理速度をあげ、むろん経費を節約し、殺人者の精神的負担を減らすために考案されたものだ。殺人者……あの意志薄弱な者たちの。だが結局、銃弾と積み薪でもやっていただろう。意志はあったのだ」

ティアガルテンの小道には、二、三人のグループでのんびりぶらつき、学者ぶった会話に熱中している人たちがぽつぽつといた。ここはロンドンのハイドパークに相当する首都の公園で、こちらにも

スピーカーズコーナー（だれでも自由に演説や討論ができる一角）がある（ただし、ここにいる人たちはだれひとり声を張りあげず、小声で話していた）。ペータースは言った、

「行動部隊《アインザッツグルッペン》が百万人を優に超える人々をすでに銃殺したことはわかっている。彼らはどこへでも行っただろう――銃弾を携えて。想像してみてくれ。何百万もの女性と子供を。銃弾で。彼らには意志があった」

おれは尋ねた、「何が起こったんでしょう……われわれに？　あるいは彼らに？」

ペータースは言った、「いまも起こっている。きわめて不気味で異様なことが。それを超自然的とは言わないが、それは単にわたしが超自然的な物事を信じていないからだ。超自然的な感じはする。彼らに意志はあったのだろうか？　どこからそれを得たのだ？　彼らの攻撃性からは硫黄がにおってくる。まさに地獄の火のにおいだ。あるいはもしや、もしかしたら、それはきわめて人間的で、明白で単純なことなのかもしれない」

「それにしても、どうしてこんなことになったのでしょう？」

「もしかしたら、冷酷さは美徳だということを言いつづけると、こうなってしまうのかもしれない。ほかのあらゆる美徳と同様に、高い評価と権力によって報われるべきだと。どうなのだろう。死への欲求は……全方向に及んでいる。強制的な中絶、不妊手術。安楽死――何万人もの。死への欲求はまさしくアステカ族のそれだ。黄金期の」

「では、現代性と……」

「現代的であり、未来的でもある。ブナ゠ヴェルケが、ヨーロッパ最大にして最先端の工場であるは

ずだったように。それは、信じがたいほど古いものと混ざり合っている。われわれがマンドリルやヒヒだった時代にさかのぼる」

「ナチの権勢の絶頂期に決められたとおっしゃいましたね。するといまは？」

「このまま推進され、おそらく敗北の疝痛《せんつう》のなかで終了するだろう。彼らは自分たちの負けだと知っている」

「ええ」おれは言った。「ベルリン。雰囲気が一変し、すべてが暗転しました。敗北はだれの目にも明らかです」

「うむ。みながいま、あの男をなんと呼んでいると思う？　アフリカのあと。チュニジア戦線での苦戦のあと。グレーファッツだ」

「グレーファッツ」

「一種の略語だな。史上最強の将帥。ドイツらしいただの子供じみた皮肉だが、表現としては悪くない。グレーファッツ……。いまやすべてが変わった。もう腕をぴんと伸ばした敬礼はしなくていい。グーテン・タークとグリュース・ゴット（いずれも「こんにちは」の意、後者は主に南ドイツとオーストリアで使われる）でいい。法律によって、数百万のドイツ人にその名を一日三十回叫ばせよう。あのオーストリア《エスターライヒシュ》の浮浪児の名を……。それで、呪縛は解ける。われわれの十年にわたるヴァルプルギスの夜が終わりを迎える」

　木々の枝には緑の葉が綿毛のように茂っていて、ほどなくその場所にいつもの深い影を投じるだろう。おれはペータースに、どのくらいの時間がかかるだろうかと尋ねた。

「あの男はやめようとはしまい。ベルリンがスターリングラードのようになるまでは。抵抗分子がどうにかあいつを殺せるかもしれないとは思う」

「名前に〝フォン〟のつく者たち——大佐たちのことですね」

「ああ、地主貴族《ユンカー》の大佐たちだ。しかし彼らは次期政府の構成をめぐって内輪揉めを続けている。時間とエネルギーのばかげた無駄遣いだ。まるで連合国が別のドイツ人の一団に権限を与えるとでも思っているような。それを言うならプロイセン人か。そうこうするあいだにも、われらが反キリストのプチブルはひそかな粛清を続けている——」ペータースは英語で続けた。「〝この国にある十九基のギロチンを用いて〟」

おれは言った、「それにしてもあの不愉快な満足顔はなんなのでしょう？　みな嬉しそうな顔をしているのが信じられません」

「彼らは自分自身にさえ他人の不幸を喜ぶ気持ち《シャーデンフロイデ》を感じているのだ」ペータースはまた足を止め、哀れむような顔でこう言った。「みな喜んでいる、トムゼン。きみ以外はみな」


そしておれは、ペータースに事情を話した。生々しく伝えようとはしなかった。目を閉じるたびに、駆り立てられる馬に引かれて死んだ、かろうじて肉をまとった骸骨が見えるとは言わなかった。

「メビウスとルプレヒト・シュトルンクは、ふたりのあいだでですが、おれが〝シュライプティッシュテーター〟であることを暴き出しています」〝机上の犯罪者〟——みずから手をくださない、犯行の黒幕。「それも無意味な」

ペータースは顔をしかめ、立てた指をおれに向けて言った。「いや、無意味ということはないぞ、トムゼン。あの工場は侮れない危険をはらんだ存在だ。合成ゴムと合成燃料が勝利をもたらすことはあるまいが、戦争を長引かせはするだろう。そうして過ぎていくその日その日にも……」

「それがわたしが自分に言いつづけていることです。いまも」

「事件があればそのシュトルンク氏も行き過ぎを控えるだろう、まちがいない。じきに彼らは女性と子供だけを殺すようになる。労働力として男性が必要になるからだ。だから気を取りなおせ。明るい面を見るのだ。宙に浮いている疑問について話そうか？」

「もしよければ」

「彼らはだれのためにユダヤ人を殺している？　だれの利益《クィ・ボーノ》になる？　ユダヤ人のいなくなった《ユーデンフライ》ヨーロッパという成果に浮かれるのはだれだ？　だれがその陽光を浴びる？　帝国ではない。そのころ帝国は存在していないだろう……」

ほんのしばらく、おれはハンナのことを――そして〝三一致〟の法則について、戦争が〝三一致〟にもたらす影響について――考えた。ペータースは微笑んで言った、

「グレーファッがいま、いちばん憎んでいるのはだれだかわかるか？　失望させられたという理由で？　ドイツ人だ。見ていろ。ロシアを追われたあと、あの男は西に全力を注ぐだろう。ロシア人はさっさとここへ乗りこんでくれればいいと思っているはずだ。だからうずくまっていろよ」

おれはペータースと握手を交わし、わざわざ時間を割いてもらったことに礼を述べた。

ペータースは肩をすくめた。「クリューガーの件は？　全容解明までもうひと息というところか」

「ほぼ確実に、詳細がわかるはずです。うちの叔父は、面白い話を黙ってはおけないので。そうなっ

た場合は必ず……」
「ああ、頼む。ずっと考えていたのだが——三四年一月、ライプツィヒ。オランダ人の放火魔が自分の頭に別れを告げた時と場所だ」ペータースは鼻を鳴らした。「われらがウィーンの予言者はロープにこだわっていた。斬首刑より屈辱的だからだ。ドイツでは十八世紀以来、司法による絞首刑がおこなわれていないと知って、あの男は唖然とした」遠くに見える、破壊され打ち捨てられた国会議事堂のクリーム色のドームを身ぶりで示す。「三四年一月、ライプツィヒ。ディーター・クリューガーがその放火事件に関与していた可能性はあると思うか？」

——

ヴィプケ・ムントは煙草を吸わずにいられない女性で、一時間も経てば茶色い吸殻で灰皿が満杯になるほどだった。加えて、咳をして痰を吐かずにいられない女性でもあった。まるひと月が過ぎ、おれはいま、党官房（爆撃で被害を受けたが抜かりなく修復されたヴィルヘルム通りにある）にあるヴィプケの執務室ですわっていた……。おれはもうひとりの、もっと若手の秘書、金髪で柔和な顔つきのハイディ・リヒターが動きまわるのをぼんやり眺めていた。彼女が横へ身を乗り出したり、前かがみになったり、しゃがんだり、すっと立ちあがったりする様子に、なんということもなく見惚れていた……。ベルリンでのこの数カ月、おれは特権階級の禁欲主義者の役を演じていた。午後は労働者階級が暮らす郊外のフリードリヒスハイン地区やヴェディング地区を散歩し、ホテルでつましく早めの夕食（鶏肉、パスタ、たまに牡蠣やロブスターも含まれるその他の非配給食）をとってから部屋へ戻った（部屋では、人知れず危険を冒して、トーマス・マンなどの本を読んだ）。いわゆる〝友好関係〟を結んでいたベルリンの女性が三、四人いたが、連絡はしなかった。ボリスならそんな真面目さをばかにするだろうが、おれは感情という資産、さらには道徳という資産を手にしたと感じていて、それを使い果たすのも、切り崩しはじめるのもいやだった。それにおれは、ごく最近まで、殺人者のイルゼ・グレーゼと関係を持っていた男だ……。

「ねえあなた《リープリング》、うろうろしていてもしょうがないでしょう」ヴィプケが言った。「あのかたはまだしばらく空かないわよ。さあ、このまずいコーヒーでも飲んで」

延々と待っていた——ここに着いたのが正午で、いまは二時四十分だ。それでおれは、〈ホテル・エデン〉で高額の精算をした際に受けとった二通の手紙にまた目を通した。

ズーイトベルト・ゼーディヒが、彼の投げやりな週報に添えて、ルプレヒト・シュトルンクの最近の動向に関する秘密の補遺を送ってきた。シュトルンクはいっさいの遅滞《ウンフェアツュークリヒ》を許さず、倍速で予定を進めていた。いまや囚人たち《ヘフトリンゲ》は三倍速で、つまり全速力で働いていた。ゼーディヒいわく、主力工場は〝山火事のさなかの蟻塚みたいなありさま〟らしい。

もう一通は、四月十九日付の、ボリス・エルツ（ずいぶんと筆無精な文通相手だと言わざるをえない）からの手紙だった。文面の大半は暗号めいた書き方をしてあった。検閲官が聞きたがっているのは、ほぼ常に事実と正反対の言葉だ。だからたとえば、〝あの禁酒主義の若造が、卓越した能力と一点の曇りもない模範的な品行により、まもなく昇進すると聞いた〟とボリスが書いていれば、大酒飲みのおやじが、甚だしい無能と度しがたい職権濫用により、まもなく降格されるのだな、とわかった。

ハンナについては、〝一月三十日にウール邸で、三月二十三日にドル邸で顔を合わせた〟と書いてあった。

どちらも壊疽にかかりそうな行事だったにちがいない。一月三十日は政権奪取十周年記念日だった。そして十年前の同じ冬の三月二十三日、立憲国家を解体する授権法が可決された――彼らに言わせれば、国民と帝国の窮状を軽減するための法だ……。

ボリスは手紙をこう締めくくっていた。

どちらの宴席でも、おまえの友人は政治部の将校から、この祝賀ムードをみなと共有する気がないのかとなじられていた。彼女は明らかにふさぎこんでいたが、ほかのだれもが、言うまでもなく、勝利のにおいを嗅ぎとって、ナショナリズムの炎に酔いしれていた！

真面目な話だ、兄弟。おれは六週間早く解放された。オーストリア人たちと過ごす時間は終わりだ。今夜、おれは感慨無量で東部へ旅立つ。心配するな。アンゲルス・トムゼンがアーリア人女性にもてつづけるよう、おれは決死の覚悟で戦ってくる。だからおまえは、タトラ山地から来たあまのじゃく、金髪碧眼の〝テリース《Theres》〟（Esther〔エスター〕のアナグラム）を全力で守ってくれ。

ではまた、B

「ハイディ」ヴィプケが言った、「トムゼン中尉を小食堂へ案内してもらえる？」

――

大食堂（宴会場のアトリウム）と大真面目に比較する気はないが、小食堂はじゅうぶん大食堂で、天井高九メートル余りの空間に、かなり重量のあるクリスタルのシャンデリアがどうにか収まっていた。おれは長方形のテーブルに着き、カップ一杯の本物のコーヒーとグラス一杯のベネディクティン・リキュールを供された。空気は煙草の煙と存在の悲哀に満ちていて、ぴっちりしたモーニングスーツとウイングカラーを身に着けた、長身で太り肉《じし》の暑苦しい男が、だらだら汗をかき、体に多大な負担をかけて一枚の紙を読みながら、流暢で改まったドイツ語で言った、

「ナチ党全国指導者どの、ドイツらしいもてなしに心より感謝申しあげます。われわれの記憶に鮮やかなのは、わけてもあの有名な鷲の巣からの壮大な景色、ザルツブルクにおけるリヒャルト・ワーグナーの〈トリスタンとイゾルデ〉のすばらしい演奏、殉教者の神殿での感動的な式典を含むミュンヘンのガイド付きツアー、そして最後になりますが同等に忘れがたい、プラッハの貴宅での、素敵なお子さまがたとご親切でお美しい奥さまとの贅沢な晩餐。こうしたことすべてに、加えてあなたがたの帝国の輝かしい首都での滞在に、ナチ党全国指導者どの、われわれは心の底から――」

「いやいや、喜んでいただけて《ゲルン・ゲシェーエン》幸いです。さあ本題へ」総統秘書《ゼクレテーア》は言った。

とりわけ意欲的で楽しそうに、叔父のマルティンは咳払いをして居住まいを正した。それから、や

やもどかしげではあるが律儀な笑みを浮かべ、通訳に向かって続けた、

「ベルリンはブダペストとの絆を強固なものにしたいと望んでおります……。いま、あなたがたはふたたび、中立国ではなく同盟国のようにふるまってくださっていますね……。この関係を維持しましょう。では別の問題へ……。われわれがバールドッシ首相の解任を遺憾に思っていることはよくご存じでしょう、正直なところ驚愕しております……。カーライ首相の政策ということですが……。現状、ハンガリーはユダヤ人にとって、まぎれもない天国——地上の楽園《アイン・パラディース・アウフ・エルデン》——というところです……

……。ヨーロッパのすべての鉤鼻人《イェーダー・ハーケンナーゼ》が、まちがいなくあなたがたの国境を突破したがっています……。みなさん、われわれは赤面します《ヴィア・エアレーテン》、国の安全に対するあなたがたの見通しの甘さに！……」

　マルティンは哀れみの表情で高官ひとりひとりの顔を見ていった。濃い顎ひげをたくわえた大臣クラスとおぼしき男が、上のポケットから緑のハンカチを取り出し、大人げない無遠慮さで鼻をかんだ。

「即時の誠意ある対応として、帝国の法に準拠した特定措置の導入をお願いしたい……。まず、全財産の没収……。第二に、あらゆる形態の文化及び経済活動からの排除……。そして第三に、ダビデの星の目印を付けさせることです……。その後、彼らは集められ隔離されます。移送《アプゼンドゥング》もいずれおこなわねばなりません……。わたしは狼の砦《ヴォルフスシャンツェ》から、総統大本営から来ております！　ホルティ摂政にみずから正式な敬意を表するよう命令を受けているのです」マルティンは人差し指を立て、笑顔で言った、「えー、ハンガリー王国摂政殿下……ほんの数週間前にありがたくもわが国をご訪問くださったとき……。どういうわけかわれわれの勧告に価値を認めておられないようでした……。ですから、敬意をこめて、お約束します……。たとえ国防軍《ヴェアマハト》を差し向けることになろうとも、われわれは貴国の

ユダヤ人を引き渡していただく所存です……。われわれが貴国のユダヤ人をお引き受けします。おわかりですか？《クラー》　それでよろしいですか？《ダス・イスト・クラー》」

「はい、ナチ党全国指導者どの」

「ああ、ゴーロ、おまえはそこにいてくれ、わたしは高官のみなさんを送迎車までお見送りしてくる」


叔父は一分も経たずに戻ってきた。給仕たちを帰らせ、リキュールを手もとに残した叔父のマルティンは、立ったままグラスを傾けながらこう言った。

「これにまさる瞬間はないぞ、ゴーロ。国家そのものに指示を与えるのだからな」叔父は隣の椅子にすわると、ただこう尋ねた、「それで？」

おれは長い報告書をまとめたと話し、こう付け加えた、「ただ、それは単純明快だとだけ言っておきます」

「要約を頼む」

世界氷理論としても知られる宇宙氷説は、叔父さん（と切り出した）、木星ほどの大きさの凍った彗星が太陽に衝突したときに地球が誕生したと主張している。それに続く長い長い冬のあいだに、最初のアーリア人が注意深く形成され、完成した。従って、大型類人猿の子孫には下等な人種しかいない。北欧ゲルマン系の人々は、失われたアトランティス大陸で、地球の黎明期から冷凍保存されていた。

「どのように失われた？」

「水没したんです、叔父さん」

「それだけか？」

「大筋では。アーネンエルベというのは、興味深い場所ですね。彼らが証明しようとしているのは宇宙氷説ばかりではない。類人猿とヒトのあいだに存在したとされる失われた環《ミッシングリンク》が、ある種の熊であったと証明しようとしている。ほかにも、古代ギリシャ人はスカンジナビア人であったとか。キリストはユダヤ人ではなかったとか」

「だったらキリストはなんだった？　全部が全部そんな具合か？」

「アモリ人です。いいえ、優れた研究も多少はおこなわれていますし、年間百万の価値はじゅうぶんあるかと」

そう、いまのは本心だ――小銭で百万の価値はある。アーネンエルベの研究員は、〝戦争に不可欠〟と見なされ兵役を免除されていたが、軍事上不可欠ということではまったくなかった。彼らのだれひとり、身体検査に合格しそうになかったし、身体検査に耐えきれないだろうとさえ思われた。この折り紙付きのアーリア人たちは、できそこないの頭脳にひねり出されたようなできそこないの顔をしていた――目は飛び出し、歯は出っ張り、口はだらしなく開き、顎は引っこみ、鼻は赤らんで鼻水が垂れていた。大半は下っ端の研究者か素人レベルの愛好家だった。一度〝解剖棟〟をちらっと覗いてみた――ブンゼンバーナーに載せたガラスボウルのなかで生首が茹だっていて、瓶いっぱいに睾丸のピクルスが詰まっていた。精神先史研究会《シュトゥーディエンゲゼルシャフト・フュア・ガイステスウアゲシヒテ》という名の蠟人形館――悪夢のように散乱した図面に人体パーツ、測定器具、そろばん、フケ、よだれ……。

「ただし、主な目的はプロパガンダです。そこにあの機関の価値があるんです、叔父さん。ナショナリズムをあおることに。そして征服を正当化することに。ポーランドはもとからあるゲルマニアの一部にすぎない——そんなようなことです。ただ、ほかのばかげたあれこれは？　まあいいです、ひとつ教えてください。宇宙氷説を——シュペーアはどう見ているんですか？」

「シュペーア？　あの男は意見を述べようと身を乗り出しさえしない。専門技術者だからな。子供騙しだと思っているんだろう」

「正しい見立てです。距離を置いてください、叔父さん。ヒムラー親衛隊全国指導者とゲーリング国家元帥が、それを支持して嘲笑を得るだけです。宇宙氷説は忘れて、シュペーアに対処しましょう。シュペーアの強みはなんですか？」

マルティンはグラスをふたたび満たした。「そうだな、シュペーアは二月に、一年足らずで戦争生産量を倍にしたと主張した。事実そうなっている。それが強みだろう」

「まさにそれが脅威なのです。叔父さん、何を築こうとしているかわかりますか、シュペーアとザウケルが？　シュペーアは明らかにあなたの地位を狙っています。後継者になろうと」

「……後継者に」

「もし、そんなことになったら……」

「うむ。そんなことになったら……。心配ない、すべて掌握している。大管区指導者はわたしに付いている。当然だ。党指導部の仲間だからな。そういうわけで——シュペーアが大量の機械部品を注文すれば、わたしの配下の者たちがその半分を途中で奪う。さらにオットー・ザウアーとフェアディ・ドルシュを軍需省内にもぐりこませてある。シュペーアは至るところで妨害を受けるだろう、そして当人にできるのは、ボスにせいぜいすり寄って退屈させることぐらいだ。シュペーアはいまや単なる役人だ。芸術家ではない。いまはもう」

「さすがですね、叔父さん。よかった。ただぼんやりすわっていて正当な権限をかすめ取られるようなことはないとわかっていましたよ」

しばらくして、おれが列車の時刻を口にすると、総統秘書《ゼクレテーア》は駐車場へ急ぎ、東《オストバーンホフ》駅までおまえを送っていくと言った。中庭でおれは言った、

「この車のドア。やたら重いな」

「装甲してあるんだ、ゴーロ。ボスの命令で」

「用心するに越したことはない、ですね？」

「さあ乗って……どうだ？　リムジンなのに窮屈に感じる。権力の代償というやつだな。で、大晦日はどうだった？」

「とても楽しかったですよ。叔母さんとおれは十二時十分まで暖炉の前にいました。そしてあなたの健康を願って乾杯したあと、寝床に入りました。そちらはどうでした？」

しゃがみこんでいた先導者たちが、前方の道をあけるべく急いでバイクを走らせた。

われわれの車は信号を無視して交差点を走り抜けた。そしてまたバイクがおれたちを追い抜いてい

った。マルティンが、なんとも言えない顔でかぶりを振って、こう言った。

「十二時十分？　信じられるか、ゴーロ、わたしは朝の五時まで起きていた。ボスもだ。三時間四十五分、ふたりで過ごした。ボスを間近で見たことがあるか？」

「ありますとも、叔父さん、一度だけですが。あなたの結婚式で」あれは一九二九年——ゲルダとおれがもう少しで二十代に突入するころだった。かのNSDAPの党首は、血色が悪く、目の下がたるんでいて、まるでひどくこき使われた給仕長という風情だったので、その場にいた民間人はみな、チップを渡すのを必死にこらえているふうに見えた。「すごいカリスマでした。あんな人と万が一にも、その、差し向《テタテ》かいになるなんて想像もできませんよ」

「まあな、ここ何年か、巷の人たちはボスと五分間ふたりきりになれるなら視力を失ってもいいという感じだったろう？　それが四時間近くだ。ボスとわたしだけで。狼の砦で」

「なんとロマンチックな」

　叔父は笑って言った、「変な話だが、おかげでクリスタ・グロースと晴れて再会できたとき、同じ興奮を感じた。いや、わたしは別に……そういう趣味はまったくないぞ。とにかく同じレベルの高揚を感じたんだ。ゴーロ、赤毛の女は体臭がきついのに気づいていたか？」

　十五分ほど、マルティンはクリスタ・グロースとの行為について話した。おれは着色ガラスの窓から外を眺めるたび、振りあげた拳や敵意に満ちた顔が次々見えるのではないかと心のどこかで期待していた。しかし、そんなことはなかった。あらゆる年齢の女性、女性、女性、だれもがせかせか、せかせか、忙しそうにしている——以前のベルリンのように（何かを手に入れることやお金を使うことに）忙しいのではなく、ただ生きるのに忙しく、封筒や、靴紐や、歯ブラシや、チューブ糊や、ボタンを買い求めるのに忙しいのだ。彼女たちの夫、兄弟、息子や父親はみな、数百キロ、いやおそらく数千キロの彼方にいる。そのうち少なくとも百万人がすでに死んでいる。

「彼女は有名だと言ったでしょう」車が東駅の裏に止まるころ、おれは言った。

「そりゃあ有名だろう、ゴーロ。有名なのも納得だ。さて、早めに着くようにしたのには理由があってな。帰る前にちょっとした土産をやろう。ディーター・クリューガーの奇妙な物語だ。むろん、話すべきことではないが、いまさら問題になりようもない」

「さすがは叔父さん、潔いですね」

「……処刑前夜、われわれはクリューガーの独房へのささやかな巡礼に出かけた。わたしと二、三人の仲間とで。何をしたかは想像もつくまい」

総統秘書《ゼクレテーア》が語っているあいだ、おれは窓をおろして空気のにおいを嗅いだ。やはりそうだ。首相と同様（すべての対話者がこの点に恐れをなしていた、叔父でさえも）、この街は口臭に悩まされていた。ベルリンは息がくさかった。これは、食べ物や飲み物がIGファルベン（及びクルップ、ジーメンス、ヘンケル、フリックなど）によって調理、加工され、高い確率で作り出されてもいるせいだ。化学パン、化学砂糖、化学ソーセージ、化学ビール、化学ワイン。そしてその後遺症は？　ガス、ボツリヌス中毒、腺病、腫れ物。石鹸や歯磨き粉さえいやなにおいがするとなったら、どこへ行けばいいのか？　白目の黄ばんだ女性たちが、いまや恥じらいもなく放屁しているが、それは半分にすぎなかった。彼女たちは口からも放屁していた。

「やつの裸の胸に！」マルティンは豪快な笑顔で締めくくった。「裸の胸にだ。愉快だと思わんか？」

「それは面白いですね、叔父さん」おれはそう言いながら、気が遠くなりそうだった。「あなたが請け合ったとおり――国民社会主義の痛烈さの頂点だ」

「いや可笑しい。実に可笑しい。われわれがどれほど笑ったことか」叔父は時計を見て、しばらく黙りこんだ。「ほんとうにひどいところだ、あのヴォルフスシャンツェは。壁の厚さが五メートルあることを除けば、小規模なKZと言ってもいい。しかしボスが――ああ、ボスが東の友人たちに意地の悪いサプライズを用意していてな。クルスクの突出部から目を離すな。地面が固まるころ。城塞《ツィタデレ》作戦だ、ゴーロ。戦線の突出点に注目していろよ」

「そうします。では、叔父さん。言うまでもなく、あなたにはずっと恩義を感じています。叔母さんにどうぞよろしくお伝えください」

叔父は顔をしかめて言った、「おまえのハンナだが。大柄なのはまあいい。というより最高だ。わたしはゲルダ・ブーフ嬢と結婚したくらいだからな。だがあの唇は――ハンナの唇は。幅が広すぎる。耳のあたりまであるじゃないか」

おれは肩をまるめた。「とてもきれいな口もとですよ」

「うむ。まあ、悪くはないか」叔父は言った、「息子をその口に入れるぶんには。ゴーロ、いつもながらに楽しかった。元気でやれよ」

ボリスは感慨無量で戦地へ赴いたが、おれも自分自身の東の前線に出発する準備をしながら、感慨無量だった。

ベルリンとポーランドとを往復する急行列車はまったく混んでいなかった。ポーランド人は急行列車に乗ることを許されていないからだ。急行以外の列車や路面電車やバスにも、特別な許可証なしでは乗れない。劇場、演奏会場、展覧会場、映画館、博物館、図書館への入場も、カメラ、ラジオ、楽器、蓄音機、自転車、ブーツ、革製のブリーフケース、教科書の所有と使用も禁じられている。そればかりか、民族上のドイツ人ならばいつでもポーランド人を殺してよかった。国民社会主義の見るところ、ポーランド人は動物並みの身分だったが、ロシア人の戦争捕虜《POW》やユダヤ人、新たに加わったツィゴイナーやシンティ——アリシュ・ザイサーはここに属する——のような虫けらやバイ菌ではなかった。

よっておれは、ひとりで使える客室と寝台ふたつから席を選ぶことができた。こうした快適さに吐き気がおさまらず（なんと恥さらしで、なんと肩身がせまいのだろう、支配者民族として優遇されるのは）、列車内の目につく場所すべてに埃が積もっていたことで、いくらかほっとした。厚く積もった埃、このドイツで——勝利を失い、ドイツらしさも失った。八時間の旅がはじまった（その先にもクラクフまでの三時間がある）。だがヴァルプルギスの夜にはＫＺに戻っているだろう。

食堂車の接続作業で、少し遅れが生じた。もっともおれは、〈ホテル・エデン〉の殊勝な（だが絶妙に値段の高い）厨房が籠に詰めてくれた食事をとることになるだろう。発車の笛が吹かれた。

そしていま、ベルリン発の列車は東への道のりをたどりはじめた——詰まった皮脂腺と不潔な軽食堂のフリードリヒスハイン地区、骸骨としゃれこうべ、フケと鼻水のアーネンエルベ、潰れた顔と、袖やズボンが半分余った軍服のポツダム広場。


——


午後四時に旧市街へ戻ってきた。まずは入浴し、服を着替えてから、司令官の屋敷へ乗りこむつもりだった。おお、エルツ上級大佐からハガキが届いている。〝おれはすでに一撃を食らった〟、とボリスは書いていた。〝首を刺されて穴があいた、だがそれしきのことであすの突撃をあきらめるようなおれでは……〟。最後の二行は入念に塗りつぶされていた。

伝説のネズミ捕り、マクシクが、ロープで縛った冷蔵庫のそばのじめじめしたマットの上で、目を閉じてまるまっていた。アグネスが前の日に立ち寄って、仕事をさせるべく置いていったのだろう。マックスはじゅうぶん食い足りている様子だった。任務完了したいまは、尻尾も四本の足も全部体の下にしまいこんで、ティーポットカバーのようになっている。

居間を横切っている途中で、自分の足どりが遅くなるのを感じた。何かがちがう、変わっている。それから十分かけて、おれはテーブルの上をざっとたしかめ、抽斗や食器棚を手早くあけていった。おれの部屋が調べられたのは明らかだった。ゲシュタポは、ふたつのうちいずれかの方法でこういう問題に対処する——幽霊が来たようにほぼ検知できない訪問か、ハリケーンに続いて地震に見舞われたような訪問か。この部屋は精査されてはいなかった。無計画に、ぞんざいにガサ入れされていた。

おれはいつもより気を入れてごしごし体を洗った。国を裏切っているやましさを拭いきれないせいだ——このときはほんの少し嫌悪感もあった（ミヒャエル・オフが口のなかで楊枝を転がしながら、おれの洗面用品をつつきまわっているところを想像した）。だが、最後のすすぎの前にゆっくり浴槽に浸かっていると、これは単なる警告、あるいはごく日常的なことで、大勢が、おそらくＩＧのスタッフ全員がおざなりに調べられただけのことだろうと思えてきた。クローゼットから愛用のツイードのジャケットと綾織りのズボンを取り出した。

キッチンに戻ると、マックスがしゃんと身を起こしていた。前足を曲げ、おれのほうへぶらぶら歩いてくる。マックスはあまり甘えてくるほうではなかったが、ときどき、いまのように、二本足で立ちあがったあと、一拍置いて、背中からごろんと床に転がることがあった。おれは手を伸ばして顎と喉をなでてやり、ゴロゴロと息を漏らすのを待った。ところが、マックスは喉を鳴らさなかった。顔を見ると、そこにはまったくちがう種類のネコ科の目が、非情さと敵意で冷たく乾ききった目があった。おれはさっと手を引っこめたが、一瞬遅かった。親指の付け根に細く赤い縞模様が走り、一分もすれば血がにじんできそうだった。

「こいつめ」おれは言った。

マックスは逃げも隠れもしなかった。仰向けに転がったまま、鉤爪を引っこめもせずにおれを見つめていた。

マックスのなかに野獣を見るのは、二重に奇妙だった。夜行列車で、〈ホテル・エデン〉からブダペスター通《シュトラーセ》りを隔てた向かいにある動物園がイギリス軍に爆撃されるという（予言めいた）夢を見ていたからだ。ＳＳの隊員たちは、大破した檻の周辺を駆けまわって、ライオンやトラやカバやサイを撃ちまくり、クロコダイルがシュプレー川に滑りこむ前に一匹残らず殺そうとしていた。

――――

階段をおりて広場に足を踏み入れたのは、五時四十五分だった。おれは重い足どりでシナゴーグの瓦礫のなかを進み、カーブした傾斜路をくだって平坦な道に出た。そして重要区域に入り、あのにおいにどんどん近づいていった。

2　ドル——極刑

いまやこう思わざるをえない——あれは不幸な過ちでしかなかったと。

明け方にベッドのなかで、きょうもまたKLの怒濤のリズムに没入する準備をする（起床らっぱ、洗面所、赤痢、靴下代わりのぼろ布、点呼、残骸、黄色のダビデの星、カポ、黒の三角形、名士たち、作業チーム、働けば自由になる《アルバイト・マハト・フライ》（ナチの強制収容所の門に掲げられた標語）、吹奏楽団、選別、ファンの羽根、耐火煉瓦、歯、髪）。そして直面する千の難題を引きつり笑いでこなしながら、わたしは心のなかで物事を反芻し、いま改めて思う、あれは不幸な過ちでしかなかった——あんな大柄な女と結婚したのは。

そしてあんな若い女と。というのも、苦い真実が……。

むろん、第一次世界大戦のイラク戦線で見せつけたと自負しているとおり、わたしは接近戦に慣れていないわけではない。とはいえ、あのときは、敵がかなりの割合で重傷を負っているか、飢えや病に体力を奪われていた。その後のロスバッハ時代には、銃撃戦などはあったものの、荒事や色事はいっさいなく、唯一の例外はパルヒムでの教員とのあの一件だが、そのときもわたしは明らかに数のうえで優位（五対一だったか？）に立っていた。なんにせよ、すべては二十年前のことで、それからはただの誉れ高い官僚として、デスクの前にすわりつづけ、事務椅子の座面からだんだんと尻がはみ出すようになっていった。

さて、わたしの言わんとすることを理解するのに天才である必要はない。わたしは必要な行動をとることができない——あのオレンジ色の家に秩序と安らぎを、そして雇用の安定を取りもどすために必要な行動を。わたしは妻をぶちのめすことができない（そのあと主寝室で大柄な魔女と存分にセックスすることも）。とにかくでかすぎるのだ。

そして小柄なアリシュ・ザイサー——アリシュはパウレッテと同じくらい非力だ。彼女は自分の立場をわきまえていて、少佐が不機嫌な顔になりかけたとたんに引きさがる！

「そうやって泣きじゃくるのはやめなさい。いいか、こんなのは世界じゅうで四六時中起こっていることだ。そんな大騒ぎをする必要はないのだ」

足載せ台、化学トイレ、事務所の電気コンロの上でついに沸騰しはじめた大鍋入りの水……。

「なあ元気を出せ、アリシュ。きれいに中絶できる。祝ってもいいくらいだ——熱々の風呂に浸かってジンでも飲みながら！　な？　さあ、笑顔を見せてくれ……だめか。わあわあわあわあ。よし。三十分過ぎだ。もうそろそろだな。わあわあわあわあわあわあ。アリシュ、自力で気を取りなおせるか？　それともまた顔を平手打ちされないとだめか？」

……彼女はそれなりの装備を携えてきた、ミリアム・ルクセンブルクは。

まず、携帯用の台（手術台のミニチュアのようだ）を広げ、青い布の上に注射器、スペキュラ、鉗子、先端に鋭い鋸歯状の金属の輪が付いた長い木の棒をすべて並べた。器具一式は悪くない品質に見えた——SSの外科医もときどき用いる、庭師の道具袋の中身よりずっとずっとましなように。

「わたしだけかな」わたしは落ち着き払って言った、「きょうの空気に春の息吹を感じたのは？」

わたしが何度も手術を延期したことに少し怒っているのか、ルクセンブルクは物憂い笑みを浮かべたが、この時点で革紐のようなものを口にはめられていたアリシュは何も答えなかった（そもそもかなりの期間、一歩も屋外へ出ていなかった）。白い袖なしの肌着を着たアリシュは、シーツを剥いでタオルを何重にも敷いた簡易ベッドに、膝を立てて脚を開いた恰好で横たわっていた。

「所要時間は？」

「順調に行けば二十分です」

「ほら。聞いたか、ザイサー夫人？　あんなに大騒ぎする必要はなかっただろう」

女性と卵管に関するすべての事柄について、わたしはきわめて潔癖なので、施術がはじまったら出ていくつもりだった。しかし、ルクセンブルクが洗浄液を塗布し、局所に注射をするあいだ、わたしはとどまっていた。そして、拡張——ピンセットを逆に開くようにして、スペキュラで膣を広げる——の段階に入っても、まだその場にいた。搔爬のあいだも残っていた。

実に意外なことだった。吐き気がしてこないかと身構えていたが、その気配もなかった。

ルクセンブルクを衛生研究所まで車で送ったとき（そして追加のダビドフ四百本が入った紙袋を手渡したとき）、わたしはアリシュの体が元どおりになるのにどのくらいかかるか尋ねた。

四月二十日は、当然、あるかたの五十四歳の誕生日を祝った。将校食堂でのやや控え目な祝典で、ヴォルフラムが乾杯の音頭取りの栄誉を担った。

「ドイツの地位、自尊心、威信、高潔をよみがえらせた予言者《プロフェート》に！」

「……いいぞ」

「ヴェルサイユの命令《ディクタート》でケツを拭いた男に！」

「……まちがいない」

「史上最強の将帥《デア・グレースター・フェルトヘア・アラー・ツァイテン》（「グレーファツ」はこれを略した語）に！」

「……そのとおり」

わたしと若造のヴォルフラム（こいつは少々飲みすぎていた）を除けば、このパーティの参加者でただひとり、熱をこめて応《こた》えていたのはわが妻だった。

「おやおや」わたしは小声で言った、「あのかたの誕生日を祝う気になったのだな」

「そうなの」妻は小声で答えた。

ハンナは例によって、自分自身をとことん見世物にしていた。よくいる売春婦のような服装で、だれかれなく（やかましすぎる声で）挨拶してまわったあと、落ち着いた厳かなムードにみなが浸っているときを狙っては、皮肉なせせら笑いを差しはさんでいた。わたしは目を閉じて主に感謝した——フリッツ・メビウスが休暇中でこの場にいないことに。

「ええ、お祝いしたい気分よ」ハンナは言った。「だってうまくいけば、これがあいつの最後の誕生日になるから。さて、あの惨めなマスかき野郎は自殺するかしらね？　卑怯者向けの薬をきっと用意しているると思うけど――ほら、いよいよとなったときのために。あなたもひとつもらった？　要職にあるマスかき野郎は全員もらっているのかしら？　それともあなたはそこに入っていない？」

「大逆罪だ。それはじゅうぶん」わたしは冷ややかに言った、「極刑に値するぞ……ああ、そうとも。笑っていられるのもいまのうちだ」

とにかく、ハンナがどんな顔をするか見てみたい。

今度はアスペルギルス症――肺への真菌感染だ。

馬術アカデミーがマインラートを引き取ろうとしないので、あのいかがわしいロバ追いに売ってしまおうと娘たちに言った――廃物として。するとどうだ？　やれやれ、ガキみたいに際限なく泣きわめかれた。この点では、シビルもパウレッテに劣らず聞き分けがない。ふたりは汚い馬小屋で暮らしているも同然だ。横向きに寝たマインラートが激しくあえぐあいだじゅう、体をさすってやっている。

それにしても――ディーター・クリューガーがまだいてくれたら！

わたしと仲間たちは、私的に、一九三三年のダッハウの独房で、クリューガーと非常に楽しい時間を過ごした。さらに一九三四年から四〇年にかけても、クリューガーは想像上の楽しみの源泉となっていた。ああ、頭のなかでわたしは、クリューガーを刑務所から刑務所へ、収容所から収容所へとぽんぽん移していった――自分が特別気に入った場所にあの男を存在させたのだ。そして戦争が近づくと、シュトゥットホフの砂丘を平らにさせ、フロッセンブュルクで採石をさせ、ザクセンハウゼンの粘土採掘場を舐めるように掘らせた。ああ、わたしはクリューガーをぼろぼろにし、あの手この手で苦しみを増やしてやった（孤独、懲罰班、乏しい配給による飢え、ここでは医学実験、あそこでは七十五回の鞭打ちという具合に）。いずれにしろ、わたしは夢中になりすぎたようだ。どうやら、やりすぎたせいで、真実味を感じられなくなった。

クリューガーの運命は、ハンナの心に影響を及ぼす唯一のものだった。しばらく前までは、クリューガーの力を借りて、打ちひしがれたハンナをぎこちないセックスに誘いこむことさえできた。ああ、あのとろけるような融合も、いまでは、遠い記憶となり果てた！

ディーター・クリューガーがまだいてくれたら。

「花火には行くんですか？」フリッツ・メビウスが尋ねた。われわれは机に身をかがめている文書整理係たちの横を通って、メビウスの執務室に向かっていた。第十一ブンカー——政治部。

「娘たちは行くつもりでいる。わたしは庭から見物するよ」

ハンナの話も、配偶者をしつける話も出ず、フリッツは当座の問題が気がかりでならないようだった。

「休暇はどうだった？」わたしは尋ねた（メビウスの自宅は、ブレーメン中心部にある集合住宅の残骸だった）。「ビールと九柱戯《ナインピンズ》三昧か？」

「おい、こいつはただではすまさんぞ」メビウスはルプレヒト・シュトルンクによる報告書の最初のページに目を走らせながら、疲れた顔で言った。「で、この野郎が作業場のまとめ役なんですか?」

「まさしく。下士官のジェンキンズがそいつを名指しして、シュトルンクが工具小屋でそいつの日程表を見つけた」

「よかった。ああ、自宅の話ですね、パウル。窓ガラスも電気も水道もありません。朝のクソを始末するのに昼食までかかります。流すための水をバケツに汲みにいくのに四ブロックも歩かなくてはいけないので」

「ほう?」

「そうなんです。それにみんなジャガイモの話ばかりしています」メビウスはページをめくって何かに下線を引いた。「うちの妻にも、ほとほとうんざりさせられました……ジャガイモの話で。妻の母親もそう。妻の妹もそう。口を開けばジャガイモ」

「ジャガイモか」

「それに防空壕で、みんなが互いのサンドイッチを見ている様子と言ったら、もう。凝視しているんです、パウル。うっとりと。情けなくなります」メビウスはあくびをした。「少しのんびりしたかったのに。ありがちな結末です。行きましょうか」

メビウスは先に立って、砂でザクザクいう石段を地下二階までおりていった。

「で、この紳士がわれわれの監督下に置かれてどのくらいになります?」

「ええと、六日だ」わたしは言った。「ほぼ一週間だな」

「ええ、パウル」メビウスは振り返って言った（その顔はたしかに笑っていた）、「六日間はほぼ一週間です。では、ファルベンのだれが彼に初回使用の日程表を与えたんですか？」

「口を割らないのだ」

メビウスは立ち止まった。「……口を割らないとはどういうことです？　彼は犬小屋に入れられていたと思いますが？　それに、尻に電極を突っこんであるんでしょう？」

「そう、そうだ」

「ほんとうに？　それでエントレスは？」

「ああ、エントレスはやってみた。二回。ホーダーいわく、この野郎はマゾヒストだと。ブラードは。ブラードはいたぶられるのがお好きらしい」

「ああ、勘弁してくれ」

メビウスは荒っぽくかんぬきを引き抜いた。なかには男がふたりいた。ミヒャエル・オフが鉛筆を口にくわえたままスツールの上で眠りかけていて、ローランド・ブラードは汚物のなかに横たわっていた。わたしが感心したことに、ブラードの頭は半分に割ったザクロのようになっていた。

メビウスはため息をついて言った。「おお。よくやった、捜査官」ふたたびため息。「オフ捜査官、七十二時間しゃがみ箱にいた男は、教授のメスさばきを二度体感した男は、もう光を見ることはなくなるだろう――顔面をもうひと蹴りされるからだ。いまから。せめてわたしと話しているときは立ってもらえるか？」

「はい、地区指導者！」

メビウスの論じ方はやはり参考になると思った。何々した男は……か。

「少しくらい想像力はないのか？　ちょっとした創造性は、オフ？　ないだろうな」

メビウスはブーツの先でブラード大尉の腋の下をつついた。

「捜査官。カリフォルニアに行って、可愛い〝ザラ〟（ユダヤ風の名前でない女性にミドルネーム「ザラ」を付加するよう法律で定められていたことから、すべてのユダヤ人女性が「ザラ」と呼ばれた）をひとり連れてこい。それとも見ることもできないほど徹底的に痛めつけたのか？　顔をこっちへ向けろ……。おい、目がなくなってるじゃないか」メビウスはルガーを引き抜き、藁のマットレスに発砲して耳を聾する音を立てた。ブラードがびくっとした。「なるほど。よし。目は見えない。だが耳は聞こえている」

ここでもメビウスの論法はまったく妥当だと思った。なるほど、目は見えない、だが耳が聞こえるかぎりは……。

「イギリス人というのはどうしようもなく情にもろい。たとえ相手がユダヤ人であっても。パウル、あっという間に決着がつくと請け合いますよ。ブラードのような男は、とうに彼のことを気遣うのをやめている」

このさわやかな金曜日、将校クラブでわたしが見つけたのが《シュテュルマー》紙だけとはどういうことだ？　その第一面には、相も変わらず、アルベルト・アインシュタインが朦朧としたシャーリー・テンプルに発情している（ように見える）風刺画が掲載されている……。

わたしはたゆまずこう主張したい――同紙の発行人ユリウス・シュトライヒャーは、われわれの運動が有するとりわけ思慮深い面すべてに、多大な損害を与えた。よって《シュテュルマー》紙こそが、救世主の当初の見通しに反して、せん滅的な反ユダヤ主義が西側で〝支持を得ていない〟唯一の理由であるかもしれない、と。

以前、クラブの掲示板にすべての将校に対する警告を貼り出しておいた（むろん、ほかの階級に対してはたいしたことはできない）。この下劣な三流紙を所持しているのを見つかった者は、1）一カ月ぶんの減給を受ける、2）一年ぶんの休暇を剥奪される。

恐れや親切心なしに厳格きわまる措置を取ることによってのみ、特定の人々に、わたしは嘘偽りなく物を言う男だと納得させることができるのだ。

「庭へ出ておいで、ハンナ」

ハンナは本と飲み物を持って、マントルピースの横の肘掛け椅子の上で半身をまるめていた。脚《バイネ》が体の下ではなく横にあった、ちがうか？ ニヒト・ヴァー

「ローマ花火を見物しなさい。そうとも、わたしの機嫌を取ってくれ。配管班《クレンプナーコマンド》の班長シュムルもやはり、おまえに贈り物をしたがっている。おまえを賛美していてな」

「そうなの？　なぜ？」

「なぜ？　以前あの男にこんにちはと声をかけたと言っていなかったか？　ああいう人間にとってはそれでじゅうぶんなのだ。きょうはおまえの誕生日だとうっかり口にしたら、贈り物をしたいと言いだした。さあ、外は気持ちがいいぞ。煙草を吸ってもかまわない。それに、われわれの友人のトムゼンくんについて、話しておきたいことがある。ショールを取ってきてやろう」

……空は下品な暗いピンク、カフェ・ブラマンジェの色をしていた。遠くの斜面で、焚き火の炎がすばやく立ちのぼっては、のたくっている。煙った空気に、焦げたジャガイモの皮のにおいを感じた。

「トムゼンについて話したいことって？」ハンナは尋ねた。「彼、戻ってきたの？」

わたしは言った、「ハンナ、おまえたちふたりのあいだにどんな種類の共謀もなかったことを心底願っている。というのも、トムゼンは裏切り者だと判明したからだ、ハンナ。薄汚い妨害工作をしていた。まぎれもないクズだ。ブナ - ヴェルケできわめて重要な機械のいくつかを破壊していたのだ」

そして半ば興奮し、半ば冷静に快さを味わいながら、自分の正当性を主張しなくてはと考えていると、ハンナが言った、

「素敵」

「……素敵だと、ハンナ？」

「ええ、素敵。トムゼンに感心しているし、おかげでますます彼が気に入ったわ」

「いや、あいつはひどく困ったことになっているぞ。この先数カ月、友人のトムゼンに何が待ち受けているかと思うとぞっとする。あいつの窮状をどうにかしてやれるのは」わたしは言った、「このわたしだけだ」

わたしが微笑んでいると、ハンナも微笑み返して言った、「ああ、たしかにね」

「哀れなハンナ。そんなにわれわれの刑務所の掃除がしたいか。なんなのだろうな、ハンナ。年端もいかないころに性的暴行でも受けたか？　子供のころにうんちで遊びすぎたのか？」

「〝ちがうか？《ニヒト・ヴァー》〟。いつもみたいに〝ちがうか？《ニヒト・ヴァー》〟って言わないの？　冗談のあとに」

わたしはくすりと笑って言った、「要するにだな、おまえは男運があまりよくないようだと言っているのだ。さて、ハンナ。これは捜査につながるかもしれん。おまえに対する。安心させてくれ。おまえはトムゼンのたくらみになんらかの形で関与しなかったか？　ここでわれわれの計画を妨害するようなことは何もしていないと、胸に手を置いて誓えるか？」

「まだまだ足りないくらいよ。頭のおかしい司令官をひとりこしらえたわ。でもそれは難しくなかった」

「……そう言ってくれてありがとう、ハンナ。ああ、そのとおりだ——笑っていられるのもいまのうちだぞ。煙草を楽しんでいるか？」

とにかく、ハンナがどんな顔をするか見てみたい。

「どうして銃が必要なの？」

「囚人たち《ヘフトリンゲ》と接するときの決まりだ。ほら、班長が来た。贈り物を持って。見ろ。おまえのためにすぐにも取り出すぞ」

3 シュムル――わたしの記憶

きょうの朝でもなく、きょうの午後でもありません。それはきょうの終わり、闇が訪れるころでしょう。

わたしは現在に生きていて、病的な不変性をもって生きていますが、収容所に来てからわが身に起こったことはひとつ残らず覚えています。ひとつ残らず。一時間を思い出すのには一時間かかるでしょう。一カ月を思い出すには一カ月かかるでしょう。

忘れられないものは忘れられないのです。そしていま、最後にこれらの記憶のすべてをばらまかなくてはなりません。

考えられる結末はひとつしかなく、それがわたしの望む結末です。それによって、わたしの人生はわたしのもの、わたしだけのものだと証明します。

あそこへ向かう途中で、わたしの記してきたすべてを魔法瓶に詰めて、スグリの灌木の下に埋めるつもりです。

そして、それゆえに、わたしのすべてが死ぬことはありません。

その後

1　エスター——追憶に浸って

ざっと時系列に沿って……。

シュムル・ザハリアシュは、一九四三年四月三十日、おれの逮捕から一時間後の六時四十五分ごろにその生涯を閉じた。

ローランド・ブラードは、メーデーに首の後ろに銃弾を受けた。

フリッツ・メビウスは、六月一日の夜の尋問を終えるころに、致命的な心臓発作を起こした。

ボリス・エルツは——その六週間後の七月十二日——クルスクでのドイツ軍の敗北が決したその日に戦死した。ウェールズほどの広さの戦場で一万三千両の戦車が交戦した。ボリスの猛り狂ったパンターは、突進してくるロシアのT-34二両の横腹に突っこんだときには、ただの火の玉と化していた。死後、ボリスは戦功を称えるプール・ル・メリット勲章を授けられた。

ヴォルフラム・プリューファーは、ほかふたりの親衛隊員とともに、一九四四年十月七日に起こったゾンダーコマンドの反乱のさなか、石やつるはしで撲殺された。

コンラート・ペータースは、一九四四年七月二十日の総統暗殺とクーデター未遂事件に関連して逮捕された、およそ五千人の容疑者のひとりとなった。ペータースはまた、一九四五年の最初の四ヵ月間に、ダッハウ強制収容所において発疹チフスで死亡した約一万二千人の囚人のひとりにもなった。

叔父のマルティン、マルティン・ボルマンについては――そう、数年かかってようやく事実が確認された。マルティンは一九四五年五月一日の未明、ベルリンの党官房から逃亡を図った際にロシア軍の砲弾で負傷した（そして青酸カリを飲みくだした）――ゲッベルスとともに見届けた、あの新婚夫婦の心中とそれに続く遺体焼却のあとのことだ。マルティンは一九四六年十月一日に欠席裁判で死刑を宣告された。

イルゼ・グレーゼは、一九四五年十二月十三日、イギリス軍占領地域のハーメルン刑務所で絞首刑に処された。二十二歳だった。彼女はひと晩じゅう〈旗を高く掲げよ〉と〈わたしにはひとりの戦友がいた〉を大声で歌っていたという。その臨終の言葉は――ホーホー卿ことウィリアム・ジョイス（ナチ党のために反英プロパガンダを放送したイギリス人）の処罰にもあたった死刑執行人ピアポイントによると、〝怠そうに〟発せられた――〝早く《シュネル》〟だったそうだ。

パウル・ドルは、一九四三年六月にベルリン（爆撃が毎夜、やがては昼夜を問わずおこなわれた）の強制収容所監察局の事務方に降格され、その後一九四四年五月に司令官に再任された。一九四六年三月に捕らえられ、ニュルンベルクで裁判にかけられ、ポーランド当局に引き渡された。ドルは最後の陳述の一部として、〝監房でひとりで過ごすうち、わたしは人道にそむく重大な罪を犯したという苦い認識に至った〟と書き残し、一九四七年四月十六日、KZ1の第十一ブンカーの外で絞首刑に処された。

ツルツ教授とエントレス教授は、一九四八年の初めにナチ党の医師たちとともにソヴィエト連邦で裁判にかけられ、〝四半世紀〟刑、すなわち強制労働収容所《グラーグ》での二十五年の刑を宣告された。

一九四八年七月、ＩＧファルベンの役員と幹部十三名（フリテューリク・ブルクルは含まれない）がニュルンベルクで有罪判決を受け、ズーイトベルト・ゼーディヒは奴隷的拘束と集団殺戮の罪で八年の禁固刑に処された。一九四三年九月より早期退職生活に入っていたルプレヒト・シュトルンクも法廷に召喚され、略奪と文書毀棄、奴隷的拘束、集団殺戮の罪で七年の禁固刑に処された。ブナ-ヴェルケでは、一キログラムの合成ゴムも、一ミリリットルの合成燃料も生産されなかった。

アリシュ・ザイサーは股関節結核にかかり、一九四四年一月、プラハに近いテレージエンシュタットの（稀にしか反乱の起こらない）収容所に移された。アリシュが戦争を生き延びた可能性は五分五分以上にある。

エスター・クビシュがいまどうしているのか、少なくともおれは知らない。〝エスターは負けない〟、とボリスはよく言っていた。〝向こう見ずなやつだが、どんなことになってもあの負けん気で自分を貫き通すだろう〟と。そして事あるごとに、彼女から最初に言われた言葉を引き合いに出していた。〝ここは大嫌い、こんなところで死ぬもんか〟……。

おれが最後にエスターに会ったのは一九四三年の五月一日だった。厳重に閉ざされたブロックに、おれと彼女のふたりだけがいた。おれは、どこかほかの収容所（結局、オラニエンブルクだった）に移送されようとしていた。エスターは、三日間の監禁処分（食事も水もなし）の最後の数時間を勤めていた。ベッドを整えなかったり、整え方が雑だったりしたせいだ――イルゼ・グレーゼは、ベッドを整えることに関してやたら厳しかった。

おれたちは二時間近く話をした。ボリスがおれに承諾させた約束（全力でエスターを守る）、もはや果たせなくなった約束（彼女に差し出せるものは何もなかった、腕時計すらも）について、エスターに話した。彼女はおれの言葉を真剣に聞いてくれたように思う――おれはいまや、どう見ても帝国のまちがった側にいるからだ。おれのほうも、彼女の沈黙が意味すること――おそらくボリスも見かけどおりの人間ではなかったのだろうという推察――を正しはしなかった。

「エスター。この常軌を逸した悪夢は必ず終わる」おれは最後に言った。「そしてドイツは負ける。生きてその目で見届けてくれ」

それからおれはうとうとし、政治部の真下で、同じことの繰り返しだが特別凶悪ではない、長い夜を過ごした。最初の六時間は、フリッツ・メビウスが相手だった。とんでもなく大きな声で怒鳴られはしたが（それはふりでも演技でもなく、千年帝国を信じるドイツ人の怒りだった）、暴力はいっさい振るわれなかった。真夜中に交替の時間になり、パウル・ドルがやってきた。おれには、明らかに挙動がおかしく、何かに取り憑かれているように見えた。それでも愛国者ゆえの嫌悪がひとりでに湧いてきたかのように、おれの顔を何度か平手打ちし、腹を殴った（みぞおちのすぐ上の骨張った突起に弱々しく当たった)。それから夜明けまで、ミヒャエル・オフから、やや強めだが似たような体罰を受けた。みな、痣になるほど殴ってはいけないとだれかに言われているようだった。

ひとつ妙なことがあった――ドルの見た目は、シフト明けの炭鉱労働者を思い起こさせた。軍服の上着とジョッパーズは細かな光の点できらきらしていて、背中にはコインほどの大きさの破片がついていた。それはミラーガラスだった。

メビウス、ドル、オフ――彼らはみな声を荒らげ、死に値するとがなり立てた。そしておれは漠然と、混乱した頭で考えた、国民社会主義という物語がほかの言語で展開していた可能性もあるのだろうかと……。


目を覚ますと、エスターが窓の前で、窓枠に前腕を預けてたたずんでいた。珍しく晴れわたった日で、ズデーテン地方の山々を眺めているのだとわかった。彼女がタトラ山地の北部(その峰は常に輝く氷で覆われている)で生まれ育ったのをおれは知っていた。横顔を見ると、切なそうな表情とかすかな笑みが浮かんでいた。追憶に浸っているようで、背後でギーッとドアが開いたのにも気づいていなかった。

ヘートヴィヒ・ブーテフィシュが入ってきた。足を止め、膝を曲げて中腰になる。そのまま音もなく進み寄って、エスターの腿の後ろをつねった。決して意地悪にではなく、ただふざけて、びっくりさせる程度の強さで。

「夢の世界にいたでしょ!」

「……でも覚めちゃったじゃない！」

それから三十秒ほど、ふたりは取っ組み合って互いをくすぐり、笑い声をあげていた。

「看守《アウフゼーアリン》！」イルゼ・グレーゼが戸口から怒鳴った。

一瞬でわれに返った少女ふたりは、真顔に戻ってしゃんと身を起こし、看守が囚人を追い立てるふうに戸外へ出ていった。

2　ゲルダ――国民社会主義の終わり

「さあこれを少し飲んで、ゲルダ。おれが支えてますから。ほら」

「……ありがとう、ゴーロ。悪いわね。ねえ、あなた痩せたんじゃない？　わたしも人のことは言えないけど」

「ああ、でも中世の抒情詩人《トルバドゥール》みたいでしょう。愛に飢えた」

「それを取ってちょうだい。いま言ってたのは何？　……それより、ゴーロ――ボリスのこと！　聞いたとき涙が出たわ、ゴーロ、あなたがどんな思いでいるかと」

「やめましょう、叔母さん。こっちまで泣けてくる」

「だって涙が出たんだもの。兄弟以上の存在だって、いつも言ってたでしょう」

「やめましょう、叔母さん」

「少なくともボリスは盛大に称えてもらえたわね。彼、とっても写真うつりがよかったし……。ハイニーは元気にしている？」

「ハイニーは元気ですよ。みんな元気です」

「ええ。フォルカー以外は」

「そうですね」フォルカーはゲルダの九人目の子供（エーレンガルトを数に入れるなら）で、男の子だった。「フォルカーは少し不調です」

「こんな不健康な場所にいるからだわ！」

ここはアルプスの山々に囲まれた、イタリアのボルツァーノ（そして時は一九四六年の春だ）。おれに残されたボルマン一家は、思いもよらない運命をたどっていた――彼らがいるのはドイツ人の強制収容所だ（一九四四年から四五年まではボーツェンとドイツ語名で呼ばれていた）。ただ、もはや強制労働も、鞭打ちや殴打も、飢えも、殺人もなかった。審査を待っている強制移住者《DP》、戦争捕虜《POW》、そのほかの被抑留者でいっぱいのこの場所は、いまやすっかりイタリアで、豊富ではないが美味しそうな食べ物、悪くない衛生設備、そしてヘルパーのなかには陽気な修道女や司祭がたくさんいた。ゲルダは野戦病院に入院していて、その近くの、軍の大テントのようなところにクロンツィ、ヘルムート、ハイニー、アイケ、イルムガルト、エーファ、ハルトムート、フォルカーが収容されていた。おれは言った、

「アメリカ人にひどいことをされましたか、叔母さん？」

「ええ。ええ、ゴーロ、されたわ。ひどいこと。医者が、医者がね――わたしじゃなく、医者が――ミュンヘンで手術を受けなくてはいけないと言ったの。ミュンヘン行きの列車は毎週出ている。そうしたらアメリカ人が、〝あの列車はナチスのためのものではない、その被害者のためのものだ！〟っ

て」

「それはひどいな」

「それにあの人たち、わたしが彼の居所を知ってると思っているのよ！」

「そうなんですか？　ふむ。まあ、うまくやれば、彼はどこへでも行けるでしょう。きっと、南米あたりに。パラグアイ。陸地に囲まれたパラグアイ、うん、それだ。きっと連絡をくれますよ」

「じゃあゴーロ。あなたは彼らにひどいことをされた？」

「アメリカ人に？　いいえ、彼らはおれに仕事をくれましたよ、叔母さん。ドイツ人のことかな。いや、それほどでも。向こうはひどいことをしたがってました……。ああ。でもナチ党全国指導者の力が最後までよく持ちこたえてくれた。あなたたちの可愛い子供たちのように」

「まだ最後ではないかも」

「そうですね。ただ、彼の力はもう尽きています」

「……ボスは、ベルリンを防衛するために部隊を率いて、戦場に散った。そしていま、すべてが消えてしまった。国民社会主義の終わりよ。これほど耐えがたいことがあるかしら。国民社会主義の終わり！　わからない？　わたしの体はそれに反応しているのよ」

　次の夜、ゲルダは難しい顔で言った、

「ゴーロ、あなたはいまもお金持ちなの？」

「いいえ、叔母さん。全部消えました。三パーセントほどを除いて全部」これは実際、少額にはほど遠かった。「彼らに奪われました」

「ほら、見なさい――ユダヤ人がああいうもののにおいを嗅ぎつけたら……。なぜ笑っているの？」

「ユダヤ人じゃありませんよ、ゲルダ。奪ったのはアーリア人です」

ゲルダは気安くこう言った、「でも、まだ絵画や値打ちのある美術品《オブジェ・ダール》を持っているでしょう」

「いいえ。クレーが一枚と、小品だがとても気に入っているカンディンスキーが一枚あるだけです。残りは全部ゲーリングの手に渡ったんじゃないかな」

「ああ、あのでぶ野郎ね。三人の運転手にペットのヒョウ、それにバイソンの牧場。マスカラ。十分おきの着替え。ゴーロ！　なぜもっと腹を立てていないの？」

おれは軽く肩をすくめて言った、「文句を言う気はありませんよ」もちろん、そのことにもほかのどんなことにも、おれは文句を言わなかった。そんな権利はおれにはなかった。「ええ、ずっとそうだったように、おれはとても幸運で、とても恵まれていた。囚人になってからでさえ、考える時間がたくさんあった、本もあった」

　ゲルダはベッドの上でなんとか肩を起こした。「わたしたち、あなたの無実を疑ったことはないわ、ゴーロ！　あなたはまちがいなく潔白だってわかっていた」

「ありがとう、叔母さん」

「あなたの良心には曇りひとつないって、わたしにはわかるの」

実のところ、おれの良心については、ある女性と話す必要を感じていたが、その相手はゲルダ・ボルマンではなかった……。問題はね、叔母さん、おれがなんとしてでもドイツの力を鈍らせようとするあまり、すでに苦しんでいた人たちに、さらなる苦しみを、想像を絶する苦しみを与えてしまったことなんだ。そして死なせてしまった。一九四一年から四四年にかけて、三万五千人がブナ－ヴェルケで死んだ。おれは言った、

「もちろんおれは潔白でしたよ。あれはたったひとりの男の証言でしかなかった」

「たったひとり！」

「拷問で強要された証言でした」おれは衝動的に付け加えた、「中世の法にある拷問で」

ゲルダはまたベッドに倒れこみ、不明瞭な声で続けた、「でも、中世におこなわれていたことって……価値を認められているわよね？　水責めとか……。泥炭沼で……同性愛者を窒息させるとか。そんなようなこと。それに決闘、ゴーロ、決闘も」

これはでたらめな話ではなかった、決闘については（または泥炭沼についても）。親衛隊全国指導者は、名誉の問題を解決する方法として、決闘をいっとき再導入した。しかしドイツ人はすでに、名誉もなく、正義も自由も真実も理性もなく生きることに慣れてしまっていた。ナチ党の大物（この場合は激怒した夫）がひとり、（不貞を働いた妻によって）あっさり撃ち殺されたのち、決闘は再び違法化された……。そこで突然、叔母が目をかっと見開いて叫んだ。

「斧よ、ゴーロ！　斧での首斬りも！」ゲルダの頭が枕に沈んでいった。一分が過ぎた。「みんな価値を認められている。ちがう？」

「……休んで、叔母さん。ゆっくり休んで」

翌日の夜、ゲルダはさらに弱っていたが、さらに饒舌だった。

「ゴーロ、彼は死んでいるわ。そう感じる。妻や母親はそれを感じとれるのよ」

「それが思いちがいであるよう願いますよ」

「あのね、パパは最初からパパのことが好きじゃなかった。つまりその、わたしの父はマルティンを気に入らなかった。でもわたしは自分の想いを貫いたわ、ゴーロ。マルティンはすばらしいユーモアのセンスの持ち主だった！　わたしを笑わせてくれた。子供のころでさえ、わたしはあまり笑わなかったの。すごく小さいときから、どうしてみんなあんなばかみたいな声を出すんだろうって、いつも思っていた。もっと大きくなってからも、人が何をそんなに面白がっているのかさっぱりわからなかった。でもパパは、彼はわたしを笑わせてくれた。ふたりしてどれだけ笑ったかしら……。ねえ、話をして、ゴーロ。わたしが休んでいるあいだに。あなたの声が聞きたいの」

おれはスキットルに入れたグラッパを持ってきていた。それをひと口飲んでから言った、

「彼はあなたを笑わせていた。何度も繰り返される笑い話もありましたか、叔母さん？」

「……ええ、何度も。何度も」

「じゃあ、マルティン叔父さんがおれに話してくれた面白い話をひとつ……。昔、ディーター・クリューガーという男がいました。ゲルダ、偉そうに言うつもりはないが、ずっと昔のことなんです。国会議事堂放火事件を覚えてますか？」

「……もちろんよ。パパがすごく興奮していたもの……。いいから続けて、ゴーロ」

「国会議事堂放火事件――われわれが政権を握ってから三週間後。われわれのしわざだとだれもが考

えました。われわれにとって願ってもないような出来事だったから」グラッパをまたひと口。「なんにせよ、われわれはやっていなかった。オランダ人の無政府主義者がやったんです。そして彼は三四年の一月にギロチンにかけられました。しかし、ディーター・クリューガーという別の男がいた。起きてますか、叔母さん？」

「……もちろん起きてるわ！」

「その男、ディーター・クリューガーは、犯人のオランダ人が以前起こした放火事件のひとつに――ノイケルンの福祉事務所の一件に――関与していた。それで彼も処刑されました。念のために。クリューガーは共産主義者で、しかも――」

「しかもユダヤ人？」

「いいえ。それは重要じゃないんです、叔母さん。重要なのは、クリューガーが公知の政治哲学者で、熱心な共産主義者であったことです……。それで死刑執行の前夜、マルティン叔父さんは仲間を二、三人連れて死刑囚監房に行きました。シャンパンを何本か持って」

「何のために？　シャンパンって」

「乾杯のためですよ、叔母さん。ご想像どおり、クリューガーはすでに少々ぶん殴られていましたが、叔父さんたちは彼を立ちあがらせ、シャツを脱がせて、後ろ手に手錠を掛けました。そして式典を模して、クリューガーにありったけの勲章を授けた。オークの葉と組み合わせた鉄十字章。ドイツ鷲勲章。古参闘士名誉章。等々。それらを彼の裸の胸にピンで留めていったんです」

「……は？」

「マルティン叔父さんと仲間たちはスピーチをして、クリューガーをファシスト独裁の父と称賛した。そうやって彼は死んでいきました。国民社会主義の勲章を授かった英雄として。これは最高に可笑しいとマルティン叔父さんは思ったようです。叔母さんも最高に可笑しいと思いますか？」

「……え？　その男に勲章を授けるのが？　まさか！」

「うむ。そうですか」

「……国会議事堂の放火の元凶になった男なのに！」

おれの滞在最後の夜、叔母は気力で元気を取りもどした。ゲルダは言った、

「わたしたちには誇っていいことがたくさんあるわ、ゴーロ。彼のなし遂げたことを考えてみて、マルティンの。みずからなし遂げた、ということだけど」

沈黙が生じた。生じるべくして生じた沈黙だ。なんだろう？　強制収容所における体罰の強化。宇宙氷説に対する慎重な異議表明。アルファベットの非ユダヤ化。アルベルト・シュペーアの疎外。マルティンは権力に付随するものにはいっさい関心がなく、権力そのものにのみ関心を向け、その力をもっぱら、くだらないとしか言いようのない目的のために利用してきた……。

「混血《ミシュリンゲ》の問題を彼がどう考えたか」ゲルダは言った。「それでユダヤ人はドイツ人と結婚したわ」

「ええ。結局ただ放置していますね。異人種間結婚した人たちのことを。おおかたは」

「ああ、でも彼はハンガリーのユダヤ人を捕まえたわね」ゲルダは満足げに小さく喉を鳴らした。

「最後のひとりまで」

まあ、そこまでではなかった。とうに勝ち目を失っていた一九四四年の四月にもなると、街々は破壊され、数百万人が半ば飢えて、家を失い、焦げたぼろ布をまとっていたというのに、帝国はそれでもブダペストに分隊を向かわせるべきだと考えた。そして強制退去がはじまった。ねえ、叔母さん、これはリンツで妻を百三十七回刺した男みたいなものなんだ。二回目は最初のひと刺しを正当化するための攻撃だった。三回目は二回目を正当化するため。それが力尽きるまで続くんだ。ハンガリーのユダヤ人のうち、二十万人は生き残ったけど、五十万人近くが強制移送され、KZ2の〝ドルの指揮《アクツィオ》する作戦《ン・ドル》〟で殺されたんだよ。

「ふふ」ゲルダは言った、「それが国際舞台での最大の功績だったと彼はずっと自慢していたわ。そう、政治家としての最大の貢献だと」

「言えてますね、ゴーロ。叔母さん」

「……さて、ゴーロ。これからどうするつもり？」

「いずれは法曹界に戻るんだろうと思います。わからないけど。もしかしたらこのまま翻訳者としてやっていくかも。おれの英語はかなりまともになってきていますしね。不択手段で鍛えたんです」

「何で？ ひどく醜い言語だと聞くけど。それに、アメリカ軍のために働くなんてだめよ、ゴーロ」

「わかってはいるんですけどね」アメリカ合衆国軍政部《OMGUS》、五つのD――非ナチ化《denazify》、脱軍事化《demilitarise》、脱工業化《deindustrialise》、脱カルテル化《decartelise》、民主化《democratise》。おれは言った、「叔母さん、人を探しているんです。ただ問題が――彼女の旧姓はなんというのか？ 尋ねてみたことがなくて」

「ゴーロ……。どうして素敵な独身女性を見つけられなかったの？」

「素敵な既婚女性を見つけたからです」

「なんだかつらそうね、あなた」

「つらいですよ。でも心を痛める権利はあると思っています」

「……ああ。かわいそうなゴーロ。わかったわ。夫はどういう人なの？」

「もう別居しているので、彼女は結婚後の姓を使おうとしないでしょう。夫は国際軍事裁判《IMT》で裁かれています」

「あのぞっとする裁判。ユダヤ人の正義というやつね。じゃあその人は優秀なナチ党員だったの？」

「ええ、指折りの……。それはともかく。行き詰まっているんです。当てにできる資料が何も残っていなくて」これは、第三帝国に関係するすべてのファイル、すべてのフォルダー、すべての索引カード、すべての紙切れが、降伏前に破棄されるか、降伏後に押収されて強制保管されているということだ。「調べようがないんです」

「ゴーロ、新聞に広告を出すといいわ。みんなそうしているわよ」

「ああ、それはもう試しました。一度ならず。こう考えると気落ちするんですが、なぜ彼女のほうでおれを見つけてくれていないんだろう。おれを探しあてるのはそう難しくないのに」

「その努力はしているかもしれないわよ、ゴーロ。あるいは、そう――亡くなっているのかも。このごろじゃ亡くなる人がやけに多いし。だいたい、いつもこうなのよね？　戦後って。人の居所がわからなくなる」

おれはスキットルを膝に置き、ベッド脇で考えこんだ。

「おれを見つけるのは難しくないのにな」おれはゆっくり立ちあがった。「もう時間だ、悲しいことに。叔母さん、もうお別れを言わないと。叔母さん？」

だがゲルダはもうぐっすりと、底知れぬ眠りに落ちていた。

「ゲルダ、あなたに祝福を」おれは言った。身をかがめてゲルダのすべすべした額に口づけし、発車を待つトラックに乗りこんだ。

——

子宮がんを患っていたゲルダは、十日後の一九四六年四月二十六日、三十七歳で亡くなった。そして、生まれてからずっと病弱だった哀れなフォルカーも、同じ年に亡くなった。三歳だった。

おれはずいぶん前からこういう人間だった——知性のない相手には美しさを感じない。

それでもゲルダのことは愛おしく感じたし、死の床に就いていても彼女は美しかった。ゲルダ・ボルマンの愚かな美しさがそこにあった。

3 ハンナ――重要区域《ザ・ゾーン・オブ・インタレスト》

一九四八年の九月、おれは自分に無駄足を踏ませた。

そのころにはもう、第三帝国後のドイツを岩滓丘《スコリア》に立つ救貧院とは呼びづらくなっていた。おれの青春期のハイパーインフレーション時代には、金がその価値を保てるのはせいぜい数時間だった（給料日にはだれもがただちに、その週または月の買い物をすませた）。一方、この戦後の時代には、金にはもとより価値がなかった。ここでもやはり、答えは新紙幣の発行にあった。六月二十日の通貨改革が、煙草経済《ツィガレッテン・ヴィルトシャフト》――ラッキー・ストライクを買おうにも値段が高すぎる状況――に終止符を打ち、社会的市場経済《ゾツィアーレ・マルクトヴィルトシャフト》、つまり自由市場（配分なし、価格統制なし）を導入した。そしてそれが功を奏した。

その夏の浮ついた気分で、おれは車を、古くて汚いトルナックス（頻繁にまわす必要のある黒ずんだクランクを見るたび、壊れた鉤十字を思い出す）を手に入れ、大胆にも南東へドライブした。目的？ 目的は、希望の終わりに近づくこと――希望を枯渇させ、捨て去ろうと試みること――だった。

おれは無口になり、老けて白髪が増えた（髪も目も、冴えない色になってきた）が、体は健康で、米軍のために翻訳をする仕事がわりあい気に入っていた（その合間に携わっている無料弁護の仕事にも真剣に取り組むようになっていた）、男性の友人ばかりでなく女性の友人もいて、おれはオフィスで、米軍の駐屯地売店で、レストランで、キャバレーで、映画館で、健全な姿を見せていた。けれども、健全な精神生活を築くことはできずにいた。

アメリカ合衆国軍政部《OMGUS》の同僚たちは嬉々として、〝わたしはそれについて何も知らなかった《イッヒ・ヴステ・ニヒツ・ユーバー・エス》〟を、新しいドイツ国歌にすればいいと言っていた。だが、そのころのドイツ人はみな、絶滅戦争《フェアニヒトゥングスクリーク》と最終解決《エントレーズング》のあとでゆっくりと意識を回復しながら、改心した人間になろうとしていた。そしておれも改心した人間だった。それでも、自分で満足のいく精神生活を築くことはできなかった。これはおそらく、国家の大失敗だ（少なくともおれは、何かに〝参加〟することで楽になろうとはしなかった）。心の内を覗いてみても、そこに見えるのは孤独という水っぽいミルクだけだった。すべての加害者と同じく、おれはKZで、自分がふたりになったように感じていた（これはおれだが、おれではない。おれがもうひとりいる）。戦後は、自分が半分になったように感じた。そしてハンナの記憶を心に呼び起こすとき（これはしょっちゅうある）、物語が腹立たしいほど未完成だという感じはしなかった。物語がほとんどはじまってもいない感じがした。

以前、おれはこんなことを言っていた――第三帝国に生きていれば、多かれ少なかれ、自分がどんな人間であるかに気づかされる（その正体は必ずや予想に反していて、醜い場合も多い）、そしてまわりにいる他者がどんな人間であるかにも否応なく気づかされる、と。だがいまでは、おれはハンナ

・ドルとろくに知り合ってもいなかったように思える。ハンナが、そのたたずまいが、グラスの持ち方や話し方が、部屋を横切る姿がもたらした複雑な喜びを――おれを満たした温かな可笑しみと哀感を――おれは思い出し、いまでも味わってはいる。こうした交流はいったいどこで繰り広げられていたのか？　そしてあの執拗な悪臭（壁や天井にもそれを締め出す力はなかった）はなんだったのか？　そしてあの男は彼女の夫だったのか？　……おれの知っていたハンナは、苦悩の沼のなかに、その管理人たちさえもが世界の肛門《アーヌス・ムンディ》と呼ぶ場所に存在していた。では、生まれ変わってふたたび目覚めたハンナの考えに、おれはどう抗弁できる？　ハンナは――平和と自由のなかに、信頼し、信頼される世界にいる彼女は――どんなふうになっているだろう？　どんな人間に？

国民社会主義のもとで、人は鏡のなかにおのれの魂を見た。おのれ自身を見いだした。これは特に犠牲者、つまり一時間以上生きて自分と向き合う時間のあった人たちの身に、より確実に起こった。けれどもそれは、ほかのだれの身にも、罪人、協力者、証人、共謀者、まぎれもない殉教者（赤いオーケストラ（ナチ占領下の欧州でソ連に情報を流していた共産主義者のスパイ網）、白バラ（ドイツ国内の学生中心の反ナチグループ）、七月二十日事件に関与した人々）、さらにはおれのような、ハンナ・ドルのような軽微な妨害者の身にも起こった。おれたちはみな、自分の正体に気づかされるか、なすすべもなくさらけ出された。

人のほんとうの姿。それを映し出すのが重要区域だった。

こうしておれは、旧姓探しを再開することになった。

ハンナはローゼンハイムでパウル・ドルと出会い、ローゼンハイムで一緒に時を過ごしたのだから、ローゼンハイムで結婚した可能性が高いと見るのが妥当に思われた。それでおれはローゼンハイムへ向かった。絶えずプスプスあえぎ、ガタガタとノッキングを起こし、やがて止まってしまい、また急に跳ね起きるというポンコツぶりではあったが、トルナックスはミュンヘンからの六十キロメートルを走りきった。

ローゼンハイムは十八の地区で構成されていて、その各区に、誕生・死亡の記録を管理し、結婚式も執りおこなう戸籍役場《シュタンデスアムト》があった。となると、この計画でおれの一週間の休暇はあっけなく吹っ飛んでしまうだろう。そう、このころには〝賜暇《しか》〟（軍人に与えられる休暇の正式な呼称）が、はばかりなく〝休暇〟と呼ばれるようになっていた。突如復活した商品供給やサービスのほかにも、認識しがたい何かがこの国に漂っていた。それがなんであれ、正常な状態に戻ったとは言えなかった。一九一四年以降のドイツに、戻るべき正常な状態は存在していなかった。少なくとも五十五歳になっていなければ、正常だった時代を思い返すことはかなわない。それでも、何かの気配は漂っていて、それは新しいものだった。

おれは日曜日に着いて、街の中心部にある庭園、リーダーガルテンのはずれにあるゲストハウスを拠点に定めた。そして翌朝いちばんに、無駄骨になることを静かに覚悟しながら、トルナックスのエンジンをかけ、同心円状に役場めぐりをはじめた。

次の土曜日の午後五時、案の定、おれは中央広場の屋台でアイスティーを飲んでいた。喉はひりつき、目の隅はうっすらうるんでいる。単調な繰り返しに耐え、手練手管を尽くし、金（価値ある新しいドイツマルク）をばらまいて、計三冊の台帳をなんとか閲覧したが、何ひとつ得るところはなかった。要するに、この旅、この計画はとんでもない失敗だった。

そしておれはそこにたたずみ、街の平和と自由をぼんやり眺めていた。これは認めざるをえない――ここには平和と自由がある（首都は封鎖されていたし、ヘクタール規模の集団墓地があると噂される、北東部のロシア委任統治領では、平和はほとんどなく、自由はまったくなかった）。ほかには？何年ものちに、おれはベルリン駐在のアメリカ人ジャーナリスト、アンドリュー・ナゴルスキからの、ごく短い最初の特電を読むことになる――〝穏健な動きは皆無だ〟。一九一八年当時の報告である。

一九三三年一月に、NSDAPが首相官邸の鍵を手にしたとき、ドイツ国民のぎりぎり過半数は、恐怖だけでなく、夢のようにもやもやした困惑を感じた。外に出れば、慣れ親しんだものを思い出したが、それは慣れ親しんだものの写真やニュース映画を見るように思い出していただけだった。世界は見せかけだけの偽物のように、抽象的に感じられた。あの日、ローゼンハイムでおれが目にしたのは、たぶんそれだった。ドイツの健全な妥協のはじまり。ジャンルは社会派リアリズムだ。おとぎ話でも、ゴシック小説でも、剣と魔法のサーガでも、三文小説でもない。そして、ロマンスでもない（おれはその結末を受け入れはじめていた）。リアリズム、それ以外の何物でもなかった。

そこから、ある種の疑問が絶えず、避けがたく湧いてくることになる。

コンラート・ペータースが、ティアガルテンでこう言っていた――ダッハウで糞尿とシラミにまみれて死んだ、こだわり屋のペータースが。〝俯瞰すると、これは最低レベルまで劣化した、ビスマルクの現実政治《レアルポリティーク》だ、反ユダヤ主義という幻想と世界史上に名高い憎しみの才が組み合わさった。ああ、だが地上で見ると――そこがほんとうに謎なのだ。これはよくあるユダヤ人誹毀《ひき》だが、けっこうな割合を占めるドイツ人誹毀ではない。国民は抵抗もせず殺戮の場へ向かった。そしてゴム引きのエプロンを着けて仕事にかかった〟。

そう、おれは考えていた、〝詩人と夢想家の住むのどかな国〟が、世界でも稀に見る教養豊かな国が、なぜあんな狂気じみた、あんな途方もない蛮行に屈したのか？　なぜこの国の男も女も、あのハリボテ男（グレーファッツ――童貞のプリアポス（生殖力の神）、一滴も飲まないディオニュソス（酒の神）、菜食主義のティラノサウルス）の意のままに、魂を犯されてしまったのか？　あれほど周到に、あれほどもっともらしく、あれほど露骨に獣性をきわめようとする欲求はどこから生まれたのか？　もちろん、おれにはわからなかったし、コンラート・ペータースにも、いま目の前にいる人々にもわからなかった――家族連れ、足を引きずった退役軍人、交際中のカップル、かなり酔っ払ったかなり若いGIのグループ（濃くて安くて美味いレーベンブロイのせいだ）、わけあって缶集めをする者、黒衣の寡婦、雑踏のなかを列をなして進むボーイスカウト、野菜の行商人、果物の行商人……。

そのとき、彼女たちが見えた。だいぶ離れた、人の多いところにいる――広場のはずれに向かって歩いていて、おれから遠ざかっていく。その組み合わせに覚えがあった――それでじゅうぶんだった。母親とふたりの娘。三人とも麦わら帽をかぶり、麦わらの鞄をぶらさげ、凹凸状の裾飾りのある白いワンピースを着ている。

おれは休日の人込みをかき分け、急いで三人を追いかけた。

――――

「きみたち、もうすっかり大人になったし」おれは震え声で言った（鼻につんとくるものがあって）、「そんなに背も高いんだから、アイスクリームはないだろう」

「そんなことないよ」シビルが言った。「わたしたち、アイスクリームが頼めないほど大人になんかならない」

「そこまで背が高くもね」パウレッテが言った。「ねえいいでしょ、お母さん……お母さん！　お願い。いいって言って」

〈グランド・ホテル〉のラウンジで、おれはふたりにバナナ・スプリットをおごった。母親は渋ったすえにオレンジジュースをおごらせてくれた（おれはシュナップスの大瓶を頼んだ）……。坂になった路地をくだりきったところで、名前を呼びながらその肩にふれると、ハンナは振り向いた。その顔にはなかなか認識の色が現れなかった。やがて、声もなくただ目を見開き、白い手袋をはめた手を口もとへやった。

今度はしっかりした声で、おれは言った、

「お嬢さんたち、気のきいた言葉を教えてあげよう、〝ラストラム〟――五年間のことだよ。そして十三歳から十八歳の五年間ほど人を変える時期はほかにない。こう言ってよければ、パウレッテ、きみは特に変わったね。きれいになった」

これは偶然にも、幸運にも真実だった。パウレッテは背丈が十二、三センチ伸びていて、いまの彼女を見ても、司令官の長い上唇や前から見えているまぬけな鼻の穴は頭に浮かんでこなかった。

「十八歳から二十三歳まではどう?」シビルが言った。

「それよりゼロから五までは?」パウレッテが言った。「あそこ。五分でいいんだけどな」

ホテルのガラス張りのアトリウムには、洗練されたショッピング・アーケードが隣接していた。そしておれは、ネオンライトや贅沢な品々、花屋のいい香りや華やかさに双子が抗しきれないだろうと踏んでいた。

「お母さん、いい?」

「いまはちょっと……。ああもう、わかったわ。五分ね。それ以上はだめよ」

ふたりは走り去った。

おれは腿に両手を置いて身を乗り出した。「すまない」おれは言った。「再婚していたとは知らなかった」

ハンナは椅子の上で身を起こした。「再婚? ええ、わたし、すごく結婚に向いていたわよね? いまのわたしは」ゆっくりと言う。「未亡人よ」

「……あすの夜にはミュンヘンに戻る予定なんだ」おれは言った（ほんとうはその夜に出発するつもりで、もうスーツケースをトルナックスの錆びたトランクに入れてあった）。「発つ前に少しだけ会えるかな？　朝のコーヒーでも飲みながら」

ハンナは室内が暑すぎるみたいに落ち着かない表情になり、その左膝が細かく上下しはじめた。何より不穏なことには、彼女は何度も目をつぶっていた。定位置を保っている上まぶたに向かって、下まぶたがすうっと閉じていく。目の前で女性にそんな顔をされたら、男は礼儀正しく何かつぶやいて出口へ向かうしかない。ハンナは言った、

「いいえ。よすわ、意味がないと思うから。ごめんなさい」

おれは少し考えてハンナに尋ねた、「見せたいものがあるんだが」財布に手を伸ばし、新聞の小さな切り抜きを取り出す。以前、《ミュンヘン・ポスト》紙の個人欄に載せた広告だ。「もしよかったらこれを読んでもらえるかい？」

ハンナはおれの指からそれを引きとり、文面を読みあげた、〝弁護士兼翻訳者、三十五歳、a）エスペラント語の専門的な指導、b）神智学の専門的な手引きを求む。連絡はこちらの……〟。

「ご両親の目に留まるかと思ってね。そしていま、おれは三十八歳だ」ディーター・クリューガーの最期の数時間について話すと約束してハンナの気を引こうとするのは、どうにか思いとどまった。おれはただこう言った、「きみはとても寛大な人だから、少しならおれに時間をくれるはずだと思っている。どうかな。頼む」

この時点でハンナは意を決し、いつ、どこで、どのくらいの時間を割けるかを淡々と告げた。こちらが尋ねると、住所まで教えてくれた。

「ひとつ障害になったのは」おれは言った、「きみの旧姓を知らなかったことだ」

「知っていてもたいして役に立たなかったはずよ、ありふれていて。シュミットだもの。さて、あの子たちはどこかしら？」

――――

それは夕暮れから夜明けまで続く、ウイルスが引き起こしたせん妄状態だったのだろう――浅くて半ば意識のある悪夢、無力の悪夢を見た。おれは、無限にありそうな、びくともしないほど重くてかさばる物を、持ちあげるか移動させるかしようと力を振り絞っていた。それから、金と鉛でできた分厚い門を無理やり突破しようとしてしくじった。無力を恥じつつ、おれはにやにや笑っている敵から逃げたり、敵の前でうずくまったりしていた。裸で、消え入りそうに縮こまったおれは、笑われ、罵られながら、寝室から、会議室から、宴会場から追い出されていた。ついには口のなかで歯が動いて、場所を変えたり、互いの後ろに隠れたりしだしたので、おれはとうとう、口いっぱいの腐ったナッツのように歯を全部吐き出し、人生終わったと思った。もう食べることも、話すことも、笑うことも、キスすることもできないと。

外は晴れとも曇りともつかぬ天気で、ことのほか静かだった。

ハンナは運動場《フライツァイトゲレンデ》の裏の野外音楽堂で会いましょうと言っていた。〝だれでも知ってる場所よ〟と。一時間くれるとも言っていた。そっけない口調で。もちろん、時間はきっちり守ろうと決めた。おれも帰る時間をきっちり守ろうと。

階下へおり、朝食を頼んだものの、喉を通らなかった。だから部屋へ戻って、入浴し、ひげを剃り、十時半になると、前の晩に〈グランド・ホテル〉で買っておいた花束をシンクから取り出して出発した。

―――

途中で三度道を尋ねたが、三人が三人とも懇切丁寧に教えてくれた（通りがかりのその人たちはまるで、待ち合わせ場所まで一緒に来てくれるか――なんならおれをかついでいくぐらいの――心づもりでいるように見えた）。見たところ機能している鉄道の駅（だが少し先には、巨人用のジャングルジムのような、原形をとどめていない線路が見えた）を迂回し、瓦礫が除去されてもなおガソリンくささが残る、一街区ほどある爆撃跡をふたつ横切った。これらはみな（道案内してくれたひとりによると）、一九四五年四月中旬の空襲によるもので、最後は四月二十一日、そのころまでにソ連軍はベルリンに攻め入り、すでに首相官邸を砲撃していた。ここローゼンハイムの空襲を担ったのは――交戦国のなかでは、憎み憎まれる関係性の最も薄い（反ユダヤ主義の影響も少ない）――イギリス軍だった。おれはあとからこう思うことになる――そうか、戦争も老いるのだ、灰色になり、臭《にお》うようになり、意地が悪くなり、わからず屋になる。そして大きな戦争ほど早く老いていく……。

運動場（それぞれサッカーボールを持った三人のティーンエイジャーがリフティングに興じてい

る）を過ぎ、円形の池――アヒルの群れと一羽の白鳥――を過ぎた。聖カスパール教会の大鐘が、もったいぶった三秒間隔で十一時を打つあいだに、おれは円形の野外音楽堂の、どこからもよく見えるベンチに腰をおろした。金ボタン付きのくたびれた青いサージ地の衣装を着た年配の男たちが数人、古いトランペットやトロンボーンを片づけていた。トレーシングペーパーのように白っぽくくすんだ空を背にして、上下揃いのセーターとロングスカート（紺色の無地の綿ジャージー素材）という、かなり地味な服装でハンナはやってきた――以前より痩せて（だれもが痩せた）、だがいまも長身で、肩幅が広く、豊満でありながら足どりは軽やかだった。おれは腰をあげた。

――――

「これはもちろんきみに。映画スターの気分になってもらいたくてね」

「アマリリス」ハンナは冷静に見分けて言った。「ネギみたいに立派な茎ね。ちょっと待ってて。池の水に差しておくから」

ハンナは膝をついてそれをした。身を起こして袖から草の葉をつまみ取っているのを見て、おれはまた、可笑しみと哀感が奇妙に混ざり合った、複雑な喜びを感じた。これをする、あれをする、ああいうふうにではなく、こういうふうにする。ハンナの習慣、ハンナの選択、ハンナの決断。痛いほどの渇望と、強い恐れにとらわれ、おれはすべての感覚をハンナにがっちりつかまれているのを知った。物悲しくもどこか心和む、笑いたくなるような、泣きたくなるような、このどうしようもなさ。

「それほど大きな期待はしていないから、安心して」おれは祈るように両手を向き合わせていたが、おれの言葉に合わせて両手も動き、ひとことひとことにうなずいた。「手紙のやりとり。たぶん友達付き合いみたいなこと……」

これは認めてもらえた。おれは言った、

「何も取りもどせないかもしれないからね。そうであっても不思議はないと思う」

「ええ、そうね」ハンナはあたりを見まわした。「そのままのものなんて何もないもの、あの当時から。建物や彫像でさえ」

おれはラッキーストライクのパックを取り出した。ふたりとも一本手にしたが、おれのライターの炎は揺らぎもしなかった（風もなく、天候は落ち着いていた）。「うん、なぜきみが悲しそうだったかわかる気がするよ、おれが――おれがまた現れたとき」

「あの、意地悪な言い方はしたくないのよ。でも、どうしてわたしが悲しくなくなったと思うの？　わたしは悲しいままだった。いまも悲しいわ」

今度はおれが認めた。ハンナは言った、

「あなたにかぎったことだと思わないで。あれ以来、わたしはだれと会うことも恐れて生きてきたの。あの小柄なフミリアに会うのすら耐えられないと思う。ちなみに、彼女は無事でいるけれど」

ハンナの口調は芝居がかっておらず、その穏やかなまなざしのように、率直で淡々としていた。濃い茶色の豊かな髪も、大きな口も、男っぽく角張った顎の骨も昔のままだった。鼻梁の両脇に縦じわが刻まれている——変わったのはそれだけだった。

「おれは三時にはミュンヘンに着かないといけない。正午には行くよ」

「……神経症ぎみなのか、ただ弱いのかと言われれば、わたしはただ弱いだけ。わたしにはつらすぎた。耐えられなかったの」

おれは眉を寄せて同情を示しつづけていたが、心ばかりかおれの全身がこれに抵抗を覚え、拒絶していることに気づいた——それも、いまだに理解に苦しむほど断固として。おれは何も言わなかった。

「いつかドルがわたしの前に現れるって想像するのをやめられない。それくらいわたしは病んでいるの。あの人に会ったら死んでしまう」ハンナは悶えるように身を震わせて言った、「あの人にふれられたら、きっと死んでしまう」

「ドルはきみにふれることはできないよ」

長い沈黙があった。長い沈黙が何度かあった。そしていま、聖カスパール教会の鐘が非難がましく十五分の経過を告げた。

「少しのあいだ、もっと気の置けない話をしてもいい？　あなたの仕事の話を聞かせて。そうしたら気が落ち着きそう」

「まあ、まったく別の話題とも言えないんだが」おれは言った。だがこちらも、もうしばらくは、気の置けない話をする必要があると感じていた。それでハンナに仕事の話をした。八百万件の回答ずみアンケートと、非有罪者から重犯罪者までの五段階の分類。

「五段階の五。わたしの亡夫はそれに当てはまるわ」

「ごめん。そうだね」おれはためらった。「それより、おれがほんとうに興味を持っている仕事について真面目に話してもいいかな」

おれが本業とは別にやっていることは、勝者の正義とほとんど関係がなかった（まるで戦後に、ほかの種類の正義が存在するかのように）。それは連邦補償法《BEG》、つまり賠償に関するガイドラインで、被害者の正義に関係していた。この場合の補償とは、殺害された親族、強制労働と恐怖によって失われた年月、癒えることのない身体的・精神的障害（及びすべての資産と家財の盗難）に対するものだ。友人のデイヴィッド・マーリンは、米陸軍大尉の肩書きを持つユダヤ人弁護士（そしてとりわけ敏腕で煙たがられている非ナチ化推進者のひとり）で、一年前におれを採用してくれた。最初は、何もかもきわめて妥当だが、きわめて非現実的だとも感じた――その段階で、主権と支払い能力のみならず、謝意まで持ちあわせたドイツを、だれが想像できただろう？ いまはそんなことはない。新たな現実――この年の五月に建国された、新興イスラエル――は、注射か受胎のようなものだった。そしてマーリンはすでにテルアビブへの調査任務を計画していた。ハンナは言った、

「それはあなたにできる最善のことよ。心から健闘を祈るわ」

「ありがとう。そう言ってくれて。だからとにかく、毎日が充実している。まちがいなく忙しくはしているよ」

「そうなのね。わたしはあんまり」

いまは家族――腰を悪くした母親、心臓を悪くした父親――のために尽くさなくては、とハンナは

言った。

「それと、週に五時間フランス語会話を教えているわ。綴りが苦手だから文章を書く仕事は無理なの。ほら、軽い読字障害があって。だから実際わたしがやっているのは、娘たちを育てることくらい」

三十分の鐘が鳴ると同時に、当人たちが池の向こう側に現れた。ふたりは立ち止まった——この時間に母親に姿を見せにくるよう言われていたのは明らかだった。ハンナが手を振ると、ふたりも手を振り返し、それからまたどこかへ消えた。

「……娘たちはあなたのことが好きよ」

おれはごくりと唾を飲んで言った、「それは嬉しいな、おれも昔からずっとあの子たちが好きだから。パウレッテはいまやシビルと同じ背丈になっていて、感慨深いね？ そうだ、おれはきみたち家族の友人になるよ。ときどき列車でやってきて、みんなをランチに連れていこう」

「……ごめんなさい、あの白鳥から目が離せなくて。わたしはあの白鳥が嫌い。わかる？ 首はそれなりにきれいだけど、羽を見て。薄汚れた灰色をしてる」

「ポーランドの雪みたい」最初は白く、そして灰色に、やがて茶色になった雪。

「きみはいつあそこを離れたんだい？」

ハンナは言った、「たぶんあなたと同じ日に。あなたが送り出された日。五月一日」

「なぜそんなに早く？」

「前夜の出来事のせいよ。ヴァルプルギスの夜の」ほんの一瞬、ハンナは明るい顔になった。「明らかなこと以外に、あの夜についてあなたは何を知っている？」

「いいから続けて」

「あの夜、娘たちはすごくわくわくしていた。焚き火や花火や焼き芋を楽しみにしていたけど、それだけじゃない。あの子たちが怖がるためにわざわざ読む本があってね。ヴァルプルギスの夜には、目に見える世界と見えない世界の境界を越えることができるというやつ。光の世界と闇の世界のはざまを。ふたりはそれに夢中だった。もう一本煙草を吸ってもいい？」

「もちろん……。おれの友人、亡き友人は、第三帝国は長いヴァルプルギスの夜みたいなものだと言っていた。彼も境界の話をしていたよ、生と死の境界。それがどうして消えてしまったか。四月三十日。ヴィルヘルム通《シュトラーセ》りの珍獣が惨めな命を捨てた夜じゃなかったか？」

「そうだった？　実は、わたしの誕生日でもあるの。とにかく」ハンナは真剣な口調で言った、「わたし、あの夜のことを正しくとらえている自信がないから、あなたの考えをぜひ訊きたいわ。見て、あの白鳥の性悪そうな顔」

その白鳥――いきり立ったクエスチョンマークのような首とくちばし、凝視する黒い目。

うろ覚えでおれは言った、「ああ、そういえば。ヴァルプルギスの夜がちらっと出てくるのは――『ファウスト』だったか？　〝魔女は屁をひる、牡山羊は糞をひる〟とかなんとか……」

「それは素敵」ハンナは片眉をぴくりとさせて続けた、「ドルはわたしを庭に誘い出した。ローマ花火を見物しろって。そしてシュムル、シュムルがわたしに誕生日の贈り物をしたがっていると言った。さあ、あなたもそこにいると想像してみて」

迫りくる夕闇のなかの三人。坂道の先で、ヴァルプルギスの夜の炎が猛り、ロケット花火らしきものがヒューッと飛び立つ。日没、最初の星々。ゾンダーコマンド班長のシュムルが庭を囲む塀の向こうにいる。縞模様の服で。その場の雰囲気は、それまで味わったことも、読んだり聞いたりしたこともないものだった、とハンナは言う。どんよりした表情で、囚人は長い道具か武器、細い横木の付いた大釘のようなものを、袖のなかからその手に落とした。すべてが怪しく、すべてが芝居じみていた。

ドルが門を蹴りあけて言った、「さあ入れ……」

シュムルはそこから動かなかった。シャツを開いて自分の胸にその凶器の先を突きつけた（そう言って、ハンナは手を組み合わせた両腕を伸ばせるだけ前へ伸ばしてみせた）。そしてシュムルはハンナの目を見つめて言った、

「アイゲントリヒ・ヴォルテ・エア・ダス・イッヒ・イーネン・ダス・アントゥーエ」

そしてドルが言った、「ああ、そんなことをして、おまえはなんの役に立つ？」

そして顔に向かって発砲した。ドルが銃を抜いて、シュムルの顔を撃ったのだ。それからしゃがんで、首の後ろにもう一発撃ちこんだ。

シュムルの痙攣が止まると、ドルは尻をついたままゆっくりと向きを変えてハンナを見あげた。

アイゲントリヒ・ヴォルテ・エア・ダス・イッヒ・イーネン・ダス・アントゥーエ――〝ほんとうは、あなたにこれをするよう彼に命令されていた〟。

「そう言いながら、シュムルはわたしの目を見つめた。わたしは毎日のように彼を見かけていたけど、そんなことは一度もなかった。わたしの目を見るなんて」ハンナは一瞬、自分が煙草を手にしているのに驚いたようで、ひと吸いしてから地面に落とした。「ドルは血まみれだった。ああ、弾丸ってあんな……。ドルはそれでも笑おうとしていた。あいつがずっとどんな人間だったのか、その瞬間にわかったわ。そこにいたのは、邪悪な男の子だった。むごたらしいことをしているのを見られた男の子。それでもまだ笑おうとしている」

「それできみは……」

「ええ。わたしはすぐに娘たちを連れて、ロームヒルデ・ゼーディヒのところに逃げこんだの。そしていちばん早い機会にあそこを離れたわ」ハンナは開いた手を喉もとに当てた。「あいつの正体はもうわかっていたから。さて、司法修習生《レフェレンダー》のトムゼンさん、この一部始終をどうご覧になる？」

おれはお手あげのしぐさをした。「きみは五年も考える時間があったんだ。何かしらの結論に行き着いたはずだよ」

「まあね。結局、何にも増してひどかったのは、シュムルがみずからの手で命を絶とうとしていたのをドルが阻んだことね。そうさせずに彼の顔をめちゃめちゃにしたんだもの。わたし、小道でよくシュムルに挨拶していたの。ほかにどんな一面があったにせよ、彼は凶暴な人間ではなかった……。これはまちがっていないでしょう？　ドルは、おそらくだけど、シュムルを説きつけてわたしを傷つけさせるか、もっと言えば殺させるつもりだったのよ」

「おれがずっと恐れていたことだ。シュムルを説きつけた、圧力をかけた。どうやってだろうね」

「それはわたしも考えあぐねてる」

「残りについては、きみは正しくとらえていると思うよ」

聖カスパール教会が、もう十一時四十五分だと重々しく知らせてきた。日曜日だったが、百の尖塔があるこの街で、ほかの教会の鐘は聞こえてこなかった。

「ディーターの身に何が起こったのか知りたいかい？　ドルはどう言っていた？」

「彼は死んだと言ってたわ。それは事実なのよね？　だけど、ドルはありとあらゆることを言っていた。記憶ちがいと矛盾を繰り返しながら。性器の神経をすべて切断されたとか。ドライアイス入りの冷蔵庫か何かに裸で閉じこめられたとか。それから――」

「いやいや、どれひとつ事実じゃないよ」

「全部が事実じゃないとは言えそうね」

「ディーターは処刑された」おれはきっぱりと言った。「主義に殉じたわけだが、即死だった。それも早い時期に。三四年の一月だ。ナチ党全国指導者から聞いた」

「……あなたは刑務所にいたのよね？　収容所ではなく」

「最初は収容所、その後は刑務所だ、ありがたいことに。収容所に比べたら刑務所は楽園だよ。シュテーデルハイムの政治犯棟で十八カ月……。そのときの話はまた別の機会にするよ。またの機会があればね」

十一時五十四分、いよいよ話さなくてはならなかった。

「ハンナ、おれの勘ちがいだったんだろうか。あのころ、きみはおれに特別な気持ちを抱いてくれていたね？」

ハンナは顔をあげて言った、「ええ、勘ちがいじゃないわ。あのとき、あずまやであなたに抱きしめられたとき、なんというか、この気持ちは本物だと感じたみたい。わたしはあなたのために庭に出たし、そうすることが幸せだった。あなたのことをたくさん考えた。たくさん。そしてもらった手紙を破り捨てなければよかったと思った。引用されていた詩も探しあてたのよ。『雄弁家たち』

〝店のガス灯、船の行く末、

〝そして潮風　古傷にふれて……〟

ハンナは愁《うれ》い顔でうなずいて、言葉を継いだ、「でも、あることが起こったの。あのころ、あなたはわたしの考える〝まともな〟人物そのものだった。正常で、たしなみがあって、教養があって。そしていまは、そのすべてがひっくり返った。わたしは……。悲しいことね。あなたはもう正常なものでなくなってしまったの、わたしにとっては。あなたを見ると、わたしはあそこへ逆戻りする。あなたを見ると、あのにおいがよみがえる。わたしはそれに耐えられないの」

認めるのは悲しいけど、きみの言うことにも一理ある――おれは結局そう言った。

「信じられる？　史上屈指の大量殺人者と結婚していたなんて。わたしが。ドルはすごく野暮だった、すごく……口やかましくて、いやらしくて、卑怯で、愚かだった。ディーターもディーターで絶望的だった。頭のなかは他人の考えでいっぱい。スターリンの。わかる？　わたしはそういうのが苦手。とにかく受けつけないの。ドル。ドル。男性とお付き合いすること自体、いまのわたしには考えられない。もう何年も男性に目が向かない。一生縁がないと思う。わたしはもう萎《しお》れたの」

おれはしばらく考えた——というか、しばらく考えるのをやめた。「きみにそういうことを言う権利はないよ」

「権利がない?」

「ああ、きみには権利がない、おれはそう思う。もう立ちなおれないと言う権利があるのは被害者だけだ。そして、そう言う者はほとんどいない。人生をやりなおすのに必死なんだ。限界まで傷ついた人たちから、おれたちが話を聞くことはない。そういう人たちはだれにも——だれにも話そうとしない。きみはずっと夫の被害者ではあったけど、逃げ場のない被害者ではなかった」

ハンナはおれに向かって角張った頭を振った。「それは人によるんじゃない? 苦しみは相対的なものではない。よくそう言うでしょう?」

「いやしかし、苦しみは相対的なものだよ。きみは体重の半分と髪を失ったか? こんなに大騒ぎして、亡くなったのはひとりだけかと葬式で笑うのか? 靴の状態に生死がかかっていたか? きみの両親は殺されたか? きみの娘たちは? 制服や群衆や裸火《はだかび》や生ゴミのにおいが怖いか? 眠ることが怖いか? つらくてつらくて死にそうか? きみの魂に消えない何かが刻まれているか?」

ハンナはまた背筋を伸ばし、しばらくじっとしていたが、やがてきっぱりと言った、「いいえ。そんなことはない。でも、わたしはまさにそれを言っているのよ。つまり、わたしたちにはそこから立ちなおる権利がないということ。あのあとで」

おれは言った、「じゃあ打ち負かされたというんだな? ハンナ・シュミットは? だろう?

〝心がしびれたまま、わたしたちは時を逃し　もう愛することもできない。嗚呼と嘆くことも　日ごとに減ってゆく〟」

「そのとおりよ。〝ついには慣れてしまう　失ったことに〟。これは戦争のことではないけど」

「いや。ちがう。きみは闘士だ。ドルが目に痣をこしらえたときみたいに。パンチを一発――ああ、きみはまるでボリスじゃないか。闘士だよ――それがほんとうのきみだ」

「そんなことない。あの当時ほど自分が自分でなくなっていたときはなかったわ」

「じゃあこれがほんとうのきみなのか？　ローゼンハイムで身をすくめているのが。そして萎れているのが」

ハンナは腕組みをして横へ目をそらした。

「わたしがどんな人間かは問題じゃない」ハンナは言った。「もっと単純なことよ。あなたとわたし。いい？　想像してみて、あの場所から幸せな何かが生まれるなんて、どんなにぞっとすることか」

最初の鐘が鳴った――あと三十六秒。

「予定どおり、おれは行くよ」

そしておれは立ちあがった。頭上の、灰色の雲の上は――さらなる灰色で、青色のかけらもなかった。またごくりと唾を飲みこみ、静かに言った。

「手紙を書いてもいいかい？　またここへ来ても？　それは許される？　許されない？」

ふたたび腕を組み、目をそらす。

「そうね――許さないということはないけど。それは……。でもあなたの時間の無駄だわ。わたしの時間も。悪いけど。ごめんなさい」

おれはハンナの前でふらついた。「その、おれはきみが見つかればと思ってローゼンハイムに来た。こうしていま、きみはそばにいるし見失ってもいない、おれはあきらめられない」

ハンナはおれを見つめた。「わたしに近づかないでとは言っていないわ。でもこう頼んでいるの――あきらめて」

膝ががくがくしだしたが、おれは軽く会釈し、空元気を出してこう言った、「来るときは知らせるよ。〈グランド・ホテル〉でのハイ・ティーに連れていくとふたりに伝えて。アンゲルスおじさんがそう言ってたと」

九回、十回と鐘が鳴った。

「覚えていると思うけど念のため、花束を忘れずに」ますます脚の力が抜けていて、おれは左手の甲を額にぐっと押しあてた。「ひとつ頼んでいいかい？　ちょうどいまのことだが、〝別れのときには優しくさよならを〟言ってほしい」

「忘れないわ。それとお別れも、ええ、わかった」ハンナはふっと息をついた。「……さよなら」

いま、まるい池に浮かぶ首の長い白い鳥の向こうに、双子がまた姿を現した。

「さよなら」おれは返し、背を向けて立ち去った。

ヒトラーとボルマン

謝辞及び著者あとがき——〝起こったこと〟

もちろんわたしは、この分野のスタンダードとなっている文献――なかでもイェフダ・バウアー、ラウル・ヒルバーグ、ノーマン・コーン、アラン・ブロック、H・R・トレヴァー‐ローパー、ハンナ・アーレント、ルーシー・S・ダヴィドヴィッチ、マーティン・ギルバート、イアン・カーショー、ヨアヒム・C・フェスト、サウル・フリートレンダー、リチャード・J・エヴァンズ、リチャード・オーヴァリー、ギッタ・セレニー、クリストファー・R・ブラウニング、マイケル・バーリー、マーク・マゾワー、ティモシー・スナイダーらの著書に大いに助けられた。これらの著者たちは大宇宙《マクロコスモス》を確立している。わたしはいま、中間《メゾ》と微小《ミクロ》のレベルでいくらか恩義に報いたいと考えている。

第三帝国における日々の生活の雰囲気や特質については――ヴィクトール・クレンペラーの『私は証言する――ナチ時代の日記1933‐1945年』（小川‐フンケ里美、宮崎登訳／大月書店）と *To the Bitter End*’ フリードリヒ・レックの意地悪くも知性的な *Diary of a Man in Despair*’ マリー・ヴァシルチコフの吸引力と政治的洞察に富んだ『ベルリン・ダイアリー――ナチ政権下1940‐

45』（白須英子訳／中央公論新社）、そしてヘルムート・ジェームス・フォン・モルトケの *Letters to Freya* は、不変の高潔さ（そして愛妻ぶり）が記された記念碑的著書であり、一九四〇年六月のフランス打破後のその曖昧な発言がなおいっそう説得力を高めている。

IGファルベン、ブナ゠ヴェルケ、アウシュヴィッツ第三強制収容所（モノヴィッツ）については――ダーマッド・ジェフリーズの見事にまとめられた *Hell's Cartel*、ロバート・ジェイ・リフトンの *The Nazi Doctors*、ルドルフ・ヴルバの *I Escaped from Auschwitz*、ローレンス・リースの *Auschwitz*、ヴィトルト・ピレツキの『アウシュヴィッツ潜入記――収容者番号4859』（杉浦茂樹訳／みすず書房）、プリーモ・レーヴィの『アウシュヴィッツは終わらない　これが人間か』（竹山博英訳／朝日新聞出版）、*Moments of Reprieve*、『溺れる者と救われる者』（竹山博英訳／朝日新聞出版）。SSの気風と機構については――ハインツ・ヘーネの『ヒトラー独裁への道――ワイマール共和国崩壊まで』（五十嵐智友訳／朝日新聞出版）とその優れた補遺、エイドリアン・ウィールの *The SS: A New History*。

背景、雑多なディテール、洞察については――ゴーロ・マンの *The History of Germany Since 1789*、ロバート・コンクエスト著 *Reflections on a Ravaged Century*、ピーター・ワトソンの *The German Genius* と *A Terrible Beauty*、ポール・ジョンソンの *A History of the Jews* と *A History of the Modern World*、アントニー・ビーヴァーの『スターリングラード　運命の攻囲戦1942-43』（堀たほ子訳／朝日新聞社）、『第二次世界大戦1939-45』（平賀秀明訳／白水社）、ニーアル・ファーガソンの *The Pity of War* と『憎悪の世紀――なぜ20世紀は世界的殺戮の場となったのか』（仙名紀訳／早川書房）。J・ノークスとG・プリダム編纂の三巻組 *Nazism, 1919-1945 :A History in Documents and Eyewitness Accounts*。マックス・ヘイスティングスの *Bomber Command*' *Armageddon*' *All Hell Let Loose*。ハイケ・B・ゲルテマーカーの『ヒトラーに愛された女　真実のエヴァ・ブラウン』（坂寄進一訳／東京創元社）。ヨッヘン・フォン・ラングの *The Secretary*（ボルマンについて）。エリック・A・ジョンソンの *Nazi Terror: The Gestapo, Jews, and Ordinary Germans*。エドワード・クランクショウの『秘密警察――ヒトラー帝国の兇手』（西城信訳／図書出版社）と、特筆に値する *Bismarck*。大酒飲みの大量殺人者ルドルフ・ヘスが死刑囚監房でしたためた回想録 *Commandant of Auschwitz*＊（プリーモ・レーヴィの序文より――〝自己弁護に努めながらも、著者はその正体をさらけ出している。粗野で、愚かで、傲慢で、くどくどしい悪党という、ありのままの姿を〟）。＊ドイツ語原書の *Kommandant in Auschwitz* には『アウシュヴィッツ収容所』（片岡啓治訳／講談社学術文庫）の邦訳あり。

ドイツ人の話し方の特徴とリズムについては、アリソン・オーウィングスとその著書 *Frauen: German Women Recall the Third Reich* が貴重なガイドになってくれた。オーウィングスは、主婦、女傑、頑強な抵抗者、反対者、元囚人、元看守といった幅広い立場の人々を相手に、探りを入れ、うまく言葉を引き出し、調子を合わせながら、打ち解けた心安い関係を作り出している。彼女の取材対象は、ひとりを除いて歴史上では無名の人々だ。この興味深くも驚きに満ちた、すこぶる啓発的な本の目玉は、夫の処刑から半世紀近くを生きてきたフライヤ・フォン・モルトケへの、ヴェアモントでのロングインタビューである。

オーウィングスは次のように書いている——

彼女の家をめざして、ずいぶん小さい飛行機におっかなびっくり乗りこみながら、わたしはこれから勇気と威厳を持つ女性に会うのだと考えていたが、果たしてそのとおりになった。ただ、愛にあふれた女性に会うことにもなろうとは思ってもみなかった。

……「悲惨な戦争で、そしてこの国にいてさえ夫を失った女性たちは、わたしよりもはるかにつらい経験をしました。その人たちにとって、男性たちが戦争に行って二度と戻ってこないというのは恐ろしいことでしょう。多くの女性が［政権を］憎んでいた夫を亡くし、それでも殺されました。なんと痛ましいことでした。でもわたしにとっては、すべてが意味のあることでした。こう考えたのです、夫は人生を全うしたのだと。事実そうでした。まちがいありません」

「わたしと長く話していれば」彼女は言った、「人はそのような経験をしても、その後の人生を生きていくのだとわかるでしょう。夫が殺されたとき、わたしにはふたりのすばらしい子供たちが、ふたりの愛おしい息子たちがいました。それでこう思ったのです。この子たちがいればじゅうぶん一生を乗りきれると」

生存者とその証言については、恐れをなすほど膨大な記録のなかから、永久に流通させるに値する一冊を選出したい。アントン・ギルの ***The Journey Back from Hell*** である。これは群を抜いて示唆的な声の宝庫であり、才能と慎みを兼ね備えた著者によって整然とまとめられたものだ。実際、これらの回想、これらの劇的な独白は、〝生き残るために何が必要だったか〟という避けがたい質問に対する不確かな答えに、新たな形を与えてくれる。

必要だったものは、おおむねこのように列記できる――まずは運、すみやかに徹底して適応する能力、注意を引かない才能、ほかの個人またはグループとの連帯、品性を保つこと（〝どんな性質のものであれ、拠って立つ信条を持たない人々は、どれほどしゃにむに足掻こうとも、倒れるのが常だった〟）。無実だという確信を絶えず育むこと（ソルジェニーツィンが著書『収容所群島』［全6巻／木村浩訳／ブッキング］で繰り返し強調した本質）。絶望に対する免疫。そしてやはり、運だ。

ギルの著書に集められた言葉に、その冷静さ、雄弁さ、警句にも通ずる知恵、ユーモア、詩情、そして一様に高いレベルの認識にふれると、新たにこういう考えも浮かんでくる。ナチの考えに対する明確な非難として述べるが、〝人間以下〟と呼ばれたこれらの人たちは、つまるところ、人類の精鋭であったのだ。そして、豊かで、繊細で、鋭い感性――こういうものが読みとれるのがいかに驚くべきことか――は、障害ではなく、強みであった。ほぼ全員が復讐を拒んでいる（そしてひとり残らず赦しを拒んでいる）ことと合わせて、そこにまとめられた証言には別の共通点がある。彼らは罪の意識を共有している。自分自身は救われたが、もっとふさわしいだれかが、〝もっと望ましい〟だれかが痛ましくも溺れたのではないかという意識だ。だがそれは大きな思いちがいというものだ。すべてのかたに敬意をこめて――あなたがた以上に望ましい人たちはいなかっただろう。

本書のなかではここに至るまで、あの名前を記さずにきた。しかしいま、わたしはいよいよ打ちこまねばならない――〝アドルフ・ヒトラー〟と。こうやって引用符で囲むと、どういうわけか少し抵抗感が弱まる気がする。主流の歴史家のなかで、ヒトラーを理解できると主張する者はひとりとして存在せず、理解できないとあえて主張する者も多い。また、アラン・ブロックのように、もう一歩進んで、困惑が深まっていくばかりだと認める者もいる（〝わたしはヒトラーを説明することができない。説明できる者がいるとも思わない。……ヒトラーについて知れば知るほど、説明するのが難しくなる〟）。わたしたちは非常に多くを知っている――ヒトラーがどのように、どんなことをしたのかについて。だが、その理由については満足に知らないように思える。

一九四四年二月にアウシュヴィッツで新たに拘束され、新たに服を脱がされ、シャワーを浴びさせられ、髪を剃られ、囚人番号のタトゥーをされ、ぼろ着に着替えさせられた（そして四日間の喉の渇きに耐えていた）プリーモ・レーヴィと仲間のイタリア人捕虜は、使われていない小屋に詰めこまれ、待つように言われた。その有名な一節は次のように続く――

> ……わたしは窓の外の、手の届くところに大きな氷柱《つらら》ができているのに気づいた。窓をあけてその氷柱を折りとったが、外を巡回していたがっちりした大男がすぐさま、わたしの手から荒々しく氷柱を奪いとった。「なぜだ？《ヴァルム》」わたしはつたないドイツ語で訊いた。「ここに〝なぜ〟はな《ヒア・イスト・カイン・ヴァル》い《ム》」男は言い、わたしをどんと突いてなかへ押しもどした。

アウシュヴィッツには理由がなかった。首相兼大統領兼総統の頭のなかには理由があったのだろうか？　もしあったのなら、なぜわたしたちはそれを見つけることができないのか？

この困惑から脱する方法はひとつ、認識論的拒絶だ。答えを求めてはいけないということである。そしてこの掟はさまざまな形をとりうる（ホロコーストの神学として知られる領域にわたしたちを導く）。驚異的と言っていい洞察力と精力を注ぎこんだ著書*Explaining Hitler*のなかで、ロン・ローゼンバウムは、エミール・ファッケンハイム（*The Human Condition After Auschwitz*などの著者）の〝精神的なむかつき〟に共感を示している。しかしながら、説明しようとする試みをすべて〝悪趣味〟と呼ぶ、世俗的でありながら独善的なクロード・ランズマン（ホロコーストを扱ったドキュメンタリー《SHOAH ショア》の監督）のことは、静かに嘲笑している。むしろローゼンバウムは、ルイス・ミキールズ（痛切に体験を綴った回想録*Doctor 117641*の著者）の立場――〝理由はあるはず《ダー・ゾル・アイン・ヴァルム・》だ《ザイン》〟――に傾いている。イェフダ・バウアーがエルサレムのローゼンバウムに、「それ［理由］を見つけたいのだが、いまだ見つかっていない」と語ったように、〝ヒトラーは理屈のうえでは説明可能だが、それでヒトラーがわかったことにはならない〟のである。

しかし、その謎、その理由は二分できるということを忘れてはならない。第一に、オーストリア人の芸術家のなり損ないが熱弁をふるう演説家になったこと、第二に、彼がドイツという楽器――そしてオーストリアという楽器――のふたつを携えていたことだ。セバスティアン・ハフナーは、この現象の両面を研究した著名な歴史家である。*Defying Hitler*（一九一四年から一九三三年までのベルリンでの生活を描いた回想録、ハフナーが出国した直後の一九三九年に書かれた）は第二の視点で、そして『ヒトラーとは何か』（瀬野文教訳／草思社）――一九七八年に、（一九一四年には七歳だった）

ハフナーが七十一歳で上梓した鮮烈な解説書——は、第一の視点で書かれている。最初の本は存命中に出版されなかったため、ふたつの視点の統合は試みられていない。しかし、いまからでも試みることはできるし、そのつながりは無視できない。

気分と思考の面で、国民と総統はともに、同じ問題を有するドナウ川のビールを飲んでいたようだ。一方には、独特の〝政治への失望感〟（歴史家トレヴァー゠ローパーの言葉）を持ち、運命論にすがり、世を拗ねてひねくれた考えに浸り、ハフナーの言う〝暗い憤懣〟と〝憎悪の火種〟を抱え、節制を拒否し、逆境におけるあらゆる慰めを拒否し、ゼロサム（すべてか無か、生か死か《ザイン・オーダー・ニヒトザイン》）の気風に染まり、不合理でヒステリックなものを受け入れる人々がいる。もう一方には、国際政治の舞台でこうした傾向にほくそ笑む指導者がいる。その秘めた思惑は、戦争の重大な局面で——すなわち、一九四一年十一月二十七日から十二月十一日にかけての二週間で——表に現れたとハフナーは考えている。

東部での電撃戦《ブリッツクリーク》が崩壊しはじめたとき、ヒトラーが次のように述べたことは悪名高い（十一月二十七日）——

> この点においても、わたしはあくまで冷厳だ。いつかドイツ国家がじゅうぶんな強さを失ったなら、あるいはその存続のために血の犠牲を払うじゅうぶんな覚悟を失ったなら、この国はあえなく死に、より強大なほかの勢力によって滅ぼされるまでだ。……わたしはドイツ国民のために涙を流しはしない。

国防軍参謀本部《ヴェアマハト》で記録された戦争日誌によると、十二月六日までに、ヒトラーは〝もはや勝利は得られまい〟と認めていた。そして真珠湾攻撃から四日後の十二月十一日、ヒトラーは大胆に、根拠もなく、自殺衝動のように、アメリカに宣戦布告した。ここでも、総統の理由はどこにあるのか？ ハフナーによれば、ヒトラーは〝いまや敗北を切望〟していた。そしてその敗北が〝可能なかぎり完全で悲惨なもの〟になることを望んでいた。それ以後、ヒトラーの攻撃は新たな標的――ドイツ人――に向けられた。

この解釈を、一九四一年十二月から四五年四月までのヒトラーの動向に当てはめてみると、四四年後半のアルデンヌ攻勢（事実上ソ連軍に東の扉を開いた）も、翌年三月の背信的なふたつの〝総統命令〟（西からの民間人の大規模避難と、焦土作戦を促す〝ネロ司令〟）も、いくらか筋の通るものに見えてくる。ここでわたしたちは問いたい、自滅への無意識の暴走、のちの反逆とも言える帰結――〝国家の死〟――への意識的な暴走、それはどこからはじまったのかと。その答えは、はるか以前にさかのぼる、ということのようだ。

一九二五年の『わが闘争』（平野一郎、将積茂訳／KADOKAWA）のなかで、鷹揚たる仰々しさで発表されたヒトラーの中心的思想、〝生存圏〟は、最初から甚だしい時代錯誤だった（その論拠は〝産業革命以前〟だ）。そしてその必須条件《シネ・カ・ノン》となる迅速なロシア打倒は、人口と地理の面から言って、もとより不可能だった。代々続く軍人家庭に生まれた反体制派の日記作家フリードリヒ・レックは、対ロシア攻撃がはじまった（一九四一年六月）のを知って、〝大いに歓喜〟したという――〝サタンどもは身を乗り出しすぎて、いまやみずから網にかかっている。やつらは二度とそこから逃れられまい〟。ゆえに、ハフナーの言葉を借りれば、自称〝プログラマティシャン〟のヒトラーは、〝自身の失敗をプログラムした〟ことになる。

ハフナーの両著は、目の前に明白な何かが迫ってくるような（おそらく逃げてきているのだとしても）、特別な興奮を与えてくれる。併読すると、ほんの少し一貫性に近づいている感じもしてくる。しかし、わたしたちは大きな問題をはぐらかしつづけている――正気だったのかという問題だ。何しろ、ヒトラーのもうひとつの中心的思想、〝ユダヤ人の世界的陰謀〟という言説は、精神疾患の入門書に出ていることそのもの――統合失調症の初期に表れるとりわけ虚しい症状のひとつ――だからだ。当時の街には、ユダヤ恐怖症（よくてもイアン・カーショーの例示した不自然な〝無関心〟）が、極端なナショナリズムが、そして〝集団中毒〟により顕著となった群衆の従順がはびこっていた。首相官邸では、いまや権力によって腐敗しつつある人間が、緩慢な自殺《フェロ・デ・セ》の過程をたどっていた。そして狂気のせいにするならば（どうしてそれを除外できよう?）、わたしたちの探究は必ず行き詰まる――言うまでもなく、狂気からは一貫性が得られず、理由も読みとれないからだ。

〝起こったこと〟（パウル・ツェランの、ぞくりとするほど静かな言葉）を受け入れる独特の難しさとはなんだろう。答えを見つける試みというのは、どうしても個人的なものになる。それゆえ、マイケル・アンドレ・バーンスタインが書いたように、〝ナチの大量殺戮は、なんらかの形でわたしたちの自己理解の中心となる〟のだ。一九四一年から四五年にかけての東ヨーロッパでの出来事について、だれもがそのように感じるわけではない（どんなに真面目な人間でも、そのことばかり考えてはいられないという旨の、W・G・ゼーバルトの割りきった物言いが思い出される）。だがわたしはバーンスタインの考え方に同意する。それはたしかに、特異性を明らかにする要素のひとつだからだ。

わたし自身が心のなかでたどってきたのは、長年に及ぶ停滞と、それに続く一種の猶予の道のりである。解説してみよう。一九八七年に、わたしはマーティン・ギルバートの古典的著作 *The Holocaust: The Jewish Tragedy* を初めて、信じられない気持ちで読んだ。そして二〇一一年にもう一度読んだが、信じられない気持ちは以前のまま、少しも目減りすることなく残っていた。その年月のあいだに、わたしはこのテーマの本を大量に読破してきた。それで知識は増したかもしれないが、洞察力が増したとはとうてい思えなかった。何万冊もの歴史文献に記されているその事実には、いささかの疑いも持っていないが、それらはある意味で信じがたい、というより驚きを禁じえないままであり、完全には消化できていないのだ。第三帝国の特異性の一部は、わたしたちの接触や理解を寄せつけない、その強力な動かしがたさにあると、恐れながら提言したい。

この否定的なエウレカ（わたしは理由を見つけていない、わたしには理解できない）を経験した直後、プリーモ・レーヴィの『休戦』（竹山博英訳／岩波書店）（『これが人間か』の闇と対をなす、前向きで滑稽みのある姉妹篇）の新版がわたしの目に留まった。そのなかに、わたしは以前には見た覚えのない補遺を見つけた――〝読者の質問に対する著者の回答〟という内容で、小さな活字で十八ページぶんあった。

「ユダヤ人に対するナチスの狂気じみた憎悪はどのように説明できますか？」七番目の質問だ。その回答としてレーヴィは、最もよく挙げられる根本原因を並べたうえで、とはいえこれらは〝説明が必要な事実と釣り合っておらず、比例してもいない〟としている。レーヴィはこう続ける――

おそらく、何が起こったのか理解することはできないし、ましてや理解するべきではありません。理解することは正当化することだとさえ言えるからです。説明させてください。計画や人間の行動を〝理解する〟ということは、それを〝身の内に取りこむ〟こと、その立案者を身の内に取りこみ、その立案者の立場に身を置き、その立案者に共感することを意味します。そして、正常な人間ならば、ヒトラーやヒムラー、ゲッベルス、アイヒマン、挙げればきりがないその同類たちに共感などできないでしょう。これにわたしたちはとまどい、同時に安堵を覚えます。それはおそらく、彼らの言葉が（残念ながら彼らの行動も）わたしたちに理解できないほうが望ましいからです。それは人間以外の、というより人間の敵の言葉と行動です。……ナチの憎しみに合理性はありません。その憎しみはわたしたち人間のなかにあるものではなく、その埒外にあるものです……

歴史家はこれを議論というより逃げ口上だと考えるだろう。小説家以外の著述家は（そういえばレーヴィも小説家であり詩人であった）、このような牽制や演出を煽りと受けとるかもしれない。ここでのレーヴィは、諦観者や説明反対派に求められる立ち入り禁止の看板を掲げているにはほど遠い。それどころか、〝なぜ〟にかかるプレッシャーを取り除くことで、入口を指し示しているのだ。

わたしのタイプ原稿をチェックして、歴史的にありえない記述に注意を促し、文中にあしらったドイツ語のいくつかの大きな誤りを正してくれたリチャード・J・エヴァンズに深く感謝している。そしてわたしの五十年来の友人、クライヴ・ジェイムズの提案と考察にも感謝を。先のエヴァンズ教授に言ったとおり、史実に関するところで、唯一わたしが意識的に創作したのは、フリードリヒ・パウルス（スターリングラードで敗北した指揮官）がソヴィエト連邦に寝返った時期を十七カ月ほど前にずらした点である。それ以外の点では、〝起こったこと〟を忠実に描いている、その恐怖も、その絶望も、その残酷な不可解さも。

献辞

生き残った人たち、生き残れなかった人たちに。プリーモ・レーヴィ（一九一九～八七年）とパウル・ツェラン（一九二〇～七〇年）の思い出に。そして、わたしの過去と現在において重要な意味を持つ、クォーターやハーフを含む数多のユダヤ人、とりわけ義母のエリザベス、娘のフェルナンダとクリオ、妻のイザベル・フォンセカに。

解説

東京大学教授
武田将明

マーティン・エイミス（一九四九〜二〇二三）は現代イギリス文学を代表する作家で、同世代にはジュリアン・バーンズ（一九四六〜）、サルマン・ラシュディ（一九四七〜）、イアン・マキューアン（一九四八〜）、グレアム・スウィフト（一九四九〜）などがいる。しかし、この四人と比較するとエイミスは日本語の読者にとって馴染みが薄いかもしれない。というのも、エイミスの著作（単行本）の日本語訳は、二〇〇〇年の『ナボコフ夫人を訪ねて――現代英米文化の旅』（大熊榮、西垣学訳、河出書房新社）を最後に二十年以上刊行されていないからだ。しかもこれは評論やエッセイを集めた本であり、長篇小説の翻訳となると一九九三年の『時の矢――あるいは罪の性質』（大熊栄訳、角川書店）と『サクセス』（大熊栄訳、白水社）まで遡ることになる。

そこで本書『関心領域』を紹介する前に、まずはエイミスがどういう作家なのかを述べておきたい。彼を語るとき必ず言及されるのが、父親で同じく作家のキングズリー・エイミスである。地方大学を舞台にイギリス文化を辛辣に諷刺した最初の小説『ラッキー・ジム』（一九五四）で人気作家となり、ジョン・オズボーンやアラン・シリトーらと共に「怒れる若者たち」と呼ばれた父キングズリーの存在は、マーティンに多大な影響を与えた（以下、単に「エイミス」とある場合は息子の方を指す）。

父と同様にオックスフォード大学を卒業したあと、著名な文芸誌『タイムズ文芸付録』の編集に関わるなど編集者・評論家として活動していたエイミスは、一九七三年に最初の小説『二十歳への時間割』（これは日本語訳の題で、原題は *The Rachel Papers*［レイチェルの記録］）を刊行した。エイミス本人を想起させる才気に溢れ、自意識過剰な若者を主人公に、恋愛や大学受験への不安を綴った本書はサマセット・モーム賞を受賞した。奇しくも父キングズリーも『ラッキー・ジム』で同賞に選ばれている。父子の類似点は経歴だけでなく、同時代のイギリス社会を諷刺する喜劇的な作家《コミック・ライター》である点も一致する。しかし息子は単に父を模倣していたわけではない。父と彼が代表する一九五〇年代の精神風土に対して、彼は明確な差異を感じていた。父が大学時代から親交を結んでいた高名な詩人フィリップ・ラーキンについて、エイミスは次のように述べている。

> ラーキンという人物とぼくらとは、歴史的に見ると自我に生じた変化によって分かれている。彼の世代では自分自身というものがはっきりとあった。おかげで自己は揺るぎなく、堅固だった。ぼくの父もそうだ。ぼくは違う。ぼくらは誰ひとりそうじゃない。ぼくらには影響を与える力が多すぎるのだ。（『ニューヨーカー』一九九三年七月一二日号）

「ぼくらには影響を与える力が多すぎる」というのは、核戦争による人類絶滅の可能性からポピュラーカルチャーの台頭まで、様々な事象によって伝統や権威が失墜し、自我も流動的になったことを指している。つまり父と同様に世の中を諷刺しつつも、エイミスの場合は批判の根拠となる自己自身への信頼が失われていることになる。実際、上述の『二十歳への時間割』においてすでに、彼は自身と重なる主人公のナルシシズムを露骨に示すことで、一種の自己批評を行なっている。エイミスの諷刺は常に自己に返ってくる。だからエイミスの描く人物や世界の滑稽さに笑い呆れる読者も油断してはならない。嘲笑している対象は自分自身かもしれないのだから。

　生涯に発表した一五の長篇のうち、諷刺作家としてのエイミスの本領が遺憾なく発揮されたのが、『マネー――遺書』（一九八四）、『ロンドン・フィールズ』（一九八九）、『インフォメーション』（一九九五）の「ロンドン三部作」であることは、多くの評者が指摘している（残念ながらいずれも日本語訳が刊行されていない）。このうち『マネー』について紹介すると、ジョン・セルフというイギリスのテレビディレクターが、アメリカの映画プロデューサー、フィールディング・グッドニーから映画を監督するよう依頼を受ける。セルフの映画は俳優たち（エイミスが『スペース・サタン』〔一九八〇〕という映画の脚本に関わった際に出会った、カーク・ダグラスほか実在の俳優をモデルにしている）の我儘《わがまま》などに翻弄されて頓挫《とんざ》するだけでなく、初めからすべてがグッドニーに仕組まれた嘘だったことが判明する。そんなセルフの味方として作家の「マーティン・エイミス」やマーティーナ・トゥェイン（Martina Twain、すなわち女性化した第二のマーティン）という女性が登場するが、彼の自我の崩壊は止まらない。このように書くとセルフの悲劇のようだが、彼自身もテレビとポルノに毒された低俗な人間で、自我《セルフ》を持たぬ消費文化の奴隷にすぎない。消費文化が発達し、拝金主義の横行した一九八〇年代（イギリスではマーガレット・サッチャー首相が新自由主義を強力に推進した時代で、日本も八〇年代後半にはバブル景気に浮かれていた）を巧みに批評した作品である。

　このようにエイミスは後期資本主義を背景とするポストモダン文学の旗手として、イギリスの文壇で鮮烈な存在感を放っていた。雅俗を織り交ぜた華麗な文体や、『マネー』でも明らかなメタフィクション的な実験性で知られる一方、『時の矢』（一九九一）ではアウシュヴィッツ収容所でのユダヤ人の殺戮を主題にするなど、二〇世紀の政治問題に強い関心を抱いていた。ホロコーストの問題はエイミスにとって重要であり続けた。二作目の長篇『デッド・ベイビーズ』（一九七五）の主人公を「アンディー・アドルノ」と名づけるなど、彼は思想家のテオドール・アドルノに影響を受けているが、このアドルノがマックス・ホルクハイマーと共に著した『啓蒙の弁証法』（一九四七）は、理性によって迷信を克服し、文明を発達させてきたはずの西洋世界において、なぜ反ユダヤ主義のような野蛮な現象が発生したのかを考察している。そこでは西洋的な理性の限界が徹底して解き明かされており、確固とした自我（すなわち「理性的」な判断を下せる自己）を信じていなかったエイミスに、こうした思想が重要な示唆を与えたのは想像に難くない。つまり彼の作品における享楽的かつ滑稽な描写の裏には、一八世紀以来の「啓蒙」あるいは近代化というプロジェクトが破綻した混沌の時代における人間のあり方を探究するという、倫理的な動機もあったことが窺《うかが》える。

「ロンドン三部作」以降のエイミスについては、低迷とは言わないまでも迷走といった表現を使用できるかもしれない。二〇〇〇年に刊行した回想録『体験』こそ父との葛藤や自身の離婚について率直に語って好評だったが、二〇〇三年に発表した『黄色い犬』から二〇一二年の『ライオネル・アスボ——イングランドの状況』までの長篇小説に対し、各紙誌の評価は必ずしも高くなかった。作品そのものから離れたところでは、「ロンドン三部作」の三作目である『インフォメーション』の刊行をめぐり、非常に高額（50万ポンド——二〇二四年現在の日本円で9600万円以上——と言われる）の前払い金を受け取ったことで顰蹙《ひんしゅく》を買った。さらには、それまでエイミスを支えてきた文学エージェントのパット・キャヴァナーと縁を切ったことで、キャヴァナーの夫であるジュリアン・バーンズとの友情も失った。見方を変えれば、作家や人間としての成熟を拒否し、物議を醸す存在であり続けたともいえるが、二一世紀に入ってから代表作に恵まれなかったことは、日本での紹介が停滞した一因かもしれない。

しかし、今回およそ三〇年ぶりに訳されたエイミスの長篇である『関心領域』は、二〇一四年に刊行されるや『ロンドン・フィールズ』以降の四半世紀に彼が発表した作品で最高の出来栄えと評価され、ベテラン作家の健在ぶりを強く印象づけた。この次に刊行された最後の長篇『内輪の話』（二〇二〇）がノンフィクションも含む自伝小説であることを考えると、フィクション作家としてのエイミスが最後にその実力を存分に発揮した白鳥の歌ともいえる。

本作には三人の語り手が登場するが、そのうちの二人すなわちアンゲルス（ゴーロ）・トムゼンとパウル・ドルは共にナチス・ドイツの軍人である。トムゼンは、ヒトラーの最側近として暗躍した実在の人物マルティン・ボルマンの甥という設定で、富豪の両親が事故死したこともあり、マルティン叔父の庇護を受けている。「銀のさじ」ならぬ「銀の男根をくわえて生まれてきた」とドルから密かに揶揄されるように、金と家柄、さらには容姿に恵まれたトムゼンは、ナチスの情報将校としての任務よりも女性たちを誘惑することに熱心で、叔父の妻ゲルダにも気に入られている。

ドルはアウシュヴィッツ強制収容所の所長（作中では「司令官」と呼ばれる）という設定で、常に自分が正しく、無理解な家族や無能な同僚に囲まれながらもナチス・ドイツの高邁な理想の実現のため粉骨砕身していると信じているが、実際は精神的な脆さゆえに過度の飲酒や薬物に依存しており、トムゼンからは「大酒飲みのおやじ」と陰で馬鹿にされている。本書を読み進めていくと、彼の語る事実の多くが虚偽あるいは妄想であることが明らかになる。収容所の所長として、また一家の主人《あるじ》としての責任に耐えかねて、自分に都合のよい方向に事実を捻じ曲げるその哀れな姿は時に同情を誘うものの、虚偽を事実にするために無辜《むこ》の人物の命を奪うなど、見下げ果てた残酷さも備えている。

トムゼンとドルの性格は対照的にも見えるが、いずれも信頼できる人物ではない。トムゼンは享楽的な欲求に埋没し、ドルはまともな人間という自己イメージに引きこもることで、ユダヤ人の大量虐殺などに加担することの倫理的呵責《かしゃく》から逃避している。この二人だけでなく、本書に登場するほとんどの人物がそれぞれの「関心領域」に閉じこもることで、国家規模の犯罪への積極的・消極的な協力から目を閉ざしている。本書の原題 ***The Zone of Interest*** は、ドイツ語の〝Interessengebiet〟を英訳したもので、戦時中にアウシュヴィッツ収容所の一帯を指す語として用いられたが、こうした経緯を無視して直訳すれば「関心領域」と訳すことも可能である。本書でエイミスはこうした両義性を巧みに利用している。

ただしトムゼンは、ドルの妻であるハンナと恋に落ちたのをきっかけに現実の異様さに目覚める。最初はハンナの体型を「ドイツで理想とされる若い女性の特質にぴたりと一致」すると評するなど、肉体的な関心で彼女に近づいたトムゼンだが、夫の虚偽をあばき、ナチス支配下のドイツにはびこる偽善を暗に批判するハンナに感化され、彼なりのやり方で状況への抵抗を試みるに至る。もっとも、ここに暗黒時代における一縷の希望の光を見たり、ましてや国家への忠誠を超える恋愛の力への讃歌を読みこむのは、あまりに楽観的だろう。実際、ナチス敗北後にハンナがトムゼンに言うように、アウシュヴィッツから「幸せな何かが生まれるなんて、どんなにぞっとすること」だろうか（ちなみに、この後日談にあたる印象的な場面を読んで、解説者はディケンズの『大いなる遺産』〔一八六一〕のエンディング――ただし一般に知られているそれではなく、単行本の刊行時に書き直される前のエンディング――を思い出した。紙幅の都合で詳述できないが、興味があればご確認いただきたい）。

やはり本書の厄介な点であり同時に面白いところは、楽観的だろうと悲観的だろうと特定の方向に物語を収斂《しゅうれん》させない工夫にある。まずエイミスの付した長い「謝辞及び著者あとがき」は、著者が本書のためにどれだけ真剣にホロコーストを取材したかを明らかにするだけでなく、虚実の入り混じる本書の最後にあえてドライな事実を書きつけることで、読者を正気に戻している。さらには、物語自体も単一の解釈ではなく複数の可能性に開かれている。

というのも、一見するとまったく別の人物たちが、あたかも分身のように描かれているからだ。例えばトムゼンの叔母ゲルダは、ハンナを除いて唯一トムゼンが性欲以外の感情を抱く女性であり、容姿も類似しているが、結局のところナチスの思想にどっぷり浸かっており、トムゼンを覚醒に導くハンナとは決定的に異なる。しかしこの二人の女性の違いは、ハンナの夫であるドルが明らかに無能で臆病な男であるのに対し、ゲルダの夫マルティンは有能なナチスの高官として妻の敬意を失わなかった点に起因するように思われる。つまり、ハンナとゲルダは互いの可能性を共有する分身として本書に登場している。それを言うならばすでに示唆したとおり、もともとトムゼンとドルも現実から逃避する点では似た者同士であり、彼らも互いの分身といえる。

このような分身だらけの作品にあって異色を放つのが、ここまで触れてこなかった第三の語り手、特別労務班《ゾンダーコマンド》の班長シュムルである。彼はユダヤ人でありながら殺害された同胞の後処理などを担っており、本書における最底辺の人物に位置づけられる。当然ながら彼は（そして他のゾンダーコマンドたちも）ナチスの非道さを認識し、密かに記録も残している。だがそれは抵抗というにはあまりに非力で、シュムルの語りに希望を見出すのは困難である。その彼が次のように述べている。

> 五感のうちで唯一、わたしたちゾンダーがある程度まともに保持しているのが味覚です。ほかの感覚はひどいダメージを受けて死んでいます。触覚もおかしいです。運ぶ、引きずる、押しやる、つかむ――こうしたことをひと晩じゅうやっていますが、接触している感覚はもうありません。義手を着けた人間のように感じます――偽の手を持った人間のように。

シュムルはあらゆるものを奪われた上に、自身の感覚さえも味覚を除いて喪失している。しかしこの一節は、彼が自分の感覚の限界を自覚していることを示してもいる。一切の「関心領域」を失うことで、シュムルは感覚の麻痺を認識できる。しかしユダヤ人の大量虐殺の真相から目を逸らすドルとその仲間たち、さらには恋愛感情から中途半端な抵抗を試みるトムゼンさえも、自らの倫理的な感覚の麻痺を本当の意味で知ることはない。つまりもっとも不自由なシュムルだけが状況から自由であり得ている。ここに本書の最終的な皮肉がある。

アメリカの作家ジョイス・キャロル・オーツは、『ニューヨーカー』二〇一四年九月二二日号に掲載された『関心領域』の書評において、エイミスのような皮肉《アイロニー》を基礎とするポストモダン文学では、ホロコーストなどの重い主題《マイティー・シーム》を扱い切れないのではないかと疑問を呈している。だがむしろ本書において、エイミスがその培ってきた技法を応用することで、過去の歴史と現代の生活とを架橋するのに成功したことを評価すべきではないか。『マネー』その他の長篇において、近代的な秩序への信頼が失われた混沌状態における倫理的な堕落を探究してきたエイミスは、これと酷似した堕落と自我の喪失をナチス・ドイツ統治下の人々に見出している。つまり本書におけるアウシュヴィッツの表象は重い過去の記録ではなく、目前にある事実につながる生々しい証言として、私たち読者に突きつけられているのだ。作家としての経歴の最後まで、エイミスは歴史に名を刻むよりもアクチュアルな状況への介入を試みた。賞に恵まれた大作家であるよりも（エイミスはイギリスの作家にとって最高の名誉とされるブッカー賞を受賞していない）、消費文化に囲まれて自己満足した読者を困惑させることをよしとしていたのである。

この翻訳の刊行と時期を合わせて、本書を原作とする映画が日本で公開される。ジョナサン・グレイザー監督、クリスティアン・フリーデル、ザンドラ・ヒュラー他出演の映画版『関心領域』は、第九六回アカデミー賞国際長編映画賞・音響賞を受賞するなど、高い評価を受けている。本書と映画版との関係についてまず断っておきたいのは、映画版は普通の意味で原作に忠実な作品ではないという点である。ドルは実際にアウシュヴィッツ収容所の所長であったルドルフ・ヘスへと名前を変えているし、トムゼンとハンナの恋愛も省かれている。そもそもトムゼンとシュムルにあたる人物が登場しない。映画の多くの場面は収容所の隣にあるヘスの家で展開し、意図的に空間を限定することで、ヘスとその家族の「関心領域」の狭隘《きょうあい》さと倫理的な感覚の麻痺を徹底して指し示す。いわば原作の特性の一部をより純粋かつ尖鋭に表現した作品であり、その意味でこの映画は原作の忠実なコピーではないが優れた分身となっている。ゆえに、小説と映画の両方を体験することで、互いの可能性をより深く味わうことができるはずである。

最後に、本書の刊行を契機として、日本語でのエイミスの紹介が進むことを切に望む。彼の文学は決して時代遅れではなく、いまこそ読まれるべき切実な要素をもっているからだ。

二〇二四年四月

訳者略歴　英米文学翻訳家，関西学院大学文学部卒　訳書『グレート・サークル』マギー・シプステッド，『あのこは美人』フランシス・チャ，『ウエスト・サイド・ストーリー〔新訳版〕』アーヴィング・シュルマン，『レイラの最後の10分38秒』エリフ・シャファク，『穴の町』ショーン・プレスコット，『荒野にて』ウィリー・ヴローティン（以上早川書房刊）他多数

関《かん》心《しん》領《りよう》域《いき》

2024年5月25日　初版発行
2024年8月15日　4版発行

著者　マーティン・エイミス

訳者　北《き》田《た》絵《え》里《り》子《こ》

発行者　早川　浩

発行所　株式会社早川書房
東京都千代田区神田多町2－2
電話　03－3252－3111
振替　00160－3－47799
https://www.hayakawa-online.co.jp

印刷所　三松堂株式会社
製本所　三松堂株式会社

Printed and bound in Japan

ISBN978-4-15-210332-1　C0097

乱丁・落丁本は小社制作部宛お送り下さい。
送料小社負担にてお取りかえいたします。